史铁生小说经典

史铁生 著

毒药

江苏凤凰文艺出版社
JIANGSU PHOENIX LITERATURE AND
ART PUBLISHING, LTD

图书在版编目（CIP）数据

毒药：史铁生小说经典 / 史铁生著. —南京：江苏凤凰文艺出版社，2020.6（2023.5 重印）
ISBN 978-7-5594-1624-7

Ⅰ. ①毒… Ⅱ. ①史… Ⅲ. ①中篇小说－小说集－中国－当代②短篇小说－小说集－中国－当代 Ⅳ. ①I247.7

中国版本图书馆 CIP 数据核字（2018）第 034486 号

毒药：史铁生小说经典

史铁生 著

出 版 人	张在健
责任编辑	郝 鹏
责任印制	刘 巍
出版发行	江苏凤凰文艺出版社
	南京市中央路 165 号，邮编：210009
网 址	http://www.jswenyi.com
印 刷	苏州市越洋印刷有限公司
开 本	890 毫米×1240 毫米 1/32
印 张	10
字 数	280 千字
印 次	2020 年 6 月第 1 版
版 次	2023 年 5 月第 2 次印刷
书 号	ISBN 978-7-5594-1624-7
定 价	56.00 元

江苏凤凰文艺版图书凡印刷、装订错误，可向出版社调换，联系电话 025-83280257

目录

第一辑　来到人间
003　来到人间
021　老屋小记
039　我的遥远的清平湾
055　奶奶的星星

第二辑　原罪·宿命
087　第一人称
100　法学教授及其夫人
108　兄弟
114　原罪·宿命

第三辑　命若琴弦
153　毒药

172 两个故事
181 命若琴弦
202 钟声
214 一种谜语的几种简单的猜法
242 山顶上的传说

第一辑　来到人间

来到人间
老屋小记
我的遥远的清平湾
奶奶的星星

来到人间

有一个灵魂要平白无故地来世上受折磨。

星期六晚上,男的8点多才回到家,在过道里锁车的时候就感到意外:孩子没喊他,也没听见孩子的笑声。

屋里光线很暗,没开大灯,只一盏八瓦的小灯亮在尽里头的写字台上。女的坐在床沿上,见他进来,只把两条腿变了下位置,脸依然冲着电视,披了件旧外套,像是怕冷的样子。床上扔满了玩具。孩子在玩具中间睡着了,没脱衣裳,身上盖了条毛毯。

"没想到又这么晚。"男的说,看了看手表。女的没搭腔。

男的走到床的另一侧,一边解风衣扣一边俯身看看孩子:"怎么这么睡?"

女的还是没回头,说:"饭在厨房里,锅里。"声音齉齉的,掏出手绢擤鼻子。

男的又绕到女的身旁,站着看电视,把胳膊抱在胸前,注意着妻子的脸。电视的光忽明忽暗在她脸上晃,让人弄不清她的表情。电视里在播球赛。他知道她从来不爱看球赛。

"怎么了你?"男的问。

"饭在锅里,凉了热热。"妻子的声音仍旧齉齉的,鼻音很重。

男的愣了一会儿,正转身要去厨房,听见女的长出气,并且像啜泣那样颤抖。

"到底怎么了你?"男的又转回身来问。

"你先吃饭去。"

男的走了几步,伸手去开大灯。

"别开!"女的说。

男的退回到床边,挨着女的坐下,瞪着电视发愣。街上过汽车,荧光屏咔嚓咔嚓地闪。

"到底怎么啦?"

女的不说话,一条腿不住地颠。

"是不是孩子又怎么了?"

"她没说幼儿园好不好?"男的又问。

这下女的忍不住了,"哎——哎——"地哭起来,把头顶在丈夫肩上,浑身不住地抽动。丈夫茫然地坐着,抓紧妻子冰凉的手。

这孩子一来到世上,面前就摆好了一条残酷的路。先天性软骨组织发育不全。一种可怕的病。能让人的身体长不高,四肢长不长,手脚也长不大,光留下与正常人一样的头脑和愿望。一条布满了痛苦和艰辛的路,在等一个无辜的小姑娘去走。也许要走六十年、七十年,或者还要长,重要的是没有人知道这种病到什么时候才有办法治。

孩子不知道这些。和别的孩子一样,她睁开眼睛,看见一个五光十色的世界。小拳头紧攥着,蹬蹬腿,踹踹脚,想来这个世界上试试似的。饿了,或者尿了,她也哭。吃饱了,高兴了,她也笑。买只红气球挂在床栏杆上,太阳把气球照得透明闪亮,她皱着眉头不眨眼地看。和别的孩子完全一样。

"你说她是吗?"年轻的母亲说,不愿意说出那个病名。人们一般管那种病叫"侏儒症"。

年轻的父亲捅捅那只气球。一片红光飘来飘去,孩子的眼睛跟着转,笑了。还在襁褓里,这孩子就会笑。

妻子斜靠在被垛上,两手垫在脑后,眨巴着眼睛看对面的墙,像是那儿有一道题。丈夫趴在椅背上,交叉起两手顶着下巴,好像另一道题写在妻子的脚上。对面阳台上有个人在给盆花浇水,一边唱着京戏,遇着高音就巧妙地变个调子。孩子什么都不管,看着那只红气球,"咿咿呀呀"地说着自己的歌,仿佛知道童年不会太长,得抓紧懂事前的这段好时光。

"要不再到别的医院去看看?"母亲说。

父亲好一会儿没有出声,把目光从妻子的脚上转向窗外的天上。

"我看她不像。"母亲又说。

父亲猛地站起来:"那就走!"

两口子急急忙忙把孩子裹好,抱起来,出了门,就像这回准有什么好结果。

"我们团有个编剧,"一边下楼梯女的一边说,"头一回化验说是肝炎,还很厉害,没过几天又到另一个医院去化验,结果各项指标都正常。咱们上哪儿?"

街上永远有那么多人,那么多车,简直不知道是为什么。男的站在马路边想了想,说:"这回咱们不去太大的医院了。"

女的没有哭太久。"把灯开开吧。"她说。

男的把大灯拉开。

"把电视关了吧。"

男的把电视关掉。

女的开始收拾床上的玩具,一样一样收进一只小木箱。然后给孩子脱衣服。"欧欧,把衣服脱了睡。"不管你心里愿不愿意承认,孩子现在四岁了,个子就是比其他同岁的孩子矮,胳膊腿也明显的短。孩子一岁多的时候,这种病的特征开始显露,再不用跑医院检查了,剩下的是怎么接受这个事实。"欧欧,妈妈在这儿,脱了衣服好好睡。"孩子在梦里睁开眼看了看妈妈,又看见了爸爸,困得又闭上眼睛,呼吸中带着抽噎。

两个人一直看着孩子睡熟了,呼吸平稳了。

"嗯。"男的说,是问话,看着女的。

"下了班我去接她,"女的说,"一进幼儿园就见她一个人靠窗台站着,光是看着别的孩子在院儿里玩儿。一见我来,她就跑过来,拽着我要回家。两个阿姨在聊天。我问阿姨她怎么样。阿姨说还好,不过才两个礼拜,谁知道时间长了怎么样呢?对了,你先吃饭吧。"

"等会儿。"

"出幼儿园没多远,她就跟我说,她的被子和枕头都丢在幼儿园了,让我回去拿。我说不用,星期一还要来呢。她一下子就哭起来,蹲在地上说什么也不走了,非让我把她的被子和枕头都拿回来不可。我说,'你不是想上幼儿园吗?'她光是哭。我说,'你怎么又不想上了呢?'她光是哭。要不我去把饭给你拿来?"

"不用,不着急。"男的等着她往下说。

"她用胳膊钩住路边的一棵小树,就是不走。小胳膊钩也钩不住,就用两只胳膊这么抱着。我拉她也拉不动,就打了她一下。"女的用手抹眼泪,伤心地摇头。

男的焦急地等着她往下说。

"我还从来没打过她。我不知道我今天是怎么了。我从来没打过她一下。"

"我知道,我知道。这也没什么。"

"我打了她一巴掌。"女的仰起脸,把一缕头发拢到耳后,声音放得平缓些,"她就一个人哭着往幼儿园走,走到幼儿园门口又不敢进去,自己靠墙边儿站着,把脸扭过去不朝我这边看。好半天,还是我先过去跟她说对不起,问她为什么不想再上幼儿园了。她说,'你把被子和枕头拿回来,我再告诉你。'你看她。"

男的想:糟糕的就是她还这么聪明。

"我本来想说,你告诉我,我就去把被子和枕头拿回来。"

"千万别这么说。"

"就是。我知道不能骗她。"女的说,"她又让了一步,说,'你要是拿不动,明天让爸爸来拿。'"

"你答应了?"

"没。我知道咱们不能骗她。"

男的叹了口气:"嗯,后来呢?"

"这会儿天就快黑了。我狠了狠心,猛地抱起她来就走。你猜她怎么?也不哭了,也不喊了,使劲闭着嘴,一直到家,一句话都不说。我跟她说什么她也不理我。你说她这脾气。"

"就是,这孩子又聪明又有个性。"男的说。

女的到厨房去拿来个面包,给男的。

"不用。等会儿再吃。"男的把面包搁在桌上,"她到底跟你说为什么了没有?"

"回到家她还是不理我,自己坐在床上摆弄那只塑料狗。我把饭做好摆在桌子上,她连看也不看。我把所有的玩具都给她拿出来,好,她连那只塑料狗也甩到一边去。我坐在床上,想跟她一块儿玩儿,她干脆一个人跑到厕所里去,把厕所的门插上。过了一会儿,我贴着厕所的门听,听见她在厕所里小声哭。我扒着门缝跟她说,'是不是别的小朋友说你什么了?'她立刻'哇——'的一声大哭起来,一边哭一边说,说别的孩子管她叫大头,叫她大脑壳,还管她叫丑八怪,还有。我说,'你告诉阿姨了没有?'她说她才不去告诉阿姨呢,她说她知道阿姨光喜欢别的孩子。"

女的又抽泣起来。男的不说话。

"我怀疑是阿姨那么叫过她,孩子们怎么想得起来那么叫她?"

"你先别这么瞎怀疑。"男的说,"先冷静点儿。"

"我要去找阿姨谈谈,找她们园长!"

"谈谈不是不可以,必要的时候甚至……不过这都不是最要紧的。"

"我让她把门开开,她说不,除非我答应明天把她的被子和枕头都拿回来。我说好吧。"

"你这么说了?"

"我没骗她!我明天就去把她的东西都拿回来!不让她去了。让她自己在家里玩儿。要不就把原来看她的那个老太太再请来,多少钱都行,五十,六十也行!"

"你再好好想想。"

"我早想了!"

"问题不在钱上,问题是她不能总在家里!"

"我也没说在钱上。得得得!我不听你说!"

"咱们别又吵。你想想,孩子总有一天……"

"你要说什么我都知道!我养她,养她一辈子。你不养算了,我一个人养!"

"你又不冷静。"男的说,站起来朝厨房走去。

女的追到过道里说:"就你那德行冷静!"然后又回到屋里,坐在沙发上,呆愣着坐了好一会儿,眼泪又止不住地流。

死应该是一件轻松的事。生才是严峻的。一个人快要死了,无论如何我们可以安慰他:"放心吧!伙计,不管怎么说,你把你的路走完了,走得还不坏。"对一个刚来到世上的孩子呢?你能安慰他什么?你能知道这个娇嫩的肉体和天真的心灵,将来会碰上什么吗?你顶多可以跟他说:"行了伙计,既然来了,就得开始了。"

对所有的人来说,也都是这样。没人知道什么时候会碰上什么。生活中随时可能出现倒运的事。

丈夫很有才气,得了硕士学位,现在是工程师,身高一米八三。妻子是话剧演员,当然漂亮,身高一米六八。有一套一居室的房子,有厨房、厕所、煤气、暖气。女的还在香港有个叔叔,送给他们彩电、冰箱、录音机。然后,这个孩子来了,上帝像是生怕世上有一个平平安安的家庭。

妻子生这孩子的时候就不太顺利。孩子先是窒息、抽风,之后又得了肺炎,一直在医院里抢救。母亲也出了点毛病,住在另一间病房里。母女俩还没见过面。有一天大夫告诉父亲,"发现您这孩子有一种先天性的疾病。""嗯？什么病？""软骨组织发育不全。""我不懂，对病我一点儿都不懂。""这病，怎么说呢？不好治，而且……""会死吗？"年轻的父亲有些慌。"那倒不会，这病没有生命危险。"接着，大夫把那种病的后果告诉了他。

年轻的父亲跑到医院的小花园里坐着。夏天的中午，小花园里没什么人，晒蔫了的洋槐树下有一条长椅，水泥路面上浮着一层颤抖的热气。他坐了一个多小时，才渐渐明白发生了什么。一个矮人儿，只有一米一二高，头很大，躯干也像成年人的一样，只是四肢短，手指像脚趾一样又粗又短。他记得自己小时候就嘲弄过那样的人，追在人家身后喊"大个儿"，没人教过他，也没有人制止他。他已经把这事忘了很多年了。这些年他忙这忙那，忙着考大学，忙着考研究生，不知不觉已经做了父亲。现在他清晰地记起来，那个矮人怎样装作没听见他的话，怎样急匆匆地走，想要摆脱他。现在他才想到，他曾给过一个心灵怎样的折磨。那颗心上已经磨出了老茧，已经不反抗了，只是逃避。他将有一个那样的女儿。

"不对！"他的一个老同学跟他说，"糟糕的不是你有一个那样的女儿，是有一个灵魂要平白无故地来世上受折磨！"

"这我想过。不过，所有的人不都是一样吗？譬如说我现在。"

"不一样。当然，人世间的痛苦你都可能碰上。可她呢？她是生来就注定了，痛苦要跟她一辈子。"

"她也许能因此成为一个很有作为的人呢？"

"战争能造就不少英雄，但是为了造就英雄就发动一场战争，有这回事吗？"

"那当然不。"他说。

"人是不得不成为英雄的。"

"这我同意。"

"大夫怎么说？"

"大夫说,她的肺炎很厉害,救得活救不活还不敢说。"

"这是暗示。"

"我知道是暗示。"

"你也可以给大夫一个暗示。"

"这我得跟我爱人商量。"

"她会同意吗?"

"我想不会。"

"你得说服她。"

"她肯定不听。"

正如父亲所预料的那样,年轻的母亲一听便大哭起来:"不!不!我就要她!什么模样我也要!"

男的把饭菜热好,端进屋里。女的在看当天的晚报。

"你不再吃点儿?"

"什么叫再吃点儿?我也一点儿没吃呢!"

男的听出,她已经冷静下来了。男的又跑去拿了一个碗和一双筷子,盛好饭放在茶几上,自己在另一个沙发上坐下。

"你怎么买着鱼了?哪儿买的?"

她没回答,把自己的饭拨一半到男的碗里。

"什么鱼?是鲤鱼吗?"男的拨弄着碗里的鱼,很快地朝女的脸上扫一眼。

过了一会儿,男的又说:"我看像鲤鱼。"

"不是。"女的勉强回答。

"不是鲤鱼?"男的故意装出惊讶的样子。

"我看她现在还太小。"女的说。

男的在嘴里费劲儿地捌着鱼刺,考虑怎么回答她。

"再过一年,啊?怎么样?明年再让她去。"

"还不是一样吗?反正早晚有这么一天,她得知道她长得丑。"

"我答应了她,你没见她多高兴呢,立刻不哭了,一个人在床上玩儿,让我跟她一块儿玩儿。我到厨房去,她跑到厨房来问我:'你说我丑吗?'"

"你怎么说?"

女的张了张嘴,没说出话来,低头吃饭。

"你准又说她不丑。我跟你说不能骗她!"

"等她再大点儿,到五岁,再告诉她,可能会好一点儿。"

"干吗不到六岁?干吗不到七岁?大点儿也长不好!别说五岁。头一回知道自己是畸形人,和所有的人都不一样,别说五岁,五十岁也受不了。岁数越大也许越糟糕。"

"那怎么办?"

"没别的办法。得让她知道,让她及早在心里接受这个事实。"

男的又想起自己小时候嘲弄过的那个矮人。是接受这个事实,可不能是习惯、麻木和自卑,男的在心里对自己说,得让她保留生来的自尊。

"我怕她受不了。"女的说。

"谁受得了?谁他妈的也受不了!"男的喊,使劲把饭碗蹾在茶几上。

妻子吓坏了。丈夫在屋里走了两个来回,赶紧把攥紧的拳头松开,提醒自己:要冷静。

"要是世界上只有你、我和她,咱们就永远不让她知道。"男的说。

"不过,"男的又说,"即便那样也不行,她自己早晚也会发现,你就长得比她漂亮。"

"还不如让我是她,让她是我。"母亲说。

"别瞎说了。"

"真的,我真的愿意。"

"我知道,"父亲抓住母亲的手,"我知道。不过不可能。即便可能又怎么样呢?她也会像你现在这样,你也会像她这样。这事轮上谁,谁也受不了。"

"要是她是我,我是她,我就受得了。"

"咱们别说废话了好不好?"男的说。

"就让她再过一年再去吧。"女的坐到床上,看着熟睡的孩子。

男的不说话。

"我已经答应她了,我不能骗她。"

父亲还是不说话。

母亲看着梦中的孩子:"咱们还不如不生她。还不如那时候不让她活。"

孩子能满床上爬了,满床上爬着追那只气球。气球在她眼前飘,她总是抓不住,捉不着。气球飘到桌子上,飘上玻璃窗,飘上屋顶,又飘下来。孩子嘎嘎地笑,尖声地叫,一心一意地追。她挺聪明,等到气球滚到她跟前,一下子扑上去,抱着气球坐在床上笑,举起来给爸爸妈妈看。忽然"砰!"的一声。孩子吓愣了,抬起头来看看桌子上,看看屋顶上,看爸爸,看妈妈,"哇!——"地哭开了。

孩子那惶然四顾的样子,给了父母很深刻的印象。还有那一声哭,使人想起一个在人丛中走丢了的孩子,发现左右没有了父母,都是些陌生的人。

夫妻俩越来越多地想到孩子的将来。

"你说她能长到一米四吗?女孩子只要能长到一米四,也就还可以。"女的跟好多人这么说过,有的人不言语,有的人说"也许差不多"。年轻的母亲叹气,心里什么都明白:要真能长到一米四,还算什么有病呢?……

孩子又得了一场大病,肾炎。真是个多灾多难的小姑娘。母亲请了假在家里,抱她去打针,按时给她喂药,大夫说不能让她吃盐。父亲的工作放不下,每天尽量早地跑回家。孩子明显地没有精神,不爱笑,总睡。

"今天好点儿吗?"

"打针的时候恨不能把嗓子哭破了。从注射室出来,她使劲把脑袋往门框上碰。这脾气长大了可怎么办?"

窗外正下着雪。从三层楼的窗口望出去,家家户户的灰房子上,都有一个白色的屋顶。雪花静静地飘落。他们知道自己要比孩子先离开世界,知道这孩子无论碰上什么事都将是一个"难"字,一个"苦"字,不知道她能不能应付得了。

"她真还不如不来。"母亲说。

"当初不如听那个大夫的话。"父亲说。

"其实,那时候她等于还没有生命。"他又说。

"什么?"

"人是在开始懂事了,才算有了生命。"

"我没懂你的意思。"

"那时候如果听了大夫的话,其实她一点儿都不知道痛苦。跟没生她一样。"

女的想了一会儿,说:"真的,是这么回事。"

"当时我就跟你说过。"男的说。

"你根本没这么说。"

"我说了。你根本一句都听不进去。"

"我光想,她长得再丑我也一样会爱她。"

"我说你应该替她想想。我还说,这不光是我们受得了受不了的事。你根本听不进去。"

女的想着过去的事和以后的事。

"咱们可以再生一个正常的。"男的忽然说。

"像咱们这种情况,也允许再生一个。"男的又说。

妻子把脸埋在手里,痛苦地摇头。

"我问过大夫了,行。"丈夫说,"这病不是遗传,咱们生这样的孩子,其实非常偶然。"

妻子抬起头，认真地听。

"是否正常，可以在怀孕期间检查出来。"

一直到晚上快睡觉的时候，女的才又说起这件事。

"不，我不想再要了。我怕那样咱们会偏心。我就要她一个。咱们别再要了。"

"咱们不会不偏心？"丈夫说。

"肯定会。不是偏那个就是偏这个。"

孩子睡在两个人中间。雪早停了，一缕月光照在床上。两个人都看着睡在中间的孩子。

"还有几个加号？"

"三个。还是跟原来一样。尿还是发红。"

"其实她现在也还什么都不懂。"男的说。

"这是命。"女的一下子没懂他的意思。

"我是说，她现在也可以一点儿痛苦都没有，跟没生她一样。"

"什么？你说什么？"妻子恐怖地看着丈夫。

一团云彩又挡住了月亮，屋里完全黑暗。没有声音。两个人都知道对方没有睡。过了很久，丈夫感觉到床在颤动。妻子在哭。

男人在夜里才哭。男人睡着了的时候才把握不住自己。妻子把他推醒。那时月光又落在地上。他立刻很清醒：无论什么事，也不管对不对，做不到就是做不到。因为爱这孩子，所以不想让她受以后这几十年的痛苦，但正是因为爱又做不到。就像算命，不管算得准不准，反正你不会相信。或者不管你信不信，你还得活下去，该干什么还得干什么。

母亲该给孩子喂药了，父亲穿着单薄的衣服下地去拿暖壶。

现在孩子懂事了，生命真正开始了。夫妻俩一直害怕着这一天，没料到竟来得这么早。她有了记忆，知道了歧视，懂得气愤和痛苦了。她还不知道这仅仅是个开始。她想逃避，还不知道这是逃不开的。

"这不过是第一回。"男的说，半坐半躺在床上。他又想起那个被他嘲弄过的人。

女的躺在被窝里,睁着眼睛看天花板。孩子睡在她身边。街上传来洒水车"当当当"的铃声。

"这回还不是最难办的呢。"男的又说,"不过咱们得跟她说实话。"

"怎么说?"

"怎么说倒是小事。"

"那你说,你跟她说。"

"我当然可以说。不过,你答应了她不去幼儿园,她会说是你不让她去的。"

"你跟她说。然后我紧跟着就说,你说得对。"

"也行。不过怎么说呢?"

"你就说,所有的孩子都得上幼儿园。"

"不是,主要不在这儿。上幼儿园好办,硬把她送去她也得去。"

"那你说怎么说?"

"得让她知道,她确实是长得不好看。"

"我看说这个还早。她还太小。"

"就得现在说!大了就更难办。"

"她脾气倔极了,她能干脆不理你。"

"那也得说。"

"还是你自己跟她说吧。她要是闹脾气,我好哄她。"

"就怕这样!就怕我什么都跟她说了,你再来说好听的,说不是那么回事,'你长得不丑,你长得漂亮,你跟别的孩子一样,大伙都会喜欢你。'怕就怕这个!比不说还坏!"

"我不是这么哄。我没说这么哄。"

"那你怎么哄?我问你,你怎么哄?"

女的坐起来,披上衣服,胳膊交叉着抱在胸前,皱着眉头不说话。

楼上传来"嚓啦嚓啦"的拖鞋声,一会儿又"嚓啦嚓啦"地走回来。

男的赶紧又把攥紧的拳头松开,说:"但是她可以在其他方面不比别人差。你得这么说,她能在很多方面超过别人,做得比别人强。"

第二天是星期日,孩子很早就醒了,赖在被窝儿里不起来,看着春天的太阳照进屋里,太阳光越来越多,自己躺在床上唱。

母亲做好了早点,进屋来说:"快起床吧,小懒丫头,吃完饭带你去公园。"

"真的?"

"真的。"

"爸爸!是真的吗?"爸爸还在厨房里。

她跳出被窝儿,抱住妈妈的脖子,在床上蹦,在妈妈的脸上亲。这孩子会来事儿。

"妈妈!我穿哪件毛衣呀?"

"妈妈!我穿什么裤子呀?"

"我的新皮鞋呢?爸爸!你给我买的新皮鞋放在哪儿啦?"

年轻的父母在过道里擦肩而过,互相看了一眼,表情都很严肃,甚至是紧张。

临出门的时候,孩子忽然有些担心:"妈妈,我不去幼儿园了吧?"

"不去。不去幼儿园。"

丈夫扽了一下妻子的衣襟。孩子一蹦一蹦地跑到楼道里去了。

"我知道,我知道。"妻子赶忙解释,"可是现在没法儿说。"

"那你也别那么说呀,'不去!''不去!'说得那么肯定。"

两个人都叹气,急忙出来。孩子站在楼梯上喊他们。

公园里有了春天的模样,柳条绿了,湖面上有了游船。孩子一进公园就跑起来,跑跑停停,转回身喊她的父母。

"快来呀你们!草!草!"

草也绿了。孩子蹲在地上看,用手摸摸。

"有的草是绿的,爸爸,有的草是黄的。"孩子说。

"草跟草不一样。"父亲说。孩子已经跑开了。

到了儿童运动场,孩子不进去,只是扒着栅栏朝里面看,一声不响。

"你不想去滑滑梯吗?"母亲问她。

"你看,里面有那么多小朋友在玩儿。"父亲说。

孩子猛地跑开,故意蹦跳着,在地上捡石子,好像是说她自己也可以玩得很开心。她会掩饰自己的愿望了。

"这样下去她会离群,"父亲对母亲说,"她会慢慢变得孤僻。"那个极力想摆脱他的矮人,又浮现在他眼前,这几年他不断地想起那件事。

"船!船!妈妈,咱们划船吗?"孩子又跑回来,抱住母亲的腿。

"告诉妈妈,你们幼儿园有船吗?"母亲说。

孩子一愣。

妻子看一眼丈夫,丈夫点点头,鼓励她。

"妈妈,我想划船。"

"那你得答应妈妈一件事,明天去幼儿园。"

"嘘!——"丈夫做了个不满意的表情。

"嗯?"妻子有些慌张。

"别这么说,别这么许愿似的。"丈夫小声说。

孩子拉着母亲的手默默地走,专心地望着湖面上的船。

"爸爸带你划船去,走!"父亲拉过孩子的手。

孩子有些犹豫,把手缩回来,望望妈妈。湖面上那些划船的人真让人羡慕。

"走,咱们划船去,妈妈也去!"母亲说。

在船上,孩子一直不说话。船桨有时打起水花,孩子忍不住笑起来,尖声叫,但很快又静下来,像个大人似的,心事重重地看着船边荡漾的湖水。

"你看她。"母亲悄声说。

"嘘!——"父亲说,"哎,那个愁眉苦脸的,看咱们的船快不快!"

孩子故意不看他们,装听不见。划船原来是这么没意思。这样,明天就得上幼儿园去了。

"行了,你瞧她这脾气吧。"

"嘘!——"

整个上午,孩子再没有真正笑过。父母俩想尽办法让她高兴起来,孩子却想回家了。

"咱们吃点儿饭吧?回家去没有饭吃呀。"父亲对孩子说。

在饭馆里等饭的时候,父亲给孩子讲了个故事:"从前我认识一个小个子的人,很矮,只有筷子这么高……"

孩子笑起来:"真的?那他用什么吃饭呢?"

"别笑,还没人敢笑话他。别看他个子矮。这个人很了不起,从来不把高个子的人放在眼里,很多事别人干不了,可他能干。"

"他能干什么?"

"嗯……很多,譬如说,他研究出了一种药,这种药矮个子的人吃了就能长高。"

"那他干吗不给自己吃一点?"

"嗯……可是他已经老了。别人吃了这种药都长高了,可是他自己却不会再长高了。所以没人敢笑话他矮,大伙儿都特别尊敬他。"

"这个人从小就上幼儿园。"母亲插嘴说。

丈夫差点没跳起来,狠狠瞪了妻子一眼。

孩子又低下头。过了一会儿,她又喊着要回家了,一个人先跑到饭馆外边去。

"我跟你说了,上幼儿园是小事!"丈夫冲妻子喊,跑出去追孩子。

女的呆呆地坐在饭馆里,想哭又哭不出来。服务员把饭菜端来了。她问多少钱,服务员说交过钱了。等服务员走开,她也走出饭馆。

她看见丈夫和孩子在草坪那边的长椅上,孩子正扯破了嗓子哭。她赶紧跑过去。

"看,妈妈来了。"父亲说,"妈妈给你道歉来了。"

"妈妈,"孩子哭着说,"我不去幼儿园。"

母亲抱着孩子,"欧欧,不哭,不哭。"不知再说什么好。

"妈妈骗了你,妈妈要给你说对不起。"丈夫给妻子使眼色。

孩子用脚使劲踢爸爸:"你甭说!不用你说!你走!你滚一边去!"

母亲还是说不出话来,光流眼泪。

"他还说,"孩子哭着对妈妈说,"还说我就是大脑袋,就是——长得——难看,他还说。"

"那怕什么?那没关系。"母亲抹掉眼泪,尽量让声音平缓、柔和,"大脑袋怕什么?矮个子也没关系,你能在其他地方比别人强,比别人更有用。"

"不!不!!"孩子喊起来,"我不是!我不是!爸爸——才——是呢!"她从母亲怀里挣脱出来,一个人哭着往前走去。

丈夫拍拍妻子的背:"这会儿你别再哭,有一个就够了。"

"我知道。我没哭。"

两个人跟在孩子后面追上去。

到家以后,孩子又把自己关在厕所里。

女的在厨房里洗菜、切菜。男的淘米。男的隔一会儿到阳台上去一回,从窗户缝往厕所里看看。

"干什么呢?"母亲问。

"靠墙站着,把鞋给脱了。"

母亲去敲厕所的门:"快开门,妈妈要上厕所。"没有回答。"把鞋穿上,要不该着凉了。"

过了一会儿,父亲又到阳台上去,回来说:"把袜子也脱了。"

"她这脾气可怎么办?"

"我看倒好。她得有点儿脾气。得让她有点儿脾气。"

妻子靠在丈夫怀里,觉得身上一点劲儿都没有了。"得让她把鞋穿上,要不该着凉了。"

"不会。放心,不会。"丈夫说,"得让她保持住这种硬劲儿。没办法。无论将来她遇见什么,她不能太软了,得有股硬劲儿。"

天渐渐黑了。夫妻俩站在厨房通向阳台的门旁,听着孩子的动静。

过了很久,厕所的门轻轻响了一下。

孩子站在厨房门前的过道里,看见爸爸搂着妈妈,外面是万家灯火,还有深蓝色的天空和闪闪的星星……

1985 年

老屋小记

那是你的不能消散的心的重量,不能删减的魂的复杂,不能诉说的语言绝境,不能忘记的梦之神坛。

一 年龄的算术

年龄的算术,通常用加法,自落生之日计,逾年加一;这样算我今年是四十五岁。不过这其实也就是减法,活一年扣除一年,无论长寿或短命,总归是标记着接近终点;据我的情况看,扣除的一定是多于保留的了。孩子仰望,是因为生命之囤满得冒着尖;老人弯腰,是看囤中已经见底。也可以用除法,记不清是哪位先哲说过:人为什么会觉得一年比一年过得快呢?是因为,比如说,一岁之年是你生命的全部,而第四十五年只是你生命的四十五分之一。还可以是乘法,你走过的每一年都存在于你此后所有的日子里,在那儿不断地被重新发现、重新理解,不断地改变模样,比如二十三岁,你对它有多少新的发现和理解你就有多少个二十三岁。

二十三岁时我曾到一家街道生产组去做工,做了七年。——这话没有什么毛病:我是我,生产组是生产组,我走进那儿,做工,七年。但这是加法或减法。若用除法乘法呢,就不一样。我更迷恋乘法,于是便划不清哪是我,哪是那个生产组,就像划不清哪是我哪是我的心情。那个小小的生产组已经没有了,那七年也已消逝,留下来的是我逐年改变着的心情,和由此而不断再生的那几间老屋,那些年月以及那些人和事。

021

二　到老屋去

那是两间破旧的老屋,和后来用碎砖垒成的几间新房,挤在密如蛛网的小巷深处,与条条小巷的颜色一致,芜杂灰暗,使天空显得更蓝,使得飞起来的鸽子更洁白。那儿曾处老城边缘,荒寂的护城河水在那儿从东拐向南;如今,城市不断扩大,那儿差不多是市中心了。总之,那个地方,在这辽阔的球面上必定有其准确的经纬度,但这不重要,它只是在我的心情里存在、生长,一个很大的世界对它和对我都不过是一个悠久的传说。

我想去那儿,是因为我想回到那个很大的世界里去。那时我刚在轮椅上坐了一年多,二十三岁,要是活下去的话,料必还是有很长久的岁月等着我。V告诉我有那么个地方,我说我想去。V和我在一条街上住,也是刚从插队的地方转回来,想等一份称心的工作,暂时在那生产组干着。我说我去,就怕人家不要。V说不会,又不是什么正式工厂,再说那儿的老太太们心眼儿都挺好。父亲不大乐意我去,但闷闷地说不出什么,那意思我懂:他宁可养我一辈子。但是"一辈子"这种东西,是要自己养的,就像一条狗,给别人养了就是别人的。所有正式的招工单位见了我的轮椅都害怕,我想万万不可就这么关在家里并且活着。

我摇着轮椅,V领我在小巷里东拐西弯,印象中,现在街上的人比以前多十倍,鸽哨声在天上时紧时慢让人心神不定。每一条小巷都熟悉,是我上小学时常走的路,后来上了中学,后来又去"串联"又去"插队"又去住医院……不走这些路已经很久。过了一棵半朽的老槐树,是一家有汽车房的大宅院;过了大宅院是一个小煤厂;过了小煤厂是一个杂货店;过了杂货店是一座老庙。很长很长的红墙,跟着红墙再往前去,我记得有一所著名的监狱。V停了步,说到了。

我便头一回看见那两间老屋:尘灰满面。屋门前有一块不大的空场,就是日后盖起那几间新房的地方,秋光明媚,满地落叶金黄。一群老太太正在屋前的太阳地里劳作,她们大约很盼望发生点儿什么格外的事,纷纷停了手里的活儿,直起腰,从老花镜的上缘挑起眼睛看我。V"大妈,大婶"地叫了一圈儿,又仰头叫了一声"B大爷"。房顶上还蹲着一个老头儿,正在给漏雨的屋顶铺沥青。

"怎么着爷们儿?来吧,甭老一个人在家里憋闷着!……"B大爷笑着说,露出一嘴残牙。他是说我。

三　D的歌

应该有一首平缓、深稳又简单的曲子,来配那两间老屋里的时光,来配它终日沉暗的光线,来配它时而的喧闹与时而的疲倦。或者也可以有一句歌词,一句最为平白的话,不紧不慢地唱,反反复复地唱,便可呈现那老屋里的生活,闻见它清晨的煤烟味,听见它傍晚关灯和锁门的轻响。

我们七八个年轻人占住老屋的一角,常常一边干活儿一边唱歌。七年中都唱过些什么,记不住也数不清。如今回想,会唱的歌中,却找不出哪一句能与我印象中那老屋里缓缓流动的情绪符合。能够符合它的只应当是一句平白的话,平白得甚至不要有起伏,惟颤动的一条直线,短短的,不断地连续。这样一句话似乎就在我耳边,或者心里,可一旦去找它却又飘散。

到这儿来的年轻人,有些是像V那样等着分配更好的工作的,有些则跟我一样,或轻或重地有着一份残疾。健康的一拨儿一拨儿地来了又一拨儿一拨儿地走了,残疾的每次招工都报名,但报名与落榜的次数相等。

D的嗓音并不亮,但音域宽,乐感好,唱什么是什么。D只是一条腿有点瘸,但除了跑不快,上树上房都不慢。"文革"已到后期,电影院里开始放映一些外国影片了,那里面的音乐和插曲让D着迷。《桥》哇,《流浪者》呀,《瓦尔特保卫萨拉热窝》呀,还有后来的《追捕》《人证》,D一律都看八九遍。《拉兹之歌》《丽达之歌》《草帽歌》,D都能用"外语"

唱,嘀里嘟噜咿咿呜呜——D说:保证没错儿,不信咱再去看一遍。小T就笑。小T一边梳辫子一边说:"哇老天,您这可是哪国语呀,什么意思知道不?"D一脸不屑:"操心操心,你管他什么意思干吗?"小T说:"不知道什么意思就瞎唱!"D故作惊讶状:"嘿,我说小T,你平时可不笨,长得也挺好,咋不懂音乐呢?音乐!用不着他妈的什么意思。"小T红了脸:"音乐就音乐,你管我长得好不好呢?"小T的话里露出几分满足。

小T长得漂亮,自己知道,也知道别人知道。小T也爱打扮,不过在那年月里也真可谓"英雄无用武之地",无非是把毛衣拆了织、织了拆,变出些大同小异的花样,或者刻意让衬衫的领子从工作服上面鲜艳夺目地翻出来。但那在翻滚着灰色和蓝色的老屋里和小街上,毕竟是一点新意。

D不光能唱,那些外国电影中的台词他差不多都能背诵。碰上哪天心里不痛快,早晨一来他就开戏,谁也不理,从台词到音乐一直到声响效果,全本儿的戏,不定哪一出。"空气在颤抖,仿佛天空在燃烧……"(语出《瓦尔特保卫萨拉热窝》)"看呀,天空多么蓝啊,往前走,对,往前走不要朝两边看……"(语出《追捕》)"那儿就你一个人吗?""不,还有它。""谁?""死神。"(语出《爆炸》)"俄罗斯是农民的国家,没有城市也能活……""啊,你描绘了一幅多么可怕的图画……"(语出《列宁在1918》)可惜我记不住那么多了。

组长L大妈冲D喊:"你整天这么演电影儿可不行,还干活儿不干?"

"你瞧我手底下闲着了吗?革命生产两不误嘛。"

"你影响别人!"

"谁?死神吗?"

"滚,没人跟你贫嘴!想干就干,不想干回家!"

"啊,您描绘了一幅多么可怕的图画……"D把画笔往L大妈跟前一拍,"中国是人民的国家,不画这些臭画儿也能活!"

"好小子,有种的你走!你怎么不走呀?"

D跷起二郎腿,闭起眼睛唱歌:"妈妈——,杜哟瑞曼巴——得噢斯绰哈特——哟——给喂突密?——"(Mama, do you remember, the old straw hat you gave to me?)

L大妈冲大伙儿喊:"都干活儿,谁也甭理他!"

老屋里静下来,只有D的歌声:"……我看这世界像沙漠,四处空旷无人烟,我和任何人都没来往,都没来往……"轻轻地有些窃笑。有几个老太太忍不住笑出声,劝D:"算了吧,别怄气,都挺不容易的,干吗呀这是?快,快干活儿。"D说一声"别打岔!"歌声依旧,一首又一首唱得陶醉,仿佛是他的独唱音乐会。L大妈脸上红一阵儿白一阵儿。天窗上漏下一道阳光,在昏暗的老屋里变换着角度走,灿烂的光柱里飘动着浮尘和D悠缓的歌声……阳光渐渐移在D的身上,柔和宁静,仿佛舞台灯光,应该再有一阵阵掌声才像话。

近午歌声才停。D走到L大妈跟前,拿过画笔,坐回到自己桌前干活儿。

L大妈追过来:"这就完啦?你算人不算?"D不抬头:"好男不跟女斗。"

"什么?小兔崽子,你说什么?!"L大妈气昏。

D慌忙起立,赔笑道:"不不,我是说,法律不承认良心,良心也不承认法律。"(语出《流浪者》)

L大妈把画笔摔得满地,坐在门槛上一把鼻涕一把泪地哭诉,说她这可是图的什么,每月总共多拿两块钱,操心劳神还挨骂,可真是犯不上,如是等等。"是我不愿意你们青年人都分配上个好工作吗?跟我闹脾气顶他娘个屁用!不信你们就问问去,哪回招工的来了我不是挨个儿给你们说好话……"

四 外汇

老太太们盼望着这个小生产组能够发达,发展成正式工厂,有公费医疗,一旦干不动了也能算退休,儿孙成群终不如自己有一份退休金可靠。她们大多不识字,五六十岁才出家门,大半辈子都在家里伺候丈夫和儿女。

我们干的活儿倒很文雅:在仿古的大漆家具上描绘仕女佳人,花鸟树木,山水亭台……然后在漆面上雕刻出它们的轮廓、衣纹、发丝、叶脉……再上金打蜡,金碧辉煌地送去出口,换外汇。

"要人家外国钱干吗呢,能用?"A老太太很有些明知故问的意思,扫视一周,等待呼应。

"给你没用,国家有用。"G大婶搭腔,"想买外国东西,就得用外国钱。"

"外国钱就外国钱吧,怎么叫外汇?"

"干你的活儿呗老太太!——知道那么多再累着。"

"我划算,外汇真要是那么难得,国家兴许还能接收咱这厂子……"

老太太们沉默一会儿,料必心神都被吸引到极乐世界般的一幅图景中去了。

"哎,对了,U师傅,您应当见过外汇?"

于是,最安静的一个角落里响起一个轻柔的声音:"外汇是吗?哦,那可有很多种哪,美元、日元、英镑、法郎、马克……我也并不都见过。"这声音一板一眼字正腔圆,在简陋的老屋里优雅地漂浮,怪怪的,很不和谐,就像芜杂的窄巷中忽然闪现一座精致的洋房,连灰尘都要退避。"对呀对呀,纸币,跟人民币差不多……对呀,是很难得,国家需要外汇。"

这回沉默的时间要长些,希望和信心都在增长。

可是A老太太又琢磨出问题了:"咱们买外国东西用外国钱,外国买咱的东西不是也得用中国钱吗?那您说,咱这东西可怎么换回外汇来呢?"

"不,"U师傅细声地笑一下,"外国人买咱们的东西要付外汇。"

"那就不对了,都用他们的钱,合着咱的钱没用?"

U师傅光是笑,不再言语。

很多年以后,我在一家五星级饭店里看见了那样几件大漆的仿古陈设:一张条案、几只绣墩、一堂四扇屏风。它们摆布在幽静的厅廊里,几株花草围伴,很少有人在它们跟前驻足,惟独我一阵他乡遇故知般的欣喜。走近细看,不错,正是那朴拙的彩绘和雕刻,一刀一笔都似认得。我左顾右盼,很想对谁讲讲它们,但马上明白,这儿不会有人懂得它们,不会有人关心它们的来历,不会再有谁能听见那一刀一笔中的希望与岑寂。我摸摸那屏风纤尘不染的漆面,心想它们未必就是出自那两间老屋,但谁知道呢,也许这正是我们当年的作品。

五　三子

冬天的末尾。冻土融化,变得温润松软时,B大爷在门前那块空场上画好一条条白线,砖瓦木料也都预备齐全,老屋里洋溢着欢快的气氛。但阵阵笑声不单是因为新屋就要破土动工,还因为B大爷带来的"基建队"中有个傻子。

"嘿,三子,什么风把你刮来了?"

"你们这儿不是要盖房吗?"

"嚄,几天不见长出息了怎的,你能盖得了房?"

三子愧怍地笑笑:"这不是有B大爷嘛!"

三子?这名儿好耳熟。我正这么想着,他已经站到我跟前,并且叫着我的名字了。"喂,还认得我吗?"他的目光迟滞又迷离。

"噢……"我想起来了,这是我的小学同学,可怎么这样老了呢?驼背,而且满脸皱纹,"你是王……"

"王……王……王海龙。"他一脸严肃,甚至是紧张。

又有人笑他了:"就说'三子'多省事!方圆十里八里的谁不知道三子?未必有谁能懂得'王海龙'是什么东西。"

三子的脸红到耳根,有些喘,想争辩,但终于还是笑,一脸严肃又变成一脸愧怍,笑声只在喉咙里"哼哼"地闷响。

我连忙打岔:"多少年了呀,你还记得我?"

"那我还能不记得?你是咱班功课最棒的。"

众人又插嘴说:"那,最孬的是谁呢?""小学上了十一年也没毕业的,是谁呢?""俩腿穿到一条裤腿里满教室跳,把新来的女老师吓得不敢进门,是谁?"

"我!妈了个×的!"三子猛喊一声,但怒容只一闪,便又在脸上化作歉疚的笑,随即举臂护头做招架的姿势。

果然有巴掌打来,虚虚实实落在三子头上。

"能耐你不长,骂人你倒学得快!"

"这儿都是你大妈大婶,轮得上你骂人?"

"三子,对象又见了几个啦?"

"几个哪儿够,几打了吧?"

"不行。"三子说。

"喂喂——说明白了,人家不行还是咱们不行?"

"三子!"B大爷喊,"还不快跟我干活儿去?这群老'半边天'一个顶一个精,你惹得起谁?"

B大爷领着三子走了,甩下老屋里的一片笑骂。

B大爷领着三子和V去挖地基,还有个叫老E的四十多岁的男人。三子一边挖土一边念念叨叨地为我叹息:"谁承想他会瘫了呢?唉,这下他不是也完了?这辈子我跟他也算完了……"

V听了就呲得三子:"你他妈完了就完了吧,人家怎么完了?再胡说留神我抽你!"

三子便半天不吭声,挂着锹把低头站着。B大爷叫他,他也不动,B大爷去拽他,他慌忙抹了一把泪,脸上还是歉意的笑——这些都是后来B大爷告诉我的。

六　春天

　　三子的话刺痛了我。

　　那个二十三岁、两腿残废的男人,正在恋爱。他爱上了一个健康、漂亮又善良的姑娘。健康,漂亮,善良——这几个词太陈旧,也太普通了,但我没有别的词给她。别的词对于她都嫌雕琢。别的词,矫饰、浮华,难免在长久的时光中一点点磨损掉。而健康,漂亮,善良,这几个词经历了千百年。

　　属于那个年轻的恋爱者的,只有一个词:折磨。

　　残疾已无法更改,他相信他不应该爱上她,但是却爱上了,不可抗拒,也无法逃避,就像头上的天空和脚下的土地。因而就只有这一个词属于他:折磨。并不仅因为痛苦,更因为幸福,否则也就没有痛苦也就没有折磨。正是这爱情的到来,让他想活下去,想走进很大的那个世界去活上一百年。

　　他坐在轮椅上吻了她,她允许了,上帝也允许了。他感到了活下去的必要,就这样就这样,就这样一百年也还是短。那时他想,必须努力去做些事,那样,或许有一天就能配得上她,无愧于上帝的允许。偷偷地但是热烈地亲吻,在很多晴朗或阴郁的时刻如同团聚,折磨得到了报答,哪怕再多点儿折磨这报答也是够的。

　　但是总有一块巨大的阴影,抑或巨大的黑洞——看不清它在哪儿,但必定等在未来。

　　三子的话,又在我心里灌满了惶恐和绝望。一个傻人的话最可能是真的。

　　杨树的枝条枯长、弯曲,在春天最先吐出了花穗,摇摇荡荡在灰白的天上。我摇着轮椅,毫无目的地走。街上车水马龙人流如潮,却没有声音——我茫然而听不到任何声音,耳边和心里都是空荒的岑寂。我常常一个人这样走,一无所思,让路途填塞时间。劳累有时候能让心里舒畅、平静,或者是麻木。这一天,我沿着一条大道不停地摇着轮椅,不停地摇着,不管去向何方,也许我想看看我到底有多少力气,也许我想知道,就这么摇下去,能走到哪儿。

夕阳西坠时,看见了农田,看见了河渠、荒岗和远山,看见了旷野上的农舍炊烟。这是我两腿瘫痪后第一次到了城市的边缘。绿色还很少,很薄,裸露的泥土占了太重的比例,落霞把料峭的春风也浸染成金黄,空幻而辽阔地吹拂。我停下车,喝口水,歇一会儿。闭上眼睛,世界慢慢才有了声音:鸟儿此起彼落的啼鸣……

农家少年的叫喊或者是歌唱……远行的列车偶尔的汽笛声……身后的城市"隆隆"地轰响着,和近处无比的寂静……但是,我完了吗?如果连三子都这样说,如果爱情就被这身后的喧嚣湮灭,就被这近前的寂静囚禁,这个世界又与你何干?

睁开眼,风还是风,不知所来与所去,浪人一样居无定所。身上的汗凉了,有些冷。我继续往前摇,也许我想:摇死吧,看看能不能走出这个很大的世界……

然后,暮色苍茫中,我碰上了一个年轻的长跑者。

一个天才的长跑家——K。K在我身旁收住脚步,愕然地看着我,问我这是要到哪儿去。我说回家。他说,你干吗去了?我说随便走走。他说,你可知道这是哪儿吗?我摇摇头。他便推起我,默默地跑,朝着那座"隆隆"轰响的城市,那团灯火密聚的方向……

七 长跑者

想起未开放的年代,一定会想起K,想起他在喧嚣或寂静的街道上默默奔跑的形象。也许是因为,那个年代,恰可以这孤独的长跑为象征、为记忆、为诉说吧。

K因为在"文革"中出言不慎,未及成年就被送去劳改,三年后改造好了回来,却总不能像其他同龄人一样有一份正式工作。所谓"改造好了",不过是标明"那是被改造过的"(就像是"盗版"的),以免与"从来就好的"相混淆。这样,K就在街道生产组蹬板车。蹬板车之所得,刚刚填平蹬板车之所需。力气变成钱,钱变成粮食,粮食再变成力气,这样周而复始。我和K都曾怀疑上帝这是什么意图。K便开始了长跑,以期那严密而简单的循环能有一个漏洞,给梦想留下一点可能。K以为只要跑出好成绩,他就可以真正与别人平等,或者得一份正式工作,或者再奢侈些——被哪个专业田径队选中。

K推着我跑,灯火越来越密,车辆行人越来越多……K推着我跑,屋顶上的月亮越来越高,越来越小,星光越来越亮越来越辽阔……K推着我跑,"隆隆"的喧嚣慢慢平息着,城市一会儿比一会儿安静……万籁俱寂,只有K的脚步声和我的车轮声如同空谷回音……K推着我跑,在我的印象中一直就没有停下,一直就那样沉默着跑,夜风扑面,四周的景物如鬼影幢幢……也许,恰恰我俩是鬼(没有"版权"而擅自"出版"了),穿游在午夜的城市,穿游在这午夜的千万种梦境里……

K是个天才长跑家。他从未受过正规训练,只靠两样天赋的东西去跑:身体和梦想。他每天都跑两三万米,每天还要拉上六七百斤的货物蹬几十公里路,其间分三次吃掉两斤粮食而已。生产组的人都把多余的粮票送给他。谈不上什么营养,只临近大赛的那一个月,他才每天喝一瓶牛奶,然后便去与众多营养充足、训练有素的专业运动员比赛。年年的"春节环城赛"我都摇着轮椅去看他跑。年年他都捧一个奖杯或奖状回来,但仅此而已,梦想还是梦想。多少年后我和K才懂了那未必不是上帝的好意相告:梦想就是梦想,不是别的。

有个十三四岁的男孩儿要跟K学长跑,从未得到过任何教练指点的K便当起了教练。

后来,这男孩的姐姐认识了K,爱上了K,并且成了K的妻子——那时K仍然在拉板车,在跑,在盼望得到一份正式工作,或被哪个专业田径队选中。

热恋中的K曾对我说过一句话。他说他很久以来就想跟我说这句话了。他说:"你也应该有爱情,你为什么不应该有呢?"我不回答,也不想让他说下去。但是他又说:"这么多年,我最想跟你说的就是这句话了。"我很想告诉他我有,我有爱情,但我还是没有告诉他,我很怕去看这爱情的未来。那时候我还没能听懂上帝的那一项启示:梦想如果终于还是梦想,那也是好的,正如爱情只要还是爱情,便是你的福。

八 U师傅

U师傅有什么梦想吗?U师傅会有怎样的梦想呢?

U师傅的脚落在地上从来没有声音,走在深深的小巷里形单影只,从不结群。U师傅走进老屋里来工作,就像一个影子,几乎不被人发现。"U师傅来了吗?"——如果有人问起,大家才往她的座位上望,看见一个满头乌发身材颀长的老女人。

跟着听见一声如少女般细声细气的回答——

"来了呀。"

我初来老屋之时,听说她已经有五十岁——除非细看其容颜,否则绝不能信。她的身段保持得很好,举手投足之间会令人去想:她必相信可以留住往昔,或者不信不能守望住流去的岁月。无论冬夏,她都套一身工作服,领口和袖口的扣子都扣紧。她绝不在公用的水盆中洗手,从不把早点拿来老屋吃。她来了,干活;下班了,她走。实在可笑的事她轻声地笑,问到她头上的话她轻声回答,回答不了的她说"真抱歉,我也说不好",令她惊讶的事物她也只说一声"哟,是吗?"

"U师傅,您给大伙儿说两句外国话听听行不行?"

"不行呀,"她说,"都快忘光了。"

小T说:"U师傅,您听D唱的那些嘀里嘟噜的是外语吗?"

她笑笑,说:"我听不懂那是什么语。"

小T便喊D:"嘿,你听见没有,连U师傅都听不懂,你那叫外语呀?"

D走到U师傅跟前,客客气气地躬身道:"有阿尔巴尼亚语,有南斯拉夫语,有朝鲜语,还有印度语。"

"哟,是吗?"U师傅笑。

"U师傅,我早就想请教您了,您说'杜哟瑞曼巴'是什么意思?"

"你说的大概是 do you remember,意思是,'你还记得吗'?"

"哎哟喂,神了。"D挠挠头,再问,"那'得噢斯绰哈特'呢?"

U师傅认真地听,但是摇头。

"一个草帽,是吗?"

"草帽?噢,大概是 the old straw hat,'那个旧草帽',是吗?"

"'哟给喂突密'呢?"

"You gave to me,就是'你给我'。哦,这整句话的意思应该是,'妈妈,你还记不记得你给我的那个旧草帽。'"

D点头咋舌,竖着大拇指在老屋里走一圈,回到自己的座位上去。

小T快乐得手舞足蹈:"哇,老天,D哥们儿这回栽了吧?"

D不理小T,说:"U师傅,我真不明白,您这么大学问可跟我们一块儿混什么?"

L大妈的目光敏觉地投向U师傅,在那张阻挡不住地要走向老年的脸上停留一下,又及时移开:"D,干你的活儿吧,说话别这么没大没小的!"

听说U师傅毕业于一所名牌大学的西语系,听说U师傅曾经有过很好的工作,后来生了一场大病,病了很多年工作也就没了。听说U师傅没结过婚,听说不管谁给她介绍对象她都婉言谢绝。

U师傅绝对是一个谜。老屋里寂寞的时刻,我偶尔偷眼望她,不经意地猜想一下她的故事。我想,在那五十几年的生命里面必定埋藏着一个非凡的梦想,在那优雅、平静的音容后面必定有一个牵魂动魄的故事。但是她的故事守口如瓶,就连老屋里的大妈大婶们也分毫不知,否则肯定会传扬开去。

应该是一个爱情故事,一个悲剧。应该是一份不能随风消散、不能任岁月冲淡的梦想,否则也就谈不上悲剧。应该并不只是对于一个离去的人,而是对于一份不容轻掷的心血,否则那个人已经离开了你,你又是甘心地守望着什么呢?等待他回来?我宁愿不是这样一个通俗的故事。如果他不回来（或不可能再回来），守望，就一定是荒唐的吗？不应该单单去猜测一种现实，何况她已经优雅而平静地接受了别人无法剥夺的——爱情本身。她优雅、平静但却不能接受的是：往日的随风消散。是呀，那是你的不能消散的心的重量，不能删减的魂的复杂，不能诉说的语言绝境，不能忘记的梦之神坛或大道。

到底是怎样一个故事并不重要。

有一次小T去U师傅家回来（小T是老屋惟一去过U师傅家的人），跟我们说："哇，老天！告诉你们都不信，U师傅家真叫讲究喂，净是老东西。"

D说："有比L大妈还老的东西？"

小T说："我是说艺术品，字画，瓷器，还有太师椅呢。"

D说："太湿，怎么坐？"

小T说："你们猜U师傅在家里穿什么？旗袍！哇，老天，缎子的，漂亮死了！头发绾成髻，旗袍外面套一件开身绣花的毛坎肩。哇，老天，她可真敢穿！屋里屋外还养了好多好多花……"U师傅的梦想具体是什么，也不重要。

九　B大爷

B大爷七十多岁了。砌砖和泥、立柱架梁、攀墙上房，他都还做得。察领导之言、观同僚之色，他都老练。审潮流之时、度朝政之势，他都自信有过人之见——无非是"女人祸国"的歪论、"君侧当清"的老调。B大爷当过兵打过仗，枪林弹雨里走过来，竟奇迹般没留下一点伤残。不过他当的既非红军，亦非八路，也不是解放军。他说他跟"毛先生"打过仗。

"哪个毛先生？"

"毛主席呀，怎么了？"

"哎哟喂B老爷子！毛主席就是毛主席，能瞎叫别的？"

"不懂装懂不是？'先生'是尊称，我服气他才这么叫他。当年我们追得毛先生满山跑,好家伙,陈诚的总指挥,飞机大炮的那叫狂,可追来追去谁知道追的是师傅哇?论打仗,毛先生是师傅,教你们几招儿人家还未准有工夫呢,你们倒他妈不依不饶地追着人家打?作死!师傅就是先生,'先生'是尊称,懂不?"

"满山跑?什么山?"

"井冈山呀?怎么着,这你们又比我懂?"

"哪里哪里,你是师傅,啊不,先生。"

"噢嗬,不敢当,不敢当。"B大爷露出一嘴残牙笑。

他当过段祺瑞的兵,当过阎锡山的兵,当过傅作义的兵,当过陈诚的兵。

"那会儿不懂不是?"B大爷说,"心想当兵吃粮呗,给谁当还不一样?就看枪子儿找不找你的麻烦。饥荒来了,就出去当两天兵,还能帮助家里几个钱。年景好了就溜回来,种地,家里还有老娘在呢。唉,早要是明白不就去当红军了?"

"您当兵,也抢过老百姓?"

"苍天在上,可不敢。冲锋陷阵,闹着玩儿的?缺德一点儿枪子儿也找你。都说枪子儿不长眼,瞎说,枪子儿可是长眼。当官儿的后头督着,让你冲,你他妈还能想什么?你就得想咱一点儿昧良心的事儿没有,冲吧您哪。不亏心,没事儿,也甭躲,枪子儿知道朝哪儿走。电影里那都是瞎说。要是心虚,躲枪子儿,哪能躲得过来?咣当,挺壮实的一条汉子转眼就完了。我四周躺下过多少呀!当了几回兵,哪回我娘也没料着我能囫囵着回来。我说,娘,你就信吧,人把心眼儿搁正了,枪子儿绕着你走。"

"B先生,枪子儿会拐弯儿吗?"

"会,会拐弯儿。"

你惊讶地看着B大爷,想笑。B大爷平静地看着你,让你无由可笑。B大爷仿佛在回忆:某个枪子儿是怎样在他眼前漂漂亮亮地拐了弯儿的。

"这辈子我就信这个,许人家对不起你,不许你对不起人家。"

在基建队,B大爷随时护着三子,不让他受人欺侮。

晚上,三子独自东转西转,无聊了,就还是去B大爷那儿坐坐。

生产组的新车间盖好了,B大爷搬去那两间老屋里住,兼做守卫。木床一张,铺盖一卷,几件换洗的衣裳,最简单的炊具和餐具,一只不离身的小收音机——B大爷说:"这辈子就挣下这几样儿东西,不信上家里瞅瞅去,就剩一个贼都折腾不动的水缸。"

三子到B大爷那儿去,有时醉醺醺的。B大爷说:"甭喝那玩意儿,什么好东西?"

三子说:"您不也喝?"B大爷说:"我什么时候死都不蚀本儿啦!喝敌敌畏都行。"三子说:"我也想喝敌敌畏。"B大爷喊他:"瞎说,什么日子你也得把它活下来,死也甭愁活也甭怕才叫有种!"三子便愣着,撕手上的老茧,看目光可以到达的地方。

B大爷对旁人说:"三子呀,人可是一点儿不傻,只不过脑子不好使。"

脑子不好使而人并不傻,真是非凡之见。这很可能要涉及艰深的哲学或神学问题。比如说,你演算不出这非凡之见的正确,却能感受到它的美妙。

十　浪与水

从老屋往北,再往东,穿过芜杂简陋的大片民居,再向北,就是护城河了。老城尚未大规模扩展的年代,河两岸的土堤上柽柳浓荫、茂草藏人,很是荒芜。河很窄,水流弱小、混浊,河上的小木桥踩上去嘎嘎作响,除去冰封雪冻的季节,总有人耐心地向河心撒网,一网一网下去很少有收获;小桥上的行人驻足观望一阵,笑笑,然后各奔前途。

夏天的傍晚,我把轮椅摇过小桥,沿河"漫步",看那撒网者的执着。烈日晒了一整天的河水疲乏得几乎不动,没有浪,浪都像是死了。草木的叶子蔫垂着,摸上去也是热的。太阳落进河的尽头。蜻蜓小心地寻找露宿地点,看好一根枝条,叩门似的轻触几回方肯落下,再警惕着听一阵子,翅膀微垂时才是睡了。知了的狂叫连绵不断。我盼望我的恋人这时能来找我——如果她去家里找我不见,她会想到我在这儿。这盼望有时候实现,更多的时候落空,但实现与落空都在意料之内,都在意料之内并不是说都在盼望之中。

若是大雨过后,河水涨大几倍,浪也活了,浪涌浪落,那才更像一条地地道道的河了。

这样的时候,更要到河边去,任心情一如既往有盼望也有意料,但无论盼望还是意料,便都浪一样是活的。

长久地看那一浪推一浪的河水,你会觉得那就是神秘,其中必定有什么启示。"逝者如斯夫"?是,但不全是。"你不能两次踏进同一条河"?也不全是。似乎是这样一个问题:浪与水,它们的区别是什么呢?浪是水,浪消失了水却还在,浪是什么呢?浪是水的形式,是水的信息,是水的欲望和表达。浪活着,是水,浪死了,还是水。水是什么?水是浪的根据,是浪的归宿,是浪的无穷与永恒吧。

那两间老屋便是一个浪,是我的七年之浪。我也是一个浪,谁知道会是光阴之水的几十年之浪?这人间,是多少盼望之浪与意料之浪呢?

就在这样的时候,这样的河边,K 跑来告诉我:三子死了。

"怎么回事?"

"就在这河里。"

雨最大的时候,三子走进了这条河里,——在河的下游。

"不能救了?"

我和 K 默坐河边。

河上正是浪涌浪落,但水是不死的。水知道每一个死去的浪的愿望——因为那是水要它们去做的表达。可惜浪并不知道水的意图,浪不知道水的无穷无尽的梦想与安排。

"你说三子,他要是傻他怎么会去死呢?"

没人知道他怎么想。甚至没有人想到过:一个傻子也会想,也是生命之水的盼望与意料之浪。

也许只有 B 大爷知道:三子,人可不比谁傻,不过是脑子跟众人的不一样。河上飘缭的暮霭,丝丝缕缕融进晚风,扯断,飞散,那也是水呀。只有知道了水的梦想,浪和云和雾,才可能互相知道吧?

老屋里的歌,应该是这样一句简单的歌词,不紧不慢反反复复地唱:不管浪活着,还是浪死了,都是水的梦想……

1996 年

我的遥远的清平湾

那情景几乎使我忘记自己是生活在哪个世纪,默默地想着人类遥远而漫长的历史。

北方的黄牛一般分为蒙古牛和华北牛。华北牛中要数秦川牛和南阳牛最好,个儿大,肩峰很高,劲儿足。华北牛和蒙古牛杂交的牛更漂亮,犄角向前弯去,顶架也厉害,而且皮实、好养。对北方的黄牛,我多少懂一点。这么说吧:现在要是有谁想买牛,我担保能给他挑头好的。看体形,看牙口,看精神儿,这谁都知道。光凭这些也许能挑到一头不坏的,可未必能挑到一头真正的好牛。关键是得看脾气。拿根鞭子,一甩,"嗖"的一声,好牛就会瞪圆了眼睛,左蹦右跳。这样的牛干起活儿来下死劲,走得欢。疲牛呢?听见鞭子响准是把腰往下一塌,闭一下眼睛,忍了。这样的牛,别要。

我插队的时候喂过两年牛,那是在陕北的一个小山村儿——清平湾。

我们那个地方虽然也还算是黄土高原,却只有黄土,见不到真正的平坦的塬地了。由于洪水年年吞噬,塬地总在塌方,顺着沟、渠、小河,流进了黄河。从洛川再往北,全是一座座黄的山峁或一道道黄的山梁,绵延不断。树很少,少到哪座山上有几棵什么树,老乡们都记得清清楚楚;只有打新窑或是做棺木的时候,才放倒一两棵。碗口粗的柏树就稀罕得不得了。要是谁能做上一口薄柏木板的棺材,大伙儿就都佩服,方圆几十里内都会传开。

在山上拦牛的时候,我常想,要是那一座座黄土山都是谷堆、麦垛,山坡上的胡蒿和沟壑里的狼牙刺都是柏树林,就好了。和我一起拦牛的老汉总是"吸溜吸溜"地抽着旱烟,笑笑,说:"那可就一股劲儿吃白馍馍了。老汉儿家、老婆儿家都睡一口好材。"

和我一起拦牛的老汉姓白。陕北话里,"白"发"破"的音,我们都管他叫"破老汉"。也许还因为他穷吧,英语中的"poor"就是"穷"的意思。或者还因为别的:那几颗零零碎碎的牙,那几根稀稀拉拉的胡子,尤其是他的嗓子——他爱唱,可嗓子像破锣。傍晚赶着牛回村的时候,最后一缕阳光照在崖畔上,红的。破老汉用镢把挑起一捆柴,扛着,一路走一路唱:"崖畔上开花崖畔上红,受苦人①过得好光景……"声音拉得很长,虽不洪亮,但颤巍巍的,悠扬。碰巧了,崖顶上探出两个小脑瓜,竖着耳朵听一阵,跑了;可能是狐狸,也可能是野羊。不过,要想靠打猎为生可不行,野兽很少。我们那地方突出的特点是穷,穷山穷水,"好光景"永远是"受苦人"的一种盼望。天快黑的时候,进山寻野菜的孩子们也都回村了,大的拉着小的,小的扯着更小的,每人的臂弯里都扠个小篮儿,装的苦菜、苋菜,或者小蒜、蘑菇……孩子们跟在牛群后面,"叽叽嘎嘎"地吵,争抢着把牛粪撮回窑里②去。

越是穷地方,农活也越重。春天播种;夏天收麦;秋天玉米、高粱、谷子都熟了,更忙;冬天打坝、修梯田,总不得闲。单说春种吧,往山上送粪全靠人挑。一担粪六七十斤,一早上就得送四五趟;挣两个工分,

---

①受苦人:庄稼人。
②窑里:家里。

合六分钱。在北京,才够买两根冰棍儿的。那地方当然没有冰棍儿,在山上干活儿渴急了,什么水都喝。天不亮,耕地的人们就扛着木犁、赶着牛上山了。太阳出来,已经耕完了几垧地。火红的太阳把牛和人的影子长长地印在山坡上,扶犁的后面跟着撒粪的,撒粪的后头跟着点籽的,点籽的后头是打土坷垃的,一行人慢慢地、有节奏地向前移动,随着那悠长的吆牛声。吆牛声有时疲惫、凄婉;有时又欢快、诙谐,引动一片笑声。那情景几乎使我忘记自己是生活在哪个世纪,默默地想着人类遥远而漫长的历史。人类好像就是这么走过来的。

清明节的时候我病倒了,腰腿疼得厉害。那时只以为是坐骨神经疼,或是腰肌劳损,没想到会发展到现在这么严重。陕北的清明前后爱刮风,天都是黄的。太阳白蒙蒙的。窑洞的窗纸被风沙打得"刷啦啦"响。我一个人躺在土炕上……

那天,队长端来了一碗白馍……

陕北的风俗,清明节家家都蒸白馍,再穷也要蒸几个。白馍被染得红红绿绿的,老乡管那叫"zi chui"。开始我们不知道是哪两个字,也不知道什么意思,跟着叫"紫锤"。后来才知道,是叫"子推",是为了纪念春秋时期一个叫介子推的人的。破老汉说,那是个刚强的人,宁可被人烧死在山里,也不出去做官。我没有考证过,也不知史学家们对此做何评价。反正吃一顿白馍,清平湾的老老少少都很高兴。尤其是孩子们,头好几天就喊着要吃子推馍馍了。春秋距今两千多年了,陕北的文化很古老,就像黄河。譬如,陕北话中有好些很文的字眼:"喊"不说"喊",要说"呐喊";香菜,叫芫荽;"骗人"也不说"骗人",叫作"玄谎"……连最没文化的老婆儿也会用"酝酿"这词儿。开社员会时,黑压压坐了一窑人,小油灯冒着黑烟,四下里闪着烟袋锅的红光。支书念完了文件,喊一声:"不敢睡!大家讨论个一下!"人群中于是息了鼾声,不紧不慢地应着:"酝酿酝酿了再……"这"酝酿"二字使人想到那儿确是革命圣地,老乡们还记得当年的好作风。可在我们插队的那些年里,"酝酿"不过是一种习惯了的口头语罢了。乡亲们说"酝酿"的时候,心里也明白:事不顶!可支书让发言,大伙儿总得有个说的;支书也是难,其实那些政策条文早已经定了。最后,支书再喊一声:"同意啊不?"大伙儿回答"同意——"然后回窑睡觉。

那天,队长把一碗"子推"放在炕沿上,让我吃。他也坐在炕沿上,"吧嗒吧嗒"地抽烟。"子推"浮头用的是头两茬面,很白;里头都是黑面,麸子全磨了进去。队长看着我吃,不言语。临走时,他吹吹烟锅儿,说:"唉!心儿家不容易,离家远。""心儿"就是孩子的意思。

队里再开会时,队长提议让我喂牛。社员们都赞成。"年轻后生家,不敢让腰腿坐下病,好好价把咱的牛喂上!"老老小小见了我都这么说。在那个地方,担粪、砍柴、挑水、清明磨豆腐、端午做凉粉、出麻油、打窑洞……全靠自己动手。腰腿可是劳动的本钱;惟一能够代替人力的牛简直是宝贝。老乡们把喂牛这样的机要工作交给我,我心里很感动,嘴上却说不出什么。农民们不看嘴,看手。

我喂十头,破老汉喂十头,在同一个饲养场上。饲养场建在村子的最高处,一片平地,两排牛棚,三眼堆放草料的破石窑。清平河水整日价"哗哗啦啦"的,水很浅,在村前拐了一个弯,形成了一个水潭。河湾的一边是石崖,另一边是一片开阔的河滩。夏天,村里的孩子们光着屁股在河滩上折腾,往水潭里"扑通扑通"地跳,有时候捉到一只鳖,又笑又嚷,闹翻了天。破老汉坐在饲养场前面的窑顶上看着,一袋接一袋地抽烟。"心儿家不晓得愁,"他说,然后就哑着个嗓子唱起来,"提起那家来,家有名,家住在绥德三十里铺村……"破老汉是绥德人,年轻时打短工来到清平湾,就住下了。绥德出打短工的,出石匠,出说书的,那地方更穷。

绥德还出吹手。农历年夕前后,坐在饲养场上,常能听到那欢乐的唢呐声。那些吹手也有从米脂、佳县来的,但多数是从绥德。他们到处串,随便站在谁家窑前就吹上一阵。如果碰巧哪家要娶媳妇,他们就被请去,"呜里哇啦"地吹一天,吃一天好饭。要是运气不好,吹完了,就只能向人家要一点吃的或钱。或多或少,家家都给,破老汉尤其给的多。他说:"谁也有难下的时候。"原先,他也干过那营生,吃是能吃饱,可是常要受冻,要是没人请,夜里就得住寒窑。"揽工人儿难,哎哟,揽工人儿难;正月里上工十月里满,受的牛马苦,吃的猪狗饭……"他唱着,给牛添草。破老汉一肚子歌。

小时候就知道陕北民歌。到清平湾不久,干活儿歇下的时候我们就请老乡唱,大伙儿都说破老汉爱唱,也唱得好。"老汉的日子熬煎咧,人愁了才唱得好山歌。"确实,陕北的民歌多半都有一种忧伤的调子。但是,一唱起来,人就快活了。有时候赶着牛出村,破老汉憋细了嗓子唱《走西口》:"哥哥你走西口,小妹妹也难留,手拉着哥哥的手,送哥到大门口。走路你走大路,再不要走小路,大路上人马多,来回解忧愁……"场院上的婆姨、女子们嘻嘻哈哈地冲我嚷:"让老汉儿唱个《光棍儿哭妻》嘛,老汉儿唱得可美!"破老汉只作没听见,调子一转,唱起了《女儿嫁》:"一更里叮当响,小哥哥进了我的绣房,娘问女孩儿什么响,西北风刮得门闩响嘛哎哟……"往下的歌词就不宜言传了。我和老汉赶着牛走出很远了,还听见婆姨、女子们在场院上骂。老汉冲我眨眨眼,撅一根柳条,赶着牛,唱一路。

破老汉只带着个七八岁的小孙女过。那孩子小名儿叫"留小儿"。两口人的饭常是她做。

把牛赶到山里,正是响午。太阳把黄土烤得发红,要冒火似的。草丛里不知名的小虫子"嗞——嗞——"地叫。群山也显得疲乏,无精打采地互相挨靠着。方圆十几里内只有我和破老汉,只有我们的吆牛声。哪儿有泉水,破老汉都知道;几镢头挖成一个小土坑,一会儿坑里就积起了水。细珠子似的小气泡一串串地往上冒,水很小,又凉又甜。"你看下我来,我也看下你……"老汉喝口水,抹抹嘴,扯着嗓子又唱一句。不知他又想起了什么。

夏天拦牛可不轻闲,好草都长在田边,离庄稼很近。我们东奔西跑地吆喝着,骂着。破老汉骂牛就像骂人,爹、娘、八辈儿祖宗,骂得那么亲热。稍不留神,哪个狡猾的家伙就会偷吃了田苗。最讨厌的是破老汉喂的那头老黑牛,称得上是"老谋深算"。它能把野草和田苗分得一清二楚。它假装吃着田边的草,慢慢接近田苗,低着头,眼睛却溜着我。我看着它的时候,田苗离它再近它也不吃,一副廉洁奉公的样儿;等我刚一回头,它就趁机啃倒一棵玉米或高粱,调头便走。我识破了它的诡计,它再接近田苗时,假装不看它,等它确信无虞把舌头伸向禁区之际,我才大吼一声。老家伙趔趔趄趄地后退,既惊慌又愧悔,那样子倒是有点可怜。

陕北的牛也是苦,有时候看着它们累得草也不想吃,"呼哧呼哧"喘粗气,身子都跟着晃,我真害怕它们趴架。尤其是当那些牛争抢着去舔地上渗出的盐碱的时候,真觉得造物主太不公平。我几次想给它们买些盐,但自己嘴又馋,家里寄来的钱都买鸡蛋吃了。

每天晚上,我和破老汉都要在饲养场上待到十一二点,一遍遍给牛添草。草添得要勤,每次不能太多。留小儿跟在老汉身边,寸步不离。她的小手绢里总包两块红薯或一把玉米粒。破老汉用牛吃剩下的草疙结打起一堆火,干的"噼噼啪啪"响,湿的"嗞嗞"冒烟。火光照亮了饲养场,照着吃草的牛,四周的山显得更高,黑魆魆的。留小儿把红薯或者玉米埋在烧尽的草灰里,如果是玉米,就得用树枝拨来拨去,"啪"地一响,爆出了一个玉米花。那是山里娃最好的零嘴儿了。

留小儿没完没了地问我北京的事。"真个是在窑里看电影?""不是窑,是电影院。""前回你说是窑里。""噢,那是电视。一个方匣匣,和电影一样。"她歪着头想,大约想象不出,又问起别的。"啥时想吃肉,就吃?""嗯。""玄谎!""真的。""成天价想吃呢?""那就成天价吃。"这些话她问过好多次了,也知道我怎么回答,但还是问。"你说北京人都不爱吃白肉?"她觉得北京人不爱吃肥肉,很奇怪。她仰着小脸儿,望着天上的星星;北京的神秘,对她来说,不亚于那道银河。

"山里的娃娃什么也解①不开。"破老汉说。破老汉是见过世面的,他三七年就入了党,跟队伍一直打到广州。他常常讲起广州:霓虹灯成宿地点着,广州人连蛇也吃,到处是高楼,楼里有电梯……留小儿听得觉也不睡。我说:"城里人也不懂得农村的事呢。""城里人解开个狗吗?"留小儿问,"咯咯"地笑。她指的是我们刚到清平湾的时候,被狗追得满村跑。"学生价连犍牛和生牛也解不开。"留小儿说着去摸摸正在吃草的牛,一边数叨:"红犍牛、猴②犍牛、花生牛……爷!老黑牛怕是难活③下了,不肯吃!""它老了,熬④了。"老汉说。山里的夜晚静极了,只听得见牛吃草的"沙沙"声,蛐蛐儿叫,有时远处还传来狼嗥。破老汉有把破胡琴,"嗞嗞嘎嘎"地拉起来,唱:"一九头上才立冬,闯王领兵下河东,幽州困住杨文广,年太平,金花小姐领大兵……"把历史唱了个颠三倒四。

留小儿最常问的还是天安门。"你常去天安门?""常去。""常能照着⑤毛主席?""哪的来,我从来没见过。""咦?!他就盛⑥在天安门上,你去了会照不着?"她大概以为毛主席总站在天安门上,像画上画的那样。有一回她趴在我耳边说:"你冬里回北京把我引上行不?"我说:"就怕你爷爷不让。""你跟他说说嘛,他可相信你说的了。盘缠我有。""你哪儿来的钱?""卖鸡蛋的钱,我爷爷不要,都给了我,让我买褂褂儿的。""多少?""五块!""不够。""嘻,我哄你,看,八块半!"她掏出个小布包,打开,有两张一块的,其余全是一毛、两毛。那些钱大半是我买了鸡蛋给破老汉的。平时实在是饿得够呛,想解解馋,也就是买几个鸡蛋。我怎么跟留小儿说呢?我真想冬天回家时把她带上。可就在那年冬天,我病

---

①解(音 hài)不开:不懂。
②猴:小。
③难活:病。
④熬:累。
⑤照着:望见。
⑥盛:住。

厉害了。

其实,喂牛没什么难的,用破老汉的话说,只要勤谨、肯操心就行。喂牛,苦不重①,就是熬人,夜里得起来好几趟,一年到头睡不成个囫囵觉。冬天,半夜从热被窝里爬出来的滋味可不是好受的。尤其五更天给牛拌料,牛埋下头吃得香,我坐在牛槽边的青石板上能睡好几觉。破老汉在我耳边叨唠:黑市的粮价又涨了,合作社来了花条绒,留小儿的袄烂得露了花……我"哼哼哈哈"地应着,刚梦见全聚德的烤鸭,又忽然掉进了什刹海的冰窟窿,打个冷颤醒了,破老汉还没唠叨完。"要不回窑睡去吧,二次料我给你拌上了。"老汉说。天上划过一道亮光,是流星。月亮也躲进了山谷。星星和山峦,不知是谁望着谁,或者谁忘了谁。"这营生不是后生家做的,后生家正是好睡觉的时候。"破老汉说,然后"唉,唉——"地发着感慨。我又迷迷糊糊地入了梦乡。

碰上下雨下雪,我们俩就躲进牛棚。牛棚里净是粪尿,连打个盹的地方也没有。那时候我的腿和腰就总酸疼。"倒运的天!"破老汉骂,然后对我说:"北京够咋美,偏来这山沟沟里做什么嘛!""您那时候怎么没留在广州?"我随便问。他抓抓那几根黄胡子,用烟锅儿在烟荷包里不停地剜,瞪着眼睛愣半天,说:"咋!让你把我问着了,我也不晓欧咋价日鬼的。"然后又愣半天,似乎回忆着到底是什么原因。"唉,欧毛撵不成个毡,山里人当不成个官。"他说,"我那辰儿要是不回来,这辰儿也住上洋楼了,也把警卫员带上了。山里人憨着咧,只想打罢了仗就回家,哪搭儿也不胜窑里好。欧!要不,我的留小儿这辰儿还愁穿不上个条绒袄儿?"

每回家里给我寄钱来,破老汉总囔着让我请他抽纸烟。"行!"我说,"'牡丹'的怎么样?""嘻——'黄金叶'的就拔尖了!""可有个条件,"我凑到他耳边,"得给后沟里的送几根去。""憨娃娃!"他骂。"后沟里

---

①苦不重:活儿不重。

的"指的是住在后沟里的一个寡妇,比破老汉小十几岁,村里人都知道那寡妇对破老汉不错。老汉抽着纸烟,望着远处。我也唱一句:"你看下我来,我也看下你……"递给他几根纸烟,向后沟的方向示意。他不言传,笑眯眯地不知想着什么。末了,他把几根纸烟装进烟荷包,说:"留小儿大了嫁到北京去呀!"说罢笑笑,知道那是不沾边儿的事。

在后山上拦牛的时候,远远地望着后沟里的那眼土窑洞,我问破老汉:"那婆姨怎么样?""亮亮妈,人可好。"他说。我问:"那你干吗不跟她过?""嘻——老了老了还……"他打岔。"算了吧!"我说,"那你夜里常往她窑里跑?"我其实是开玩笑。"咦!不敢瞎说!"他装得一本正经。我诈他:"我都看见了,你还不承认!"他不言传了,尴尬地笑着。其实我什么也没看见。

破老汉望着山脚下的那眼窑洞。窑前,亮亮妈正费力地劈着一疙瘩树根;一个男孩子帮着她劈,是亮亮。"我看你就把她娶了吧,她一个人也够难的。再说,也就有人给你缝衣裳了。""唉,丢下留小儿谁管?""一搭里过嘛!""她的亮亮也娇惯得危险①,留小儿要受气呢。后妈总不顶亲。""什么后妈,留小儿得管她叫奶奶了。""还不一样?"山里没人,我们敞开了说。亮亮家的窑顶上冒起了炊烟。老汉呆呆地望着,一缕蓝色的青烟在山沟里飘绕。小学校放学的钟声"当当"地敲响了。太阳下山了,收工的人们扛着锄头在暮霭中走。拦羊的也吆喝着羊群回村了,大羊喊,小羊叫,"咩咩"地响成一片。老汉还是呆呆地坐着,闷闷地抽烟。他分明是心动了,可又怕对不起留小儿。留小儿的大②死得惨,平时谁也不敢向破老汉问起这事。据说,老汉一想起就哭,自己打自己的嘴巴。听说,都是因为破老汉舍不得给大夫多送些礼,把儿子的病给耽误了;其实,送十来斤米或者面就行。那些年月啊!

---

①危险:严重、厉害。
②大:爹。

秋天，在山里拦牛简直是一种享受。庄稼都收完了，地里光秃秃的，山洼、沟掌里的荒草却长得茂盛。把牛往沟里一轰，可以躺在沟门上睡觉；或是把牛赶上山，在下山的路口上坐下，看书。秋天的色彩也不再那么单调：半崖上小灌木的叶子红了，杜梨树的叶子黄了，酸枣棵子缀满了珊瑚珠似的小酸枣……尤其是山坡上绽开了一丛丛野花，淡蓝色的，一丛挨着一丛，雾蒙蒙的。灰色的小田鼠从黄土坷垃后面探头探脑；野鸽子从悬崖上的洞里钻出来，"扑棱棱"飞上天；野鸡"咕咕嘎嘎"地叫，时而出现在崖顶上，时而又钻进了草丛……我很奇怪，生活那么苦，竟然没人捕食这些小动物。也许是因为没有枪，也许是因为这些鸟太小也太少，不过多半还是因为别的。譬如：春天燕子飞来时，家家都把窗户打开，希望燕子到窑里来做窝；很多家窑里都住着一窝燕儿，没人伤害它们。谁要是说燕子的肉也能吃，老乡们就会露出惊讶的神色，瞪你一眼："咦！燕儿嘛！"仿佛那无异于亵渎了神灵。

种完了麦子，牛就都闲下了，我和破老汉整天在山里拦牛。老汉不闲着，把牛赶到地方，跟我交代几句就不见了。有时忽然见他出现在半崖上，奋力地劈砍着一棵小灌木。吃的难，烧的也难，为了一把柴，常要爬上很高很陡的悬崖。老汉说，过去不是这样，过去人少，山里的好柴砍也砍不完，密密匝匝的，人也钻不进去。老人们最怀恋的是红军刚到陕北的时候，打倒了地主，分了地，单干。"才红了①那辰儿，吃也有的吃，烧也有的烧，这咋会儿，做过啦！"老乡们都这么说。真是，"这咋会儿"迷信活动倒死灰复燃。有一回，传说从黄河东来了神神，有些老乡到十几里外的一个破庙去祷告，许愿。破老汉不去。我问他为什么，他皱着眉头不说，又哼哼起《山丹丹开花红艳艳》。那是才红了那辰儿的歌。过了半天，使劲磕磕烟袋锅，叹了口气："都是那号婆姨闹的！""哪号儿？"我有点明知故问。他用烟袋指指天，摇摇头，撇撇嘴："那号婆姨，我一照就晓得……"如此算来，破老汉反"四人帮"要比"四五"运动

---

① 才红了：指红军刚到陕北。

早好几年呢!

  在山里,有那些牛做伴,即便剩我一个人也并不寂寞。我半天半天地看着那些牛,它们的一举一动都意味着什么,我全懂。平时,牛不爱叫,只有奶着犊子的生牛才爱叫。太阳一偏西,奶着犊儿的生牛就急着要回村了,你要是不让它回,它就"哞——哞——"地叫个不停,急得团团转,无心再吃草。有一回,我在山洼洼里,睡着了,醒来太阳已经挨近了山顶。我和破老汉吆起牛回村,忽然发现少了一头。山里常有被雨水冲成的暗洞,牛踩上就会掉下去摔坏。破老汉先也一惊,但马上看明白了,说:"没麻搭,它想儿,回去了。"我才发现,少了的是一头奶犊儿的生牛。离村老远,就听见饲养场上一声声牛叫了,儿一声,娘一声,似乎一天不见,母子间有说不完的贴心话。牛不老①在母亲肚子底下一下一下地撞,吃奶。母牛的目光充满了温柔、慈爱,神态那么满足、平静。我喜欢那头母牛,喜欢那只牛不老。我最喜欢的是一头红犍牛,高高的肩峰,腰长腿壮,单套也能拉得动大步犁。红犍牛的犄角长得好,又粗又长,向前弯去;几次碰上邻村的牛群,它都把对方的首领顶得败阵而逃。我总是多给它拌些料,犒劳它。但它不是首领。最讨厌的还是那头老黑牛,不仅老奸巨猾,而且专横跋扈,双套它也会气喘吁吁,却占着首领的位置。遇到外"部落"的首领,它倒也勇敢,但不下两个回合,便跑得比平时都快了。那头老生牛就好,虽然比老黑牛还老,却和蔼得很,再小的牛冲它伸伸脖子,它也会耐心地为之舔毛。和牛在一起,也可谓其乐无穷了,不然怎么办呢?方圆十几里内看不见一个人,全是山。偶尔有拦羊的从山梁上走过,冲我呐喊两声。黑色的山羊在陡峭的岩壁上走,如走平地,远远看去像是悬挂的棋盘;白色的绵羊走在下边,是白棋子。山沟里有泉水,渴了就喝,热了就脱个精光,洗一通。那生活倒是自由自在,就是常常饿肚子。

  破老汉有个弟弟,我就是顶替了他喂牛的。据说那人奸猾,偷牛

———————
①牛不老:牛犊。

料;头几年还因为投机倒把坐过县大狱。我倒不觉得那人有多坏,他不过是蒸了白馍跑到几十里外的车站上去卖高价,从中赚出几升玉米、高粱米,白面自家舍不得吃。还说他捉了乌鸦,做熟了当鸡卖,而且白馍里也掺了假。破老汉看不上他弟弟,破老汉佩服的是老老实实的受苦人。

一阵山歌,破老汉担着两捆柴回来了。"饿了吧?"他问我。"我把你的干粮吃了。"我说。"吃得下那号干粮?"他似乎感到快慰。他"哼哼唉唉"地唱着,带我到山背洼里的一棵大杜梨树下。"咋吃!"他说着爬上树去。他那年已经五十六岁了,看上去还要老,可爬起树来却比我强。他站在树上,把一杈杈结满了杜梨的树枝撅下来,扔给我。那果实是古铜色的,小指甲盖儿大小,上面有黄色的碎斑点,酸极了,倒牙。老汉坐在树杈上吃,又唱起来:"对面价沟里流河水,横山里下来些游击队……"那是《信天游》。老汉大约又想起了当年。他说他给刘志丹抬过棺材,守过灵。别人说他是吹牛。破老汉有时是好吹吹牛。"牵牛牛开花羊跑青,二月里见罢到如今……"还是《信天游》。我冲他喊:"不是夜来黑喽①才见罢吗?""憨娃娃,你还不赶紧寻个婆姨?操心把'心儿'耽误下!"他反唇相讥。"后沟里的可会迷男人?""咦!亮亮妈,人可好!""这两捆柴,敢是给亮亮妈砍的吧?""谁情愿要,谁扛去。"这话是真的,老汉穷,可不小气。

有一回我半夜起来去喂牛,借着一缕淡淡的月光,摸进草窑。刚要揽草,忽然从草堆里站起两个人来,吓得我头皮发麻,不禁喊了一声,把那两个人也吓得够呛。一个岁数大些的连忙说:"别怕,我们是好人。"破老汉提着个马灯跑了来,以为是有了狼。那两个人是瞎子说书的,从绥德来。天黑了,就摸进草窑,睡了。破老汉把他们引回自家窑里,端出剩干粮让他们吃。陕北有句民谣:"老乡见老乡,两眼泪汪汪。"老汉

---

① 夜来黑喽:昨天晚上。

和两个瞎子长吁短叹,唠了一宿。

第二天晚上,破老汉操持着,全村人出钱请两个瞎子说了一回书。书说得乱七八糟,李玉和也有,姜太公也有,一会儿是伍子胥一夜白了头,一会儿又是主席语录。窑顶上、院墙上、磨盘上,坐得全是人,都听得入神。可说的是什么,谁也含糊。人们听的是那么个调调儿。陕北的说书实际是唱,弹着三弦儿,哀哀怨怨地唱,如泣如诉,像是村前汩汩而流的清平河水。河水上跳动着月光。满山的高粱、谷子被晚风吹得"沙沙"响。时不时传来一阵响亮的驴叫。破老汉搂着留小儿坐在人堆里,小声跟着唱。亮亮妈带着亮亮坐在窑顶上,穿得齐齐整整。留小儿在老汉怀里睡着了,她本想是听完了书再去饲养场上爆玉米花的,手里攥着那个小手绢包儿。山村里难得热闹那么一回。

我倒宁愿去看牛顶架,那实在也是一项有益的娱乐,给人一种力量的感受,一种拼搏的激励。我对牛打架颇有研究。二十头牛(主要是那十几头犍牛、公牛)都排了座次,当然不是以姓氏笔画为序,但究竟根据什么,我一开始也糊涂。我喂的那头最壮的红犍牛却敬畏破老汉喂的那头老黑牛。红犍牛正是年轻力壮的时候,肩峰上的肌肉像一座小山,走起路来步履生风;而老黑牛却已显出龙钟老态,也瘦,只剩了一副高大的骨架。然而,老黑牛却是首领。遇上有哪头母牛发了情,老黑牛便几乎不吃不喝地看定在那母牛身旁,绝不允许其他同性接近。我几次怂恿红犍牛向它挑战,然而只要老黑牛晃晃犄角,红犍牛便慌忙躲开。我实在憎恨老黑牛的狂妄、专横,又为红犍牛的怯懦而生气。后来我才知道,牛的排座次是根据每年一度的角斗,谁夺了魁,便在这一年中被尊崇为首领,享有"三宫六院"的特权,即便它在这一年中变得病弱或衰老,其他的牛也仍为它当年的威风所震慑,不敢贸然不恭。习惯势力到处在起作用。可是,一开春就不同了,闲了一冬,十几头犍牛、公牛都积攒了气力,是重新较量、争魁的时候了。"男子汉"们各自权衡了对手和自己的实力,自然地推举出一头(有时是两头)体魄最大,实力最强的新秀,与前冠军进行决赛。那年春天,我的红犍牛正处在新秀的位置上,开始对老黑牛有所怠慢了。我悄悄促成它们的决斗,把它们引到开阔的河滩上去(否则会有危险)。这事不能让破老汉发觉,否则他会骂。一开始,红犍牛仍有些胆怯,老黑牛尚有余威。但也许是春天的母牛们都显得越发俊俏吧,红犍牛终于受不住异性的吸引或是轻蔑,"哞——哞——"地叫着向老黑牛挑战了。它们拉开了架势,对峙着,用蹄子刨(páo)土,瞪红了眼睛,慢慢地接近,接近……猛地扭打到一起。这时候需要的是力量,是勇气。犄角的形状起很大作用,倘是两只粗长而向前弯去的角,便极有利,左右一晃就会顶到对方的虚弱处。然而,红犍牛和老黑牛都长了这样两只角。这就要比机智了。前冠军毕竟老朽了,过于相信自己的势力和威风,新秀却认真、敏捷。红犍牛占据了有利地形(站在高一些的地方比较有利),逼得老黑牛步步退却,只剩招架之功。红犍牛毫不松懈,瞧准机会把头一低,一晃一冲,顶到了对方的脖子。老黑牛转身败走,红犍牛追上去再给老首领的屁股上加一道失败的标记。第一回合就此结束。这样的较量通常是五局三胜制或九局五胜制。新秀连胜几局,元老便自愿到一旁回忆自己当年的矫勇去了。

为了这事,破老汉阴沉着脸给我看。我笑嘻嘻地递过一根纸烟去。他抽着烟,望着老黑牛屁股上的伤痕,说:"它老了呀!它救过人的命……"

据说,有一年除夕夜里,家家都在窑里喝米酒、吃油馍,破老汉忽然听见牛叫、狼嗥。他想起了一只出生不久的牛不老,赶紧跑到牛棚。好家伙,就见这黑牛把一只狼顶在墙旮旯里。黑牛的脸被狼抓得流着血,但它一动不动,把犄角牢牢地插进了狼的肚子。老汉打死了那只狼,卖了狼皮,全村人抽了一回纸烟。

"不,不是这。"破老汉说,"那一年村里的牛死的死,杀的杀(他没说是哪年),快光了。全凭好歹留下来的这头黑牛和那头老生牛,村里的牛才又多起来。全靠了它,要不全村人倒运吧!"破老汉摸摸老黑牛的犄角。他对它分外敬重。"这牛死了,可不敢吃它的肉,得埋了它。"破老汉说。

可是,老黑牛最终还是被人拖到河滩上杀了。那年冬天,老黑牛不小心踩上了山坡上的暗洞,摔断了腿。牛被杀的时候要流泪,是真的。只有破老汉和我没有吃它的肉。那天村里处处飘着肉香。老汉呆坐在老黑牛空荡荡的槽前,只是一个劲儿抽烟。

我至今还记得这么件事:有天夜里,我几次起来给牛添草,都发现老黑牛站着,不卧下。别的牛都累得早早地卧下睡了,只有它喘着粗气,站着。我以为它病了,走进牛棚,摸摸它的耳朵,这才发现,在它肚皮底下卧着一只牛不老。小牛犊正睡得香,响着均匀的鼾声。牛棚很窄,各有各的"床位",如果老黑牛卧下,就会把小牛犊压坏。我把小牛犊赶开(它睡的是"自由床位"),老黑牛"扑通"一声卧倒了。它看着我,我看着它。它一定是感激我了,它不知道谁应该感激它。

那年冬天,我的腿忽然用不上劲儿了,回到北京不久,两条腿都开始萎缩。

住在医院里的时候,一个从陕北回京探亲的同学来看我,带来了乡亲们捎给我的东西:小米、绿豆、红枣、芝麻……我认出了一个小手绢包儿,我知道那里头准是玉米花。

那个同学最后从兜里摸出一张十斤的粮票,说是破老汉让他捎给我的。粮票很破,渍透了油污,背面中间用一条白纸相连。

"我对他说这是陕西省通用的,在北京不能用。破老汉不信,说:'咦!你们北京就那么高级?我卖了十斤好小米换来的,咋啦不能用?!'我只好带给你。破老汉说你治病时会用得上。"

唔,我记得他儿子的病是怎么耽误了的,他以为北京也和那儿一样。

十年过去了。前年留小儿来了趟北京,她真的自个儿攒够了盘缠!她说这两年农村的生活好多了,能吃饱,一年还能吃好多回肉。她说,黑肉①真的还是比白肉②好吃些。

"清平河水还流吗?"我糊里巴涂地这样问。

"流哩嘛!"留小儿"咯咯"地笑。

"我那头红犍牛还活着吗?"

"在哩!老下了。"

我想象不出我那头浑身是劲儿的红犍牛老了会是什么样,大概跟老黑牛差不多吧,既专横又慈爱……

留小儿给他爷爷买了把新二胡。自己想买台缝纫机,可是没买到。

"你爷爷还爱唱吗?"

"整天价瞎唱。"

"还唱《走西口》吗?"

"唱。"

"《揽工调》呢?"

"什么都唱。"

"不是愁了才唱吗?"

"咦?!谁说?"

关于民歌产生的原因,还是请音乐家和美学家们去研究吧。我只是常常记起牛群在土地上舔食那些渗出的盐的情景,于是就又想起破老汉那悠悠的山歌:"崖畔上开花崖畔上红,受苦人过得好光景……"如今,"好光景"已不仅仅是"受苦人"的一种盼望了。老汉唱的本也不是崖畔上那一缕残阳的红光,而是长在崖畔上的一种野花,叫山丹丹,红的,年年开。

哦,我的白老汉,我的牛群,我的遥远的清平湾……

1082年

---

①黑肉:瘦肉或精肉。
②白肉:肥肉。

奶奶的星星

是不是每个人死了都可以变成星星,都能给活着的人把路照亮?

世界给我的第一个记忆是:我躺在奶奶怀里,拼命地哭,打着挺儿,也不知道是为了什么,哭得好伤心。窗外的山墙上剥落了一块灰皮,形状像个难看的老头儿。奶奶搂着我,拍着我,"噢——噢——"地哼着。我倒更觉得委屈起来。"你听!"奶奶忽然说,"你快听,听见了吗……"我愣愣地听,不哭了,听见了一种美妙的声音,飘飘的、缓缓的……是鸽哨儿?是秋风?是落叶滑过屋檐?或者,只是奶奶在轻轻地哼唱?直到现在我还是说不清。"噢噢——睡觉吧,麻猴儿来了我打它……"那是奶奶的催眠曲。屋顶上有一片晃动的光影,是水盆里的水反射的阳光。光影也那么飘飘的、缓缓的,变幻成和平的梦境,我在奶奶怀里安稳地睡熟……

我是奶奶带大的。不知有多少人当着我的面对奶奶说过:"奶奶带起来的,长大了也忘不了奶奶。"那时候我懂些事了,趴在奶奶膝头,用小眼睛瞪那些说话的人,心想:瞧你那讨厌样儿吧!翻译成孩子还不能掌握的语言就是:这话用你说吗?

奶奶愈紧地把我搂在怀里,笑笑:"等不到那会儿哟!"仿佛已经满足了的样子。

"等不到哪会儿呀?"我问。

"等不到你孝敬奶奶一把铁蚕豆。"

我笑个没完。我知道她不是真那么想。不过我总想不好,等我挣了钱给她买什么。爸爸、大伯、叔叔给她买什么,她都是说:"用不着花那么多钱买这个。"奶奶最喜欢的是我给她踩腰、踩背。一到晚上,她常常腰疼、背疼,就叫我站到她身上去,来来回回地踩。她趴在床上"哎哟哎哟"的,还一个劲儿夸我:"小脚丫踩上去,软软乎乎的,真好受。"我可是最不耐烦干这个,她的腰和背可真是够漫长的。"行了吧?"我问。"再踩两趟。"我大跨步地打了个来回:"行了吧?""唉,行了。"我赶快下地,穿鞋,逃跑……

于是我说:"长大了我还给您踩腰。"

"哟,那还不把我踩死?"

过了一会儿我又问:"您干吗等不到那会儿呀?"

"老了,还不死?"

"死了就怎么了?"

"那你就再也找不着奶奶了。"

我不嚷了,也不问了,老老实实依偎在奶奶怀里。那又是世界给我的第一个可怕的印象。

一个冬天的下午,一觉醒来,不见了奶奶。我扒着窗台喊她,窗外是风和雪。"奶奶出门儿了,去看姨奶奶。"我不信,奶奶去姨奶奶家总是带着我的。我整整哭喊了一个下午,妈妈、爸爸、邻居们谁也哄不住,直到晚上奶奶出我意料地回来。这事大概没人记得住了,也没人知道我那时想到了什么。小时候,奶奶吓唬我的最好办法,就是说:"再不听话,奶奶就死了!"

夏夜,满天星斗。奶奶讲的故事与众不同,她不是说地上死一个人,天上就熄灭了一颗星星,而是说,地上死一个人,天上就又多了一个星星。

"怎么呢?"

"人死了,就变成一个星星。"

"干吗变成星星呀?"

"给走夜道儿的人照个亮儿……"

我们坐在庭院里,草茉莉都开了,各种颜色的小喇叭,掐一朵放在嘴上吹,有时候能吹响。奶奶用大芭蕉扇给我轰蚊子。凉凉的风,蓝蓝的天,闪闪的星星,永远留在我的记忆里。

那时候我还不懂得问,是不是每个人死了都可以变成星星,都能给活着的人把路照亮。

奶奶已经死了好多年。她带大的孙子忘不了她。尽管我现在想起她讲的故事,知道那是神话,但到夏天的晚上,我却时常还像孩子那样,仰着脸,揣摸哪一颗星星是奶奶的……我慢慢去想奶奶讲的那个神话,我慢慢相信,每一个活过的人,都能给后人的路途上添些光亮,也许是一颗巨星,也许是一把火炬,也许只是一支含泪的烛光……

奶奶是小脚儿。奶奶洗脚的时候总避开人。她避不开我,我是"奶奶的影儿"。

"这有什么可看的!快着,先跟你妈玩儿去。"

我蹲在奶奶的脚盆前不走。那双脚真是难看,好像只有一个大脚趾和一个脚后跟。

"您疼吗?"

"疼的时候早过去啦。"

"这会儿还疼吗?"

"一碰着,就疼。"

我本来想摸摸她的脚,这下不敢了。我伸一个指头,拨弄拨弄盆里的水。

"你看受罪不!"

我心疼地点点头。

"赶明儿奶奶一喊你,你就回来,奶奶追不上你。嗯?"

我一个劲儿点头,看着她那两只脚,心里真害怕。我又看看奶奶的脸,她倒没有疼的样子。

"等我妈老了,脚也这样儿了吧?"

一句话把奶奶问得哭笑不得。妈妈在外屋也忍不住地笑,过来把我拉开了。奶奶还在里屋念叨:"唉,你妈赶上了好时候,你们都赶上了好时候……"

晚上睡在奶奶身旁,我还想着这件事,想象着一个老妖婆(就像《白雪公主》里的那个老妖婆,鼻子有钩,脸是蓝的),用一条又长又结实的布使劲勒奶奶的脚。

"您妈是个老妖婆!"我把头扎在奶奶的脖子下,说。

"这孩子,胡说什么哪?"奶奶一愣,摸摸我的头,怀疑我是在说梦话。

"那她干吗把您的脚弄成那样儿呀?"

奶奶笑了,叹口气:"我妈那还是为我好呢。"

"好屁!"我说。平时我要是这么说话,奶奶准得生气,这回没有。

"要不能到了你们老史家来?"奶奶又叹气。

"我不姓屎!我姓方!"我喊起来。"方"是奶奶的姓。

奶奶也笑,里屋的妈妈和爸爸也笑。但不知为什么,他们都不像往常那样笑得开心。

"到你们老史家来,跟着背黑锅。我妈还当是到了你们老史家,能享多大福呢……"奶奶总是把"福"读成"斧"的音。

老史家是怎么回事呢?奶奶干吗总是那么讨厌老史家呢?反正我不姓屎,我想。

月光照在窗纸上,一个个长方格,还有海棠树的影子。街上传来吆喝声,听不清是卖什么的,总拖着长长的尾音。我看见奶奶一眨不眨地睁着眼睛想事。

"奶奶。"

"嗯?睡吧。"奶奶把手伸给我。

奶奶想什么呢?她说过,她小时候也有一双能蹦能跳的脚。拉着奶奶的手睡觉，总能睡得香甜。我梦见奶奶也梳着两个小"抓髻儿"，踢踢踏踏地跳皮筋儿，就像我们院里的惠芬三姐，两个"抓髻儿"，两只大脚片子……

惠芬三姐长得特别好看。我还只是个小孩子的时候，就觉得她好看了。她跳皮筋的时候我总蹲在一边看，奶奶叫我也叫不动。但惠芬三姐不怎么爱理我。她不太爱理人。只有她们缺一个人押皮筋的时候，她才想起我。我总盼着她们缺一个人。她也不爱笑，刚跳得有点高兴了，她妈就又喊她去洗菜，去和面，去把她那群弟弟妹妹的衣裳洗洗。她一声不吭地收起皮筋，一声不吭地去干那些活儿。奶奶总是夸她，夸她的时候，她也还是一声不吭。

惠芬三姐最小的弟弟叫八子，和我同岁。他们家有八个孩子，差不多一个比一个小一岁。他们家住南屋，我们家住西屋。

院子中间，十字砖路隔开四块土地，种了一棵梨树和三棵海棠树。春天，满院子都是白花；花落了，满地都是花瓣。树下也都种的花：西番莲、草茉莉、珍珠梅、美人蕉、夜来香……全院的人都种，也不分你我。也许因为我那时还很小，总记得那些花都很高。我和八子常在花丛里钻来钻去。晚上，那更是捉迷藏的好地方，往茂密的花丛中一蹲，学猫叫。奶奶总愿意把我们拢到一块儿，听她说谜语："青石板，板石青，青石板上……""咳，是星星！"奶奶就会那么几个谜语。八子不耐烦了，又去找纸叠"子弹"；我们又钻进花丛。"别崩着眼睛！唉……"奶奶坐在门前喊。"没有，我们崩猫呢！"八子说。有一只外头来的大黑猫，是我们的假想敌。"猫也别崩，好好的猫，你们别害巴它！"奶奶还在喊。我们什么都听不见了，从前院追到后院，又嚷又叫，黑猫蹿上房，逃跑了。

八子特别会玩。弹球儿他总能赢，一赢就是大半兜，好的不多，净是大麻壳、水泡子。他还会织逮蜻蜓的网，一逮就是一大把，每个手指缝夹两只。他还敢一个人到城墙根儿去逮蛐蛐儿，或者爬到房顶上去摘海棠。奶奶就又喊："八子，八子！什么时候见你老实会儿！看别摔了腰!"八子爱到我们家来,悄悄地,不让他妈知道。奶奶总把好吃的分给我们俩——糖,一人两块,或者是饼干,一人两三块。八子家生活困难,平时吃不到这些东西。八子妈总是抱怨,"有多少东西,也不够我们家那几个'小饿狼儿'吃的。"我和八子趴在奶奶的床上,把糖嘬得"哑哑"地响,用红的、蓝的玻璃纸看太阳,看树,看在院里晾衣服的惠芬三姐。我们俩得意地嘻嘻哈哈笑。"八子!别又在那儿闹!"惠芬三姐说话总绷着脸,像个大人。八子嘴里含着糖,不敢搭茬儿。"没闹,"奶奶说,"八子难得不在房上。"其实奶奶最喜欢八子,说他忠厚。

上小学的时候,我和八子一班。记得我们入队的时候,八子家还给他做不上一件白衬衫,奶奶就把我的两件白衬衫分一件给八子穿。八子高兴得脸都发红,他长那么大一直是捡哥哥姐姐的旧衣服穿。临去参加入队仪式的早晨,奶奶又把八子叫来,给我们俩每人一块蛋糕和两个鸡蛋。八子妈又给了我们每人一块补花的新手绢,是她自己做的。八子妈没日没夜地做补花,挣点钱贴补家用。

奶奶后来也做补花,是八子妈给介绍的。一开始,八子妈不信奶奶真要做,总拖着,奶奶就总问她。

"八子妈,您给我说了吗?"

"您真要做是怎么的?"八子妈肩上挂着一绺绺各种颜色的丝线。

"真做。"

"行,等我给您去说。"

过了好些日子,八子妈还是没去说。奶奶就又催她。

"您抽空儿给我说说去呀?"

"您还真要做呀?"

"真做。"

"您可真是的,儿子儿媳妇都工作,一月一百好几十块,总共四口人,受这份儿累干吗?"

"我不是缺钱用……"奶奶说。

奶奶确实不是为挣那几个钱。奶奶有奶奶的考虑,那时我还不懂。

小时候,我一天到晚都是跟着奶奶。妈妈工作的地方很远,尤其是冬天,她要到天挺黑挺黑的时候才能回来。爸爸在里屋看书、看报,把报纸弄得窸窸窣窣地响。奶奶坐在火炉边给妈妈包馄饨。我在一旁跟着添乱,捏一个小面饼贴在炉壁上,什么时候掉下来就熟了。我把面粉弄得满身全是。

"让你别弄了,看把白面糟踏的!"奶奶掸掸我身上的面粉,给我把袄袖挽上。

"那您给我包一个'小耗子'!"

"这是馄饨,包饺子时候才能包'小耗子'。"

可奶奶还是擀了一个饺子皮,包了一个"小耗子"。和饺子差不多,只是两边捏出了好多褶儿,不怎么像耗子。

"再包一只'猫'!"

又包一只"猫"。有两只耳朵,还有点像。

"看到时候煮不到一块儿去,就说是你捣乱。"

"行,就说是我包的!"

奶奶气笑了:"你要会包了,你妈还美。"

"唉,你们都赶上了好时候。"我拉长声音学着往常奶奶的语调,"看你妈这会儿有多美!"

奶奶常那么说。奶奶最羡慕妈妈的是,有一双大脚,有文化,能出去工作。有时候,来了好几个妈妈的同事,她们"叽叽嘎嘎"地笑,说个没完,说单位里的事。我听不懂,靠在奶奶身上直想睡觉。奶奶也未必听得懂,可奶奶特别爱听,坐在一个不碍事的地方,支棱着耳朵,一声不响。妈妈她们大声笑起来。奶奶脸上也现出迷茫的笑容,并不太清楚她们笑的是什么。"妈,咱们包饺子吧。"妈妈对奶奶说。奶奶吓了一跳,忙出去看火,火差点就要灭了;奶奶听得把什么都忘了。客人们走后,奶奶的情绪一下子低落了,说:"你们刷碗、添火吧,我累了。"妈妈让奶奶躺会儿。奶奶不躺,坐在那儿发呆。好半天,奶奶又是那句话:"唉,你们都赶上了好时候。"爸爸、妈妈都悄悄的。只有我敢在这时候接奶奶的茬儿:"看你妈多美,大脚片子,又有文化,单位里一大伙子人,说说笑笑多痛快。""可不是嘛。我就是没上过学。我有个表妹……""知道,知道。"我又把话茬儿接过去:"您有个表妹,上过学,后来跑出去干了大事。""可不真的?"奶奶倒像个孩子那样争辩。"您表妹也吃食堂?"我这一问把爸爸、妈妈全逗乐了。奶奶有些尴尬:"六七岁讨人嫌。"奶奶骂我只会这一句。不知为什么,奶奶特别羡慕别人吃食堂,说起她羡慕或崇拜的人来,最后总要说明一句:"人家也吃食堂。"

后来,1958年,街道上也办了食堂。奶奶把家里的好多坛坛罐罐都贡献了出去。她愿意早早地到食堂门口去等着开饭。中午,爸爸、妈妈都不回来,她叫我放了学到食堂去找她。卖饭的窗口开了,她第一个递上饭票去:"要一个西红柿,一个……嗯……"她把"一个"咬得特别清楚,但却不自然;她有些不好意思,但又很骄傲似的。现在回想起来,她大概是觉得自己和那些能出去工作的人相仿了,可她毕竟又没出去工作过。

是在我上小学二年级的时候,那些日子,奶奶晚上总去开会,总不让我跟着。"又不是去看戏!"奶奶说,脾气变得很急躁。

我跟着奶奶看过不少老戏。奶奶做补花挣了钱,就请别人看戏,请八子妈,请姨奶奶,也请院里的另一个老太太,自然每次都得请我——她的"影儿"也得占一个座位。奶奶不会看戏,每次看戏之前都得请教那"另一个老太太"。那个老太太懂戏,也并非真懂,用现在的话说也就是个"名人爱好者"。什么梅兰芳、姜妙香、袁世海、张君秋……奶奶和我都是从她那儿得到启蒙的。我坐在剧场的椅子上睡觉,我是为中间的十五分钟休息来的;休息的时候小卖部卖酸梅汤,我使劲说渴,至少可以喝两瓶。奶奶是说:"我年轻时候什么戏也没看过。"她大约是为补上这一课来的。平时胡同里几个老头儿、老太太在一块儿聊天,谁都比奶奶懂戏。奶奶什么事都要强。不过只有一回,奶奶和那个老太太是都看懂了,不是戏,是电影《祝福》。看完了,奶奶直哭,那个老太太也直哭。"那时候可不就是那么样儿。"那个老太太说。"可不就那么样儿。"奶奶说。两个人的眼睛都红红的。我不声不响地跟在奶奶身后走。最惨的不是祥林嫂最后摔倒在雪地上,而是她捐了门槛,高高兴兴地回来的时候。奶奶后来总爱给别人讲《祝福》,还是把"福"念成"斧"的音。不过她再也不愿意看那个电影了。

一天晚上,奶奶又要去开会,早早地换上了出门的衣服,坐在桌边发愣。

妈妈把我叫过来,轻声对奶奶说:"今天让他跟您去吧,回来道儿挺黑的。小孩儿,没关系。"

我高兴地喊起来:"不就是去我们学校吗?我搀您去,那条路我特熟!"

"嘘——喊什么!"妈妈给了我一巴掌。妈妈的表情挺严肃。

我跑去找八子,我们俩早就想晚上去一回学校了。我们学校原来是一座大庙,八子说,晚上那儿的蛐蛐儿准少不了。

学校有好几层院子,有好几棵又粗又高的老柏树,院墙上长满了草,红色的灰皮脱落了很多。天还没黑,伏天儿在老柏树上"伏天儿——伏天儿——"地叫着。奶奶到紧后院去开会,嘱咐我们就在前院玩。这正合我们的心意,好玩的东西全在前院,白天被高年级同学占领的双杠、爬竿儿、沙坑,这会儿全空着。

"八子,真是跟你妈说了?"奶奶又问。

"真说了。"

八子冲我笑。他才不用跟他妈说呢,他常常在外面玩到半夜,他妈顾不上管他。我常常为此羡慕八子。

我们先玩爬竿儿,我爬不过八子。又玩双杠,一人占一头,喊一声"开始!"各自从双杠上蹿过去抓对方,几个来回之后,我总是上气不接下气地被八子抓住。八子身体好,也跑得快。跟八子出去玩,我不用担心挨欺负,八子打架也特别厉害。

八子的功课一般,不像惠芬三姐,惠芬三姐很用功,还是少先队大队委。我也是班里的学习尖子,但我至今记得,一有算术比赛,八子的成绩总比我好。他就是不用功,不按时完成作业,语文总考六十几分。小学毕业时,我考上了一所名牌中学,八子只考上了三流学校。现在想想,八子的天资其实比我强,我纯粹是靠了奶奶的督促,靠爸爸妈妈总能在课后帮我补习。谁管八子呢?他晚上不是帮家里干活儿,就是跑出去疯玩。惠芬三姐是个例外,她不声不响地干活儿,又不声不响地读书。八子妈嫌她晚上读书费电,她就每天早早地起来在院子里用功。1965年,惠芬三姐考上了大学。那时候她戴上了眼镜,更漂亮了,文质彬彬的,有学问的样子。我真羡慕八子有这样一个姐姐。八子却不放在心上,总拿她的"四眼儿"开玩笑。惠芬三姐不屑于理他。八子也不太爱理惠芬三姐。

太阳落了。

"嘟——嘟嘟——"天完全黑下来时,蛐蛐儿果然不少。"嘟嘟——嘟嘟嘟——"东边也叫,西边也叫。我们顺着声音找,找到了一处墙根儿下。八子对准砖缝滋了一泡尿,一会儿,蛐蛐儿就蹦出来,在月光底下看得很清楚。八子很快就把蛐蛐儿逮住,看看,又扔了。

"老迷嘴,不开牙。"他说。

我们又找,找到一块大石头旁边,蛐蛐儿不叫了。八子示意我别出声,我们蹲在石头边静静地等,大气不出。蛐蛐儿又叫起来,"嘟嘟嘟——"八子笑了。

"哟,我没尿了。"

"我有!"我说。

"嘘!——小点儿声。冲这儿撒,对准了。"

逮到了一只好的。八子从兜里掏出一张纸,卷成纸筒,把蛐蛐儿装进去。

月光真亮,透过老柏树浓黑的枝叶,洒在院子里,斑斑点点。那么大的院子里只有我们俩。教室都是原来大庙的殿堂,这会儿黑森森的,静悄悄的,有点瘆人。星星都出来了。我想起了奶奶。八子逮起蛐蛐儿来入迷,撅着屁股扎在草丛里,顺着墙根儿爬。

我对八子说:"我去看看后院儿有没有蛐蛐儿。"

紧后院的南房里亮着灯。我悄悄地爬上石阶,扒着窗台往里看。一排排的课桌前坐的全是老头儿、老太太。我看见奶奶坐在最后排,两只手放在膝盖上,样子就像个小学生。我冲她招招手。没看见,她听得可真用心。我直想笑。奶奶常说,她要是从小就上学,能知道好多事,说不定她早就参加了革命呢!"我说不定就从你们老史家跑出去了呢。我有个表妹,就是从婆家跑出去的,后来进了共产党……"奶奶老是讲她那个表妹,说她就是因为上过学,知道了好些事,早早地放了脚,跑出去干了大事。我又想笑了:奶奶跑起来是什么样呢?还是用脚后跟跑吗?……

讲台上有个人在讲话。讲台两边还坐着好几个人。有个女的老是给他们倒水喝。

我见过奶奶的那个表妹一回,只见过一回,在一个大楼里。奶奶紧拉着我的手,在又宽又长的楼道里走,东问西问。后来人家让我们在一间屋子里等着,屋子里有好多沙发,可奶奶不让我坐,她自己也站着。等了老半天,才来了一个女的,奶奶让我管她叫表奶奶……

讲台上的那个人讲个没完没了。

我还从来没有这么远远地望着过奶奶。她直了直腰,两只手也没敢离开膝头。这下您知道上学的滋味儿了吧?我又在心里笑。奶奶每天晚上都抱着那本扫盲课本念,有一课是《国歌》,她老是把"吼声"念成"孔声"。"又是孔声!"连我都能提醒她了。她挺难为情,声音变小,慢慢又大起来,念到"吼声"的时候声音又变小,停好一阵,大概是在心里重复……

就在这时候,我忽然听清了讲台上那个人讲的话:"你们过去都是地主、富农,都是靠剥削农民生活,过的都是好逸恶劳,光吃不做的剥削阶级生活……"

什么?再听。

"……地、富、反、坏、右,你们是占的前两位。今后呢?你们还是要认真改造自己……"

我赶紧离开窗台,站在台阶下不知该干什么,脑袋里"嗡嗡"的。地主?奶奶也是地主?

八子来了:"嘿!看,六个!"

我应了一声,赶紧往前院走。

"后院儿有吗?你怎么啦?"

"后院儿没有,咱们还上前院儿吧。"

"前院儿都没啦!"

"那,咱们玩儿爬竿儿去吧。"我拉着八子紧往前院走,我怕他也听见……

奶奶拿回来一个白色的卡片。爸爸、妈妈围在奶奶身边看,样子倒像是很高兴。奶奶直擦眼泪。

"这回就行了,您就甭难受了。"爸爸说。

"就是说,您跟大伙儿都一样了,也有选举权了。"妈妈说。

我趴在床上不说话。这是怎么回事呀?我又不敢问。

"跟了你们老史家,唉……"奶奶又是那句话,说话的声音也有些颤抖,"解放前我也没过过一天舒心日子呀,比老妈子能强多少……"

"您可不能这么想。"妈妈说,"您过的日子再不舒心,也是衣来伸手、饭来张口呀!工人、农民呢?人家过的什么日子?"

奶奶的脸腾地红了,慌忙点头:"我知道,我知道。我就那么一说。人家过得牛马不如,这我都知道。"

过了一会儿,奶奶又对爸爸说:"你还记得给老史家扛活的刘四吗?后来得肺病死了,剩下刘四媳妇带着仨孩子……那时候我也是自个儿带着你们仨。我就跟你大哥说过,真要是分了家,咱们这份儿由我做主,我就把那一亩多地给了刘四媳妇……"

"您可也别总说这事儿。"妈妈又说,"那是因为您有,不在乎那一亩多。"

奶奶愣了一会儿,说:"可不也是,让我都给,我准不干。还不是剥削思想?"

"行了,"爸爸弹弹那张白卡片说,"这回您就过舒心日子吧。"

奶奶把白卡片用一条新毛巾包起来,说,"打解了放,没什么人告诉我,我也是爱这新社会。我可不想再受你们老史家的气……哟,这孩子八成儿着凉了吧?我说不带他去……"奶奶才发现我蔫蔫地趴在床上,忙打住话头,哄我去睡觉。

奶奶摸摸我的头:"不烧。准是玩儿累了。"

奶奶给我打来洗脚水,又摸摸我的头:"明儿奶奶给你包饺子,扁豆馅儿的,爱吃吗?"奶奶也好像高兴起来了。

直到半夜我还没睡着。我听见奶奶总翻身,大概也没睡着。我不敢动,我怕奶奶知道我在想什么。窗外,海棠树的叶子轻轻地摇晃,露出几颗星星。奶奶怎么会是地主呢?我想起过去奶奶给我讲《半夜鸡叫》的时候……"周扒皮就靠剥削人过日子。"奶奶说。"什么叫剥削呀?"我问。"就是光吃饭不干活儿。""那我是吗?""你不是,你还小。""那您是吗?"……真的,奶奶那时就不说话了,是爸爸把话接了过去:"奶奶不是做补花吗?奶奶老了,我们工作养活奶奶。"……唉,我心里乱七八糟的,一宿都没有睡安稳。海棠树的叶子不动了,仍然看得见那几颗星星……

有好几年,我心里总像藏着个偷来的赃物。听忆苦报告的时候,我又紧张又羞愧。看小说看到地主欺压农民的时候,我心里一阵阵发慌、发闷。我也不再敢唱那支歌——"汗水流在地主火热的田野里,妈妈却吃着野菜和谷糠……"过队日时,大家一起合唱,我的声音也小了。我不是不想唱,可我总想起奶奶,一想起奶奶,声音就不由得变小了。奶奶要不是地主多好啊!

我是解放后出生的,但还赶上了一些旧北京的"尾巴"。大人们都说我记事早。那时候,从早到晚,走街串巷做小买卖的和耍手艺的不断。

一清早,就有挎着笸箩卖烧饼馃子的,挎着小一点的笸箩卖烂糊芸豆的,挑着挑儿卖老豆腐的。卖烂糊芸豆的还有一块布,你要是多花一分钱,他就把芸豆包在布里,给你捏成一个小芸豆饼。奶奶有时候给我买一小碗芸豆,但绝不让捏成饼,说他那块布"一点儿都不干净"。我就是想要一个芸豆饼,于是哭、闹。奶奶找来一块干净布,自己给我捏。我还是哭,还是闹,说那根本不是芸豆饼,跟卖的一点儿都不一样。奶奶就说:"再不听话,你长大了也去卖芸豆!那个卖芸豆的老头儿就是从小不听话,长大了没出息,去卖芸豆。"

那时候,我们家住在东直门北小街附近。北小街再往北就出了城,很荒凉,破城墙、护城河边长满了荒草,地坛附近全是乱坟岗子,再走就是农村了。总有些赶大车的、拉排子车的从城外来,从北小街走过。马蹄子踩在地上"咕唧咕唧"的。在我的印象里,北小街永远是满地泥泞、满地马粪。马的鼻子里喷着白气,赶车的人穿得很破、很脏,"哦——哦——"地喊着。我心里挺怕。奶奶拉着我的手站在路边,就又对我说:"看你听话不听话,那些赶大车的就是从小不听话,长大了就得去给人家赶大车。"

奶奶总这么说。中午,修理雨伞旱伞的在街上吆喝,我又闹着不睡午觉,我愿意看那个人用猪血把一条条的高丽纸粘到伞上去。一会儿,磨剪子磨刀的又在外面吹喇叭,"呜哇——",我又想看那个喇叭。奶奶就又是那些话,要么是"不听话就得去磨刀",要么是"那个修理雨伞的就是因为不听话,才那么没出息"……

自从知道了奶奶是地主(后来我又入了少先队),想起这些事,我心里就对自己说:奶奶可不是看不起劳动人民吗?

可是还有另外一些事,让我没法儿解释。也是我很小很小时候的事。门口来了一个买破烂的女人,敲着一个像瓶子盖似的小鼓儿,背着一个柳条筐,筐里还站着一个比我还小的女孩儿。奶奶拿了几件破衣服交给那个女的。"您要多少?"那女的问,翻来覆去地查看那几件破衣服。"这衣裳可还不算破。"奶奶说。"还不破? 您瞧这袖子,这肩膀儿!顶多值……"那女的笑笑,说了个价儿。"那可不卖。"奶奶要收回那几件衣服。那女的抓着衣服不撒手:"那您说个价儿。"奶奶又说了个价儿。"唉,您指着它发财哪? 行啦,算我亏本儿!"那女的把衣服扔到筐里,然后慢慢地掏钱。奶奶摸摸筐里那个小女孩儿的脸蛋儿,奶奶就喜欢女孩子。"多大啦?"奶奶问那女的。"两生儿。""几个?""仨,仨丫头!""她爸做什么?""没了。"那女的把钱递到奶奶手里。奶奶忽然不言声儿了,愣怔地看着那娘儿俩。她们穿的衣服一点不比筐里的衣服好。那女的背起筐来要走,奶奶又把她叫住。奶奶回屋里拿了两件我穿小了的衣服来,给那个女的:"这可不破,我们这孩子穿着小点儿了。""您要多少?""不是,"奶奶说,"您要不嫌,就给您这小闺女儿穿吧。""哎哟,那敢情……"那女的把衣服在小女孩儿身上比比,笑着:"大妈您瞧,还真挺合适的……"我心里真高兴,又"呱嗒呱嗒"跑回屋去,把我的好几件衣服都抱来。奶奶的眼圈直发红。那女的已经走了。为这事,奶奶总对爸爸妈妈夸我,说:"这孩子大了心眼儿错不了。"

也许这又像妈妈说的,是因为我们有吧? 可是我总觉得,奶奶的心肠绝不像个地主。周扒皮会那样吗?

不过,奶奶还是像个地主。住在北小街的时候,逢年过节,奶奶总把爷爷的旧照片摆在桌上,照片前摆两盘点心。我没有见过爷爷,妈妈说她也没见过。照片上的那个男人穿一身缎子衣服,还戴个瓜皮帽,真像黄世仁,也像穆仁智。我想吃块点心,奶奶不让,说那是给爷爷的。

"这个人长得真难看。"我说。

"咳,不许瞎说!"奶奶把我从照片前拉开。

我还是远远地望着那照片:"他怎么长得那样儿呀?"

"他是你爷爷。"

"他是我爸爸的爸爸?"

"嗯。"

"他是您的什么呀?"

奶奶又被逗笑了:"去问你妈,你爸爸是你妈的什么。"

我跑去问,回来告诉奶奶:"是爱人。"

奶奶不言语,像是想着别的事……

奶奶那会儿不是在思念"失去的天堂"吧? 上四年级的时候,我开始懂得了"阶级敌人总是思念他们那已经失去的天堂",就这么想。不过自从我上了小学以后,奶奶已经不再供爷爷的照片了。

唉,奶奶是地主,这个念头总折磨着我。睡觉的时候,我不再把头扎在奶奶脖子底下了。奶奶以为我是长大了,不好意思再那样了。只有我自己知道是为什么。而且我心里也明白:我还是跟奶奶好——这想法更折磨人。星星还是那些星星,在树叶间闪亮。奶奶会死吗? 想到这儿,我还是害怕……

经常有个老头儿到我们家里来。奶奶让我管他叫表爷爷。一身农村人的打扮,说是从河北老家来。我很少叫他"表爷爷",心里只管他叫"馋老头儿"。他一来就盘腿往床上一坐,喝茶、抽烟,满地上吐黏痰。奶奶就得去给他买肉、打酒。有一次爸爸小声对妈妈说话,让我听见了:"要说地主,他才真是地地道道的地主呢。"怪不得他这么讨厌呢,我想。

"馋老头儿"夹一块肉、喝一口酒,谁也不让,好像他就应该到这儿来吃,来喝。

奶奶坐在他对面,陪他说话。

依我看,这"馋老头儿"说的全是反动话。

"老嫂子,您猜怎么着?"他说,"现在难得喝这么口好酒了。有钱你也不敢这么买着喝。"

"是你劳动挣来的钱,你就甭怕。"奶奶说。

"那倒也是。您猜怎么着? 村儿里对我还真不错,瞧我这岁数,让我喂牲口。活动活动,身子骨儿倒结实了。"

"你可得好好儿的。"

"那是。再者说了,你不好好给人家干也得行啊?"他喝得满脸发红,"嗞儿咋"地响。

"给人家干?"奶奶不满意地斜了他一眼,"你这是给自个儿干。过去人家才是给你干哪!"

"说的是,说的是。"那"馋老头儿"连连点头,低头光是吃,不言语了。

"你的帽子摘了吗?"半天,奶奶又问。

"摘了,头年就摘了。"

什么帽子?摘什么帽子?那时我还不懂。

"老嫂子,您猜怎么着?我还真是心服口服。可不是吗?一样爹妈生的,肉长的,凭什么你就光吃不干呢?……"他好像再找不出什么词儿来表白了,又说,"我可不像史五爷那么混横儿不说理。"

"史五爷怎么着?"

"还戴着呢。老话儿说了,得人心者得天下,共产党就是得了人心。你史五爷逞能,有你的好儿?"

我越听越糊涂,这家伙到底是不是地主?也许他是装的?可又不像。不过我还是讨厌他,老是满地吐黏痰。还有,一来就吃肉、喝酒,电影里的地主就那样。奶奶还老给他喝。唉,可不是吗?奶奶也是地主呀!……

有好几年,对这件事我心里总是惶惶的。我希望那是假的,但愿是那个晚上我听错了。我去想奶奶做过的事,说过的话,一会儿觉得奶奶真是有点像地主,一会儿又觉得一点也不像。我几次想问妈妈,又怕妈妈真说是。我真想找个人说说。我跟八子说了。八子听了一愣,然后直笑:"你别瞎说了,奶奶要是地主我死了去!"八子也管我奶奶叫奶奶。"真的,我亲耳听见的。"我说。"准保是你听错了。""也许是。"我说,心里轻松了许多。八子又说:"解放前才有地主呢,现在哪儿有哇?"我的心又一阵子紧:"说的就是解放前。""反正我敢说,奶奶不是!"八子又拍拍自己的胸脯:"要是,我死去!"八子说得那么肯定,我觉得周围的空气都明澈了许多。那是个夏天的中午,院子里静悄悄的。海棠已经有红的了,梨还是青的,树荫下好凉快。八子揉着一团儿面筋。我们常用面筋去粘树上落的蜻蜓。把面筋放在竹竿的顶端,把竹竿慢慢升高,接近正在"做梦"的蜻蜓,"扑噜噜",蜻蜓使劲扇动翅膀,但已经被粘住,跑不了啦……奶奶不会是地主,奶奶还总让我教她唱《社会主义好》呢。奶奶不会是地主,妈妈从单位里借来一张桌子,奶奶总是把热锅什么的放在我们家自己的桌子上,说"可别把公家的桌子烫坏了",她怎么会是地主呢?……

1966年,我快十六岁了,早已经过了入团的年龄。可我却总入不上。爸爸、妈妈才跟我讲了奶奶的事。

"你知道奶奶的成分是什么吗?"

我心里"轰"的一阵紧张,不吭声。

"你大概已经知道了吧?"

我说不出话来。

奶奶的娘家并不是地主,是个做小买卖的——开一个卖棉花兼弹棉花的小店,总共一间半门脸儿。奶奶从小长得漂亮,父母指望能靠她发财,立志要把她嫁到富贵人家去。那时代,在一个小县城,要想做成富贵人家的贤妻良母,需要长得漂亮,需要把脚裹得特别小,需要会做各种针线活儿,需要会看公婆和男人的眼色……惟独不需要念书识字,"女子无才便是德"。所以奶奶不能像她的弟弟、妹妹那样去上学,也注定了要有一双小脚儿,要学会恭谦、驯顺、忍气吞声。为什么呢?只是因为奶奶长得好,只是因为她的父母希望攀一门阔亲戚。

父母的愿望竟真实现了。十七岁,奶奶嫁到了老史家。史家是全县的首富,全县将近一半的土地都姓史。不过史家要的仅仅是一个漂亮而且贤惠的儿媳妇,奶奶的父母照样开着那一间半门脸儿的小棉花店。奶奶的父母惟有想到女儿是走了运,才觉得多年的希望没有全落空。

奶奶可真是"走了运",上有公公、婆婆,下有一大群小叔子、小姑子;公婆之上还活着一对老公公、老婆婆。奶奶既是儿媳妇,又是孙子媳妇。伺候了这个伺候那个,给这个磕了头给那个鞠躬,听完了这个的申斥再去给那个赔不是,似乎老史家主要是缺一个老妈子,缺一个挨骂的,缺一个出气筒,才把奶奶娶过来的。只有奶奶的婆婆还算通些情理,因为她也是那么熬过来的,而且还没熬完。

"你看过《家》吗?"爸爸问我。

我点点头。

"就是那样。那种大家庭都是那样儿。奶奶的地位比使唤丫头也差不多。"

奶奶病了,但是在那个大家庭,专为孙子媳妇做些可口的饭菜,等于是造反。奶奶的父母给奶奶送来些点心,但是得交到老公公那儿去。老地主还稀罕几块点心?但这是规矩。

我听奶奶说起过这件事,奶奶根本没见到那几块点心,奶奶的婆婆说了一句:"人家娘家送来的,她又病着……"于是也遭了一顿训斥。

"你还记得《家》里瑞珏是怎么死的吗?"

我又点点头。

"奶奶生第一个孩子的时候就是那样。老公公、老婆婆不让找大夫,更甭说去医院,他们舍不得花那份儿钱……"

在伯父前头,我还应该有个姑姑的。我记起来了,奶奶常念叨她那个闺女,"模样儿可俊了,要不是你们老史家,那孩子何至于死呀!"奶奶喜欢女孩子,就是因为她没个闺女。一看见别人的闺女,她就眼热,就想起自己那个死了的女孩子。所以奶奶对妈妈特别好,把妈妈当亲闺女看。

"不是因为别的,因为那是规矩。"爸爸说,"就像你老太爷,出门儿几十里,一泡屎也要憋回来拉到自家的地里。因为那是规矩。那个社会,可笑和可恨的规矩太多了。"

奶奶生了三个儿子:伯父、父亲、叔叔。叔叔还不到一岁,爷爷就死了。爷爷一死,奶奶在那个大家庭里就更没有地位了,没有权也没有钱。想给自己做件衣服,还得打着三个儿子的旗号去跟公公要。算计来算计去,要是能从给三个儿子做衣服的钱里省出一点来,自己才能做件汗衫。大概惟因奶奶生了三个儿子,都是史家之后,奶奶才仍然能在老史家吃饭吧。

奶奶还不如让老史家给轰出去呢,我想,那样奶奶现在也就不是地主了。

其实奶奶给他们干的活儿也足够换来一天三顿饭了。无论什么时候,奶奶总得伺候得公公、婆婆、小叔子、小姑子以及儿子们都吃了饭,她自己才能吃。老妈子也不过如此了,老妈子也是永远吃剩饭。

奶奶真想离开那个家。奶奶的表妹就是不堪忍受那种日子,跑出去参加了共产党。可是奶奶的表妹上过学,碰巧知道了有共产党,奶奶知道什么呢?她想跑也不知道往哪儿跑。再说她也不敢跑,连改嫁她都不愿意,她要守节,她受的就是那种教育。奶奶从二十几岁守寡到今天。

她只盼着儿子们都长大。伯父稍大一点,奶奶壮着胆子提出了分家的要求,但立刻遭到公公的痛骂。小姑子、小叔子也旁敲侧击:"嫂子,您要是想改嫁也行,家不能分!"对奶奶来说,这话是最大的侮辱了。奶奶只有自己偷偷地掉眼泪。再说,离开老史家,三个儿子怎么上学呢?上不起。也许是受了她那个表妹的影响,奶奶执意要三个儿子都上学,而且都要上到大学。吝啬而且迂腐的老地主,连屎都要拉到自家地里,自然不忍心把钱送到学校去,奶奶豁出去了,吵、闹、骂他们欺负孤儿寡母。奶奶竟然变得那么勇敢!可不是,奶奶还怕什么呢?她全部的心愿就是她的三个儿子。她不愿意三个儿子将来跟自己似的,更不愿意三个儿子将来跟老史家的人似的。她只知道上学好,她的表妹好,她的表妹之所以好,就是因为上过学。她那时候不知道别的……

我的心一阵阵发疼。我想起奶奶夜里睁着眼睛想事的样子;想起她的叹气声;想起了她的脚;想起她捧着爸爸给她买的扫盲课本,在灯下一字一顿地念,总是把"吼声"念成"孔声"……

"她干吗算地主?"

"她吃了剥削饭。"

"她给老史家干的活儿就不算啦?"我那时真小。

"那是历史,历史造成的。"爸爸说。

唉,历史!"那现在呢?"

"早就不算地主了。奶奶改造得好,早就摘了地主帽子。再说,奶奶干吗不爱新社会呢？她这一辈子,真正有了自由,真正过了舒心的日子,倒是在解放后。现在奶奶和大伙儿都一样了……"

我松了一大口气,在心里骂了一句最难听的话,骂那个"老史家"。

奶奶知道爸爸、妈妈把她的事告诉了我,见了我还有些难为情,又说要给我包扁豆馅饺子,小心地注意着我的反应。

我心里又高兴又难过,不知道说什么好,只说:"包吧。"语气倒像是很勉强。

奶奶转悠过来转悠过去,不说话,偷偷地观察着我的表情。我一看她,她就又把目光躲开。我很想开句玩笑,打破这尴尬的气氛,又想不出逗乐的话。

直到晚上睡觉的时候,我又把头扎在奶奶的脖子底下。

"这么大了还……没臊!"奶奶说。

我觉出她也松了一口气。奶奶的观察力实在是末流的,她难道没有注意到,我有好几年没把头扎在她脖子下了吗?

奶奶活了七十三岁,真正舒心的日子只有那么几年,就是从摘了地主帽子到"文化大革命"开始之前的那七八年。那些年,她整天都很忙,整天都很高兴。她要给全家人做饭,做补花,还要负责全院的清洁卫生。奶奶是全院的卫生负责人。我还记得别人把写了她名字的小红纸条贴在院门上时,她是多么不好意思,又是多么掩饰不住地高兴。为这事她得罪了八子妈,八子家的卫生总是搞不好。

奶奶买了一把长把笤帚，扫起院子来不用弯腰。她的腰和背还是老酸疼。早晨，人们纷纷出门上班的时候，奶奶去扫院门前的街道，和所有过往的街坊们打招呼。她愿意被人们看见。说她爱虚荣也行，说她是显摆也对，她把门前扫得很干净。然后她就冲八子和我喊："可别再糟踏啦，啊？奶奶刚扫完！"确实是喊给别人听的，但那声音中也确实流露着舒心的骄傲。

奶奶坚持做补花。有时候活儿催得紧，她一直要做到半夜去，急得她就像小学生完不成作业那样。全家人谁也帮不上忙，跟着着急。有一次妈妈说："我看您就辞了这活儿吧。""敢情你们都有工作！"奶奶喊。奶奶从没有对妈妈喊过，吓得全家都不敢言语。奶奶盼望能进补花厂，但她知道没什么可能，她的岁数太大了，人家不会要。她总埋怨八子爸不让八子妈进补花厂。"趁她还年轻，你就让她去得了。要不赶明儿后悔一辈子！"奶奶对八子爸说。八子爸笑笑："是我不让她去吗？""去不了，"八子妈赶紧说，"这几个'劳神精'谁管？"奶奶又说八子爸："让你要这么多！""是我生的吗？"八子爸抽着烟笑。"不要脸！"八子妈骂。

活儿不紧的时候，和八子妈，还有其他几个妇女一块儿做补花，是奶奶最高兴的时候。她们互相称"老刘""老魏""老林"。奶奶是"老方"。奶奶非常喜欢这种称呼，在家里也"老刘""老魏"地念叨，是因为新奇，更透着自豪和满足。"我们老姐儿几个有说有笑的，也不觉着累。"奶奶说。"老了老了，没承想还赶上了好时候。"奶奶说。"唉，你们生的是时候呀！我还有几天儿？"奶奶也常流露出遗憾。

星星。星星。星星。星星……

哪一颗星星是奶奶的呢？

我知道，奶奶是真心爱这新社会的。

那些星星都是死去的人变的，是为了给活着的人把夜路照亮……

"文化大革命"一开始，奶奶又戴上了一顶"帽子"，不叫地主，叫"摘帽地主"。其实和地主一样，占"黑五类"之首。所不同的是，"摘帽地主"更狡猾些。一个地主，竟然能够"摘帽"，显见其伪装是何等的高明，其用心是何等的险恶，对社会主义的威胁是何等的不可低估。而且这也成了"刘邓路线"的罪行之一。

奶奶先是不能再做补花了。社会主义的工作怎么能给一个地主呢？后来，也不能再当院里的卫生负责人了。权力当然更重要。

奶奶倒没有哭，她吓傻了。爸爸、妈妈也吓傻了。好多人都吓傻了。好多吓傻了的人也都在做着傻事，做傻事时的样子也都足以把别人吓傻。

先是惠芬三姐从学校里回来，用了半天时间，把院子里的花全刨了。接着是北屋宋家几个闺女把自己家的硬木大立柜抬到院当中，用斧子给劈了。爸爸也偷偷地烧了几本书。奶奶整天躲在屋子里，掀开一角窗帘往外看；也不怎么做饭，顿顿下挂面。传说垃圾站发现了好几根金条。街道积极分子们怀疑是我们院里的人扔出去的，一是因为我们院离垃圾站近，二是因为我们院里除了八子家成分好，其余的都是"黑九类"。

惠芬三姐当了红卫兵，一身军装，扎一条武装带，长辫子剪了，剪成了短发。说实在的，我觉得她更漂亮了。

我在学校里也想参加红卫兵，可是我出身不是"红五类"，不行。我跟着几个"红五类"的同学去抄过一个老教授的家，只是把几个花瓶给摔碎，没别的可抄。后来有个同学提议给老教授把头发剪成"阴阳头"。剪没剪我就不知道了，来了几个高中同学，把非"红五类"出身的人全从抄家队伍中清除出去了。我和另几个被清除出来的同学在街上惶然地走着，走进食品店买了几颗话梅吃，然后各自回家。

院里很乱，惠芬三姐带了好几个大学的红卫兵，挨家挨户地搜查。像是全院大扫除，各家的东西都摆到了院子里。我们家里也都空了，爸爸、妈妈和奶奶坐在凳子上低声说着什么，很恐怖、很警觉的样子。

"真是没想到。"妈妈说。

"平时看着可是挺老实的人。"奶奶说。

"您可别再这么说了,老实人会藏这些东西?"

"谁呀?藏了什么?"我问。

原来是惠芬三姐带着人从那个最懂戏的老太太家抄出了两箱子绸缎、一盒子金银首饰,还有一本书,书上有蒋介石的像。

"在哪儿呢?"

"已经送走了,连东西带人都送走了。"

我隔着窗户往外看。又来了几个红卫兵,惠芬三姐正和一个挺高挺魁梧的男的说话,嗓门儿很大。她过去可从来不大声说话的。她还说了一句"×他妈的",从表情上看好像她并没有那么说。也许是我听错了?我们学校的那些女生也都那么说了。我觉得我们男生那么说说还可以……

妈妈让我回学校去住。我上中学的时候住校。妈妈说:"这一阵子先不要回家,有什么事我去找你。"妈妈给了我三十块钱、六十斤粮票,看来够两个月的伙食费了。

晚上,我蹬上我那辆破自行车回学校。我兜里第一次掖了那么多钱、那么多粮票。路上冷冷清清的。已经是秋天了。自行车轧在干黄的落叶上"嚓嚓"地响。路灯的光线很昏暗,影子从车轮下伸出来,变长,变长,又消失了。我好像一时忘记了奶奶,只想着回到学校里该怎么办。那条路很长,全是落叶……

一天,妈妈到学校来找我,对我说,要是想回家就到她的单位去,她在那儿找了一间房;奶奶已经回老家了。

"什么时候?"

"前天。"

"怎么啦?"

"没怎么。我们怕出事,和你爸爸商量,不如先让奶奶到老家去。"

我倒是松了一口气。那些天听说了好几起打死人的事了。不过坦白地说,我松了一口气的原因还有一个:奶奶不在了,别人也许就不会知道我是跟着奶奶长大的了。我生怕班里的红卫兵知道了这一点,算我是地主出身。

"过些时候,我就去看你奶奶,再给她送些东西去。"妈妈说,声音有些抖。

忘记是为了什么了,我又回了一趟家(可能是为了拿一件什么东西)。院里已经面目全非了。花没了;地上刨得乱七八糟的,没人管;每棵树上都钉上了一块语录牌;搬来了好几家新街坊。八子家也搬走了,听说搬到胡同东头的一个大院子里去了。那儿原来住着个资本家,被轰走了,空下来不少好房。

我走进屋里,才又想到,奶奶走了。屋里的东西归置得很整齐,只是落满了灰尘。奶奶不在了。奶奶在的时候从来没有灰尘。那个小线笸箩还在床上,里面是一绺绺彩色的丝线,是奶奶做补花用的。我一直默默地坐着。天黑了。是阴天,没有星星。奶奶这会儿在哪儿呢?干什么呢?屋里没有别人,我哭了。我想起小时候,别人对奶奶说:"奶奶带起来的,长大了也忘不了奶奶。"奶奶笑笑说:"等不到那会儿哟!"……海棠树的叶子落光了,没有星星。世界好像变了个样子。每个人的童年都有一个严肃的结尾,大约都是突然面对了一个严峻的事实,再不能睡一宿觉就把它忘掉,事后你发现,童年不复存在了。

接着是轰轰烈烈的两三年。我时常想起奶奶。但史无前例的事太多,听也听不过来,想也想不过来。不断地把人打倒,人倒不断地明白了许多事情。打人也是为革命,骂人也是为革命,光吃不干也是为革命,横行霸道、仗势欺人,乃至行凶放火也是为革命。只要说是为革命,干什么就都有理。理随即也就不值钱。

接着是上山下乡。抡镢头的为革命而抡镢头;养妾选美的为革命而养妾选美;饥寒交迫的为革命而饥寒交迫;挥霍无度的为革命而无度地挥霍。革命又是为了什么呢?

我在延安插队的时候,妈妈来信说奶奶回来了,奶奶岁数太大了,农村里没她干的活儿,公社给了证明,说奶奶改造得好,态度非常老实。奶奶又在北京落下了户口。

1972年我也转回了北京。那年奶奶七十岁,头发全白了。爸爸、妈妈又都到云南干校去了,又剩了我跟奶奶。或者说是,奶奶跟着我。我已经二十出头了。我懂得了什么是历史。很多事情并非是因为人怎么坏,而是因为人类还没有弄明白那些事情为什么是坏。譬如说奶奶,她还不明白地主为什么坏,就注定是地主了。也可以说这是命运,但革命不正是为了把全人类都从那种厄运中解放出来吗?

但那还是1972年。

我回到北京的时候是半夜。在车站坐了半宿,到家的时候天还不亮。我推推院门,院门开了。我推推屋门,门上有锁。我一愣。院里的人还都没起,很静,谁家屋里传出响亮的鼾声。奶奶这么早上哪儿了呢?还是那四棵树,一棵梨树,三棵海棠,但树叶都被虫子咬得斑斑驳驳。院里盖起了好几间小厨房,歪七扭八,灰压压的。

北屋门一响,宋家老头儿出来了:"哟,你回来啦?你奶奶这几天净念叨你呢。"

"我奶奶这么早上哪儿了?"

"你没瞧见?就在外头扫街哪。"

我跑出院门。远远的晨雾中,有一个人影,用的是长把笤帚,是奶奶。后来我才知道,奶奶这么早来扫街,是为了躲过人多的时候,怕让人看见。她现在是以一个地主的身份在扫街,在改造,不像当年那样是卫生负责人。

奶奶见了我可是立刻就哭了。

我把奶奶搀进屋,劝她,安慰她。我才不说"这是群众运动,您应当理解"呢!她怎么会理解呢?多少大人物不是都不理解吗?只是当我说到"群众的眼睛是亮的"的时候,奶奶才不哭了,连连点头,说街坊邻居对她都不错,街道积极分子对她也不错,居委会主任还偷偷劝她别往心里去,扫起街来也得悠着点儿。奶奶扫街总是超额,甚至加倍。

"还记得八子吗?"奶奶问我。

"当然。"我早就听说八子这几年在街上很出名,外号叫"八爷",一般的流氓小偷都服他。八子没有去插队。

"可不是吗,唉!可是他见了我,还是管我叫奶奶。"奶奶说。这似乎使她非常感动。

奶奶又说:"没人的时候我跟八子说,可得好好的,要不将来后悔一辈子。他倒是低头儿听着。别人说他,他连听都不听呢。"

"他进工厂了?"

"没有。先前他想进工厂,人家说他不去插队,不给他分配。这会儿人家给他分配了,他又嫌工作不好,不去,等着。他可倒也不缺钱花,又抽烟,又喝酒。他还老跟我说:像您这么老实管什么用!"

"惠芬三姐呢?"

"咳,还提惠芬呢!分配在外地,二十七八了,还没个对象。她那个对象武斗的时候死了,惠芬总还是想着那个人,时常说点子不着边儿的话,说不是那个人她就不结婚……可那个人都死了好几年啦。这都是八子跟我说的。头些日子,我扫街时候碰上了惠芬,她头也不抬。八子说,她不是光不理我,谁她都不理……"

我想起1966年查抄"四旧"的时候了,在院子里,惠芬三姐和一个男大学生说话,那男的又高又魁梧,他会不会就是惠芬三姐的对象呢?

唉!"奶奶,咱们包扁豆馅儿饺子吧!"我说。世上的事都想明白了好像也不符合辩证法。

"行啊!"奶奶高兴起来,"我给你钱,你去买肉馅儿吧。"

妈妈给我写信的时候就说,回了北京好好照顾奶奶,想办法给奶奶弄点好的吃。奶奶一个人老是熬粥、吃馒头、炒白菜什么的;她不愿意去买肉,怕让人看见说她没改造好。

"您管他那些呢!"我说,"肉铺里卖肉就是为让人吃的。革命就是为让所有的人都过好日子!"

"可还有好些人连馒头、炒白菜都吃不上呢。老家的人,好些贫下中农,吃也吃不饱。"奶奶一本正经的神气。

我真得承认:奶奶的觉悟比我高。我开了个玩笑:"您可不能这么说。您说贫下中农现在还吃不饱,那还行?"

奶奶吓坏了,说不出话来。可不？在那些年,这可不是玩笑。

最后这几年,奶奶依旧是很忙。天不亮就去扫街。吃了早饭就去参加街道上办的"专政学习班"。下午又去挖防空洞。

"您这么大岁数,挖什么呀？还不够添乱的呢！"我说。

奶奶听了不高兴:"我能帮着往外撮土。"

"要不我替您去吧。我挖一天够您挖十天的。我替您去干一天,您就歇十天。"

"那可不行。人家让我去是信任我。你可别外头瞎说去。好不容易人家这才让我去了。"

奶奶还是那么事事要强。

最让奶奶难受的是人家不让她去值班。那时候,无论春夏秋冬,不管刮风下雨,北京所有的小胡同里都有人值班。绝大多数是没有工作的老头儿、老太太,都是成分好的,站在胡同口,或拿个小板凳坐在墙角里,监视坏人,维护治安。每个人值两个小时,一班接一班。奶奶看人家值班,很眼热,但她的成分不好。

一天,街道积极分子来找奶奶,说是晚10点到12点这一班没人了,李老头儿病了,何大妈家里离不开,一时没处找人去,让奶奶值一班。奶奶可忙开了,又找棉袄,又找棉鞋。秋风刮得挺大。

"真要是有坏人,您能管得了什么？他会等着让您给他一拐棍儿?"

"人家这是信任我。"

"就算您用拐棍儿把他的腿钩住了,他也得把您拉个大马趴。"

"我不会喊?"

"我替您去吧。"

"那可不行！"奶奶穿好了棉衣，拿着拐棍儿，提着板凳，掖着手电筒，全副武装地出了门。

我出门去看了看。奶奶正和上一班的一个老头儿在聊天。还不到10点。两个人聊得挺热火。风挺大，街上没什么人。那老头儿在抱怨他孙子结婚没有房……

10点刚过，奶奶回来了。

"怎么啦？"

奶奶说："又有人接班了。"脸色挺难看。

"有人了更好。咱们睡觉。"

奶奶不言语，脱棉袄的时候，不小心把手电筒掉地上了，玻璃摔碎了。

"您累了吧？我给您按摩按摩？"

奶奶趴在床上。我给她按摩腰和背。她还是一到晚上就腰酸背疼。我想起小时候给奶奶踩腰，觉得她的腰背是那样漫长。如今她的腰和背却像是山谷和山峰，腰往下塌，背往上凸。

我看见奶奶在擦眼泪。

"算了，什么大不了的事儿！"我说。

"敢情你们都没事儿。我妈算是瞎了眼，让我到了你们老史家来……"

海棠树的叶子又落了，树枝在风中摇。星星真不少，在遥远的宇宙间痴痴地望着我们居住的这颗星球……

那是1975年，奶奶七十三岁。那夜奶奶没有再醒来。我发现的时候，她的身体已经变凉。估计是脑溢血。很可能是脑溢血。

给奶奶穿鞋的时候我哭了。那双小脚儿，似乎只有一个大拇指和一个脚后跟。这双脚走过了多少路啊。这双脚曾经也是能蹦能跳的。如今走到了头。也许她还在走，走进了天国，在宇宙中变成了一颗星星……

现在毕竟不是过去了。现在，在任何场合，我都敢于承认：我是奶奶带大的，我爱她，我忘不了她。而且她实在也是爱这新社会的。一个好的社会,是会被几乎所有的人爱的。奶奶比那些改造好了的国民党战犯更有理由爱这新社会。知道她这一生的人,都不怀疑这一点。

当然,最后这几年,她心里一定非常惶惑。我不能原谅自己的是这样一件事:那时每天晚上,奶奶都在灯下念报纸上的社论。在那个"专政学习班"里,奶奶是学的最好的一个。她一字一顿地念,像当年念扫盲课本时那样。我坐在桌子的另一边看书。显然是有些段落她看不大懂,不时看看我,想找机会让我给她讲一讲。我故意装得很忙,不给她这个机会,心想:您就是学得再好,再虔诚些,人家又能对您怎么样?那正是"反击右倾翻案风"的时候,净是些狗屁不通的社论。奶奶给我倒茶,终于找到了机会。

"你给我讲讲这一段行不?"

"咳,您不懂!"

"你不告诉我,我可不老是不懂。"

"您懂了又怎么样?啊?又怎么样?"

奶奶分明听出了我的话外之音。她默默地坐着,一声不响。第二天晚上,她还是一字一句地自己念报纸,不再问我。我一看她,她的声音就变小,挺难为情似的……

老海棠树还活着,枝叶间,星星在天上。我认定那是奶奶的星星。据说有一种蚂蚁,遇到火就大家抱成一个球,滚过去,总有一些被烧死,也总有一些活过来,继续往前爬。人类的路本来很艰难。前些时候碰上了惠芬三姐,听说因为她"文革"中做了些错事,弄得很苦恼,很多事都受到影响。我就又想起了奶奶的星星。历史,要用许多不幸和错误去铺路,人类才变得比那些蚂蚁更聪明。人类浩荡前行,在这条路上,不是靠的恨,而是靠的爱……

1983 年 11 月 11 日

第二辑　原罪·宿命

第一人称
法学教授及其夫人
兄弟
原罪·宿命

第一人称

两年后她成了我的妻子,三年后她成了我儿子的母亲。

那年秋天我分到了一套房子,房子不坏,就是太高了,在二十一层,而且远离市区。我请了半天假去看那房子,坐了将近两个钟头汽车,下车时已是下午4点多钟。我一眼就看见了那座楼,正如人家告诉我的那样,方圆几里地内只有那一座楼。楼是白的,有青砖的院墙围住。环境也好,三面都是树林,南边有一条河。河从西流向东,正如人家告诉我的那样,青砖的院墙齐岸而立,一座小桥直入院门。

尽管如此,当我走进院门时我还是想确定一下我是否找对了地方。挨近西院墙有棵巨大的梧桐树,一个姑娘背靠树干坐在安静的浓荫里。我走过去向她打听这是不是我要找的那座楼,我觉得我的声音并不是很低。她抬起头,像是看了我一眼,然后就又恢复到原来的姿势,垂目望着树荫中秋阳洒落的变幻不定的光点,那光景仿佛我已经不存在了。我站在那儿稍稍等了一会儿,听见她喃喃地说:"顺其自然。"声音虽轻,但一字一顿很清晰。我点点头,确信我已经不存在了;她的思绪仍在一个美妙的世界里,刚才不过是被一声凡俗的响动骚扰了一下罢了。我有些抱歉,有些自惭形秽,便倒退着转身,径直朝楼门走去。我想这座楼不会不是那座楼。

楼几乎是空的,还没有住户搬来。电梯没人开,都锁着。我的心脏多少有点毛病,但既然来了总不该看一眼楼梯就这么回去,只要不要求速度我想我爬到二十一层不会出什么问题。"顺其自然",那姑娘是这么说的,看来这是一个恰当的忠告,于是我沉了沉气,开始爬。爬到三楼,喘口气,我从窗口探出头去又看那姑娘,她依然坐在那儿,头微垂,两手随意地搭在膝盖上,出神入定,树影和太阳的光点在她素雅的长裙上离合聚散,无声无息。"顺其自然",她是这样说的,她这样说的时候,其实并没看见我,甚至根本就没听见那一声凡俗的响动,无视无闻,她正神思悠游不在物界。我看不见她的脸但我感觉到了她神容的宁和与陶醉。看不见的秋风掠过那棵巨大的梧桐树,发出柔软凝重的响声。在秋天,在太阳快要沉落的时刻,独自离开家,把渐渐涌起的黄昏关在屋子里,沿着野外的小路任意地走一走,寻着草木和泥土的气息任意地走一走,这是谁?走到一个僻静的所在,面对一座尚无人住的高楼,坐下,依靠着一棵百年大树,坐在它飘摇的浓荫里坐在它低吟般的声响里,使那儿成为自己的地方,她是谁?想一想很近的和很远了的事情,想一想很真切的和很缥缈的事情,身心沉入到自然的神秘中去……这样的人是谁?一个可羡慕的女人。

而我还是得继续爬我的楼。不知道自然的神秘是怎样安排了我的,譬如说爬楼,譬如说在二十一层上将有一套属于我的房子,这件事是在什么时候注定的?怎样注定的?四层、五层,我又得歇一下了。说老实话,歇一下是次要的,我一边爬一边片刻不忘那姑娘。我绝无歹意,我只想再看她一眼,我担心她已经离开了。我只是想再看看她,再看看她独自在那棵大树下沉思默坐的恬淡与悠然。我朝下望,她没走,她还是独自坐在那儿,还是那个姿势……可是,这时候我看到了另外一个人。

一个男人,在西院墙的外面,顺着院墙来来回回地走。刚才我没发现他,刚才有院墙挡着我不可能看到他,院墙挺高,这会儿我是在五层楼上,即便这样我也只能看到他的头和肩。他像是困在笼子里那样走来走去,走一阵儿就停下来,望着远处一口接一口地吸烟,然后再来来回回地走,然后再停下来使劲抽烟,望着远处的树林。我甚至听得见他的脚步声;烦乱,不安。我甚至听见了他划火柴的声音:划断一根又一根。他停下来的地方也是在那棵梧桐树的树荫中,只与那姑娘一墙之隔。这个男人的出现使我注意到,在离他们不远的地方,在院墙的西北角上有一扇小门。不用说,那扇小门一直就有,只是刚才被忽略了,现在它格外显眼。他是谁?他是她的什么人?一个在门里,一个在门外,四周没有别人,附近再没有别的人,怎么回事?男的心烦意乱焦躁不安,女的默然无语心神恍惚,出了什么事?他们之间发生了什么?一道斜阳从小门中间的缝隙穿过来,躺在墙根儿下潮湿的阴影里,又鲜明又凄艳。"顺其自然",姑娘是这样说的,她指什么?"顺其自然"是指什么?她只好离开他吗?不得不离开他?是呀是呀,不得不这样的话也就只有顺其自然。不得不,就是说,她依然爱着他,可她又无能为力。"顺其自然",可不是吗?她这样说的时候语调空空洞洞,眼中全是迷茫。她根本就没看见我,她当然不可能听出我问的是什么。她满腹愁肠,眼前只有往日的欢乐与辛酸,却终于没有了路。墙外的那一个呢?他发疯般地爱着她,想使她幸福,多么希望她会因为他而更加幸福,却没想到竟使她陷入了如此痛苦的境地。他没想到会是这样,他原以为他爱她同时她也爱他这就够了,他没想到世界是这样大,生活是这样千联万系。

"只要你觉得幸福就好。"他最后可能是这样说。

女人垂目坐在树下。男人在她身旁,在她周围,在她眼前,不安静地走。

"只要你觉得幸福,我怎么都可以。"他对她说。

"否则你就别怕,否则你就得拿出勇气来。"

"你说话呀!这么久了,你得给我一个肯定的回答。"

女人说不出话来。肯定和否定,不是这么简单的逻辑。

男人说:"我就等你一句话了,行,或者不行。"

男人说:"关键是你怎么想,关键是你自己觉得怎样才幸福。"

男人说:"我并不是要你马上决定,可我得知道你自己觉得怎更好。"

女人什么话也说不出来。怎么更好?也许你我从来不认识更好,也许人从来不要去爱更好。从来不要有你这样一个人,从来不要有这样的秋天,这样空空落落的午后的阳光和这样大的一片树荫,都不要有,这样两条颀长而不能安稳的腿,这样一双瘦削而敏捷的脚,这样地把落叶蹍碎,不要有,还有落叶碎裂时经久不息的声音,不要有,从来都不要有……

"你倒是说话呀!"男人说,"我不知道你什么话都不说是什么意思。"

"我不懂我的问题有什么难回答。"

"我不知道我还能怎么说,我还能怎么做。"

"好吧好吧,也许我不该再这么缠你,也许我应该知趣地走开。"

"好,我走。我没想到我会让你这么为难。我只再说一句:只要你能幸福,我怎么都行。"

他说完类似这样一些话转身走出那扇小门。她没有拦他,她实在没力气去拦他了。她听见他走出小门去,她绝望地听着那离去的脚步声,屏住呼吸听着,听着:那熟悉的声音并没有走远。她松了一口气;或者是相反,绝望得更加深重。她听见他一直都在墙外徘徊,听见他在吸烟,听见他在叹息,听见他的心在抽泣。她完全能想象出他的痛苦,但她完全不知道该怎么办,她所能得到的答案只剩了"顺其自然"。风在梧桐树浓密的阔叶间穿过,在远远近近的树林间穿过,响得像水声,像桨声,像不知所在的遥远的波流。为什么呢?父母反对?还会因为什么呢?哦,我还是爬我的楼去吧,我是来看我的房子的,我能做的是把自己送到二十一层上去。

不过,也许是她并不爱他?或者是她曾经爱他,现在已经不爱了?"可到底为什么?"那男人说,"我不想勉强你,可我得知道这究竟是为什么。"她不是不想告诉他,她真是不知道怎么说。好像有很多原因,但要说时却是都说不清,确实有很多原因,但要说时好像又找不到了。"顺其自然",她是这样说的,她一直都是这样对他说的,现在她在心里还是这样对他说,也是对自己说。爱与不爱是无法求证的,只能顺其自然。男人便跑到墙外去。或者是悲伤,或者是愤怒,男人转身穿过那扇小门走到墙外去。或者是爱,或者又是恨,男人什么也不想再说就走出那扇小门去。但他毕竟离不开她,毕竟不想离开,神焦气躁一筹莫展,站在那里空茫四顾。太阳正接近着那片树林,灰喜鹊的叫声此起彼落。女人在墙这边担心地听着他的动静,她也不能离开,她怕他也许什么都做得出来。可到底怎么办呢?毫无办法,只有顺其自然,只有默默地祈祷,只有这样是明智的,是正当的。

我爬到了七层。从七层望下去,视线越过近处的茂密的树梢,我看见那片树林里有一座墓碑,先是看见一座,然后是两座、三座,细看时,星罗棋布散立着很多,我才知道那儿是一片墓地。原来是这样,那男人一直是在望着那片墓地。哦,原来是这样,所以那女人是一身素净的装束。今天可能是死者的祭日,他们俩一起来这儿看看。死,一向是件最为神秘的事情。一个活生生的人没有了,一个活生生的灵魂,可以想可以说可以笑可以爱……却忽然没有了,曾经是那么亲近,你想什么时候见到他就见到他,有什么话你想跟他说你就可以跟他说,然而他死了,你永远看不见他了,假如你有句话忘记告诉他了你就永远不能告诉他了。直到很久以后,直到很多年以后,这个女人来到死者的墓地仍然不能接受这一事实。在坟前培一把土,在坟前洒一杯酒,安放一束野花,但是人呢?死了,没了,找不到了,哪儿也找不到了永远也找不到了。女人坐在那坟旁,身上,还有心里,一阵阵觉得冷。

男人劝她:"这是自然规律,你应该懂得这是必然的归宿。"

她看着那座确凿无疑的坟墓,依然不相信死竟是这样残酷。

"你别这样,好吗?别这样。"男人劝她的语气又温柔又谦卑,仿佛那是他的一个错误。

"活着,得学会忘记。"男人说。

女人看着那座坟墓,并且总是看见一个人活生生的音容笑貌,依然想象不出死到底是怎么回事。

男人说:"你得想,他去了,他已经解脱了。你得想我们还活着。"

"我和你,"男人说,"我们在一起,我和你在一起。"

很久,女人离开那坟墓,在树林里盲目地走,长裙飘动得像是一缕游魂。她走出树林,这儿有一座白色的楼房,围着长长的青砖的院墙。她走进那扇小门,这儿好,这样一棵孤独的大树使人能够镇静些,仿佛有所依靠。"你让我一个人待一会儿,让我一个人待一会儿好吗?"她说。她并没有回头,她知道男人一直跟随在她身后。男人听话地走开,走出那扇小门。她靠着大树坐下,这儿好一些,一座空楼还没有人住呢。陌生的地方利于忘掉往事,轻轻滑动的树荫和悄然飘落的叶子正是悲伤的心的位置。顺其自然,顺其自然吧,她想,真的他说对了,死并不一定那么可怕。"顺其自然",她轻声说,也许是以为男人进来了,也许是在对冥冥之中的死者说。她根本没看清我是谁,根本没明白我在问什么。男人守候在小门外,女人这个永久的伤心常常搞得他狼狈不堪。他不知道自己对那个死去的人是尊敬还是嫉妒,或者竟是有点儿恨,往往这时他甚至不知道自己是个善良的人还是个心胸狭窄的恶人。他陪她来了,他答应年年都会陪她来的。他知道自己说的话都会兑现,但他也知道而且只有他自己知道,他多么希望她把那个人忘掉,永远忘掉。他望着树林和树林中的那座坟墓,在祈求上苍给他保佑或者宽恕:就让那个人真正死去吧,他和她再也不到这儿来,再也别到这个地方来吧。

第九层了。傍晚的秋风有些紧了,要是今天夜里一场大风,明天树叶就会掉落大半。这时落日的光芒几乎是平射过来,我看见墙外那男人一只手遮在眉额上专注地朝树林里张望,还是他刚才所望的那个方向,就是日落的方向。在那个方向,我看见树林里露出两条交叉的路,在有阳光的地方灰白的路面有些耀眼,一条东西走向,一条南北走向。我看见东西走向的那条路的远端(即西端)有一个市郊班车的站牌。我看见这时正有一趟班车开到,一些人从车上下来。墙外的男人正是朝那儿望着,一动不动地望着那些人。看样子他像是在等候什么人。然后车开走了,那些人散开各奔东西。大概都是来上坟的人,有的手里拿着鲜花。他的手慢慢放下来,摸出一支烟叼在嘴上,一边点烟一边开始来回走动,但这时他好像又发现了什么,抬起手搭在眉额上再朝那边望:有一个女人向这边走来。大概那女人刚才走岔了路,现在反身朝这边来,雪白的风衣分外醒目,在树林中时隐时现。男人的头缓缓转动,视线一直追随着那个女人。可是那女人又停住了脚步,东张西望一阵折身向北去了,白色的风衣隐没在北面的树林里。男人这才开始抽烟。没问题,他肯定是在等什么人。在等谁呢? 在等一个女人? 喔嗬原来是这样,他在等另一个女人,他们约好了在树林东边的这座空楼下见面。"那楼是白色的,有一道青砖围墙。下了车往东,穿过一片树林穿过一片墓地。"

"一片坟地?"

"对,我在那儿等你。"

可能是在一条小街的街口;可能是在他们都忙着要去上班的时候;可能马路上已是车流人潮一片欢腾;也可能街上的行人寥寥可数,城市还在淡淡的蓝色之中。

"你说什么,旁边是一片坟地?"

"没事没事,一点儿都不可怕。"

可能是在星期六或星期日的晚上,在她的宿舍附近的车站上,在他们上次分手的时候。天空很暗,将要下雨,风一阵阵地迅猛,潮气在黑夜中漫延。也许是在雨后,阒无行人,湿漉漉的街道灯光辉映,像一条庆典之后依然盛装的河流。

"真的,不可怕。一片优美的墓地。"

"往东? 远吗?"

"不,不远,你一下车就会看见它,那楼很高。"

也许是已近午夜,在一家夜餐店幽暗的角落里,街上偶尔有夜行者孤独的口哨声,小店就要打烊……

"那楼有二十一层,白色的。"

"青砖的院墙?"

"对,我在那儿等你。"

但是,墙里面这个女人呢?她是谁?她来干什么?也许她和墙外那个男人毫无关系?真的毫无关系吗?她坐在大树下一声不响,她坐在大树的后面,仔细注意会看出:她、那棵大树、那扇小门恰呈一条直线,从那扇小门的缝隙间正好不能看到她。为什么要这样?男人看不到她,可她却能够听见墙外的一切动静。再说,男人为什么不到车站去等他的朋友?为什么一定要躲在这儿费劲地张望?"顺其自然",女人是这样说的。要是她的丈夫爱上了另一个女人,要是她发现了这件事,她能怎样呢?痛苦,是的,她会痛苦,她会哭,会吵,会闹,但终于又能怎样呢?"没有的事,没有,"男人说,"根本就没有那回事。"可他这样说了之后,她知道他仍在与那个女人约会,又怎么办?"不!不!"她还会哭还会喊,"不,这不行!不行……""你怎么这么庸俗?"男人说,"你怎么这么狭隘?"男人说,"我没想到你会是这样,她不过是一个朋友,一个很普通的朋友。"可是,他与这个普通的朋友在一起的时间越来越比跟她在一起的时间多。他与这个普通的朋友在一起的时候有说有笑无比兴奋,而跟她在一起却是话越来越少,越来越沉闷。她能怎么办呢?"为了孩子。"她对他说。她不想再吵,也没力气再哭。她说:"你不想我,可你得想想我们的孩子。""好吧好吧,"男人说,"你既然一定要这样想,我可以不再与她来往。"可他这样说过之后却背着她继续与那个女人来往,要是这样,她还有什么办法呢?她可以去告他,她还可以闹得四邻皆知满城风雨,她可以走可以离开他,但是她爱他,爱是和死一样说不清楚的事,她不愿损害他,也不愿离开他。怎么办?这个痴迷的女人,她跟踪着他来了,她看见他在墙外走来走去焦急地等候着他那个普通的朋友。她悄悄绕到这座空楼的另一面,走过小桥走进大门,走到这棵大梧桐树下,听了一会儿,听见男人还在墙外,她不想让他发现,便躲在梧桐树粗大的树身后面。她在想自己到底想来干什么?也许向那个女人表明她的存在？也许当面跟那个女人谈谈？也许当场揭穿男人的谎言？但这又都有什么用呢？这又有什么意思呢？如果他已经不再爱你，如果他是如此渴盼着另一个女人，你对他还能有什么指望呢？只好顺其自然，随他去吧，只有随他去了。"顺其自然"，她这样说的时候心中真像是一片墓地，她根本没注意到有人走来，根本不记得有人向她问过什么。太阳完全落到树林后面去了，晚风一阵阵地沉重，巨大的梧桐树下变得昏暗寂寥，那些飘摇跳动过的树影和光点就像是以往，就像是昨天，不知不觉中悄然而逝；当然明天它们还会在此处重演。走吧，去哪儿？回家去吧，家是什么？就这么待着？待到什么时候？无所谓？随便？也好也好，顺其自然。我可是得走了，我还有十几层楼要爬。

我的房子果然不坏，两室一厅，大的一间将近十六平米，长五米，宽三米一七，小的一间长五米，宽二米四，整十二平米。像我这样一个单身汉有这样一套住房，是个奇迹。厅七平米，厨房差不多五平米，总归我一个人做饭一个人吃，很够了。厕所居然是和洗漱间分开的，这出乎我的意料。壁柜很大，睡得下一个人。阳台呢？一米二乘二米一，是多少？从阳台上可以俯瞰那片树林。高深莫测的秋空下，树林正是五彩斑斓，枫叶已经红了，银杏全部金黄，松柏树绿得发黑，一座座白色的墓碑点缀其间。我想，将来我要不要一块墓碑呢？如果要，立在哪儿？上面要不要刻些字？刻什么字？在很长的一段年月里，我的坟前会时常有一些人走来。在雨天，在风天，在雪天，在晴朗的日子里，他们走过我的坟前，念一遍碑上的字然后又走开。他们都是些什么人？他们会不会想一想坟中埋的是什么人，这个人都有过怎样的经历？他们会不会想到，坟中的这个人也曾经设想过他们的到来？可能有几个注定要从我的坟前走过的人现在已经出生了，他们正在朝我的墓碑走来。当然在这之前他们还有很多路要走，还有很多事要依次发生，无法预测他们会经由哪条路走来，因为我现在还没死，一切时间地点都还无法确定，但这样的事必定要发生，一个必定要走过我的坟前的人已经启程了，他这会儿可能在非洲,也可能就在我视野所及的地方。我这样想着,忽然看见树林里有一个孩子。

那是一个婴儿,只有在二十一层上才可以看到他。他躺在一座墓碑的后面,躺在淡淡的夕阳的红光中,在他的身旁有一辆婴儿车,车里有一些五彩缤纷的玩具,他裹在粉红色的毛毯里只露出一张小脸。他睡得很熟很安静,看样子没有什么能打扰他。他是谁?是谁家的孩子?大人呢?他的父母到哪儿去了?怎么这么久还不回来?周围没有人,我站在二十一层上看得很清楚,远远近近没有一个人。孩子为什么不睡在车里,为什么睡在草地上?天哪!我懂了:弃婴!我一下子明白是怎么回事了:墙外的那个男人!和墙里的那个女人!那男人原来一直是望着他的孩子,他在墙外走来走去远远地望着他的孩子,也望着那个车站,看看有谁来把他的孩子抱走。他不得不丢弃他的孩子,但他不放心,他要亲眼看看把孩子抱走的人是什么人。这是为什么,年轻的父亲?还有墙里的母亲,为什么要这样?母亲不忍心看这一幕,她躲开了,她走进那扇小门,连站的力气也没有了,坐在大树下如同坐在一个噩梦中。她在听孩子哭没哭,她在想给孩子带的玩具够不够,她在听着远处树林里的动静,她在想这孩子注定的命运是什么。是呀,她刚才看我时的目光多么惊惶,她没料到会有人从南面的大门走来。"顺其自然",她说这话的语气多么绝望,也许我这人看起来还像善良,但我并没有向那扇小门去,她又不能告诉我:"到树林里去,谢谢你了,替我们养大那个孩子。"她无可奈何地想:顺其自然,顺其自然吧。天色越来越暗了,那个孩子还在做着香甜的梦。他会做梦了吗?他能梦见什么?不不!不能这样!我想,无论发生了什么事也不必这样。我下楼。我的心脏多少有点毛病,但下楼无论如何比上楼要好对付一些。十四层歇一歇,七层再歇一歇,到了楼下我觉得心脏除了跳得更活泼一点之外没有别的变化。

女人还在那里,两手放在膝盖上掌心朝天,闭目坐在大梧桐树下,一动不动。我在她身边站了一会儿,她似毫无觉察。我想男人还是去找男人谈谈吧。我走到那扇小门前,推了一下没推开,再拉一下,也没拉开,原来这门是锁着的,从外面上了一把大锁。奇怪,那么这女人是怎么进来的呢?我的大脑和我的心脏一样,都不算很好,想了一会儿我才想起自己是怎么进来的。我跑向南面的大门,我想绕到楼的西面去,最好先到树林里看看那个孩子。天晚了又凉了,孩子别病了。然后我要去与年轻的父亲先谈一谈,要是可能再与孩子的母亲也谈谈。"你们这是干什么,干什么嘛!""有什么大不了的事?没结过婚?没结过就赶快去结,来得及。""千万不要这样,你们俩当初的胆子不算小,现在怕什么?""什么也甭怕,让别人说去。'走自己的路让别人说去',这是一个大人物说的不会错。""你们看看,这孩子有多好,有多么乖。私生子都聪明将来也做得大人物,大人物是不应该扔在坟地里的。"但是,但是!南面的大门前是一条河,我几乎把它忘记了。这河是紧贴着青砖的院墙流的,在院墙与河之间没有距离,通过小桥只能走到南岸根本无法绕到院墙西面去。我过了小桥,往西走了很久,没找到能过河的地方。我又顺着河岸往东走,走了很久,仍然没有能过河的地方。这又是怎么回事?那院墙挺高,别说是女人,就是那男人也很难跳过去。我继续往前走,我想总得有能过河的地方。又走了很久,暮色已经浓重,仍不见有能过河的地方。我想,能过河的地方大概还是在西边,就再往回走。走了一会儿我碰见了一个女人。我说:"请问,哪儿可以过河?""过河?"她东西张望了一下。这时我看出她就是刚才坐在大梧桐树下的那个女人。

"往西,大约五百米左右有座大桥。"她说。

我说:"你到哪儿去?"

她满腹狐疑地看了我好一会儿:"回家呀!"

"那,他呢?"

"谁?"

"墙外的那个男人是谁?"

"男人?废话!你要干什么?"

"好吧不提这个。"我说,"那么孩子呢?"

"孩子?什么孩子?"

"在西边的树林里的那个孩子!"

她笑了,"你没病吧?"说罢转身要走。

"那儿有一个被丢弃的孩子!听我说,不管怎样天这么晚了我们得先去把孩子抱回家!你再说一遍,桥在哪儿?"

事实证明我的心脏还不错,我一路小跑到了那片树林里,心脏还在正常地工作着。我找到了那块墓碑,我敢保证就是那块,我发誓我没看错我不会认错。但墓碑前什么也没有,没有孩子,也没有婴儿车。我赶紧去看那个男人,他还在西墙外,他正在整理一堆画具,画笔呀,画箱呀,颜料呀,瓶瓶罐罐一大堆摊开在墙根儿下;一幅题为"林间墓地"的画作已经完成,立在一旁。我走近问他:"你没看见树林里有个孩子吗?""孩子?什么样?有多大?""很小,也就是一两个月吧。""好家伙你可真行,这么小的孩子你怎么把他弄丢呢,他自己又不会跑?"我们俩一齐朝树林里望。我顺着青砖的围墙从南到北从北到南来来回回走了几趟,看不见,从这儿完全看不见那块墓碑。这时候那个女人也来了。我对他们描述了一下我刚才看到的情景。我对他们说:"请你们相信,我身上最好用的器官就是眼睛了。"我对他们说:"真的,你们别这样盯着我看好像我有什么不正常似的。"我对他们说:"要是咱们处长了,你们就会坚信,我是所有正常人中的一个。"

我说:"你们愿意跟我一块儿再到那儿去看看吗?"

男人说:"我不怀疑您的诚实,但是您自己能证明您自己把周围的环境都看全了吗?对不起,我得回家了。"

女人说:"好吧我陪您去看一下。"我看出她只是对我的情况不大放心。

我们走进树林,走到那块墓碑前,是的,没有,什么也没有。我在墓碑旁坐下,我说:"您回家吧,您不是要回家吗?回去吧。"她在我身旁坐下。我说:"没关系,您不用担心我。我有点儿累了,想在这儿歇一会儿。"她伸手摸了摸我的脉搏。

我说:"也许画家说对了,可能孩子的父母就在近旁。"

我说:"但也许我们并没错,在我们去找那座桥的时候,孩子被人抱走了。"

我说:"要不,咱们再到附近看看?"

我们俩一块儿走遍了整个树林,走到天完全黑透了。

我说:"您想他会被什么人抱走呢?"

她说:"我想是个好人把他抱走了,您说呢?"

我说:"依您看那孩子会有什么样的命运?"

她说:"顺其自然。"

这样我们认识了。谁能料到呢?两年后她成了我的妻子,三年后她成了我儿子的母亲。

1990 年 5 月 11 日

法学教授及其夫人①

"之死夫人"带着她那胆小而混沌的灵魂死去了,"之死先生"再生了。

"之死"在这里是一个专用词,那是法律系解教授和他夫人陈谜的外号。前者为"之死先生",后者是"之死夫人"。就连他们的独生子也这样叫。两位老人也不免为之尴尬,但所幸的是只有熟人才这样叫,而且叫起来也并无恶意。

解教授身材高而且不瘦,脸上的表情总是很认真。他觉得自己一辈子不曾欺骗过任何人。他常说,他是研究"法"的,"法"就其维护真理、伸张正义的本质来讲,是最光明正大的事业,从事这一事业的人,本身就不能有任何一点点欺骗行为。

陈谜个子小而且不胖,一张孩子般小而圆的脸上,布满了皱纹,看上去很善良。她认为自己一辈子不曾被任何人欺骗过。她常想,不欺

---

① 本篇第一稿曾以《之死》为名,发表于 1979 年《春雨》第 1 期。——编者注

骗人固然很好,但如果总觉着自己被人欺骗了,岂不把别人想得太坏?岂不也等于欺骗人?

曾有过一位朋友,向这两位老人借了三十元钱,不知是因为遗忘还是有意,竟一直没还。解教授皱皱眉毛,说:"这不好,三十元钱我们可以白送,如果他需要。但欺骗……不好。"陈谜立刻像受了什么冤屈似的反驳:"倘若人家有钱,人家就会还;人家不来还,就说明人家实在是有困难。你怎么能这样想?"解教授欣然同意了妻子的正直,并且由衷地感到惭愧。这以后,两位老人甚至不敢登那位朋友的家门了,因为怕人家以为是来讨账,那样岂不既有被骗之嫌,又有骗人之嫌吗?——这是他们的独生子当笑话向别人讲的。

这样两位老人,何以竟有"之死"这样一个不好听的外号呢?据说那是在公元1969年得来的。

在一个有风的下午,两位老人去参加一个斗争"走资派"的大会。原来的学校党委书记弯着腰在台上站了六个多小时,头上还流着血,血还把白头发染红了。陈谜看着看着,忍不住哭出了眼泪。散会后,在回家的路上,好心的同志对她说:"要是心里难受,就回家哭。在会场上哭,你真是老糊涂了。"陈谜顿时惊得站住,眼睛愣愣地瞪着,嘴里说道:"哎呀哎呀,啧啧啧……"仿佛彻悟了世间的一切。

待她总算走回家,把这事告诉了解教授。解教授平生第一次像做了贼似的看着妻子,半晌才说:"这,这可是明目张胆的同情……"两位老人晚饭没吃,觉也不睡,背着独生子,商量该如何澄清一下"事实"。

"你不能说你是想起了别的什么辛酸事吗?"

"那不是欺骗吗?再说,那样人家会说你是不认真参加政治活动……你看我是不是说沙子迷了眼?"

"那也没人信,沙子怎么会一下子迷了两只眼,你不是两只眼睛都流了泪吗?……我看你可以说你有'见风流泪'的毛病。"

"对对对!我年轻时还真有过'见风流泪'的毛病,不过现在好了,不过这也就不算欺骗了。"

"你还得强调一下,你根本不是哭,确实是……"

"对对对……"

半夜,陈谜去敲了临时革委会主任的家门,对主任说,她年轻时就留下了"见风流泪"的毛病。本来她还想说,在斗争会上她根本不是哭,但灵机一动想到,那岂不是"此地无银三百两"?就没说。主任莫名其妙了,以为陈谜年轻时留下的大约是"梦游"的毛病,便一直把她送回了家。

"她为什么一直送我回家?还总是这么紧拉着我?"陈谜对尚未睡下的解教授说。两位老人都心惊肉跳了。

天还没亮,陈谜又到了"造反司令部"门前。一个多小时以后,她对第一个来开门的造反派说,她年轻时留下的"见风流泪"病到今天确实还不见轻。那个造反派戴个黑边眼镜,仔细看了看陈谜因彻夜未眠而发红的眼,认为她定是走错了地方。因为校医院是在"造反司令部"的旁边,他把她指引到校医院的眼科门诊室去了。

"莫非真要让我检查眼睛?"她想着,在眼科门诊室前战战兢兢地徘徊,渐渐她感到半身麻木,头晕目眩,直到摔倒在地上。

就这样,陈谜得了脑血栓,偏瘫了。看过契诃夫的小说《一个官员之死》的好心人,便给解教授夫妇取下了"之死"这样一个不好听的外号,并且不怀恶意地叫他们。陈谜听了感到尴尬,但却也感到幸运:没有追究她眼科检查的结果。从此以后,她处处谨慎小心,强令自己的感情紧跟形势,再没犯错误。解教授也为此事感到难堪。从那时起,他觉得在他与别人之间,别人与别人之间,甚至自己与自己之间,欺骗出现了。

一个不曾欺骗过任何人,一个不曾被任何人欺骗过,两位老人和谐地度过了几十年,活到了六十岁,活到了20世纪70年代中期。这真正是个风雷激、云水怒的时代,一切都要变。

解教授在家里常常看着看着报纸便骂出声来:"狗屁不通!"可到了教研组的读报会上,却一言不发。他岂不是变了?变得欺骗了?有时,解教授的老朋友来家聊天,或是独生子的同学来家谈事,陈谜——她的半身不遂大有好转了——总是不厌其烦地说:"小点声,小点声,无论说什么都要小点声。"然后,她就战战兢兢地走上凉台,战战兢兢地四下张望。虽然四周什么事也没发生,但她战战兢兢的毛病算是留下了,那或许是半身不遂的后遗症。陈谜岂不是变了?变得多心了?独生子也变了,他有什么事都瞒着二老,他害怕二老的诚实。就是两位老人之间和谐的关系也变了,变得常拌嘴了。解教授说:"民族将亡,我还有什么可活!"陈谜央告:"你就小点声吧,老糊涂了?"解教授生气地拍桌子:"你才老糊涂呢!"陈谜便在床边愣愣地坐下,叹一口气,觉得世间的一切总不能彻悟。

一切都要变。到了 1976 年春,一个巨变降临在解教授家:独生子——他们一向认为还是个孩子的独生子,在天安门事件中被抓进了监狱。解教授捶胸顿足地发怒,陈谜抽抽搭搭地啼哭。

解教授拍着桌子喊:"悼念周总理何罪之有?"

陈谜哆哆嗦嗦地关上窗户说:"哎呀哎呀,啧啧啧……你就小点声吧!"

解教授气愤地来回踱步:"宪法规定,人民有言论自由!有集会、游行的自由!这样抓人是违法的!"

陈谜坐在角落里:"哎呀哎呀,啧啧啧……可言论自由、集会和游行的自由只给人民,不给敌人呀,你不是也这么说吗?"

解教授一愣,马上说:"我们的儿子不是人民吗?"

"可自从他在天安门自由言论了之后、自由集会了之后,人家就不承认他是人民了,还给不给他言论的自由、集会和游行的……也就难说了。"

"什么?"解教授完全愣住了。

"唉,这孩子真不听话!用自由的言论把言论的自由给弄丢了,要不自由言论,本来他可以永远言论自由,也就还是人民。可这自由言论了之后、之后,之后人家就有理了,你说人家这还违法吗?"陈谜巴望丈夫给她一个满意的回答。

但解教授一下子跌倒在椅子上,呆呆地望着妻子,默默地听着角落里的啜泣声。许久,许久,他一动不动。

陈谜害怕了,叫一声:"解……"

"谜,"解教授慢慢地说,"我教了一辈子法律,却一直没发现这个毛病。这毛病,就出在——什么样的人是人民,什么样的人是敌人,没有一个严谨的法律标准,而是由那些凌驾于法律之上,逍遥于法律之外的人说了算,法律在这儿成了装饰……给瞎子戴一副眼镜,给哑巴的嘴上吊一个扩音器,却要把能看的眼睛挖掉,把能说的嘴巴缝上……"

"你,住口!"陈谜腾地站起来,惊叫道,"你疯啦?儿子还没出来,你也想进去吗?你老糊涂了!"

解教授严肃地说:"不,我老明白了。你也并不糊涂,你是被法西斯式的镇压吓出毛病来了。"解教授平生第一次用负疚的目光看着妻子,"你被欺骗了,真的,欺骗你的,也有我。"

陈谜不说话了,她想:"再说下去,不知老头子会说出什么来。反正说什么也没用了,儿子毕竟是坐了牢,老头子要是再……"她战战兢兢地走上凉台,战战兢兢地四下张望。她那小而圆的脸上布满了恐惧的皱纹,因为她看见不远的地方有一个穿红衣服的人,那人要是听见老头子刚才说的话可怎么办?……

这之后,解教授整天埋头于马列著作、毛主席著作以及其他参考书之中了,他开始重新研究他的"法"。陈谜埋怨他不关心儿子,他说:"这不是儿子一个人的事。"

这之后的若干天内,陈谜都是在战战兢兢和抽抽搭搭中度过的。她白天想儿子,夜里就梦见儿子,眼边的皱纹没有了,代之以一片发亮的红色。

有一天她梦见儿子被打断了腿,哭着喊妈妈。第二天,她决心写一封信说明儿子的情况。写什么呢?写儿子只是悼念周总理,并没干别的?不行,这岂不又是"此地无银三百两"?写儿子并没烧汽车,只是在一边看着？也不行,看着为什么不制止？要不,光写儿子不懂事？还是不行,不懂事怎么懂得反王张江姚？……再不,只写儿子身体不好,请别打得那么厉害？更不行,这岂不又成了明目张胆的同情？唉,可怎么写呢？再说,写给谁呢？写给毛主席？不行,怕落在江青手里。写给党中央？也不行,王张江姚正得势哪。写给市委？唉,天安门抓人打人,市委又不是不知道……她忽然眼睛一亮,写给法院！告那群坏蛋！但她的目光马上又黯淡了,目前的法院似乎只管离婚,政治案件只有刚才想过的那几个地方能管,可那又都不行。唉,怎么办呢？陈谜战战兢兢地走上凉台,望着蓝色的天空,她仿佛听见棍棒打在骨头上的声音,不由说道:"老天爷保佑吧！"待她说出这句话时,不由浑身一抖,心想:"这样的话我怎么竟在屋子外面说出了口？要是让别人听了去,会说我是宣传迷信的,会说我是妄图复辟封建……"她急忙翘首四望,不远处又是那个穿红衣服的人。陈谜小而圆的脸上出现了死人般的皱纹。她急忙跑回屋里,跑到解教授跟前,说:"哎呀哎呀,我刚才又说了一句错话,办了一件错事,而且,而且肯定被人听去,报,报告了。"一阵半身麻木头晕目眩,她的脑血管里又有了栓塞。

　　陈谜病倒了,住在医院里,在她神志最不清醒的时候,她也没呼唤过儿子,因为在她的大脑里铭刻着一个逻辑:真心话绝不可在家门以外的地方说。在她心里最明白的时候,她也总觉得自己是住在眼科病房里,人家要来检查她的"见风流泪",新账老账要一起算了。无论解教授怎样安慰她,怎样向她解释,她都是将信将疑。

　　一切都在变,到了1976年秋,似乎一切都已经变了。10月9日晚上,当解教授激动、兴奋地来到医院里,把那个好消息——"四人帮"被逮捕了——小声告诉陈谜的时候,她惊吓得赶紧捂住了丈夫的嘴。只是在值班护士向她证实了这一消息的时候,她才把手从解教授的嘴上拿开,急切地要听下文。

　　陈谜已经有十几年没扑在丈夫怀里哭了,如今这老夫妻又重温了一次年轻的梦。她尽情地哭着,时而又像孩子那样擦着眼泪微笑。

陈谜抽抽搭搭地说:"哎呀,这回可有办法了,有办法了,儿子出来时我也出院。穿红衣服的……也不怕了。"

解教授紧捏着妻子的手,说:"这些日子我在偷偷地写一篇论文,题目是《社会主义的民主与法制》。"

陈谜又有些惊慌:"你可先别,先别瞎写什么哪,再看看……等儿子出来,就挺好的了,可别再……"

解教授听了,沉吟了许久,之后,不明不白地说了一句:"谜,我这辈子对不起你,不过我也是刚刚……我们有个好儿子。"

过了几天,陈谜的身体好多了。在一个有风的下午,她出来走走。风不知从哪里吹来了一句话,吹进了她的耳朵。她顿时惊得站住,眼睛愣愣地瞪着,嘴里说着:"哎呀哎呀,啧啧啧……"仿佛又一次彻悟了世间的一切。

陈谜战战兢兢地溜出医院,战战兢兢地溜回家来。

"你怎么啦?"解教授赶紧扶住歪歪斜斜扑进家门的陈谜。

她哆哆嗦嗦地关上窗户,抽抽搭搭地说:"儿子恐怕还不是人民,我听人说了,在'四人帮'没打倒之前,儿子就自由言论……唉!'四人帮'没打倒之前,自由言论之后……恐怕儿子还是'反革命'。这之前……那之后……之前……之后……"

"之死!"解教授第一次说出了这两个字,而且是异常气愤地,而且是对着他的"之死夫人"。

陈谜却充耳不闻,急着说她的:"你可别写什么了,把写的烧了吧……"她冲到桌前,抓起写满字迹的稿纸,一看,上面竟也有"老天爷"三个字。

解教授让她回忆一下《国际歌》,于是轻轻地唱道:"从来就没有什么救世主,也不靠神仙皇帝……"然后又说,"也不靠老天爷。"

陈谜"啊!"地惊叫一声,向后倒去。

解教授抱住她的时候,她的目光正在黯淡下去,黯淡下去……"老天爷!"她喃喃地说,目光最后一闪,又像是希望着什么。

"之死夫人"带着她那胆小而混沌的灵魂死去了。"之死先生"再生了。解教授要用勇敢去捍卫诚实,要用民主和法制去捍卫真理。

死去的妻和狱中的儿,消灭的妖和还魂的鬼……怎样才能保证这一切不重演呢?——诸位看官,解教授为陈谜送葬的时候,想的就是这些。

1978 年 10 月

兄弟

群众愤怒地喊口号,随即是一声枪响。

我见过一回枪毙人的。我表哥在法院工作。

前年,我和妈妈一起到舅舅家去,是舅舅家的新居落成后我们第一次去。表哥要结婚,事先讲好妈妈送给他一套沙发,就是那天运去的。

舅舅的新居是一座两层的楼房,就在原来的后院。房子盖得挺讲究,打蜡的地板能照见人影,宽阔的阳台够演一出戏。可我惋惜原来的后院。那些能引起小时记忆的枣树,如今一棵也没有了;尤其是那面挂满爬山虎的灰色的老墙,竟为施工而被推倒。那面灰墙下原来是一大片花丛,小时候常和表哥表姐在那儿捕蜻蜓,逮蛐蛐儿,捉迷藏……

噢,对了,后来表哥问我看不看枪毙人的,要看跟他去,那天下午就有。

"嗬,我可不敢。"我说。

表哥说:"你如果明白人民的利益需要我们这样去做,你就不应该不敢,也不会不敢了。"

我表哥就是这样,正经着呢。可我还是没想去。

表哥就损我:"大慈大悲,阿弥陀佛。嗐,你们女的呀……"

大概是这一损起了作用,我跟他去了。

空荡荡的审讯室中央,坐着一个五大三粗的年轻人。

表哥开始读宣判词:"于犯志强,男,二十三岁……"

这名字挺耳熟,当时我就觉得。

表哥继续说:"为盖私房,先后盗窃砖瓦灰沙等国家建筑材料,价值达二百五十余元。因其所盖房屋阻碍了邻居张××的进出道路,双方发生口角和冲突。后经街道居委会调停,勒令于犯缩小盖房面积。于犯声称,所盖房屋为其兄结婚所用,执意不肯缩小,并扬言报复居委会负责同志,恶语中伤邻居张××。张××忍无可忍,与于犯讲理,竟被于犯当场用铁锹砍死。查于犯一贯打架斗殴,逞凶逞霸于左右邻里,为强化无产阶级专政,保护人民利益,判处于犯志强死刑,立即执行。"

整个宣判中,于志强毫无惧色,不时看看表哥,看看窗外,似乎他早已料到,早已准备去死了。真是个十足的坏蛋,我想。可我总不能明白,二十三岁的人,何至于如此?

"带下去!"表哥最后说。

恰在这时,有人告诉表哥,说是犯人的家属求见。那语音很低,但于志强分明是听见了。他站住,脸色变了,瞪着眼睛直视表哥,低声道:"是我哥,他老实……你,你们别吓唬他。"

"带下去!"表哥厉声道。

"哥……"于志强叫了一声,晕了过去。

来人正是于志强的哥哥,与弟弟不同,他单薄瘦弱。

"我给于志强送几件衣服。"他说着拿出一套崭新的涤卡制服、一双白边懒鞋和一顶黄呢子军帽,又说,"这是他一直想买的,为了我结婚总没……噢,反正是要死的人了,也许可以……可以让他穿上?"他的眼泪在眼圈里转。

"当然,这可以。不过,"表哥严肃地看着他,"你应该想一想自己,想想对一个杀人犯……嗯?"

他忽然抬起头,眼睛里充满了恐怖。大概是"杀人犯"三个字给了他刺激。但很快,他的眼神就变得黯淡、呆滞,"是的,杀人犯。是我害了他,是我……"

"你是于志强的哥哥?"表哥问。

"是,我是他惟一的亲人,我叫于志刚。"

"于志刚?!"我一惊,大概是喊出了声。于志刚把脸转向我,看了好一会儿。我不知该怎么办,只是怔怔地站着看他。

他一定也认出了我,把衣服放在表哥面前,便匆匆地走了。

是上小学六年级之前的那个暑假,妈妈要去外地工作一段时间,我便搬到舅舅家去住。

一天,下暴雨,后院那面灰色的老墙塌了一块。雨一停,我便和表哥表姐跑去看。刚跑进后院,就见枣树上站着一个男孩子,正在摘枣,边吃边从领口上往背心里装,肚子上已经鼓鼓的了。

"哥,快来呀!可多啦!"男孩子朝老墙塌开的缺口处喊。

缺口处露出个大些的男孩子的脸:"快回来,我告妈去!"

这便是于志刚和于志强。

"谁摘枣?!"表哥喊。

于志强吓了一跳,但马上露出不屑一顾的神情,一边继续摘枣一边说:"你管着吗?"

"当然管得着。"表哥说。

"是你们家的吗?"

"当然是。"

于志强不吭气了,但还是摘。

老墙缺口处的于志刚不见了,只听见他喊:"小强,快过来!要不我去厂子叫妈去。"

于志强从树上下来,朝缺口处走。

"把枣放下!"表哥挡住他的去路。

"就不!"

"你为什么跑进来摘枣?"

"……"

"拿人家东西是小偷儿,你是小偷儿!"

"你才是呢!"不料于志强竟一拳朝表哥打去,随即两个人扭成一团。

我和表姐吓得叫起来。

舅舅来了。他问清了情况,首先批评了表哥,说"小偷儿"是不能随便叫人家的。又对于志强说,枣还没熟透,熟透了一定请他吃够。还告诉我们,枣树是大家的,要欢迎工人家的小朋友来玩;从阶级角度来讲,我们同他们是一家人,大家本应该像亲兄弟姐妹一样,也许比亲兄弟姐妹还亲,因为我们是同志。

那天,于志强在舅舅家一直玩到天黑。他为厕所在屋子里感到怪异,为家里有浴室感到离奇,尤其是那沙发令他惊愕,他坐在上边不停地颠,说是他家的被垛也没这么软。

舅舅很喜欢于志强,为我们不如他勇敢而感慨了许久。"教小弟弟唱支歌子吧,你们这些哥哥姐姐们。"舅舅说罢,便又去工作了。

我和表哥、表姐都唱了一支歌后,于志强窘红着脸说:"那我会唱的,你们还不会呢。"

"你会唱什么?"我问。

"嗯,嗯……'小白菜地里黄',你们会吗?"

我们不会,他便得意地唱起来:"小白菜呀,地里黄呀,两三岁时,没了娘呀……只怕爹爹娶了后娘,弟弟吃面,我喝汤呀……"唱完他对我们说,"一岁我就会,是我妈教的。"

这时,舅舅领着于志刚进来,边说:"看,你就不如弟弟勇敢,来玩儿嘛,怕啥?"

"哥!"于志强朝于志刚奔去,于是拉了哥哥的手,去看浴室,看厕所,坐沙发,"这当然比咱家的被垛软啦,大爷说这里头有弹簧。"他按着沙发对哥哥讲。没有人指点,他已经称舅舅为"大爷"了。

于志强坐在沙发上使劲颠,忽然他停住,对表哥说:"你爸爸真好。"

"你爸爸好吗?"表姐问他。

"不知道。"

"怎么会不知道?"

"我一岁,他就死了。"他又开始颠。

记得他那天临走时说,他长大了也要做舅舅那样的人,除去把浴室和厕所弄到屋子里,再把椅子里放些弹簧之外,他也要让灰墙那边的小孩儿来玩。

开学了,妈妈来信说一年半载怕是回不来,我便转到了新学校。真巧,我和于志刚一班,而且是同桌。我问他为什么不到舅舅家去玩了,他说,那天他妈狠狠地骂了他们一顿,再不许他们去了。

于志刚胆子小,不爱讲话,可功课好,这倒跟我很合得来。有一回考算术,全班只有他和我得了 100 分。老师说,要是全班都能像我们俩,他就高兴了。

班里有个闹将,我只记得他外号叫"大砖头",是孩子王。为这事他领着几个男生哄我们,说我们是"一对儿"。

"你们胡说!"我朝他们喊。

"你们胡说。"于志刚也说。

"你们再胡说,我告老师去!"我又朝他们喊。

"你们再胡说,我告老师去。"于志刚也又说。

"噢!噢!""大砖头"他们哄得更凶了。

这事让于志强知道了,那时他才三年级。放学时,他在学校门口等到了"大砖头",说:"你哄我哥?"

"我!怎么样?小嘎崩豆儿。""大砖头"挑衅地说。

于志强瞪圆了两眼,冷不防跳起来,一拳打在"大砖头"鼻子上。"大砖头"一捂鼻子,血流下来了。于志强并不跑,趁机揪住"大砖头"的头发。自然,"大砖头"个子大,于志强狠狠地挨了一顿揍,但直到老师来,于志强也没松手,没哭。

我和于志刚一班,直到毕业。所以我还记得他们。

当然,枪毙于志强我看见了,可是没看太清楚。群众愤怒地喊口号,随即是一声枪响。记得身旁一个人幽默地说:"怎么回事?他的血也是红的。"

表哥结婚那天晚上,我又去舅舅家。谁都说表哥的新房布置得不俗,不论是作为卧室的里屋,还是客厅兼书房的外屋。尤其是那两个相对而放的写字台和书橱里那些精装的马列经典著作,说明了主人的超脱。

新房里坐满了客人,我和表姐走上阳台。推倒的灰色老墙已为一道崭新的红墙所代替。越过那墙,是一片民房,一座座小院落连接起来,直铺向灰黑的天际。在一处灯火明亮的地方,我看见一群男女正奋力地盖一间小房。

"你看那儿。"我碰碰表姐。

"噢,那是干什么?盖房?"

"你还记得他们兄弟俩吗?"

"哎,真可怜。"表姐叹了口气。

1978年

原罪·宿命

我像孩子那样哭了几年,万般无奈沦为以写小说为生的人。

原 罪

我要给您讲的这个人以及我要讲的这些事,**如果确实**存在过的话,也是在好几十年前了。我这么说,是因为那时我还太小,如今他们在我的记忆里已经模糊到了这种程度:假如我的奶奶还活着,跟我说,"哪儿有这么个人呀,没有",或者"哪儿来的这些事呀,压根儿就没有过",那样我就会相信我不曾见过这个人,世上也不曾有过这些事。然而我的奶奶已经去世多年。

因此您对这个故事的真确性,不必过于追究。不妨权当作是曾经进入了他的意识而后又合着他的意识出来的那些东西,我只能认为这就是真确。假如当一个故事来说,这理由也就很充分了。

这个人姓什么叫什么,我看也不重要;重要也没办法,我反正是一点儿印象也没有了。我只记得奶奶让我管他叫十叔。那时我们住在同一条街上,差不多在街的正中间有一座小庙叫净土寺,我家住在街的南头,他们家挨近街的北口。他的父亲在那儿开着一爿豆腐房,弄不清什么岁数上死了老婆,请来个帮工叫老谢。老谢来的时候,据说我爸跟我妈还谁都不认识谁呢。

十叔整天整夜躺在豆腐房后面的小屋里。他脖子以下全不能动,从脖子到胸,到腰,一直到脚全都动不了。头也不能转动。就是说除了睁眼闭眼、张嘴闭嘴、呼气吸气之外,他再不能有其他动作。可他活着。他躺在床上,被子盖到脖子,你看不出他的身体有多长,你甚至会觉得被子下面并没有身体。你给他把被子盖成什么样就老是什么样,把一个硬币立在被子上,别人不去动就总不会倒。他就这么一年一年地活着。现在让我估算一下的话,他那时总也有十六七岁了,不会再小,否则奶奶不至于让我管他叫十叔,而且他能像大人那样讲很多有趣的故事。正是因为这后一点,我极乐意跟奶奶到豆腐房去,去打豆浆要么去买豆腐。奶奶说我是喝十叔他爸的豆浆长大的。几十年前天天都喝得起牛奶的人家还不多。那时我六岁,正是能记事而又记不清楚事的年龄。

甚至也记不清楚我是不是六岁,单记得比我大四岁的阿夏早就上了小学,她弟弟阿冬比我小一岁,和我一样整天在家里玩。阿夏阿冬和我家在一个院子里住。他们家天天都喝得起牛奶可还爱喝豆浆,奶奶和我去打豆浆时,阿夏阿冬的妈妈就让他俩也跟我们一块儿去,让阿夏提一个小铁桶。阿夏管十叔叫十哥,她说是她爸爸让这么叫的,可见那时十叔的年龄再大也不会比我估计的大很多。阿冬有时随着他姐姐叫十哥,有时又随着我叫十叔。为什么是十叔我也不知道,我记得他连一个哥哥姐姐弟弟妹妹都没有。

街不宽,虽然长却很直,站在我家院门口一眼就能望到十叔家的豆腐房。午后的街上几乎没人,倘净土寺里没有法事,就能听见豆腐房嗡隆嗡隆的石磨声,听久了,竟觉得是满地困倦的阳光响,仿佛午后的太阳原是会这么响的。磨声一停,拉磨的驴便申冤似的喊一顿,然后磨声又起。直到天要黑时,磨才彻底停了,驴再叫喊一回,疲惫、舒缓、悠悠长长贯过整条苍茫了的小街,在沿途老墙上碰落灰土,是月亮将出的先声。

我和阿冬在院门口的台阶上跳上跳下,消磨我们的童年。净土寺的两个尼姑在南墙下的荫凉里走过,悄无声息仿佛脚并不沾地。我和阿冬就站到门两旁的石台上去,每人握一把"手枪"朝她们瞄准,两个尼姑冲我们笑笑,仍不出丁点儿声音,像善良的两条鱼一样游进净土寺去。阿冬的枪是铁皮做的,是从商店买来的,可以噼噼啪啪响,我的枪是木头削的,而且样子不像真枪。我跟阿冬说:"咱俩换着玩儿一会儿吧?"他说:"老换老换老换!"我只好变一个法儿说。

我说:"可惜你昨天没听见十叔讲的故事。"

"什么故事?"阿冬说。

"可惜昨天是你家阿姨打的豆浆,你和阿夏都不知道十叔讲了什么故事。"

"什么故事?"阿冬说。

我"哼!"一声,看着他的枪。阿冬一点儿都不笨,装出不在乎的样子说:"可惜十叔讲的故事我也听过呀,可惜啥?"

我说:"可惜昨天那个你没听过呀,可惜昨天那个故事才叫棒呢,是新的不是老的。"

阿冬闷了一阵,然后问:"是讲什么的?"

"是神话的。"

"什么神话?"

"嘿哟喂!"我说,"那个神话又好听又长。"

阿冬把他的枪颠来倒去,我知道我很快就能玩到它了,但我故意不看它。我说:"才不是你听过的那些呢,才不是讲耗子跳舞的那个呢。"阿冬就把他的枪递给我,说:"换就换。"这样,我就玩着那把铁皮枪开始给阿冬讲那个故事。

"你知道为什么会刮风吗?"阿冬摇摇头。"你不知道吧?刮风是老天爷出气儿呢。你知道为什么会刮特别大特别大的风吗?"阿冬又摇摇头。"那是老天爷跑累了喘呢,不信你试试。"我把嘴对着阿冬的脸,呼哧呼哧大喘气,吹得他直闭眼,"你看是不是?"阿冬信服地点点头,等着我往下讲。可我已经讲完了,十叔讲了老半天的故事让我这么两句话就讲完了。阿冬问:"完啦?"可我还没玩够那把枪呢,我就说:"没有,还长着呢。"但是十叔讲的那些我都不会讲,老天爷怎么跑哇,跑到了哪儿又跑到了哪儿呀,看见了什么呀,山怎么海怎么云彩怎么树怎么,我都不会讲。"没完你倒是讲啊。"阿冬催我。我就瞎胡编:"你知道为什么会下雨吗?""为什么?"我随口说道:"那是老天爷撒尿呢。"不料阿冬却笑起来,对此深觉有趣,于是我也很兴奋,而且灵感倍增。我又说:"下雪你知道吗?是老天爷拉屎呢。"阿冬使劲笑使劲笑。"打雷呢?打雷你知道吗?是老天爷放大屁呢!""老天爷——放大屁——"阿冬就喊,笑个没完。"轰隆轰隆,老天爷放屁可真响,是吧阿冬?""轰隆——轰隆——"我们俩便坐在台阶上齐声喊,"老、天、爷!放、大、屁!轰隆——轰隆——老、天……"这时候阿夏跑出来了,站在门槛上听我们喊了一会儿,让我们别胡说八道。我们反而喊得更响,更高兴了。她就回过头去喊她妈妈和我奶奶:"快来看呀,你们管不管他们俩呀?!"我和阿冬赶紧闭了嘴,跑回院里去。这时豆腐房那边的磨声停了,驴叹气般地拖长着声音叫,家家都预备吃晚饭了。

阿夏却不回来,一个人在幽暗的门道里轻轻跳舞,转着圈,嘴里低声哼唱,浅颜色的连衣裙忽而展开忽而垂下,一会儿在这儿,一会儿在那儿……

十叔的小屋只有六平米,或者还小,放一张床一张桌子,余下的地方我和阿冬阿夏一去就占满了。但那屋子特别高,比周围的屋子都高好多,所以我说站在我家院门口一眼就能望到。惟一的小玻璃窗高得连阿夏站到床栏上去都够不着,有一回她说她准保能够着,可她站到床栏上使劲够还是差一大截。十叔急得喊她快下来,可别摔坏了腰。

"十叔让你快下来呢,阿夏!"我说。

"十叔叫你快下来呢!"阿冬也说。

"你又叫十叔,"阿夏说阿冬,"爸让咱们叫十哥你怎么老记不住。"

正对着窗户的墙上挂了一面镜子,窗户下又挂一面镜子对着第一面镜子,第一面镜子下再挂了一面镜子对着第二面镜子,这样,两面墙上一共挂了七面镜子,一面比一面矮下来,互相斜对着,跟潜望镜的道理是一样的。屋顶上还有两面镜子,也都斜对着墙上的镜子,这样十叔虽然不能动却可以看见窗外的东西了,无论怎么躺都能看见。是老谢给他想出这法子来的,老谢不识字也根本不知道什么叫潜望镜。阿夏回家把这事讲给她爸爸听。阿夏阿冬的爸爸是大学教授,整天埋头在书案上不是写就是算,这时抬起头来笑笑说:"哦,是吗?老谢没上过学真是可惜了。"

从那些镜子里可以看到:墙头上的一溜野草(墙的这边想必是一条窄巷,偶尔能听见有人从那儿走过),墙那边的一大片灰压压的屋顶和几棵老树,最远处是一座白色的楼房和一块蓝天。再没有别的了。十叔看到的永远就只是这些东西,但那儿有他永远也讲不完的故事。

"你们看见树梢都绿了吗?"十叔说。

我说:"看见了,怎么啦?"

阿冬也说:"看见了,怎么啦?"

"阿冬就会跟人学,"阿夏说,"笨死了快。"

"看没看见有一棵还没绿?"十叔说。

"我看见了,怎么啦?"阿冬抢先说,然后看看阿夏。阿夏这时偏不注意他。

十叔说:"那是棵枣树,枣树发芽晚。看那上头有什么?"

阿夏说:"一条儿布吧?是一条破布条儿。"

阿冬也说是一条破布条儿。"我没跟你学,我也看见了!我就是也看见了,干吗就许你一个人看见呀!"阿冬冲阿夏喊,差点儿要哭。

"娇气包儿,笨死了。"阿夏说。

阿冬把眼泪咽回去。

"你们都没说对,"十叔说,"是纸条儿。是一个风筝,一个风筝挂在树上刮坏了就剩下那么一绺纸条儿。是昨天下午的事。画得挺讲究的一个大沙燕儿,准把他心疼坏了。"

"谁呀十叔?把谁心疼坏了?"我问。

"他应该到南边空场上放去。"十叔说。

"谁呀？谁应该到南边空场上放去呀！"

"那儿多宽敞，是不是？"十叔说，"就是使劲跑那儿也跑得开，闭上眼跑都保证撞不上什么东西。等风筝升高了你就把它拴在树上，一点儿甭管它它也不会掉下来。拴在一块石头上也行，然后你就坐在石头上，你看着那风筝在天上一动也不动，你就可以随便干点儿别的事了。就是枕着那石头睡一觉也不怕，睡醒了你看见那风筝还在天上。唉，要是我，反正我宁可多走几步路到南边空场上放去。"

"十叔，南边哪儿有空场呀？"我问。

十叔便望着镜子老半天不说话。枣树上那纸条儿飘呀飘的，一会儿也不停。

阿冬说："十叔你讲个故事吧。"

"你又叫十叔。"阿夏打阿冬屁股一下。

"十哥你讲个别的讲个故事吧。"阿冬说。

十叔出了一口长气，说："你还要听什么故事呢？"阿冬说听神话的。"好吧神话的。"十叔说，又出一口长气，"知道人有下辈子吗？"

"没有，十哥没有。"阿夏说，"那是迷信。"

"什么是迷信呀？"阿冬问，然后嚷开了，"不不！就讲这个十哥你就讲这个，敢情阿夏她听过了。"

"我给你讲个别的，讲个更好的。"

"不！我就要听这个，阿夏都听过了。"

"你要是捣乱咱们就回家吧。"阿夏说。

阿冬这才不嚷了，说讲一个别的也得是神话的。十叔说行，沉一下，讲："看见阳台上那个姑娘没有？三层，三层的那个阳台上？"十叔说的是远处那座白色的楼房。

"是穿红衣服的那个吗？"我说。

十叔闭一下眼，如同旁人点一下头："每天这时候她都站在那儿往楼下看。从她还没有阳台栏杆高的那会儿，我就天天这时候见她站在那儿。那会儿她是两手抓住栏杆从栏杆的空隙里往下看。下雨了，她就伸出小手去试试雨的大小,雨大了她就直抹眼泪。她是在等母亲下班回来。"

我问:"你怎么知道是?"

"因为过了一会儿就见她高兴地跳,然后蹲在窗台底下藏起来,紧跟着阳台的门开了,母亲就走出来还没来得及放下手里的书包呢。母亲装着在阳台上找她,她就忍不住跳出来大喊一声,喊声又尖又脆连我都听见了。母亲就抱起她来使劲亲她。"

"她大概还没我高吧?"阿冬说。

"是,那时候还没有。后来她长得比阳台栏杆高了,她就扒着横栏欠起脚往下看,还是都在每天的这会儿。还是像先前那样,一会儿母亲回来了,已经顾得上先把手里的东西放下了,她还是藏在窗台下这时候跳出来,喊声又轻又柔,母亲弯下腰来亲她。"

"这有啥意思呀,十哥你讲个神话的吧。"

"少捣乱你,听着!"阿夏说。

"再后来她就长到现在这么高了,比她母亲还高半个头了。她还是天天这时候都在那儿等母亲回来,胳膊肘支在横栏上往下看,两条腿又长又结实。可她还是有点儿孩子气,窗台底下藏不下了就躲在门后头,母亲一回来一走上阳台,她就从后面捂住母亲的眼睛,她不再那么大声喊了,可她的笑声又圆又厚,母亲嗔怪她的声音倒像是男孩子了。"

"这不是神话,根本就不像神话。"阿冬说。

"有一天又是这时候她又在阳台上,一会儿往楼下看看,一会儿来回回走,拿着一本书可是不看,隔一分钟就对着窗玻璃拢拢头发。她有点儿心神不定,她确实是有点儿心神不定,我应该想到可我一点儿也没想到。然后就见她轻轻跳了一下,我知道她又要跟母亲捉迷藏了,可这一回她好像忘了该躲在哪儿,在阳台上转了好几圈儿还是没找好地方。我算计着母亲上楼的脚步。最后她还是又躲在了门后头。这时门开了,可出来的不是她母亲,是个我从来没见过的高个儿小伙子。"

"他是谁?"阿夏轻声问。

十叔闭上眼睛不讲了。

"这不是神话。"阿冬说。

我跟阿冬说:"这回没准儿是神话了。"然后我又问十叔,"这个小伙子是王子吧?"

"他是勇敢的王子吧?"阿冬也问。

我说:"是《白雪公主》里那个王子吧?"

阿冬也说:"是《灰姑娘》里那个王子吧?"

十叔仍闭着眼,说:"这下我才想起来,一转眼都过去这么多年了。"他是说给自己听。

"这到底是不是神话呀,十哥?"

"就算是吧。"十叔说。

"那后来呢？后来他们怎么啦?"

"后来,白天晚上小伙子都在那儿了。"

"完了？这就完了呀?"阿冬轻叹一声,又对我说,"这不像神话是吧？一点儿都不像。"

"可这是神话。"十叔说。"是。"

我看见十叔用上牙使劲咬自己的下嘴唇,都咬出挺深的牙印来了,都快咬破了。

回家的路上,阿冬还是一股劲儿念叨:"这根本不是神话,这有什么意思呀。"

"笨死了你,自己听不懂你怨谁?"阿夏说。

阿冬委屈得直要哭。

我问:"阿夏,他们后来到底怎么啦?"

阿夏不吭声,低着头走她的路。

这样看来,十叔当时的年龄就与我估计的有些出入了。细算一下的话,他那时至少该有二十多岁了,甚至可能在三十岁以上。我跟您说过,我的奶奶已去世多年。一个人早年的历史只好由着他模糊的记忆说了算,便连他自己也没有旁的办法。对您来说,只有我给您讲过这么一个故事——这件事本身才是真确的。倘您再把它讲给别人,那时就只有您给别人讲了一个故事——这才是真确的了。历史都不过是一个故事,一个传说,由一些人讲给我们大家,我们信那是真的是因为我们只好信那是真的,我们情愿觉得因此我们有了根,是因为这感觉让人踏实,让人愉快。

那时奶奶领着我们三个往回家走,小街又是黄昏。走过净土寺,两个尼姑正关山门,朝我们笑笑,依旧无声息,笑脸埋没在苍茫里。

我问奶奶:"十叔的病还能治好吗?"

"能。"奶奶说。

阿夏却说不能:"我爸说的,不能。"

阿夏阿冬的爸爸是科学家,光是书就有好几屋子,他说什么,没有人不信。

"你可千万别跟十叔他爸这么说。"奶奶说阿夏。

阿冬说:"我们叫十哥,是不是阿夏?"

阿夏问奶奶:"为什么别说呀?"

"反正你别说,要说你就说能治好。"

"那不是骗人吗?"

"那你就什么都别说,行不?"

"可是为什么呀?"

奶奶说过,十叔他爸从早到晚磨豆腐挣的钱,全给十叔瞧病用了,除去买黄豆和给那匹驴买草料,剩下的钱都送到药铺去了。奶奶说过,要不他挣的钱再续弦一个也够了,再盖几间大瓦房也够了,再买十匹驴也够了。"奶奶,什么叫续弦呀?"奶奶不理我。十叔他爸的那匹驴已经老得皮包骨了,只能拉半天磨了,剩下的半天十叔他爸自己推。老谢专管滤豆浆、煮豆浆、点豆腐,永远在蒸腾的热气中忙得顾不上说话。

阿夏阿冬的爸爸说:"十哥的父亲太不懂科学了,科学才不管人的感情呢。"

"你也叫他十哥吗?"阿冬问。

阿夏阿冬的爸爸说:"这么多年了,既然毫无效果,何苦还总把钱往药铺送呢?"

阿夏说:"要不要我去告诉他?"

"告诉什么?"

"十哥的病治不好了呀,干吗撒谎?"

"我也去!"阿冬说。

阿冬阿夏的爸爸说:"我问过最有名的大夫了,脊髓要是完全断了,简直一点儿办法也没有。"

"我去告诉他们吧?"阿夏说。

"我也去!"阿冬说着跳下床,往屋外跑。

"回来,阿冬!"他妈妈喊住他。

阿冬阿夏的爸爸说,不应该让十叔这么整天躺在床上什么都不干,得给他想个别的办法活下去。可是,就连阿夏阿冬的爸爸自己也想不出还能有什么别的办法。很少有阿夏阿冬的爸爸也不知道的事。他偶尔闲了,也给我们讲故事,讲月亮之所以亮不过是反射了太阳的光;讲一共有九颗行星围着太阳转,地球不过是其中一颗;讲银河系中的恒星少说也有一千亿颗,而银河系在宇宙中不过像一片叶子长在大树上。"十哥讲过,星星都在跳舞。"阿冬说。他爸爸便笑笑,说:"这说法也不坏,它们确实像在跳舞。"

除去冬天最冷的时候,十叔的小窗不分昼夜总是开着的,为了看清外边的事为了听清外边的声音,成了习惯,他倒也不因此受凉生病。对于十叔,无所谓昼夜,他反正是躺着,什么时候睡着了便是夜,醒了就在镜子里看他的世界,世界还通过那小窗送给他各种声音。他常从梦里大叫几声惊醒,叫声凄长且暴烈,若在深夜便听得人发瘆。"什么叫哇,奶奶?""还有谁? 又是豆腐房那边儿。"奶奶说,叹一口气。我便知道,此刻十叔又在看那些镜子了。我便也掀起窗帘看天上,我很想看看夜里星星怎么跳舞,可是这夜星星都不动,满天的星星各自悄悄待在自己的位置上。即便是冬天最冷的时候,太阳一上来,十叔也要叫老谢把他的小窗打开一会儿。您能想象,他不能太久地不看到什么不听到什么。您可以想象,他独自在那儿同世界幽会,不知是它们从那儿来了还是他从那儿去了。您想象一道阳光罩住一张木床,在阳光中飞舞的是他的灵魂,在阳光中死去的是他的肉体。待夕阳把远处那座白楼染得凄艳,十叔就盼着我们去听他的故事了。要是我们不去,要是晚上老谢没事了,十叔憋了一整天的故事便讲给老谢一个人听。当然,十叔屋里有一个非常旧非常旧的无线电,可他没法儿去扭那两个旋钮,要是他爸和老谢都忙着,他不想听的他也得听,所以十叔不怎么爱听它。十叔更乐意自己讲故事。自己想听什么自己讲来听,这有多好。当然,他更盼着我和阿冬阿夏去听。

"十哥你昨天又做噩梦了吧?我妈说你夜里又做噩梦了。"

"阿冬你胡说什么!"阿夏搡了他一把,"什么都不懂什么都不懂,简直快笨死了你。"

"我是叫的十哥我没跟人学。"阿冬分辩说。

"都快笨死了你知道吗,还不知道呢!"

"阿夏!"十叔喊。然后他闭了一会儿眼睛,仿佛有个噩梦在他脸上很快地跑了一圈,之后他猛地睁开眼睛问我们:"今天想听什么故事呀?"完全换了一副神情。

"神话的!"阿冬说,"听那个耗子跳舞的。"

"光会听一个,你都快笨死了。"

"嘘!——"十叔说,"你们听。"

一个男人轻轻地唱着歌从窗外走过去了,从镜子里看不见他,声音跟牛似的。

"他又去演出了。"十叔自言自语地说。

"演什么?你怎么知道他去演出?"阿夏问。

"一到这时候他就走了,半夜里准回来。你听他的嗓子有多好,是不是？"

"他唱的什么呀？"阿冬问。

"我也听不清。"十叔说，"他总唱这支歌，可我总也听不清这歌里唱的是什么。"

阿夏说："我倒听清了一句，好像是——'你可看见了魔王'。"

"他的嗓子真是好，你说呢阿夏？"

"他是谁呀？"

"他就住在那座楼上，四层，从左边数第三个窗口。每天夜里他从这儿过去不一会儿，那个窗口的灯就亮了。"

十叔指的还是那座白色的楼房。从早到晚，那楼房在阳光里变换着颜色，有时是微蓝的，有时是金黄的，这会儿太阳西垂了它是玫瑰色的。楼下几棵大树，枝繁叶茂，绿浪一样缓缓地摇。

"他长的什么样儿？"阿夏问。

十叔想了想，说："嗯，个子长得真高。"

阿冬说："有我爸高吗？"

"当然有。他比谁都高，也比谁都魁梧，腿比谁都长肩比谁都宽，对了，他是运动员，也是歌唱家也是运动员。"

"那他跑得快吗？"

"当然，当然快，特别快。他跳得也特别高。你说什么，跳起来摸房顶？当然能，这在他算什么呀。你们会打篮球吗？"

"我会！"阿夏说。

"他一跳你猜怎么着？头都碰着篮筐了。"

"十叔你也会打球？"我问。

"可我听说过，那篮筐高极了是吧阿夏？"

"高极了高极了的，"阿夏比画着说，"连我们体育老师使劲跳都够不着篮板呢！"

"都快有天高了吧？"阿冬说。

"可我轻轻一跳，连头都能碰着篮筐。"

"十叔你怎么说你呀？你怎么说'我'呀？"

"我说我了？没有没有，我哪儿说我了？"

"十哥，我想听个神话的。"阿冬说。

"他又特别聪明，"十叔继续讲，"跟他一般大的人中学还没毕业呢，他都念完大学了。等人家大学毕业了，他早都是科学家了。想跟他结婚的人数也数不过来，光是特别漂亮的就数不过来。可他还不想结婚，他想先得到全世界去玩玩儿，就一个人离开家。他也坐过飞机也坐过轮船，也会开汽车也会骑马。他还是最喜欢骑马，他有一匹好马，浑身火红像一个妖精，跑得又快又通人性，是一个好妖精。"

"那只会跳舞的耗子也是好妖精。"阿冬说。

"是，也是。"

"你还说有一只猫和一只狗都是好妖精。你还说有一棵树和一个虫子也都是好妖精。"

"这匹马也是。不管到哪儿它都不会迷路。高兴了我就和它一起跑，累了就骑一会儿。"

"十叔你又说'我'了，你说'高兴了我就'，你说了。"

"是吗，我说错了。"十叔停了一会儿，又说，"我讲到哪儿了？对了，他就这么绕世界玩儿了一个痛快。还记得我给你们讲过风的故事吗？他就像风一样到处跑到处玩儿，想到哪儿去就到哪儿去，一会儿在深山里，一会儿在大道上。江河湖海他也都见了。当然，当然会划船，再说他也会游泳，多深多急的河里他也敢游。废话，淹死了还算什么，他能在海里游三天三夜也不上岸，他能一口气在水里憋好几分钟也不露出头来。当然是真的，不是真的我还给你们讲什么劲儿？他也到大森林里去过，十天半个月都走不出来的大森林，都是十好几丈高的大树，一棵挨一棵一棵挨一棵。不累，他从来不知道累，更不知道什么叫生病。他哪儿都去过，哪儿都去过什么都看见过。告诉你阿夏，他的腿比你的腰还粗一倍呢，你想想。"

阿夏问："他去过非洲吗？"

"怎么没去过?"十叔说,"那儿有沙漠有狮子,对不对? 当然得去。他还有一杆枪,他的枪法没问题,一枪撂倒一头狮子,要不一头狗熊,这对他根本不算一回事。"

"十哥,我也有一杆枪!"阿冬说。

"哈,你那枪!"十叔笑起来,"阿夏,要是我我没准儿把阿冬也带上。夜里就住山洞,阿冬你敢吗? 用火烤熊肉吃你敢吗? 狼和猫头鹰成宿地在山洞外头叫,你敢吗阿冬?"

"阿冬这会儿就快吓死了。"阿夏笑着。

"还说什么你那枪!"十叔也笑着。

阿夏又问:"十哥,那他去过南极洲吗? 见过企鹅吗?"

"什么你说? 什么鹅?"

"怎么你连企鹅都不知道哇?"

十叔脸上的笑容渐渐消失,那个噩梦好像在别处跑了一圈这会儿又回来了。

"企鹅是世界上最不怕冷的动物,"阿夏还在说,"南极洲是世界上最冷的地方,一年四季都是冰天雪地。"

"那有什么。"十叔低声自语,"只要他想去他就能去。"

"那他去过美洲吗? 还有欧洲?"

"他想去他就能去。"十叔又闭上眼睛。

"还有澳洲呢? 他去过吗?"

"只要他想去,阿夏我说过了,他就能去。别拿你刚学的那点儿玩意儿来考我。"

"十叔,他去过天上吗?"我问。

"十叔,我爱听星星跳舞的那个故事。"

"阿冬你又叫十叔,你少跟人学行不行!"

这当儿十叔一直闭着眼,紧咬着下嘴唇。

阿夏看看阿冬和我,愣了一会儿,趴到十叔耳边说:"十哥你生气啦? 我没想考你。"

十叔松开牙但仍闭着眼,出一口长气有点儿颤抖:"没有,阿夏,我不是生你的气。我不是生别人的气。我凭什么生别人的气呢?别人想到哪儿去就到哪儿去,跟我有什么关系?我就在这儿。"

十叔虽这么说,可我觉得他还是生了谁的气了。他一使劲咬下嘴唇而且好半天好半天闭着眼睛,就准是生谁的气了,可我不知道他到底是生谁的气。太阳又快回去了,十叔的小屋里渐渐幽暗。在墙上,你几乎分不清哪是窗口哪是镜子了,都像是一个洞口一条通道,自古便寂寞着待在那儿,从一座无人知晓的洞穴往旷远的世界去。那儿还有一块发亮的天空,那座楼变成淡紫色,朦朦胧胧飘忽不定。阿夏轻声说:"咱们该走了。""不,十哥还没讲神话的呢!"阿冬不肯走。磨房里的驴便亮开嗓门儿叫起来,磨声停了。然后那驴准是跟了老谢踱到街上,叫声在古老的黄昏里飘来荡去,随着晚风让人松爽,又伴了暮色使人恓惶。净土寺那边再传来做法事的钟鼓声。

十叔好像睡着了。

阿夏拉起阿冬和我,让我们不要出声,轻一点儿轻一点儿,悄悄的,往外走。

"别走阿夏,我答应了阿冬,我得给他讲一个神话的。"十叔睁开眼,像是才睡醒。

我们等着。连阿冬都大气不出。很久。

"有一天夜里,满天的星星又在跳舞。我这么看着他们已经看了好几十年,一天都没误过。就是阴天,我也能知道哪片云彩后面是哪颗星星。这天夜里,星星上的神仙到底被感动了,就从这窗口里进来,问我,要是他把我的病治好,我怎么谢谢他。"

"十哥这是迷信,"阿夏说,"你的病治不好了。你的病要是治不好了呢?"

"你的性子真急阿夏,我还没说完呢。我的病治不好了这我不比谁知道?所以我说我讲的是个神话。"

"让我告诉你爸去吗?"阿冬说。

"可别,阿冬你千万可别。"十叔说。

"干吗撒谎?"阿冬学着阿夏的语气。

"这你们还不懂,你们还小。一个人总得信着一个神话,要不他就活不成他就完了。"

暗夜在窗外展开,又涌进屋里,那些镜子中亮出几点灯光,或者竟是星星也说不定。净土寺那边的钟声鼓声诵经声,缈缈缥缥时抑时扬,看看像要倦下去却不知怎样一下又高起来。

十叔苦笑道:"要是神仙把我的病治好,我爸说要给他修一座比净土寺还大的庙呢。"

"十叔你呢?你怎么谢他?"

"我?我就把他杀了。他要是能治这病,他干吗让我这么过了几十年他才来?他要是治不了他干吗不让我死?阿冬,他是个坏神仙,要不就是神仙都像他一样坏。"十叔的语气极其平静,像在讲一个无关痛痒的故事。

"你也信一个神话吗,十哥?"

"阿夏,平时你可不笨。"十叔说,"人信以为真的东西,其实都不过是一个神话;人看透了那都是神话,就不会再对什么信以为真了;可你活着你就得信一个什么东西是真的,你又得知道那不过是一个神话。"

"那是什么呀?"

"谁知道。"黑暗中十叔望着那些镜子。

我们去问阿夏阿冬的爸爸,他摇头沉吟半晌,最后说,一定得想个办法,让十叔能做一点儿有实际价值的事才行。

"什么是实际价值?"

"就是对人有用的。"

"什么是有用的?"

"阿冬!别总这么一点儿脑子也不用。"

可结果我们还是给十叔想不出办法来。他要是像阿夏阿冬的爸爸那么有学问也好办,可他没有,没有就是没有甭管为什么,也甭说什么"要是"。但从那以后阿冬阿夏的爸爸不让他们去十叔那儿听故事了,说那都是违反科学的对孩子没好处。阿冬阿夏的爸爸便尽量抽出些时间来,给我们讲故事,讲太阳是一个大火球,热极了热极了有几千几万度;讲地球原来也是个火球,是从太阳身上甩出来的后来慢慢变凉了;讲早晚有一天太阳也要变凉的,就像一块煤,总有烧乏了的时候。阿夏说:"那可怎么办呀?"她爸爸说:"放心,那还早着呢。"阿夏说:"早晚得烧完,那时候怎么办呢?粮食还怎么长呀?"她爸爸笑笑说:"那时候还有地球吗?地球在这之前就毁灭了。"阿夏说:"那可怎么办?"她爸爸说:"那时候人类的科学早就特别发达了,早就找到另外的星球另外的适合人类生活的地方了。"阿夏松了一口气。我也松了一口气。阿冬问:"要是找不着呢?"阿冬阿夏的爸爸说:"会找着的,我相信会找着的。"

我还是能经常到十叔那儿去。奶奶不在乎什么科学不科学,她说谁到了十叔那份儿上谁又能怎么着呢,死又不能死。

这一来我反倒经常可以玩到阿冬那把枪了,还有他妈妈给他买的各种各样好玩的东西。我只要说"十叔昨天又讲了一个神话的",阿冬就会把他所有的玩具都端出来让我挑。对我们来说,阿夏阿冬的爸爸讲的和十叔讲的,都一样都是故事,我们都爱听。

我问阿冬:"你还记得十叔家窗户外的那座白楼吗?"阿冬一点儿也不笨,阿冬说:"你想玩儿什么你就玩儿吧,这些玩具是咱们俩的。"我说:"你还记得那座楼房旁边有好几棵大树吗?上头老有好些乌鸦的?"阿冬说:"我记得,十哥说它们都是好妖精。"我说:"十叔说它们没有发愁的事,跟咱俩一样,一早起来就那么高兴,晚上回来还是那么高兴。"阿冬说:"那些乌鸦,啊——啊——啊——的老叫是不是?"我说:"你还记得楼顶上老落着一群鸽子吗?""那也是一群好妖精,十哥说过。""十叔说它们也没那么多烦心事,它们要是烦心了就吹着哨儿飞一圈儿,它们能飞好远好远好远也不丢。"十叔的故事都离不开那座楼房,它坐落在天地之间,仿佛一方白色的幻影,风中它清纯而悠闲,雨里它迷蒙又宁静,早晨乒乒乓乓充满生气,傍晚默默地独享哀愁,夏天阴云密布时它像一座小岛,秋日天空碧透它便如一片流云。它有那么多窗口,有多少个窗口便有多少个故事。一个碎了好几块玻璃的窗口里,只住着一个中年男子,总不见女人也不见孩子,十叔说他当初有女人也有孩子,偏他那时太贪杯太恋着酒了,女人带着孩子离开了他。十叔说:"不过他的女人就快回来了,女人一直在等着他,现在知道他把酒戒了。"我说:"要是她还不知道呢?"十叔说:"那就去找她,要是我我就把酒戒了去找她。"我问:"她在哪儿呀?"十叔想了一会儿,说:"也许,就在那一大片屋顶中的哪一个屋顶下。"另一个窗口里,有一对老人。老两口儿整日对坐窗前,各读各的书或者各写各的文章,很久,都累了,便再续一壶茶来,活动活动筋骨互相慢慢地谈笑。十叔说他们的儿女都是有出息的儿女,都在外面做着大事呢。十叔说:"他们的儿子是个音乐家。"我说:"你怎么知道?"十叔说:"他们的儿媳妇是个画家。"我说:"你是怎么知道的?"十叔说:"他们的女儿是个大夫,女婿是个工程师。"我问:"你到底是怎么知道的呀?"十叔便久久地发愣……还有个窗口里住着个黑黢黢的壮小伙子,一到晚上就在那儿做木工活儿。十叔说他就快结婚了,未婚妻准是个美人儿。我问:"怎么准是呢?"十叔闭一下眼睛如同旁人点一下头,说:"准是。"表情语气都不容怀疑。还有一个窗口白天也挂着窗帘,十叔说那家的女人正坐月子呢,生了一对双儿,一个男孩儿一个女孩儿。十叔说:"当爹的本想要个闺女,当妈的原想要个儿子,爷爷呢,想要孙子,奶奶想要孙女,这一下全有了。"还有一个摆满了鲜花的窗口,那儿有个白发苍苍的老太太。十叔说她都快一百岁了,身体还那么硬朗,什么事都不用别人干。那些花都是她自己养的,几十种月季几十种菊花,还有牡丹、海棠、兰花,什么都有,天天都有花开,满满儿屋子都是花都是花的香味儿。十叔说:"她侍弄那些花高高兴兴的一辈子,有一天觉得有点儿累了,想坐在花丛里歇一会儿,刚坐下,怎么都不怎么就过去了。"我问:"过哪儿去了?"十叔说:"到另一个世界去了。"我说:"到天上去了吧?"我说我知道了,这是个神话。十叔笑一笑,叹一口气又闭上眼睛……

白色的楼房,朝朝暮暮都在十叔的镜子里,对十叔的故事无知无觉。那些窗口里的人呢,各自度着自己的时光,日复一日年复一年,不曾想到世上还有十叔这么个人。

阿冬阿夏终于耐不住了,有一天我们又一起到十叔的小屋去。我们进去的时候,正好听见那个男人又唱着歌从窗外走过。

阿夏说:"十哥我又听清一句了!他唱的是,'你可看见了魔王?他头戴王冠,露出尾巴'。"

"谁呀?阿夏,他是谁呀?"阿冬问。

"阿冬你这么笨可怎么办!就是那个又高又大全世界哪儿都去过的人。这都记不住。"

阿冬说:"十哥,我好些天没来我真想你。"

"阿冬就会甜言蜜语。"阿夏撇一下嘴。

"我就是想了,我没骗人我就是想了。"

"怎么想的你?"

"我,我想听个神话的。"

只有十叔没笑,他说:"我正要给你们讲件怪事呢,我发现了一件特别奇怪的事。"

"十哥我爱听奇怪的事,我爱听神话的。"

"你们看最顶层尽左边那个窗口。"十叔指的还是那座白楼,"那儿总也不亮灯,晚上也从来不亮灯,真是怪了。"

"大概那儿没人住吧?"阿夏说。

"可你们看那窗帘,多漂亮是不是?窗台上还放着两个苹果呢。看见墙上那个大挂钟没有?钟摆还来回动呢。"

太阳这时正照在那面墙上,好大好大的一只挂钟,钟摆左一下右一下,闪着金光。

"也许晚上没人在那儿住吧?"

"我原来也这么想,"十叔说,"可是有天晚上月亮正好照进那个窗口,我看见那儿有人。我明明看见有一个人,一会儿坐在窗前,一会儿在屋里走动,可就是不开灯。这下我才开始注意那儿了,原来每天夜里都有人,我看见他点火儿抽烟了,我看见烟头儿的红光在屋里走来走去,可他在那黑屋子里就是不开灯,从来都不开。"

阿冬说:"十哥,我有点儿害怕。"

"胆小鬼,又笨胆儿又小。"阿夏说。

那座楼房这会儿是橘黄色的。楼顶上的鸽子探头探脑地蹲在檐边,排成行。乌鸦还没回来,老树都安静着。

"我们去那楼里看看吧。"阿夏说。

阿冬说:"我不想去。"

"你不想去因为你是个胆小鬼!十哥,我们到那楼里去看看吧?我们还从来没到那楼里去过呢。"

十叔说:"我早就想到那儿去看看了,可是阿夏,我怎么去呢?"

"要是有一辆车就行了,我们推你去。"

"我早就想去了,可是不行阿夏,我想过多少遍了,那么高我可怎么上去呀?"

"让老谢抱你上去,我们再把车抬上去。"

"阿夏你要是去,我就告诉爸爸。"

"胆小鬼,你敢!"

我记得是老谢给十叔做了一辆小车,不过是钉了个大木箱又装上四个小轱辘,十叔躺在里头,我们推着他到那座白色的楼房去。小车轱辘"叽里嘎啦叽里嘎啦"地响,十叔的身体短得就像个孩子,轻得就像个孩子。老谢跟在我们身后走,什么话也不说。

奇怪的是,我们在那些七拐八弯的小胡同里转了很久,也没能接近那座白楼,我们总能看到它却怎么也找不着通到那儿去的路。阿冬不停地说,咱们回去吧咱们回去吧。阿夏便骂他是胆小鬼,仍然推着车往前走。阿冬紧拽着阿夏的衣襟不松手。残阳掉在了一家屋顶上,轻轻地并不碰响什么,凄艳如将熄的炭火,把那座楼房一染呈暗红色了。我们推着十叔再往西走了一阵,又往北走,那楼房像也会走似的,仍然离我们那么远。阿夏问老谢:"到底该怎么走呀?"老谢说他没去过他不知道,说:"问你十哥,他要去他想必知道。"十叔让我们再往东走。乌鸦都飞回来,在老树上吵闹不休。暮霭炊烟在层层叠叠的屋顶上,在纵横无序的小巷里,摇摇荡荡。看看那座楼像是离我们近了,大家欢喜一回紧走一阵,可是忽然路到了尽头,又拐向南去,再走时便离那楼愈远了。阿冬还是不住地说,回去吧,阿夏咱们回去吧。阿夏说:"要回你自己回去!"阿冬只好念念叨叨再跟了走,不断回头去望。离家已是那么遥远了,仿佛家在千里之外。天便更暗下来,四周模糊不清,那座楼由青紫色变成灰黑。"老谢,到底怎么走才对呀?""问你十哥,他要来他就应该知道。"老谢还是这么说。可是无论我们怎么走,总还是那些整齐或歪斜的屋顶、整齐或歪斜的高墙、整齐或歪斜的无数路口,总是能看到那座楼也总还是离它那么远。天黑透下去,乌鸦藏进老树都不出声。阿冬说:"阿夏咱们别走了,一会儿该迷路了。"阿夏没好气地说:"我们已经迷路了,我们回不去家了!"阿冬愣一下,蒙了,转身就跑,看看不对又往回跑,然后站住,"哇"的一声哭出来。十叔忙哄他:"阿冬别怕,阿夏吓唬你玩儿呢。"阿冬才慌慌地住了哭声,紧跑到阿夏身边抱住阿夏,抽噎着再不敢动。阿夏把他搂在怀里。

这时候传来一阵歌声,低沉浑厚得像牛一样:"……啊父亲,你听见没有,那魔王低声对我说什么?你别怕,我的儿子你别怕,那是寒风吹动枯叶在响……"

"十哥,是他!"阿夏说,"是那个人。"

"欧!他在哪儿?"十叔说。

从一个巷口拐出一个人来,他手里拎根竹竿探路,边走边轻声唱。走近了,我们听得更清楚了:"……啊父亲,你看见了吗?魔王的女儿在黑暗里。儿子、儿子,我看得很清楚,那是些黑色的老柳树……"他从我们面前走过,我们也看清他的模样了,他长得又矮又小又瘦,而且他手里拎了根竹竿探路。他大概觉出有几个人在屏住呼吸看他,便朝我们笑笑点一点头,不说什么,一心唱他的歌一心走他的路去。

阿夏对十叔说:"咱们问问他,往那个楼去怎么走吧?"

十叔不吭声。

"十哥,你不是说他就住在那座楼上吗?他能知道到那儿去怎么走。"

"不。"十叔说。

"他不是住在四层左边第三个窗口吗?"

"不,那不是他。"十叔说,"他不是那个人,他不是!那个人不是他,不是……"

在黑得看不见的地方,仍传来那个人的歌声:"……啊父亲,啊父亲,魔王已抓住我,它使我痛苦不能呼吸……"渐行渐远,渐归沉寂。

渐归沉寂,我们还在那儿坐着。

我们还在那儿坐了很久。满天的星星都出来,闪闪烁烁闪闪烁烁,或许就是十叔说的在跳舞吧。净土寺里这夜又有法事,钟声鼓声诵经声满天满地传扬,噌噌吰吰伴那星星的舞步。那座楼房仿佛融化在夜空里隐没在夜空里了,惟点点灯光证明它的存在,依然离我们那么远。

"老谢,咱们还去吗?"

"问你十哥,他应该知道了。"

十叔的眼睛里都是星光。

阿冬已经困得睁不开眼了,不住地说,十哥咱们回家吧,咱们回家吧十哥。

十叔说:"回家,阿冬咱们回家,我以前给你们讲的都是别人的神话。"

我们便往回家走。阿夏背着阿冬,告诉阿冬别睡,睡着了可要着凉,"马上就到家了,快醒醒阿冬!"声音无比温柔。老谢背着我,又推着十叔。我不记得是怎么回到家的了,很可能我在路上也睡着了。

我说过,我不保证我讲的这些事都是真的。如果我现在可以找到阿冬阿夏,我就能知道这些事是不是真的了,可我找不到他们。好几十年过去了,我不知道阿冬阿夏现在在哪儿。我看这不影响我把这个故事讲完。您要是听烦了您随时都可以离开,我不会觉得这是对我的轻蔑——请原谅,这话我该早说的。人有权利不去听自己不喜欢的故事,因为,人最重要的一个长处,就是能为自己讲一个使自己踏实使自己愉快的故事。

那夜归来,十叔病了。第二天我和阿冬阿夏去看他,他那小屋的门关得严严的。耳朵贴在门上听听,屋里静得就像没人。"十哥,十哥!""十叔!"叫也没人应。我们正要推门进去,老谢来了,说十叔病了正睡呢,叫我们明天再来。这样有好多天,每次去老谢都说十叔正又睡呢:"他刚吃了药,正睡呢。""他什么时候醒啊?""你们看这门什么时候开了,他就醒了。"

也不知又过了多久,终于有一天那门开了,我和阿冬阿夏跳着跑进去。阿冬喊:"十哥!这么多天没见你我可真想你。"阿夏撇一下嘴。阿冬说:"我没甜言蜜语!我也想听神话的我也想十哥了。"

小屋里稍稍变了样子,所有的镜子都摘了下来,都扣着摞在墙旮旯。十叔平躺在床上,头垫高起来,胸上放一只小碗,嘴上叼一根竹管,竹管如铅笔一般长短一般粗细。见我们来了他冲我们笑笑,笑得很平淡。然后,他上嘴唇压过下嘴唇把竹管插进碗里,再下嘴唇压过上嘴唇把竹管抬起来,轻轻吹出一个泡泡。泡泡颤几下脱离开竹管,便飘飘摇摇升起来,晃悠悠飞出窗口去,在太阳里闪着七色光芒。

"我能吹一个非常大的。"十叔说。

他果然吹出了一个挺大的。

"这不算,"十叔说,"这不算大的。"

他又吹出了一个更大的。

"我也会。"阿冬说,"让我吹一个行吗?"

"少讨厌你,阿冬!"阿夏把阿冬拉在怀里。

十叔说:"我得吹一个比磨盘还大的,那才行呢。"

"你能吹那么大的吗?"

"我要能吹一个比这窗户还大的就好了。"

"怎么就好了呀,十叔?"

"下辈子就好了。"

"十哥,那是迷信。"阿夏说。

十叔不理会阿夏的话,专心地吹了一个泡泡又吹一个泡泡,吹了一个又一个。

"嘿,快看这个!大不大?"十叔兴奋地喊。

满屋里飞着大大小小七彩闪耀的泡泡,忽上忽下忽左忽右轻盈飘逸,不断有破碎的,十叔又吹出新的来。我和阿冬满屋里追逐它们,又喊又笑又蹦又跳。十叔吹得又专心又兴奋。

"都太小了。"十叔说,"我要能一连吹出一百个像刚才那个那么大的,就好了。"

"什么就好了,十哥?"

"像我这样的病就都能治好啦。"

"这也是迷信,十哥,这也是。"阿夏说。

"明天我让老谢给我找一根再粗一点儿的竹管来,"十叔说,"那才能吹出更大的来呢。也许我能一连气儿吹出一万个来呢。"

"吹那么多呀!"阿冬说,高兴得不得了,"吹一万一万一万一万个,是吧十哥?"

"那就没人得病了,就没病了。"

"十哥,我觉得这还是迷信。"阿夏说。

"这不是迷信,阿夏你说这怎么是迷信!"

阿夏怔怔的,回答不出来。

泡泡一个又一个,一个又一个,飞得满屋,飞出窗口,飞得满天。十叔说:"阿夏你看哪,飞得多漂亮!"

阿夏回家又去问她爸爸,什么是迷信?她爸爸说:"盲目,盲目地相信一件事。"

阿冬问："什么是盲目？"

"就是没有科学根据。"

"什么是科学根据？"

"好啦阿冬，你这脑子又动得太多了，这你还不懂。还是我来多给你们讲些故事吧。我以后一有时间就给你们讲些科学的故事，好吗？"

阿夏阿冬的爸爸又给我们讲月亮、讲太阳、讲银河、讲宇宙、讲一光年是多远；讲宇宙一直在膨胀一直都在膨胀，讲所有的天体都离开我们越来越远越来越远；讲总有一天宇宙也要老的，要走完生命的旅程，要毁灭。

"那可怎么办？那我们到哪儿去？"阿夏问。

"那时候人类的科学已经非常非常发达了，人早就又找到一个可以生存的地方了。"

"要是找不着呢？"阿冬问。

"会找着的，我相信会找着的。"

"为什么会找着？"

"我想会的。"

宿　命

一

现在谈谈我自己的事，谈谈我因为晚了一秒钟或没能再晚一秒钟，也可以说是早了一秒钟却偏又没能再早一秒钟，以致终身截瘫这件事。就那一秒钟之前的我判断，无论从哪方面说都该有一个远为美好的前途。截至那一秒钟之前，约略十三人十八人次主动给我提过亲，其中十一回附有姑娘的照片，十一回都很漂亮，这在一定程度上或可说明问题。但我当时的心思不在这上头，我志向远大，我说不，我现在的心思不在这上头。提亲的人们不无遗憾，说，莫非（莫非是我的姓名），莫非我们倒要看你找个什么样的天仙。然后那一秒钟来了。然后那一秒钟过去了,我原本很健壮的两条腿彻头彻尾成了两件摆设,并且日渐消瘦为两件非常难看的摆设,这意味着倒霉和残酷看中了一个叫莫非的人,以及他今后的日子。我像孩子那样哭了几年,万般无奈沦为以写小说为生的人。

曾有一位女记者问我是怎样走上创作道路的,我想了又想说,走投无路沦落至此。女记者笑得动人:您真谦虚。总之她就是这么说的,她说您真谦虚。

二

实际无关谦虚。

说不定,牵涉十叔的那些懵里懵懂似有若无的记忆,原是我童年时的一个预感。据说孩子的眼睛可以洞察许多神秘事物,大了倒失去这本领。自然这不重要。要紧的是我的腿不能动了随之也没了知觉,这不是懵里懵懂似有若无的记忆,这一回是明明白白确凿无疑的事实,而且看样子只要我活下去,这一事实就不会不是个事实。

我以前从不骂人,现在我想世上一切骂人的话之所以被创造出来就说明是必要的。是必要的,而且有时还是必然的结论。

三

不过是一秒钟的变故,现在说它已无多少趣味。是个夏夜,有云,天上月淡星稀,路上行人已然寥落,偶有粪车走过,将大粪的浓郁与夜露的清芬凝于一处,其味不俗。我骑车在回家的路上,心里痛快便油然吹响着口哨,吹的是《货郎与小姐》中货郎那最有名的咏叹调。我刚刚看完这出歌剧。我确实感觉自己运气不坏。我即将出国留学,我的心思便是在这上头,在地球的另一面,当然并不限于那一面,地球很大。我的腰包里已凑齐了护照、签证、机票以及与此相关的一系列文件,一年又十一个月艰苦奋斗之所得。腰包牢牢系在裤腰带上,除非被人脱了裤子去这腰包是绝不可能丢的,这腰包的设计者今生来世均当有好报,这是我当时的想法。气温渐渐降下来,且有了一丝爽风。沿途的楼房里有人在高声骂娘又有人轻轻弹奏肖邦的练习曲,外地小贩便于路旁的暗影中撒开行李,豪爽地打响一串喷嚏,有如更夫的钟鼓。平凡的一个夏夜。我吹着口哨。地球是很大,我想在假期里去看看科罗拉多河的大峡谷,在另一个假期里去看看尼亚加拉大瀑布,平时多挣些钱且生活尽可能地简朴,说不定还可以去埃及看看胡夫大金字塔去威尼斯看看圣马可大教堂,还有法国的卢浮宫英国的伦敦塔日本的富士山坦桑尼亚的塞卢斯野生动物保护区,等等,都看看,都去看一看,机会难得。我精力充沛我的身体结实如一头骆驼,去撒哈拉大沙漠走一遭也吃得消,再去乞力马扎罗山下露营,我不打狮子,那些可爱的狮子。我吹着口哨,我吹得不很好,但那曲子写得感人。我不是个禁欲主义者。莫非不是个禁欲主义者,他势必会有个妻子。她很漂亮很善良,很聪明,很健康很浪漫很豁达,很温柔而且很爱我,私下里她不费思索单凭天赋便想出无数奇妙的爱称来呼唤我,我便把世间其他事物都看得轻于鸿毛,相比之下在这方面我或许显得略笨,我光会说亲爱的亲爱的我最亲爱的,惹得她动了气给我一记最最亲爱的小耳光。真正的男人应该有机会享受一下软弱。不过事后他并不觉得英雄因此志短,恰恰相反,他将更出类拔萃,令他的妻子骄傲终生!凉爽的夏夜使人动情,使人赞美万物浮想纷纭,在那一秒钟之前有理由说莫非不是在梦想。我骑在车上,吹响一路货郎的那段唱。我盘算以四年时间拿下博士学位,然后回来为祖国效力。我不会乐不思蜀,莫非不是那种人,天地良心,知道我出去学什么吗?学教育,祖国的教育亟待改革迫切需要人材。莫非不是没能力去学天体物理抑或生物遗传工程,但莫非有志于祖国的教育事业,在那一秒钟之前我一直在一所中学里任教。我骑车拐上一条稍窄的街,那是我回家的必由之路,路面上树影婆娑,以后会证明这树影婆娑可与千刀万剐媲美。我依然吹着口哨。我是一个无罪的人。我想四年之后我回来,那时我就可以要一个儿子(当然在这之前需要结婚),抑或是一个女儿,设若那时政策允许也可以是一个儿子又一个女儿,哪个在先哪个在后完全不在考虑之列,我看男女应该平等,惟愿儿子像我女儿像母亲,惟望这一点万勿颠倒了。这样想不对吗?我看不出这有什么错。我是个无罪的人,在那个夏夜以及那个夏夜之前我都是一个无罪的人。无罪,至少是这样。

我吹着《货郎与小姐》中最著名的唱段,骑车朝那万恶的一秒钟挺进。与此同时有一位我注定将要结识的年轻司机,也正朝这一秒钟匆忙赶来。

四

照理说,那不是个能给人留下深刻印象的夏夜,如果不是有人在马路上丢了一只茄子的话。我吹着口哨吹着货郎的唱段,我的前车轮于是轧到那只茄子,事后知道那茄子很大很光又很挺实,茄子把我的车轮猛扭向左,我便顺势摔出二至三米远,摔进那一秒钟内应该发生的事里去了。只听一声尖厉的急刹车响,我的好运气就此告罄,本文迄今所说的那些好事全成废话,全成了废话一堆。成了一个永久的梦魇。

否则也就无事,问题出在它不把你撞死而仅仅把你的脊椎骨拦腰撞断。以往的一切便烟消云散烟消云散。烟消云散之后世界转过身去把它毫无人味儿的脊梁给你看,我是说给我看,给莫非。

五

在以后的日子里我常想起一只电动玩具母鸡,在沙地上煞有介事地跑,碰上个石子颠了个跟头翻了个滚儿,依然煞有介事地往前跑,可方向与当初满拧(有可能是前翻一周半加转体一百八十度)。我见人玩过那样一只电动玩具母鸡,隔一会儿下一个假蛋。

六

我躺在马路中央,想翻身爬起来可是没办到。前面提到过的那个年轻司机跑过来问我,您觉得怎么样?我说很奇怪好像我得歇一会儿了。司机便把我送到医院。

我说大夫我什么时候能好,我很快就要出国没有很多时间可耽误。

大夫和护士们沉默不语,我想他们可能没弄懂我的意思。他们把我剥光了送上手术台,我说请把我裤腰带上那个腰包照看好,我还把机票的有效日期告诉了他们。一个女护士说哎呀呀都什么时候了。我心想时间是不早了,我说是不早了不过我这是急诊。女护士一动不动看了我有半分钟。这下我明白了,他们一时还不可能了解我,不了解我多年来的志向和脚踏实地的奋斗历程,也不了解那一年又十一个月的奔波和心血,因而不了解那腰包对我意味着什么。我鼓励大夫,您大胆干吧不要发抖,我莫非要是哼一声就不算是我。大夫握了握我的手说,我希望您从今天起尤其要时时保持这种勇气。我当时没听懂他这话中的潜台词。

七

事实真相不久便清楚了:我已经被种在了病床上,像一棵"死不了儿"被种在花盆里那样。对那棵"死不了儿"来说世界将永远是一只花盆、一个墙角、一线天空,直至死得了为止。我比它强些。莫非比它强些。"莫非我们倒要看你找一个什么样的天仙!"——那样一个莫非,将比"死不了儿"强些。我于是仰天号啕大放悲音,闻其声恰似回到了自由自在的童年,观其状惟妙惟肖一个大傻瓜。我有个姐姐,她从遥远的地方赶来,紧紧把我搂住像小时候那样叫着我的小名儿,你别着急你别担心,你别这样别这样,无论如何我会照顾你一辈子的(你别哭你别闹,蚂蚱飞了,不就是蚂蚱飞了嘛姐姐明天再给你逮一只来)。但这一次不是童年,蚂蚱也没飞,根本没有什么蚂蚱。飞了的是一条很好很好的脊髓。我把姐姐搡开,把我的手从她冰凉的手里掰出来,走!走开!所有的人都给我出去!!姐姐再度将我抱住,她的劲儿一时大得出奇。我看了一眼太阳,太阳还是原来的太阳,天呢?也还是在地上头。母亲没来,还没敢让母亲知道。父亲像个不会说话的瘦高的影子,无声地出去,又无声地回来,买了好多好吃的东西放在桌上;又无声地出去无声地回来,买了更多更好吃的东西放在我的床边。我吼一声,父亲激灵一下惊得闪开,我把花瓶打进痰桶,把茶杯摔进便盆,手表砸扁扔进纸篓,其余够得着的东西横扫遍地然后开始骂人,双手垫在脑后,看定了天花板,尽情尽意尽我所知的脏话向世界公布数遍,涕泪纵横直到天昏地暗时,然后累了,心如千年朽木糟成一团。偷偷在自己的大腿上掐一把,全无知觉,慌得紧把手缩回深恐是调戏了别人。这他娘的到底是怎么了呢?漫长的寂静中,鸽子在窗外咕咕咕地低鸣,空旷、虚幻,天地也似无依无着。

到底是怎么了呢?无人肯告与莫非。

八

警察向我说明出事的情况。那个年轻司机没什么错儿,您那么突如其来地蹿向马路中央是任何人所料不及的。司机没有超速行驶,没喝酒,刹车很灵也很及时,如果他再晚一秒钟踩刹车,警察说恕我直言,您就没命了。我说谢谢。警察说那倒不用,我们来向您说明情况是我们的工作。我说请问我有什么错儿没有,姐姐说你有话好好说。警察说,您也没什么错儿,您在慢行道内骑车并且是在马路右边,您是个自觉遵守交通规则的好公民,可谁骑车也不见得总能注意到一只茄子,而且那条路上光线较暗。我说,树影婆娑。什么您说?是的树影颇多,从出事现场看您绝不是有意去轧那个茄子的。我说,废话!姐姐说,莫非!警察叹口气,可您摔出去得太巧了,要是再早一秒钟的话,汽车就不至于碰到您。大夫也这么说过,太巧了,刚好把脊髓撞断,其他部位均未伤及。照您说这是我的错儿?警察说我没这么说,我只是说路上光线较暗,注意不到一个茄子是可以理解的。那么到底是谁的错儿?姐姐说,莫非——我说,姐,难道我不能问这到底是谁的错儿吗?警察说,莫非同志您可以要求一点儿经济赔偿。滚他妈的经济赔偿,我眼下只缺一条完整的脊髓!莫非同志您这是无理要求,并且请您注意您对一个正在执行公务的警察的态度。我说既然如此,您有义务向我说明这到底是谁的错儿。茄子,警察说,如果您认为这样问很有意义的话,那么,茄子,您干吗不早不晚偏在那一秒钟去惹它?

九

日子便这样过去。每天所见无非窗外的旭日到夕阳。腰包里的文件犹在,默默然一部古书似的记载了无数动人的传说。

人类确凿不能将人类被撞断的脊髓接活,日子便这样过去。医学院的实习生们常来围了我,主治大夫便告诉他们为什么我是一个典型的截瘫病例:看看,上身多么魁伟,下身整个在萎缩。

日子便这样过去,消化系统竟惊人地好,毫不含糊地纳入各种很香的东西,待其出来时都变作统一的臭物。日子便这样过去。

向日葵收获了,夜来香的种子落在地上,随风埋进土里。天上悬了几日风筝,悬了几日,又纷纷不见了踪影。雪无声飘落。孩子们便嚷着在雪地上飞跑,啃着热气腾腾的烤白薯。我说哎,烤白薯!我是说世界并没有变,烤白薯仍旧还是烤白薯。父亲瘦高的身影却应声蹒跚于雪地上,向那卖烤白薯的炉前去⋯⋯

日子便这样过去了又过去。苍天在上,莫非过上这样的日子实在是冤枉的。哭一回想一回,想一回哭一回,看来那警察的最后一句问话是惟一可能有的道理。

十

渐渐地我想起来了,在离出事地点大约二百米远的时候,我遇见了一个熟人。我记起来了,我吹着口哨吹着货郎的咏叹调看见了他,他摇着扇子在便道上走,我说嘿! ——他回过头来辨认一下,说欧? ——我说干吗去你?他说凉快够了回家睡觉去,到家里坐坐吧?他家就在前面五十米处的一座楼房里。我说不了,明天见吧我不下车了。我们互相挥手致意一下,便各走各的路去。我虽未下车,但在说以上那几句话时我记得我捏了一下闸,没错儿我是捏了一下车闸,捏一下车闸所耽误的时间是多少呢? 一至五秒总有了。是的,如果不是在那儿与他耽误了一至五秒,我则会提前一至五秒轧到那个茄子,当然当然,茄子无疑还会把我的车轮扭向左,我也照样还会躺倒在马路中央去,但以后的情况就起了变化,汽车远远地见一个家伙扑向马路中央,无论是谁汽车会不停下吗?不会的。汽车停下了。离我仅一寸之遥。这足够了。我现在就在科罗拉多大峡谷或在地球的其他地方而不是被种在病床上。不是。绝不是被种在病床上。那样一个莫非。那样一个令人以为要娶一个天仙的莫非。

十一

　　顺便提一句:至今仍只是十三人十八人次主动给莫非其人提过亲,其中十一回附有姑娘的照片。这三个数字以后再没有增长,这从一个侧面反映了今日之莫非与昨日之莫非断不是同一个莫非了。天地翻覆,换了人间。
　　我说这些没有其他意思,虽则莫非事实上是无辜的。
　　话说回来,姑娘们也是无辜的。一个姑娘想过一种自由的浪漫的丰富多彩的总而言之是健全的生活,这不是一个姑娘的过错。一对父母希望自己的女婿站在别人的女婿面前,更体现出自己晚年的幸福与骄傲,这不是一对父母的过错。析此理而演绎开去,上述三个数字的不再增长,不是媒人的过错,不是朋友们的过错,不是谁的过错。天高地厚,驴比狗大,没错儿。

十二

　　莫非之不幸,盖自那一至五秒的耽误。
　　我们不禁要问,我们也完全有理由这样问:是什么造成了莫非在距出事地约两百米处遇见了那个熟人的?
　　这样我又想起来一件事,在我遇见那个熟人前三至五分钟时,我在一家小饭馆里吃了一个包子。我饿了,不是馋了当真是饿了,一个人饿了又路经一家小饭馆,吃便是必然的。上帝如果因此而惩罚我,我就没什么要说的了。我走进那家小饭馆,排在六个人后边成为第七个等候买包子的人。我说,包子什么时候熟?第六个人告诉我,您来的是时候,马上就要出笼了,我从上一锅等起已经等了半小时了。我便等了一会儿,心想这么晚了回家去也不再有饭,而我还是九小时以前吃的午饭呢。包子很快出笼了,卖包子的老妇人把包子一个个数进碟子,前六个人有吃四两的有买五斤拿走的。轮到我,老妇人说没了还有一个。我探头在笸箩里搜看,说,厨房里还有?老妇人说没了,就这一个了您要不要?我说还蒸吗?她说明天还蒸,今天到点儿了。我看看墙上的大表:22点半。我就吃了那一个包子。现在让我们计算一下:如果我不是吃了一个包子而是吃了五个包子(我原打算是吃五个包子),按吃一个费时两分钟计,我至少要晚八分钟离开那小饭馆。而我遇到那个熟人时,熟人正往家走且距家只有五十余米,一个正常人走五十余米是决然用不了八分钟的。我那熟人很正常,这一点由我来担保。这就是说,如果我早些到那小饭馆排在第五或第六位,我必吃五个包子,就不会遇见那个熟人,不会喊他,不跟他说那几句话,不必捏一下车闸,不耽误一至五秒从而不撞断脊髓,今日之莫非就在地球的另一面攻读教育学博士,而不是在这儿,更不是坐在轮椅里。

十三

到现在问题已经比较明朗了。请特别注意小饭馆里第六个买包子的人所说的那句话,他说他从上一锅等起已经等了半个小时了。这就是说我若不能提前半小时到达那家小饭馆,则我必排名第七,必吃一个包子,必遇见那个熟人,必耽误一至五秒从而必撞断脊髓,今日之莫非就还是坐在轮椅里。

我们必须相信这是命。为什么?因为歌剧《货郎与小姐》结束的时候,是22点整。无论剧场离那家小饭馆有多远,也无论我骑车的速度如何,我都不可能在22点半之前半小时到达那家小饭馆,这是一个最简单的算术问题。这就是说,在我骑车出发去看歌剧的时候,上帝已经把莫非的前途安排好了。在劫难逃。

十四

现在就要看看上帝是用什么方法安排莫非去看那歌剧的了。

我说过我一直在一所中学里任教。出事的那天我本该18点一刻下班的,历来如此,这儿看不出上帝的作用。下午第四节课是我的物理课,18点一刻我准时说道:下课!学生们纷纷走出去,我也走出去。我走到院子里找到我的自行车,我准备直接回家,我希望在出国之前能和二老双亲多待一会儿。这时候我听见身后有个学生问我:老师,我能回家了吗?我才想起,这个学生是我在上第四节课时罚出教室的。事情是这样的:课上到一半时,这个学生忽然大笑起来,他坐在最后排靠近窗户,平时是个非常老实的学生,我有时甚至怀疑他智商不高。我说请你站起来。他站起来。我说请你解释一下你为什么笑。他低头不语。我说好吧坐下吧注意听讲。他坐下,但还是笑。我说请你再站起来。他又站起来。你到底笑什么?他不说话。我看得出他非常想克制住自己不笑,他用手捂住自己的嘴像女孩子那样,我一直怀疑他智商偏低。我说你坐下吧不许再笑了。他坐下但仍止不住地笑,课堂秩序便有些乱,淘气的学生们借机跟着大笑。我没办法只好请他出去,我说请你出去镇静镇静,否则大家都不能听课了。他很听话,自己走出去。放学时我几乎把他忘了,我相信他至少是性格里有些问题。可怜的孩子。我说你可以回家了,以后注意课堂纪律。结果他又开始笑,不停地笑。这下我有点儿生气了,我说到底有什么可笑的?就这样我问了他约二十分钟,毫无结果,他光是笑不肯回答。这时候,我们可敬的老太太校长喊我:莫老师,有张戏票你看不看?我问是什么。歌剧《货郎与小姐》,看不看?怎么想起来给我,您不去吗?她说她非常想去,可是刚刚接到教育局的电话有个紧急会议要她去参加,看不成了,你看不看?我说好吧我看。以后的事情我都说过了。

十五

之后我出院了。医院离家不远。我坐在轮椅里,二老双亲轮换着推我在街上走。杨树又已垂花,布谷鸟在晴朗的天上"好苦好苦"地叫得悠远,给人隔世之感。风吹鸟啼,渐悄渐杳,又听得有人喊我,莫非,莫非！是莫非吗？我说没错儿是我。大学时的一个女同学站到我面前。怎么，莫非你怎么在这儿？我说依你看我应该在哪儿？你不是出国留学去了吗？你这是怎么了？我说你问我，你让我去问谁？她睁大了眼睛，她好像才注意到我的两条腿：这是怎么弄的？我说这很简单，再容易不过了。她脸红一下，在上大学时我常对她这么说，在她经常解不出一道数学题的当儿。母亲又忍不住落泪，拉了父亲站到远处去。五个包子的问题，我说，或者一个茄子。我便把事情的经过简要地告诉她。她说真是真是，唉！——我说我们必须承认这是命。她说，莫非你别这么想，莫非你要坚强，她眼泪汪汪的，莫非你要活下去。

遥远的姐姐来信也是这么说：你要活下去。谁也没说活下去是指活到什么时候，想必是活到死，可有谁不是活到死的呢？姐姐说，别担心，姐姐有一个窝头就有四分之一是你的（另外三个四分之一分别是姐姐、姐夫和小外甥的）。可我担心的是比窝头更重要的一些事，在活到死这一漫长的距离内有一些更重要的东西，那是贤惠的姐姐无法给我的。

所以后来我就写写小说。所以后来女记者采访我的时候，我说是万般无奈沦落至此。如同落草为寇。

十六

多年以来我一直暗自琢磨，那个后排靠窗户坐的学生为什么突然笑起来没完？那是我命运的转折点。那孩子智商肯定偏低，但他笑得那么莫测高深，恰似命运的神秘与深奥。孩子的眼睛或许真有超凡的洞察力？不知道他在那一刻看见了什么。我想我要是能把他当时的笑态准确地画下来，我就能向各位展示命运之神的真面目了。

若不是那神秘的笑，我便不可能在那天晚上有一场《货郎与小姐》的歌剧票，我莫非博士今天已是衣锦还乡功成名就老婆孩子一大堆了。

十七

在那艰难岁月，我喜欢上了睡觉。我对睡觉寄予厚望，或许一觉醒来局面会有所改观:出一身冷汗,看一眼月色中卧室的沉寂,庆幸原是做了一场噩梦,躺在被窝里心咚咚跳,翻个身蹬蹬腿庆幸那不过是个噩梦,然后月亮下去,路灯也灭了闹钟也叫了,起床整理行装,走到街上空气清新,赶往飞机场还去赶我的那次班机……

应该说会做噩梦的人是世上最幸福的人,因为可以醒来,于是就比不会做噩梦的人更多了幸福感。

在那些岁月,我每每醒来却发现,我做了一个想从噩梦中醒来的美梦。做美梦是最为坑人的事,因为必须醒来。

要么从噩梦中醒来,要么在美梦中睡去,都是可取的。可在我,这事恰恰相反。

躺倒两年后,我开始写小说,为了吃,为了喝,为了穿衣和住房,还为了这行当与睡觉有异曲同工之妙,而且比睡觉多着自由——想从噩梦中醒来就从噩梦中醒来,想在美梦中睡去就在美梦中睡去,可以由自己掌握。同是天涯沦落人,浪迹江湖之上,小说与我相互救助度日,无关谦虚之事。

十八

终于有一天我又见到了我的那个学生,那个一向被我认为智商不高的学生。他在一本刊物上见了我的小说,便串联起一群当年的同学来看我。孩子们都长大了,胡子拉碴的,有两个正准备结婚。大家在一起回忆往事,说说笑笑很是快活。学生们提议,为莫老师成了作家,干杯! 我这才想起问问那个学生,你那天为什么笑个没完呀? 他仍羞羞怯怯推说不为什么。我换个问法,我说你看见了什么? 他说,一只狗。一只狗? 一只狗值得你那么笑吗? 他说那只狗,说到这儿他又笑起来笑得不可收拾。但他终于忍住笑镇定了一下情绪,他毕竟是长大了,他说,那只狗望着一进学校大门正中的那条大标语放了个屁。大家都说他瞎胡编。他说我就知道说出来你们都不会信,反正那只狗确实是放了个屁,我听见的我看见的,很响但是发闷。大家还是不全信,说他有可能听错了。他便问我,莫老师您信吗？我没听错真的我没听错,确实是因为那个狗屁莫老师您信吗？

过了很久我说我信。我看那孩子的神情像个先知。

十九

如今当我做任何一件事情的时候,我都听见那声闷响仍在轰鸣。它遍布我的时空,经久不衰,并将继续经久不衰震撼莫非的一生。

为什么为什么为什么？为什么要有这一声闷响？

不为什么。

上帝说世上要有这一声闷响,就有了这一声闷响。上帝看这是好的,事情就这样成了,有晚上有早晨,这是第七日以后所有的日子。

1987年8月27日

第三辑　命若琴弦

毒药

两个故事

命若琴弦

钟声

一种谜语的几种简单的猜法

山顶上的传说

毒药

他在彼岸耽搁了好几年，才明白哪儿都不是天堂。

在很远很远的地方，一片浩渺无际的大水中央，有个小岛。小岛的地理位置极佳，冬无严寒，夏无酷暑，终年雨量分布均匀，时有和风携来细雨轻飘漫洒一阵，倏尔云开天青。正如通常神话中所说，此处土地肥沃，物产丰饶，岛民务农、打鱼、放牧、做工，各得其所，乐业安居。因四周大水环绕，渔业便兴旺，打的鱼吃不完，喂猫喂狗，喂野地里一切招人喜欢的牲口。以后便懂得把鱼运往大水之外的某些地域去，可以换来各类生活用物及奢侈品。制作精美的金银首饰只为其一。这样，渐渐开通几条航道，商业从而发展。

一天，当然是很久很久以前的一天，有人偶然捕得一尾怪鱼，示与众人，都说见也没见过；又请了岛上年岁最长的人和阅历最深的人来看，都说闻所未闻。至于该鱼怪到何等程度，史料未留记载，于今传说纷纭，是万难考证了。有的说那条鱼赤若炭火，巨首肥身，长可盈尺；有的说那鱼色同蓝靛，身薄如纸，短不足寸；甚至有说那鱼有头无尾的，或说有尾无头的。从万千民间传说中可以归纳出一条：那鱼体态不俗，色泽非常。仅此而已。

先不过是出于好奇，那人将怪鱼放在盆中喂养，又怜其孤单，捉一尾俗鱼与之为伴。不料就有若干小鱼问世。盆已嫌小，便放之于池中，小鱼或"怡然不动"，或"俶尔远逝，往来翕忽"，确是好看。小鱼稍大，那人仍是出于好奇，选其体态色泽均呈怪异者留下，所余俗辈放回大水中去。怪鱼便不止一尾一性，自然繁衍，又一代怪鱼降生，中间竟有怪相远过父母者。那人再把更怪者留下，其余仍放回大水中任其游去。如是选择淘汰,数代之后怪鱼愈怪且种类亦趋繁多,有巨眼膨出者,有大腹便便者,有长尾飘然似带者,有鳞片浑圆如珠者,有的全身斑斓璀璨,有的通体白璧无瑕,或如朱如墨的,或披金挂翠的,仪态万种,百怪千奇。此事传开,不胫而走,便引得外域游客闻名而来。用今天的话说,旅游业也便兴起。沿水一带建起了旅馆、客栈,又把怪鱼分门别类养在玻璃容器里,置于厅前厅后、客房中、走廊旁,供游客观赏。从此小岛上经济倍加繁荣,人丁兴旺,昌盛空前。岛民们的生活也更丰富多彩。其时那人已近晚年,将先前之事说与后人。大家沉思良久,颇多感慨,未忘怪鱼给小岛之民带来了幸福,忽然觉悟:那鱼实非怪鱼,确乎神鱼也!这样,每逢年节岛上始有祭祀神鱼的活动。随之家家都喂起神鱼,供奉如待神祇。继而又兴神鱼大赛,各人将自己培养的神鱼捧出展示,互比高低。神鱼的体态色泽愈新奇,主人的声名愈好,在岛上的威望和地位也愈高。此赛事有些像西班牙的斗牛,南美洲的斗鸡,或中国的斗蟋蟀了。赛时,倘鱼种平庸,主人便极损名誉,长久难在人前拍胸昂首。为此妻离子散的也有。于是人们呕心沥血挖空心思以求鱼儿异变,育出畸形,演成怪种。多少年多少代过去了,比赛长盛不衰,遂成风俗。岛民不论男女老少,皆赛鱼成癖。大赛之时,旗幡蔽日,鼓乐齐鸣,万头跃踊,喧嚣不已。各式造型华丽的鱼缸迷宫般摆开,无可数计的神鱼在其中时沉时浮,虽再难"俶尔远逝,往来翕忽",却独能翩翩而舞弄姿作态。奇异的品类层出不穷,皇皇然各显神通。小岛神鱼名传遐迩,来岛上观鱼的游客更是络绎不绝了。

  以上所述全是过去的事了,远的一两千年了,近的距今也有五六十载。倘无旁的办法,我们的故事还是以不久前的一天算为确凿的开始吧,这样讲起来省些事。

  不久前的一天,夜里,星光灿烂皓月当空,小岛四周微风细浪万顷波光。一叶小舟,自远而近,悄然靠了岸边。不待船身停稳,便从舱中跳下一位老人,踉踉跄跄急奔几步,五体投地扑倒在沙滩上。许久再无动静。月渐朦胧,风渐停歇,水拍船帮发出轻响,老人仍是无声无息。月又辉辉,风又飒飒,老人这才慢慢爬起来,仰俯天地,又叹息一回,然后谢过船家,拎起一只小箱,踏着月光向岛上走去。老人穿着极普通,相貌也极平常,只是虽满头白发却动作敏捷,步履轻盈。他随便找了家旅馆住下。客房中陈设不俗,照例都有一只鱼缸,缸中几条神鱼,有头的摇头有尾的摆尾,一律呆然若盼,憨态可掬。老人看了一会儿,熄了灯,解带宽衣倒头睡去,须臾鼾声大作。

一宿无话。

天光大亮时,这老人出现在岛中心的街道上,时而匆匆疾行,时而停步环望,时而在路边的货摊前买些岛上极常见的食品边走边吃,又不断地停下来,向路人打听些什么。近午时分,老人登上了小岛南端的荒山。这山险峻,近乎拔地而起,是全岛的最高点。山上树木葱茏,怪石嶙峋,禽啼兽吼不绝于耳,茂草繁花不绝于目。只是不见人家。接近山顶时,老人边走边喊起来,喊着一个人的名字。泉声叮咚,云缭雾绕,山道崎岖,路转峰回。不久,密林深处有人回话了,"是——谁——呀——"远远的,银铃般清朗。老人循声走去,见一男一女两个儿童在林间游戏。男孩儿攀在一棵树上轻声歌唱。女孩儿坐在草丛中专心编着一只花环。男孩儿摘了野果掷那女孩儿。女孩儿毫不理会,只顾自己手中的花环,一边也轻轻哼唱。一只小狗见有生人来,就大吼大叫。女孩儿赶快把狗搂在怀里,男孩儿在树上问:是你喊我太爷爷吗?老人就又说了一遍那个名字。两个孩子齐声说,那就是他们的太爷爷。老人惟恐弄错,又问一句:你们的太爷爷可是大夫?孩子回答说不是,又说:我们的太爷爷是专门给人治病的。老人笑笑,便知道他的老朋友还活着。两个孩子就在前面蹦蹦跳跳地走,还有那只狗。老人在后面跟着。走了一阵,来到一座小院前,石头围成的院墙高不过人,茅屋三间,柴门虚掩。两个孩子推门跑进去,喊着:太爷爷,有人找你!老人也走进门,身上有一些颤抖,见院里依然晾满了草药。

一会儿,男孩子从屋里跑出来,对那老人说:我太爷爷说,你们要是想搜查就随便搜查。说完,男孩子又跑回屋里,屋里有嚓嚓的铡草药的声音。

还认得我吗,兄弟?老人说。

老大夫也是须发全白了。他停下手中的铡刀,掸掸身上的草末子,让那两个孩子仍到林子里去玩。

兄弟,你认不出我了吧?

你们的人常来,我记不住谁是谁。老大夫说话时,目光追随着那两个手挽手跑出院去的孩子。

老人莫名其妙地站着。

孩子不是已经告诉你了?屋里屋外你都可以随意搜查,看看是不是都是挺好的药。

你是不是弄错了?我昨天夜里才到这岛上。

老大夫笑笑。你装得就算不错了,不过还是能听出这岛上的口音。

我干吗要装呢?我是这岛上的人,不过离开这岛已经好几十年了。我昨天夜里才回来。

老大夫这才正眼打量那老人。老人凑近些,让他仔细端详,同时激动地看着他的眼睛。老大夫的眼睛混浊一片了。

像是有些面熟,老大夫说。

老人就说出自己的名字。

老大夫又开始铡草药,刀起刀落草末横飞。

老人提醒他,六十年前,这岛上有个和你同岁的年轻人,因为在神鱼大赛上屡屡名落孙山,苦闷之极就想去死。这事你还记得吗?

我在这岛上活了九十年了,这样的人我见得多了。

我说的这个人住在岛东。岛东住的都是养不出好鱼的人,都是些几代几十代也没人在神鱼大赛上露过脸的人家。他们都住在岛东,是些让人看不起的人。

你说的这些不算是新闻。

我没想说什么新闻。

现在岛东和岛西可是倒了个儿了。

是吗？那可是怎么闹的？六十年前岛上有四户养鱼养得最好的人家，都住在岛西，人称鱼仙、鱼圣、鱼帝、鱼王的四家。能养出好鱼的人都住在岛西，让人敬仰的人都住在岛西。

你提这些干什么？这不是什么秘密。

我知道这不是秘密，我对秘密不感兴趣。

老大夫不紧不慢地铡着草药。老人看看这三间屋子，一张桌子和几张凳子，一张大床和两张小床，之外就全是草药。老人捡了一块甘草放在嘴里嚼。

这事与我无关。老大夫说，那四户人家不能生养，断了后，家业就完了，这事与我无关。

你干吗总认为我是来调查什么的呢？

不是一直在调查吗，你们？

我们？我就一个人，昨天夜里才来。

来干什么？

老人半晌无言。然后才又说：我没想到你已经不记得六十年前那件事了。我以为你不可能忘了他。他那时还年轻，立志要养出不同寻常的好鱼来，住到岛西去……

这样的人我见得太多了。

他没有兄弟姐妹。父母年轻时一心想养出好鱼来，没工夫生孩子，四十几岁时相信自己不是能养出好鱼的人，这才有了他。父母又把希望全寄托在他身上，让他从小跟鱼打得火热。

老大夫再度停了铡刀，注意听那老人说。

想起他来了？老人问。

没有，老大夫说。老大夫心里想着别的事。

他就从小跟那些鱼打得火热。十几岁上，他确实弄成过几条不坏的鱼，但毕竟还都是俗种。不过，由此他相信了自己前途无限。父母和邻居们也都这么说,说他没错儿肯定是那种能养出好鱼的人。以后他果真又弄出了几条不错的鱼。自负加上年轻气盛,他发誓十年之内至少先要超过鱼帝和鱼王那两家,否则就不算是他,也不娶亲。

后来呢?

后来?你还记不记得有天夜里他去找你?人已经是虚弱得不行,失眠、贫血、心脏也不好又没有食欲,就算当时还没疯再那么活下去也早晚是个疯。幸亏他还知道死是种解脱,比疯了好受。别人都劝他好歹活下去,说不定还有养出好鱼来的日子。只有你理解他,现在看来,你是摸准了他的症结。

老大夫说:这岛上所有的病,都是因为又想养出好鱼来,又都怕死。

我那时可是不怕。

你是个走运的。

我恨不能立刻死了去。我弄了十年,起早贪黑含辛茹苦,十年!再没弄成一条好鱼。我还是住在岛东,甚至在岛东也让人看不起了,说我没错儿肯定是再弄不成好鱼的人了。死是什么?是一切都不存在,一切一切都不存在,都没有。

我不记得你,老大夫说。

你不记得那夜我去求你?我想死,可我害怕上吊、跳崖、抹脖子、躺到车轮子底下去或者淹死。我知道你有一种药,河豚毒制成的药,比氰化物还毒几十倍,吃了没有丝毫痛苦,一切都不存在了……

我从来没有那玩意儿!我的药都是好药!

你懂得我,你就把那药给了我两粒。

胡说!我没有那种药,我也没给过你什么!

你不愿意看着我发疯,不是吗?你不忍心看着我疯够了再一点一点地死去,这事你忘了?

你随便疯吧,爱怎么疯就怎么疯吧,我从来就不认识你。

你干吗不愿意认我?

老大夫不再理睬他,又开始埋头铡草药。

你不必担心,实际上那两粒药可以说不是你给我的,事实上也是我自己偷着拿走的。你当初那么理解我,你把放那药的保险柜打开,装作一时疏忽忘了锁上,然后我们就喝酒,后来你喝醉了就睡着了,是我自己在没得到你允许的情况下,把那药偷偷拿走不辞而别的。

老大夫头也不抬。我没有喝醉过。

我是说六十年前那一回。

我九十年中没喝过一滴酒。你们愿意搜查,就屋里屋外都搜查搜查吧。

岛上出了什么事?你干吗总认定我是来搜查的?

岛上出了什么事你比我清楚。你们不是认定,是因为我给岛上的人都吃了坏药吗?

我说过了,我一个人昨天夜里才回来。

这时候那两个孩子回来了,男孩儿提着满满一篮野果,女孩儿头戴一只鲜花编成的花环,打打闹闹蹦跳着进屋,扑到他们太爷爷的怀里。

你不打算搜查了?

不。我也不是干搜查的。

那好,时间不早了。

老大夫说完便与两个孩子去玩了。只有那只小狗警惕地盯着老人。

老人回到旅馆,闷闷不乐,便早早躺下,又不由得回味白天的事,愈发觉出那老友的谈吐蹊跷,辗转反侧,一宿未能睡得踏实。翌日,晨光熹微时,老人起身,到岛上去逛。洒水车响着铃声开过,薄雾中,有清洁工人打扫街道。四周大水上渔帆点点,时而有汽笛声顺着水面悠悠扬扬传到岛上。不久,晨雾散尽,所有的商店就都开了门,有些老年店员立于门前迎候顾客,橱窗里货架上满目琳琅。又有小摊贩在路旁挑起招牌,或卖衣物,或售吃食,鼓其如簧之舌招徕买主。街上男人女人熙来攘往,车流人流如涌如潮。一切都很正常。到处可见新建成的和正在建的高楼大厦耸入云端,吊车的长臂举在朝阳里。老人从岛的一端走到另一端,寻找他当年的住所,然而不见,那片民房早已拆除改为露天广场了。广场宽阔无比且装修得极其讲究,大理石铺成的地面,玉砌雕栏万转千回,条条甬道纵横交错,把广场分割得如同迷宫,中间一根旗杆独竖,周围无数华灯林立。正是为赛鱼用的场所。老人又寻找他曾经在那儿读过书的小学校,那小学校也已改为赛鱼场了,无论规模和气派都不亚于前者。这样的赛鱼场岛上很多。

下午,老人又来到岛南的荒山上,找那老大夫。这回他换了一种谈话方式。

老人说:上回大概是我弄错了。

老大夫说:肯定是你弄错了。

弄错什么了呀?两个孩子问。

老大夫就又让孩子到林子里去玩了。

看来那个人不是你。你不是那个人。

当然不是。我从来没有过那种药,更别说给过谁了。

我在这岛上再不认识别人。既然咱们认识了,我想,不妨交个朋友吧?咱们又都是这么大岁数的人了。

那可真是件挺难得的事,老大夫说。老大夫也比上一回随和,且不时露出笑容,依然铡那些草药。

你还是老跟这些药打交道。

完全是出于习惯,其实一点用都没有了。不知道还为什么。就像那些养鱼的人一样,完全是因为习惯。

岛上又快要赛鱼了吧?

现在是半月一小赛,每月一大赛,没完没了啦。

鱼呢?鱼都怎么样?

无奇不有,肯定超过你的想象去。有一种连眼珠也是白色的鱼,其实那不过是白化病。弄成这鱼的人一下子就成了名。

现在的鱼仙、鱼圣、鱼帝、鱼王都是谁?

说不准,今天是他,明天就是别人。有回大赛上,一个老太太弄出一条一动都不会动的鱼来,那鱼的样子倒不稀奇,却能发出一种声音,叮叮当当咿咿呀呀的,像一只八音盒那样唱一首赞美歌。那老太太弄了一辈子才弄出这么一条好鱼来。

六十年前我就知道能弄出这样的好鱼来。可是我拼死拼活没弄出来,那时我真想死。你知道一生一世让人看不起的滋味儿有多难受。后来你给了我那两粒毒药……

不是我。嗯?给你那药的人不是我。

对对,不是你。

也不见得是在这个岛上吧?

啊?哦,对对,不是。不是在这个岛上。也不是六十年前,是更早的时候。对了,也不是我,是我听说过的一个人。这个人想死,有天夜里他得到了两粒毒药,是那种一沾舌头立刻就能舒舒服服死去的药。他喝得醉醺醺的,来到岛边的沙滩上,心想,只要这么把药往嘴里一扔,就势往大水里一滚,一切烦心的事就都结束。落潮时,大水将把他的尸体也带走。这个世界上就不再有他,就像他也不曾有过这个世界。这个世界有权否决他,他呢?也握住对这个世界的否决权了。这样一想,他立刻觉出通体轻松。再看看手里的药丸,知道以后无论什么时候,无论碰上什么倒运的局面,都可以轻易就把它们否决掉,只消把那两粒否决权往嘴里这么一扔。他长嘘一口气,放心了,心静得如同那无边无际的大水和天空。既然如此又何必这么急着去死呢?他躺在岸边想了大半宿,天快亮时便偷了一只小船向大水彼岸划去。他边划边对自己说,就当是我已经死了,那么到别处去逛逛看看又有什么不好?再说他也必须得离开这个岛,再在这岛上待下去他还是得疯。天一亮就会有无数轻蔑的目光向他投来,提醒或者暗示:你是一个折腾了十年也养不出好鱼的人,你是一个三四十岁也没养出好鱼来的人。他必须离开这个岛的原因还有两个。一是怕给了他否决权的那个大夫再把那两粒药收回去,那可真就糟透了。再有就是,他不能连累那个大夫,死是自己的事,可别人会认为是那个大夫把他害了;当然不能恩将仇报。所以我没死,你给我的那两粒药我把它装在贴身的衣兜里,上了一只小船,然后就使劲划……

这样的事我头回听说。给了你药的那个人不是我。嗯?

老人呆愣片刻。是的,不是你。也不是在这个岛上,是另外一个岛。也不是我,是我听说过的一个人。我是在一个小车站上等车的时候听一个我不认识的人说的,我也没地方去找他了,也不知道他的姓名。

这就对了,老大夫说。

我听说的这个人上了一只小船,划了七七四十九天,到了大水以外的地方……

我们不妨说点儿别的吧。

别的?别的什么?行啊。

你来这岛上两天了,有什么特殊的感觉吗?

特殊的感觉?你指什么?

譬如说,发现了什么不一般的事没有?

什么不一般的事?我没看出来。

老大夫迟疑一阵。也许什么事都没有吧,那当然是再好不过了。

到底出了什么事?你何妨跟我说说?咱们是多年的老朋友了。

咱们是昨天才认识的,你又弄错了。

是。我前天夜里才到这岛上来。

现在这岛上的鱼,奇奇怪怪的种类更多了。

我在旅馆里见到一种没有眼睛的鱼。

说是这么说,其实只是在一般该有眼睛的部位没有眼睛,可是每个鳞片下面都有一只眼睛。这你大概没留神吧?你知道弄出这样的鱼来有多么不容易。

我知道。我早就料到完全可以弄出这样的好鱼来,只是我自己怎么也没弄成。

弄成这鱼的人可是下了苦功夫,多少年来就没睡过一宿整觉。你知道,母鱼甩子的时候要是没人看着,母鱼会把鱼子全吃光。等鱼子变成小鱼后,你还得随时留神着。亿万条小鱼中未必能有一条具备继续培养的价值,你不能放过了,一旦放过,多少年的心血就全白费了。你得一条一条地仔细观察。也许只有在夜里的某一时刻,才会有一条鱼显露出奇异的禀赋。你想,一个人还能有多少时间睡觉呢?

这样的苦,没有人比我知道得更清楚了。我那时,哦,我听说过的那个人就是这么白费了多少年辛苦,也许他曾经是放过了几次机会吧。后来他划着小船到了大水以外的地方,再不跟鱼打交道了。可是他什么别的本事都没有,什么别的事都不能干。那个地方的人不在乎谁能不能养出好鱼来。鱼在那儿就是鱼罢了,可以吃,也可以看。无论什么鱼,只要是活蹦乱跳的就都被认为是好鱼。可那地方对什么事都不能干的人还是看不起。你想,我听说的这个人怎么受得了?他觉得自己简直是个混蛋,甚至连混蛋都不是,什么都不是。他就又拿出那两粒药来……

你知道上回大赛上,鱼仙的交椅谁坐了?

谁坐了?

岛东的一个老头儿。他弄成了一条大鱼,有几尺长,浑身疙里疙瘩的像是穿了盔甲。其实是一堆肉瘤,瘤子有红的,有蓝的,因为里头有丰富的动脉和静脉。这种瘤子割是不能割的。

那样会弄坏整个循环系统,对吧?

对了。这鱼本身并不大,那些瘤子占三分之二还要多。

我听说的那个人那时又想死了,可拿出那两粒药来看看,心里便又觉轻松了许多,就又对自己说:只当是我已经把这药扔进嘴里了,可不是嘛,把这药扔进嘴里还不容易吗?只当我已经死了,什么都感觉不到了,干吗不再试试干点儿什么呢?他就又把药收起来。你猜他怎么着?

嗯。

他在那儿找了个打扫厕所的差事干。

那鱼很能吃,吃肉,那些瘤子需要足够的蛋白质和脂肪来养着。

那差事他一干就是好几年,干得挺平静。大伙儿都说他干得不坏。这样过了好几年,他才想起自己还没有老婆。

那老头儿和他老伴儿长年不断地给那条鱼喂肉。一分钟也不能间断,一断了肉那些瘤子就都瘪下去,再不那么五颜六色的引人注目了。老太太白天喂,老头儿夜里喂。老头儿白天还要出去挣钱,你想,还有什么时间睡觉呢?

很苦,这我知道。不过要真能弄成这样的好鱼,让我想,那老头儿一定还是挺着迷的。

着迷得都像中了邪。你知道他们怎么弄那些鱼?岛上所有的人都是怎么弄那些鱼?

嗯。怎么弄?

不管什么新鲜玩意儿都给鱼吃一点儿。譬如辣椒、醋、花椒水什么的。

这我倒是没想到过。说不定有点儿用?

无非是刺激刺激那些鱼,看能不能出现什么异变。后来又都在鱼缸或鱼池里兑点化学制剂,有些鱼居然还能活着,可再生出的小鱼就什么模样儿的都有了,三头六臂的、无尾无鳍的、没有眼睛的。这是很费神的事。尤其是硫酸和升汞什么的,比例要掌握得合适,多兑了鱼就全死,少了又变不出好鱼来。

我听说的那个人,以前是为了鱼,一直没有想过娶亲……

升汞和硫酸什么的都兑得合适了,就得昼夜监视着那些鱼。一旦发现有变了模样儿的鱼,赶紧就捞出来放到清水里去,捞晚了又要死,捞早了又要变回到原样去,所以一刻不能大意。你想,这还有时间睡觉吗?

可不是吗,要想弄出好鱼来可不是玩儿的。那个人到了大水彼岸,干了几年扫厕所的差事,心想应该结婚了……

后来又有人给鱼吃点别的玩意儿,机器油、凡士林、炭黑、铅粉什么的,这办法要安全一点儿。有个人就这么弄成了一群奇怪的鱼,每条鱼身侧都多长了一根细长的软骨。那人对着它们说点儿什么,它们就都把那根软骨缓缓地高举起来。那人坐了几年鱼帝的交椅。不过你得不断对它们说点儿什么,否则它们就会把那本事给忘了。你说这人还能有多少觉可睡?

心想该结婚了,他这才发现自己只不过是个扫厕所的。"是个扫厕所的"和"只不过是个扫厕所的",这可不一样。他在彼岸耽搁了好几年,才明白哪儿都不是天堂。那时他已经四十岁了,再学什么也怕来不及了,思量还是不如死了的好。可是他有那两粒药哇,就揣在贴身的衣兜里呀,着什么急呢?不就是这么往嘴里一扔的事吗?先试着学学别的吧,学不成再去死也不晚不是吗?……

近来全岛的人又都疯了似的到处找古钱、碎陶片、兽骨化石、远古的土和石头,找到了就研成细粉,调好了给鱼吃。听说已经有一种没有尾巴的鱼给弄出来了。听说还有一种没有头也没有肉的鱼给弄出来了,光是一根箅子一样的骨头在水里跳。我也还没见到呢。那些陶片,化石什么的很难找。你说,没日没夜地找,没日没夜地研磨,什么工夫睡觉呢。

是不是有人到你这儿来找过什么药给鱼吃?

没有,那倒没有。我没有格外的药。他们要找的是稀奇古怪的东西,给鱼吃。

那你干吗总那么担惊受怕似的?

我?我担惊受怕?我这么大岁数了还有什么可怕的。

你干吗总觉得有人要到你这儿来搜查呢?

噢,那不是因为鱼。你懂吗?他们不是怀疑我给鱼吃了什么坏药。他们知道我从来不摆弄那些鱼。他们是为了别的事。

什么事?

哼,等着看吧。

岛上到底发生了什么?

你一点儿都没看出来?

老人摇摇头,盯着老大夫的眼睛。老大夫又垂下眼睛,仍是不停地铡那些草药。

你不妨再注意一下。我倒是希望没那么回事呢。

老人告辞出来的时候,看见那两个孩子还在林间的草地上玩耍。他没有惊动他们。那只小狗尾随在他身后把他送出很远,摇着尾巴似乎不再对他有敌意。老人站在山腰朝下望,小岛景象尽收眼底,嗡嗡隆隆市声喧嚣,处处显露着繁荣。太阳正要落山,全岛都被晚霞的红光照耀得灿烂。

岛上处处张灯结彩,无论是商店、旅馆,还是机关、工厂。主要街道的两旁都摆上了鲜花,摆成各种图案,摆成花塔,摆成花山和花海。香气扑鼻,醉人。各个赛鱼场上都已是旗幡招展,各色彩旗星罗棋布,场中央一条长幡上绣了鱼形标志,随风飘舞。看来大赛将近了。每个赛场上都有几十个上了岁数的管理人员在忙,费力地把一条红色的长毯在大理石地面上铺开,哼哼咳咳地喊。那地毯猩红夺目,有上百米长,一直铺上获奖台。获奖台在几十层台阶之上,镶金嵌玉如宫殿般辉煌,气派威严。乐队正在排练,从各处角落里发出轻响。时而有些断了线索的彩色气球过早地飞上了天空。

街上的行人都在谈论鱼赛的事,回忆着上回的赛况,预测这一次的四把交椅可能谁属,遗憾着自己的鱼种目前尚难惊人,又互相打探有关新奇鱼种的消息。一律兴致勃勃,谈笑风生,神采飞扬。

老人在岛上逛,走遍大街小巷,实在也看不出有什么异常。老人走得累了,便在近水处的一块岩石上坐下歇歇,吃点东西。于是困上来了,他就躺在沙滩上,头枕岩石。

晚霞消失时,大水又涨了。

夜色弥漫开。

老人迷迷糊糊做了个梦。不知道为什么又梦见了两个孩子和那只小狗。两个孩子在他身边跳来跳去,管他叫太爷爷,摸摸他的眉毛揪揪他的胡子,唱那支他在孩提时便熟悉的歌……

忽然,岛上像是亮彻了一道闪电或是起爆了一座火山,那亮光带着轰响把小岛震了一下,把小岛乃至小岛的天空和四周的水面都点燃了一般。老人惊醒,凝神细看,原来是几个赛场上的千万盏华灯一齐亮了。这没什么奇怪,不过是在试灯光。那轰响也不过是人们兴奋的欢呼声。老人打了几个哈欠,又呆愣着想一遍刚才的梦,倒觉得这梦中似有奥妙。想了一阵想不清楚,老人便站起来走动走动。

不久又有闷闷的炮声,又有歌声舞声,又有锣声鼓声,又有号角声,又有口哨声和呐喊声……这都没有什么奇怪,多少年前每逢大赛将临也是如此,人们在为大赛做着准备罢了。

老人这一宿没有回旅馆去,调动起所有的视觉,听觉,嗅觉,注意岛上的一切。半夜,华灯熄灭,炮声也早停歇,岛上显出寂静。老人独自走街串巷,猫一样轻捷机警。家家都闭了门。家家又都黑了灯。家家也都没了人声。路灯也似暗淡了。夜里气温下降了不少。老人坐在一棵树下正有些冷,冷得有些无聊,忽闻一种奇异的声音从四周漫起,始而细碎微弱,继而唧唧咕咕嗡嗡嘤嘤便觉清晰,渐渐连成一片变得响亮。这却稀罕。老人起身蹑手蹑脚到一家门前,耳朵贴近门缝细听时,院里果然就有那声音。他再扒着门缝往里看,一支火烛摇摇跳跳照见一对老夫妇木讷的脸。中间一只鱼缸,老夫妇分左右面缸而跪,正给神鱼喂食。那声音不过是他们喊喊嚓嚓的低语罢了,或者也有神鱼吃食弄出的响动。他又扒着门缝看了几家,也都不过如此。惟人数不同,有的是一家几口念念有词如同祈祷,有的是孤身一人自言自语仿佛发愿,都同等虔诚木讷且有章法地小心翼翼喂那神鱼。老人暗自慨叹:自己离家多年,竟连这么熟悉的事也忘却。心中凄楚,不免潸然泪下,遂又安慰自己:六十年前还不是这样,弄鱼弄到这般着迷的人还不多,声音也不似这般响。

直到星稀月落天色微明,他也没觉察出岛上有半点不同寻常的现象。老人又爬上岛南的荒山。

一进门老人就说:兄弟,怕是你自己的神经出了什么毛病吧。

你还是什么都没看出来?老大夫说。

老大夫已经早早起来铡那些草药了。两个孩子坐在院当中捧了碗吃早饭,一边喂那只小狗。小院静谧安详,四周鸟语虫鸣,山上的空气清凉且有树脂的香味,阳光在树隙间把雾气染得金亮。连老人的铡草药声、两个孩子的吃饭声、小狗的喝水声都能传出很远去。

还是没看出来。当然没看出来,因为一切都很正常。我怕是你自己倒不正常。

老大夫笑笑,不以为然。

你别笑。实际上我头一回来你就认出我了,可你为什么不肯认我?

我确实不认识你。

看看吧,就是这两粒药,六十年前的那天夜里你给我的。老人从怀里掏出一个小瓶,倒出两粒白色的药丸给老大夫看。

老大夫看也不看就说:这药不是我给你的。

你何必这样呢?你的疑心太重了,弄得自己的精神都不太正常。事实上没人来搜查你,岛上任何不正常的事也没出。

老大夫招呼两个孩子快吃,吃罢饭就到树林里去。

我把这两粒药带回来是想还给你的。是想告诉你,是你这两粒药救了我。我得感谢你。

那不是我,也不是在这个岛上,不是吗?也不是你,是你听说过的一个人。不是吗?

不是。就是你,也就是我,而且肯定是在这个岛上。后来我划着小船到了彼岸。上回我说到哪儿了?

说到你忽然想结婚了。

不错。可是我四十岁了,除去扫厕所再没有别的本事。那地方也绝不是天堂,人们还是不大看得起扫厕所的。你信吗?只要有差别,就不可能有彻底的平等。我就又想死。我就又拿出这两粒药来,喝足了酒想借着醉劲儿把这药吞下去。死真不是件绝对的坏事,你想想,只要有那么一点勇气,你就可以和所有的人都平等了。不是吗?所有的人都得死,不管你是什么了不起的人物,死了,烂了,变作尘埃飞散了,化成青烟不见了,就全一样了,谁也不会看不起你,你也不必看不起谁了,这么想着,我又镇静下来。

你干吗不弄弄鱼呢?

我要是弄鱼,说实在的,凭我这两手在那地方没人比得了。可那地方的人不太关心鱼,认为一切鱼既然生出来了,就都是好鱼。

老大夫点点头。后来呢?

哦,我就又活下去,学了几年木工,学得挺一般。后来又学了几年打铁和裁缝,都学得很一般。对了,我忘了告诉你,在这期间我结了婚。老婆比我小十岁,也曾经中了魔障似的光想死。我头一回见到她是在水边的悬崖上。我看出她想往下跳可又不敢,就走过去对她说,你可着的什么急?她就哭,说自己活在世上算个什么东西。我说,能这么想就好了。我就把那两粒药拿出来,给她讲了那药的作用。她说她真想要一粒。我就分给她一粒。她说,那你还够吗?我说这样咱们俩就都够了。她就要吃。我说,你再想想,也许不用这么着急。她想了一阵子,问我,这药会不会失效。我说只要拿到了就永远有效。她又仔细看一遍那粒药,问我是不是肯定没骗她。我说,这可怎么证明呢?现在我们都只有一粒了,没办法证明。她又问我,是不是对所有的人都有效。我说这也没办法证明,不过对已经死了的人肯定无效。她于是放了心,同意跟我回家去,做我的老婆。

这时岛上响起沉闷的炮声。

鱼赛快开始了?

是呀,又要开始了。

我实在看不出有什么不正常。

往下说吧。后来呢?

我们夫妻俩先开了个小杂货店，以后又做了些别的买卖，再以后又学了些别的手艺，总之，五行八作差不多样样都干过。仍不免常常惭愧、自卑，到底弄不清自己算个什么东西。想到死时就记起那两粒药，互相提醒，那两粒药不是稳稳当当揣在我们的怀里嘛。这样愈来愈活得平静，不去想自己算个什么还是不算个什么，自己想干什么就干什么，能干什么就干什么，愿意出去跑一阵便跑一阵，愿意扯开嗓子唱一阵便唱一阵，愿意读点什么或写点什么就读点什么写点什么。忽然有一天，我发现我已经九十岁了，她呢，八十了，这才意识到我们很久很久没提起那两粒药了，知道再也用不着它。

　　你们有没有孩子？

　　当然有。

　　有孙子吗？

　　有。

　　是不是连重孙子也有了？

　　也有了。

　　老大夫松了气，不住点头。

　　怎么了？

　　老大夫不回答，默默盘算一回。

　　直到炮声一阵响似一阵。

　　你这是怎么了？老人问。

　　老大夫说：兄弟我求你件事行不？把我身边这两个孩子带走。

　　出了什么事？

　　带他们离开这个岛，到大水以外的地方去。今天就走，现在就走。

　　岛上到底发生了什么？

　　你来这岛上三天了，除去在我这儿，还在哪儿看见过孩子？

　　老人幡然醒悟。

　　这两个孩子是岛上最后的孩子了。不孕症在这岛上流行多年了，岛上没人再能生养。

你也治不了？

他们怀疑是因为我给岛上的人都吃了坏药，没人敢来找我看病了。就这样吧，我留下来再试试，就把这两个孩子托付给你了。

老人带了两个孩子从山后小路下到岸边，早有一只小船横在那里。三人上船，砍断缆绳。

其时，岛上号炮声声不断，鼓乐喧喧不息，甚嚣，且尘上。

那老大夫立于荒山之顶，向他们挥手告别。

小船渐行渐远。不久听见船侧有哧哧喘息声，原来那只小狗凫水追来。两个孩子搂住小狗便有些凄然。老人想起那两粒药忘记还给老友，取出再看，连连叹息。两个孩子见了药丸，每人抢过一粒放在嘴里。老人惊时，却见孩子嚼得香甜，嚼了一会儿，吐出一块白色胶状物，放在嘴上吹成泡泡，泡泡爆响，清脆悦耳。

再看小岛，早无踪影，惟余一片茫茫大水。

1986年2月21日

两个故事

天上浮云似白衣,斯须改变如苍狗。

有一年秋天,我在地坛公园遇见一个老人。

柏籽随风摇落,银杏的叶子开始泛黄。我在那园子东南角的树林里无聊地坐着,翻开书,其实也不看,只是想季节真是神秘,万物都在它的掌握之中。

这时候我看见夕阳里走来一个老人。我想等他走过去,然后点支烟继续享受这秋日黄昏的宁静;有些老人总对抽烟的年轻人抱有偏见。我把烟捏在手里,等着,看一条长长的影子向我游近。那影子在草地上起伏、变形,快要爬上对面的一棵树干时停下来。"借个火,小老弟。"一顶旧草帽和草帽下一张堆笑的脸已经凑到我跟前。我给他把烟点上,自己也点上。他没有要离开的意思,挎包扔在地上,蹲下来看我的轮椅,对轮椅的结构提出很内行的批评。见我并不热情,他站起来,绕着我走圈儿,没话找话跟我搭讪:今年的气候不正常呀,你有多大年纪呀,尝尝我这烟吧这烟如何如何的好,以及这么年轻你怎么就把腿弄成这样,用没用过云南白药和看没看过藏医,等等。我想不宜再对他冷淡,也该对他有所关心才好。

"您呢,"我说,"这是上哪儿去?"

他脸上的皱纹于是松开,笑容淡下去,不断地眺望树梢和树梢以上的天空。"天上浮云似白衣,斯须改变如苍狗",从来如此,并无异常。惟夕阳灿烂,久视令人目眩。

"依你说呢小老弟,最后我们都是上哪儿去?"

我疑惑地看他,表情中必已流露了对他的重视。

"别这样小老弟,所有的话都不过是说着玩儿玩儿。"

他坐下,掀去草帽,掸他满头的白发,不停地掸,于是乎很久他不再言语。我敢说那是一种空前的景象:头皮屑飘落如雪,纷纷扬扬总有一刻钟之久才见稀疏。

"小老弟,要不要我讲个故事给你听?"

仿佛雪住了,云开天青他再次露出笑脸。我心里挺不高兴,这老半天莫非倒是我在等你讲什么故事?我心说,你要是不走我可要走了,但我却随口应道:"什么故事?"人有时候就这么言不由衷。

"关于我的。不过到最后,还有一个比我更不走运的人。"

以下是他讲的故事。

我是个叛徒。不,我是说真的。铁案如山。是呀,现在真正是铁案如山了。现在,这件事,只有我自己可以不信了。再过几年,等我一死,就没人不信了。

其实一样,单我自己不信管什么?什么事都一样,要是没人做证,多大的事也等于零。这些日子我老想:要是你压根儿就是一个人活在孤岛上没人知道,你跟死了有什么不一样?

我的故事差不多就是这么回事。我知道我是怎么一个人,可是我没有证据。我没有证据倒不是说这事本来就没有证据,是说我拿不到证据。拿不到,也不是说还没拿到,对,曾经是还没拿到,现在不是了,现在是肯定拿不到了。肯定拿不到跟从来没有其实一样。

你是不是看我有点儿精神不大正常?好,你觉得没有就好,听我说。

刚才你问我上哪儿去,我现在是哪儿也不用去了,只剩下最后一个大家谁也跑不了都要去的地方了。"条条大路通罗马",我看压根儿就是指的那地方。可这之前我一直在东奔西走,差不多半辈子,我都在找一个人。几十年里只要有一点儿他的线索我也不放过,哪怕是地角天边我也要去查看个究竟。因为……因为这个世界上总共就两个人知道我不是叛徒,除了我就只有他。

他叫刘国华。

也许你在电影里见过,过去,敌后工作,经常是单线联系。就是说,一个人只与一个人联系,一个人只受一个人领导,张三领导李四,李四领导王五,但是张三并不领导王五,张三也不知道王五在干吗,甚至压根儿不知道有王五这么个人。要不就是张三领导李四,也领导王五,但李四和王五互相谁也不知道谁。为什么?啊,你真是年轻。这么说吧,除了张三,不管是谁叛变了,都只可能再出卖一个,不至于破坏整个组织。张三也是只与他的一个上级联系,要是他叛变了,他能出卖的人也就不会太多。什么,你说这是对朋友的不信任?嘿呀小老弟,你真是太天真了。刚才我远远地瞧见你,我就想,这个年轻人,以后的日子有他受的。现实!懂吗,小老弟?它跟希望不一样,它要不是跟希望越差越远就很不错了。好了,我不跟你争,这事你不懂也许倒好。

你还想不想听我的故事?好,慢慢儿听,没准儿不白听。

总之我是单线联系的最后一环,我只听从我惟一的上级的指示,至于他听从谁的指示我管不着,至于他还领导谁我也不问,也没想过要问,问也白问,再问就是犯纪律。

我的上级就是刘国华,老刘。最后一次,他指示我打入敌人内部,以叛变的方式打进到敌人内部去。当然是为了搞情报。简单说吧,我干成了,并且取得了敌人的信任。实际当然不会像我说的这么简单,实际是经历了很多很多危险的,比如说……唉,不说了吧,那些事更是只有我自己知道。

电影?电影毕竟是电影,不过我不反对你按照电影里那样去想象。

可是,就在我好不容易打入敌人内部之后不久,我们胜利了。就是说我打入了敌人内部可是我还没来得及干什么我们就全面胜利了,就是说我什么都没干就不需要我再干什么了。这真让人窝火,让人觉着委屈，一切一切不都白费了吗？不不，麻烦并不在这儿，胜利了怎么说都是好的，这我想得通，一切还不都是为了胜利吗？麻烦的是，胜利之后我却再也找不到刘国华了。

老刘，对，找不到了。问谁谁也不知道。不知道，多简单，可我呢，怎么办？只有老刘知道我是谁，是怎么回事，只有他能证明我其实并不是叛徒，只有他知道我的叛变其实是为了什么。可是找不到刘国华你说什么也没用，没人知道你。可老刘他无影无踪，就是找不到。

就这么，我找了他几十年。

全中国有多少刘国华呀！几十年里我见的刘国华有一百多个，男的女的，东北的，西南的，活着的和死了的，可都不是我要找的那个刘国华。

我没有放弃希望。几十年我一直坚定着一个信心：除非我死了我不信我就找不到他，不信这笔糊涂账就说不清楚。我是叛徒？笑话！那是因为我还没找到老刘，等我找着老刘你们再后悔吧，再看看你们是不是把一个英雄给冤枉了吧！

我也想过，莫非老刘他已经死了？我宁可不这么想，在没找到老刘的尸首或者他确实已经死了的证据之前，我必须得找他，这是我惟一的希望啊。这几十年我能活过来，还不就因为这个？

老刘他真要是死了那也就什么都甭说了。

老刘他要是个没良心的人，那，我也就认命了。

我四十岁上才成家。有个女人跟了我，她说她信我不是瞎说，她说是不是瞎说一瞧就知道，用不着什么证据。也有些人对我的话将信将疑，可是你说了半天一点儿证据也拿不出来这算怎么回事？有谁会说自己是坏蛋吗？平心而论是这么个理儿。说到底我得找到老刘。我老婆心甘情愿跟了我，打一过门儿就跟我一起找这个刘国华。什么英雄不英雄的，老也老了我早不在乎那玩意儿了，我只是想不能让我老婆白信任我一回，不能让她总这么跟我受这份儿糊涂罪。依着她早就不找了，她说不如赶紧生个孩子过咱们的日子吧。她是真喜欢孩子，可我总想把事情弄清楚了再要也不晚。就这么弄来弄去有一天我看见她悄悄掉眼泪,我问她怎么了,她说完了,甭生了,已经绝经了。现在想想,我倒真也算得上是英明,要了又怎么着?叛徒的儿子,长大了也得埋怨我。

总之,那时候我一门心思非找到刘国华不可。

除了台湾,我一点儿不夸张,全国二十多个省我都走到了,所有的市、县我都托人或者写信去打听过了。直到不久前,又听人说起有个叫刘国华的,在南方,一个小镇子上,有个曾经化名刘国华在敌后工作过的老同志。哎哟我想这回有门儿,连我老婆都说这回八成儿错不了啦。我立刻就去了。在那个小镇子上,一个青砖红瓦的小院儿里,果然,是他,是老刘,是我要找的那个刘国华。当然他是老多了,不过错不了,这么多年他的模样儿总在我眼前晃,再怎么老我还能认不出他?

可他已经不能算是活人了。

他活倒是还活着,可对我来说,他其实已经是死了。

他的家人把我迎进门,把我领到老刘的床前。我说:"哎哟老刘喂我可算找着你喽!你还认得我不?"我泣不成声,哭得站也站不稳,一下子跪倒在他床前。可他瞪着俩大眼珠子什么表情也没有。你猜怎么着?他是植物人了。

他家里人说,刚刚胜利没两天他就躺下了,中风不语。开始还明白点儿事,整天"啊……啊……啊"地躺在床上干着急,话也不会说字也不会写,过了几天干脆人事不知了。领导把他送回家,组织关系转到县上,生活、医疗倒都不用愁,家里人照顾他还有一份护理费。"是呀,能吃能喝就是不省人事,"他家里人说,"连我们是谁他也不认得,整天就这么一个人盯着天花板。""可不是嘛二十多年啦,"他老伴儿说,"倒也没什么麻烦的,给他翻翻身,伺候他吃喝屙撒呗。"

我还能说什么呢?

我从他家里出来,心想这回行了,不用再找他了,不用再绕世界跑了,也不用逢人就问您认识的人里有没有个叫刘国华的了。一切都结束了。你别说,这么一想倒觉着从头到脚都轻松了。可是我一下子就走不动了,扶着墙左右瞧瞧,那墙头上垂挂下来一串花,红的白的开得正旺,艳得让人害怕,让人不敢看。前面有家小饭馆,我就进去,要了碗面,其实不想吃,就为歇歇,喘口气。老刘的家里人后来还说了好些老刘的事,可说的都是什么我一点儿没听清,心里光记着那句话——"开始他还明白点儿事,整天啊……啊……啊地躺在床上干着急。"我想老刘这一定是放心不下我,没问题他是想着我呢,想把我的事给领导上托付托付。老刘毕竟还是老刘哇,我心里挺感动,他没把我忘了,没扔下我不管,行啊我这心里头挺知足。不单知足,倒觉着对不住老刘了。我怨过他,骂过他,恨过他,我怎么也没想到是这么回事哟。中风不语!老刘啊老刘,得什么病不行啊你!

我坐在那个小饭馆里愣了老半天,最后想:唉,得了,反正该受的我也都受了,什么都甭说了,不如赶紧回家陪陪老婆去吧。毕竟我那老伴儿是相信我的。我想起她的眼神,那里面纯净得让人想哭,让人想走进去再也不出来,那里面好像通着另外的什么地方,看不见的地方,也许是另一个世界,在那儿,什么事都是清楚的,就像我老婆说的:用不着证据。

老人收住话头,又那么一心一意地眺望树梢,眺望天空。太阳掉到了远处的楼群后面,在那儿闪烁着最后的光芒。

"还有一个人呢?您不是说,还有一个比您更不走运的人吗?"

老人侧目望望我,再把目光放回到天上。

以下是他讲的第二个故事。

我是在那个小饭馆里碰上这个人的。到现在我也不知道他是谁,叫什么,打哪儿来,不知道他到底有什么冤仇。

我在那小饭馆里坐着一直坐到差不多这个时候,这个人来了。他要了酒,站在柜台前一口连一口地喝,两眼直勾勾的。喝了一阵子,他端着酒坐到我对面来。"谁让我最后碰上您了呢,"他说,"您不能不答应陪我一块儿喝几杯。"我没有太推辞。看他一副神不守舍的样子,我猜他是做买卖做赔了,要不就是赌钱赌输了。他说不是,都不是,他说这地方他是头一次来,是来找老三的。

他管他那个仇人叫老三,也不知道他们是什么关系。

总之,他到处找要报仇。他找了好几十年,找了大半辈子。这倒是有点儿像我,不过我可不是找什么仇人,我没有仇人。

他不一样,他是要报仇。他说非得亲手杀了老三不可,不然他这一辈子就活得太窝囊了。他说,几十年了,他没有一天不想着杀了那老东西,大不了一命顶一命呗,那也得杀了他。他说死也得出出这口气,几十年了他说就为这个他才活下来。他要面对面,一对一地把老三杀了,让那老东西明白明白他就是跑到天边去事情也不能算完。他说他做梦都梦见老三死在他面前的样子,梦见那个不可一世的老东西跪地求饶。那也不行,跪地求饶也不行,"我非杀了他不可!"

他说他什么都想好了,这些年他没有一天不在盘算这件事,所有的可能他都想到了,所有的细节都想好了。当然,老三也绝不是个容易摆弄的,"这小子老奸巨猾心毒手狠,不是我杀了他就是他杀了我",他说那也行,怎么都行,谁杀了谁都行反正一回事。

他不停地喝酒,一口气地说着,差不多是喊,听得我心里发毛。

慢慢儿的他口齿不大利索了,喝高了,把这些话来来回回地说。小老板站在柜台里动也不敢动。

终于,他的声音低下来。"可到底还是有件事,我怎么也没想到。"他说。

简单说吧,几天前他找到了老三。找了几十年终于让他打探到了,老三就在这个镇子上,他立刻就来了。他悄悄跟踪了老三好几天,打听老三的情况,老三竟然一点儿没发现。听起来老三并不像他说得那么老谋深算。老三现在是孤身一人,老了,这些年哪儿也不去,也不跟任何人交往,一日三餐之外就是去河边钓钓鱼。

他心说行啊老东西,你他妈的倒自在,你这一辈子造的孽你以为就算没事儿了?

那天他跟着老三到了河边,太阳还没出来,四周没人,他从草丛里跳出来,跳到老三跟前问老三还认不认得他。这一刻他盼了多少年呀,梦也不知梦见多少回了,他有点儿兴奋过度。老三看看他,冲他点点头,仿佛还笑了笑,老三正要说什么还没说出来他已经扑上去一刀把老三给杀了。

老三一声没吭就倒在河滩上,血咕嘟咕嘟地流出来,流进河里,把河水染红了一大片。他有点儿后悔事情办得未免太简单了,不像梦里那么有声有色。

这个人没有立刻就走,他说总觉得事情不大对劲儿,不是那么个意思。哪儿出了什么毛病吗?他在尸首旁边坐了一会儿,心想,其实也就只能这么简单吧,还能怎样呢?河上的雾气慢慢地薄了,阳光在河滩上铺开,爬上老三的脸,他看见那张脸上的笑还没有消失干净。他又在心窝那儿补了一刀。可他心里还是嘀咕,还是觉着不对劲儿。这么着,他去翻老三身上,从老三贴身的衣兜里翻出一样东西。

"知道这是什么吗?"他拿出一个小玻璃瓶给我看。

小玻璃瓶里有些褐色的粉末。

"河豚的血!没错儿我问过人了,是河豚的血焙干了碾成的粉。"

我听说过这东西,毒得厉害,一丁点儿就能要了人的命。

"什么意思?"我听见我的声音在颤抖。

"什么意思,你还问什么意思?老三!原来老三他早就想着去死了!"

他举着那个小瓶,眯缝着眼睛翻来覆去地看:"这老东西,他天天到那河里去钓鱼,其实是为了这玩意儿!这玩意儿河里已经不多了,一年两年也未准钓得着一条。这老东西可真他妈的有耐性啊,这点儿玩意儿够他钓多少年的你说?你说,老三他是不是早就不想着活了?"

我能说什么呢?吓也吓坏了。

"喂,小老板你过来!你是这地方人,你看看。"

小老板也是早吓坏了,面色如土。

"你看看,是不是河豚的血?"

小老板从柜台里走出来,躲在我身后哆嗦。

"老哥你说说,老三他攒这东西干吗?他要不是打算去死他攒这玩意儿有什么用?老哥你说说,可他攒了这么多为什么还不去死呢?这么多,死三遍都够了,我猜,他是自个儿下不了自个儿的手……"

我和小老板互相靠着,也弄不清是谁在抖。直到警车来了。

警灯在外面闪,随后进来几个警察。

这个人忽然笑起来,说:"幸亏我来得早,要不让老三就这么自个儿死了,我还报的什么仇?"

警察站在门口,几支枪对着这个人。

他冲警察喊:"我不跑!要跑我早跑了。我在这儿等着,告诉你们老三是我杀的,没错儿他是我杀的,我一个人杀的!"

警察看着他,也不催他。

这个人又哭起来,问我,问小老板,甚至问警察:"可你们倒是说说呀,老三他攒这些毒药到底是要干吗呀?是不是他早就想死了只不过自个儿下不了自个儿的手哇?是不是?是——不——是!"

警察说:"你,跟我们走。"

2000 年 2 月 18 日

命若琴弦

无所谓从哪儿来、到哪儿去,也无所谓谁是谁……

莽莽苍苍的群山之中走着两个瞎子,一老一少,一前一后。两顶发了黑的草帽起伏攒动,匆匆忙忙,像是随着一条不安静的河水在漂流。无所谓从哪儿来,也无所谓到哪儿去,每人带一把三弦琴,说书为生。

方圆几百上千里的这片大山中,层峦叠嶂,沟壑纵横,人烟稀疏,走一天才能见一片开阔地,有几个村落。荒草丛中随时会飞起一对山鸡,跳出一只野兔、狐狸或者其他小野兽。山谷中常有鹞鹰盘旋。

寂静的群山没有一点阴影,太阳正热得凶。

"把三弦子抓在手里。"老瞎子喊,在山间震起回声。

"抓在手里呢。"小瞎子回答。

"操心身上的汗把三弦子弄湿了。弄湿了晚上弹你的肋条?"

"抓在手里呢。"

老少二人都赤着上身,各自拎了一条木棍探路,缠在腰间的粗布小褂已经被汗水洇湿了一大片。蹚起来的黄土干得呛人。这正是说书的旺季。天长,村子里的人吃罢晚饭都不待在家里;有的人晚饭也不在家里吃,捧上碗到路边去,或者到场院里。老瞎子想赶着多说书,整个热季领着小瞎子一个村子一个村子紧走,一晚上一晚上紧说。老瞎子一天比一天紧张、激动,心里算定:弹断一千根琴弦的日子就在这个夏天了,说不定就在前面的野羊坳。

暴躁了一整天的太阳这会儿正平静下来,光线开始变得深沉。远远近近的蝉鸣也舒缓了许多。

"小子!你不能走快点儿吗?"老瞎子在前面喊,不回头也不放慢脚步。

小瞎子紧跑几步,吊在屁股上的一只大挎包丁零哐啷地响,离老瞎子仍有几丈远。

"野鸽子都往窝里飞啦。"

"什么?"小瞎子又紧走几步。

"我说野鸽子都回窝了,你还不快走!"

"噢。"

"你又鼓捣我那电匣子呢。"

"嗯——鬼动来。"

"那耳机子快让你鼓捣坏了。"

"鬼动来!"

老瞎子暗笑:你小子才活了几天?"蚂蚁打架我也听得着。"老瞎子说。

小瞎子不争辩了,悄悄把耳机子塞到挎包里去,跟在师父身后闷闷地走路。无尽无休的无聊的路。

走了一阵子,小瞎子听见有只獾在地里啃庄稼,就使劲学狗叫,那只獾连滚带爬地逃走了,他觉得有点儿开心,轻声哼了几句小调儿,哥哥呀妹妹的。师父不让他养狗,怕受村子里的狗欺负,也怕欺负了别人家的狗,误了生意。又走了一会儿,小瞎子又听见不远处有条蛇在游动,弯腰摸了块石头砍过去,"哗啦啦"一阵高粱叶子响。老瞎子有点儿可怜他了,停下来等他。

"除了獾就是蛇。"小瞎子赶忙说,担心师父骂他。

"有了庄稼地了,不远了。"老瞎子把一个水壶递给徒弟。

"干咱们这营生的,一辈子就是走。"老瞎子又说,"累不?"

小瞎子不回答,知道师父最讨厌他说累。

"我师父才冤呢。就是你师爷,才冤呢,东奔西走一辈子,到了没弹够一千根琴弦。"

小瞎子听出师父这会儿心绪好,就问:"师父,什么是绿色的长乙(椅)?"

"什么?噢,八成是一把椅子吧。"

"曲折的油狼(游廊)呢?"

"油狼?什么油狼?"

"曲折的油狼。"

"不知道。"

"匣子里说的。"

"你就爱瞎听那些玩意儿。听那些玩意儿有什么用?天底下的好东西多啦,跟咱们有什么关系?"

"我就没听您说过,什么跟咱们有关系。"小瞎子把"有"字说得重。

"琴!三弦子!你爹让你跟了我来,是为让你弹好三弦子,学会说书。"

小瞎子故意把水喝得咕噜噜响。

再上路时小瞎子走在前头。

大山的阴影在沟谷里铺开来。地势也渐渐的平缓,开阔。

接近村子的时候,老瞎子喊住小瞎子,在背阴的山脚下找到一个小泉眼。细细的泉水从石缝里往外冒,淌下来,积成脸盆大的小洼,周围的野草长得茂盛,水流出去几十米便被干渴的土地吸干。

"过来洗洗吧,洗洗你那身臭汗味儿。"

小瞎子拨开野草在水洼边蹲下,心里还在猜想着"曲折的油狼"。

"把浑身都洗洗。你那样儿准像个小叫花子。"

"那您不就是个老叫花子了?"小瞎子把手按在水里,嘻嘻地笑。

老瞎子也笑,双手捧起水往脸上泼:"可咱们不是叫花子,咱们有手艺。"

"这地方咱们好像来过。"小瞎子侧耳听着四周的动静。

"可你的心思总不在学艺上。你这小子心太野。老人的话你从来不着耳朵听。"

"咱们准是来过这儿。"

"别打岔！你那三弦子弹得还差着远呢。咱这命就在这几根琴弦上，我师父当年就这么跟我说。"

泉水清凉凉的。小瞎子又哥哥呀妹妹地哼起来。

老瞎子挺来气："我说什么你听见了吗？"

"咱这命就在这几根琴弦上，您师父我师爷说的。我都听过八百遍了。您师父还给您留下一张药方，您得弹断一千根琴弦才能去抓那服药，吃了药您就能看见东西了。我听您说过一千遍了。"

"你不信？"

小瞎子不正面回答，说："干吗非得弹断一千根琴弦才能去抓那服药呢？"

"那是药引子。机灵鬼儿，吃药得有药引子！"

"一千根断了的琴弦还不好弄？"小瞎子忍不住哧哧地笑。

"笑什么笑！你以为你懂得多少事？得真正是一根一根弹断了的才成。"

小瞎子不敢吱声了，听出师父又要动气。每回都是这样，师父容不得对这件事有怀疑。

老瞎子也没再作声，显得有些激动，双手搭在膝盖上，两颗骨头一样的眼珠对着苍天，像是一根一根地回忆着那些弹断的琴弦。盼了多少年了呀，老瞎子想，盼了五十年了！五十年中翻了多少架山，走了多少里路哇，挨了多少回晒，挨了多少回冻，心里受了多少委屈呀。一晚上一晚上地弹，心里总记着，得真正是一根一根尽心尽力地弹断的才成。现在快盼到了，绝出不了这个夏天了。老瞎子知道自己又没什么能要命的病，活过这个夏天一点儿不成问题。"我比我师父可运气多了，"他说，"我师父到了儿没能睁开眼睛看一回。"

"咳！我知道这地方是哪儿了！"小瞎子忽然喊起来。

老瞎子这才动了动，抓起自己的琴来摇了摇，叠好的纸片碰在蛇皮上发出细微的响声,那张药方就在琴槽里。

"师父,这儿不是野羊岭吗?"小瞎子问。

老瞎子没搭理他,听出这小子又不安稳了。

"前头就是野羊坳,是不是,师父?"

"小子,过来给我擦擦背。"老瞎子说,把弓一样的脊背弯给他。

"是不是野羊坳,师父?"

"是!干什么?你别又闹猫似的。"

小瞎子的心扑通扑通跳,老老实实地给师父擦背。老瞎子觉出他擦得很有劲。

"野羊坳怎么了?你别又叫驴似的会闻味儿。"

小瞎子心虚,不吭声,不让自己显出兴奋。

"又想什么呢?别当我不知道你那点儿心思。"

"又怎么了,我?"

"怎么了你?上回你在这儿疯得不够?那妮子是什么好货!"老瞎子心想,也许不该再带他到野羊坳来。可是野羊坳是个大村子,年年在这儿生意都好,能说上半个多月。老瞎子恨不能立刻弹断最后几根琴弦。

小瞎子嘴上嘟嘟囔囔的,心却飘飘的,想着野羊坳里那个尖声细气的小妮子。

"听我一句话,不害你。"老瞎子说,"那号事靠不住。"

"什么事?"

"少跟我贫嘴。你明白我说的什么事。"

"我就没听您说过,什么事靠得住。"小瞎子又偷偷地笑。

老瞎子没理他,骨头一样的眼珠又对着苍天。那儿,太阳正变成一汪血。

两面脊背和山是一样的黄褐色。一座已经老了,嶙峋瘦骨像是山根下裸露的基石。另一座正年轻。老瞎子七十岁,小瞎子才十七。

小瞎子十四岁上父亲把他送到老瞎子这儿来,为的是让他学说书,这辈子好有个本事,将来可以独自在世上活下去。

老瞎子说书已经说了五十多年。这一片偏僻荒凉的大山里的人们都知道他:头发一天天变白,背一天天变驼,年年月月背一把三弦琴满世界走,逢上有愿意出钱的地方就拨动琴弦唱一晚上,给寂寞的山村带来欢乐。开头常是这么几句:"自从盘古分天地,三皇五帝到如今,有道君王安天下,无道君王害黎民。轻轻弹响三弦琴,慢慢稍停把歌论,歌有三千七百本,不知哪本动人心。"于是听书的众人喊起来,老的要听董永卖身葬父,小的要听武二郎夜走蜈蚣岭,女人们想听秦香莲。这是老瞎子最知足的一刻,身上的疲劳和心里的孤寂全忘却,不慌不忙地喝几口水,待众人的吵嚷声鼎沸,便把琴弦一阵紧拨,唱道:"今日不把别人唱,单表公子小罗成。"或者:"茶也喝来烟也吸,唱一回哭倒长城的孟姜女。"满场立刻鸦雀无声,老瞎子也全心沉到自己所说的书中去。

他会的老书数不尽。他还有一个电匣子,据说是花了大价钱从一个山外人手里买来,为的是学些新词儿,编些新曲儿。其实山里人倒不太在乎他说什么唱什么。人人都称赞他那三弦子弹得讲究,轻轻漫漫的,飘飘洒洒的,疯疯狂放的,那里头有天上的日月,有地上的生灵。老瞎子的嗓子能学出世上所有的声音,男人、女人,刮风下雨,兽啼禽鸣。不知道他脑子里能呈现出什么景象,他一落生就瞎了眼睛,从没见过这个世界。

小瞎子可以算见过世界,但只有三年,那时还不懂事。他对说书和弹琴并无多少兴趣,父亲把他送来的时候费尽了唇舌,好说歹说连哄带骗,最后不如说是那个电匣子把他留住。他抱着电匣子听得入神,甚至没发觉父亲什么时候离去。

这只神奇的匣子永远令他着迷,遥远的地方和稀奇古怪的事物使他幻想不绝,凭着三年朦胧的记忆,补充着万物的色彩和形象,譬如海,匣子里说蓝天就像大海,他记得蓝天,于是想象出海;匣子里说海是无边无际的水,他记得锅里的水,于是想象出满天排开的水锅。再譬如漂亮的姑娘,匣子里说就像盛开的花朵,他实在不相信会是那样。母亲的灵柩被抬到远山上去的时候,路上正开遍着野花,他永远记得却永远不愿意去想。但他愿意想姑娘,越来越愿意想,尤其是野羊坳的那个尖声细气的小妮子,总让他心里荡起波澜。直到有一回匣子里唱道"姑娘的眼睛就像太阳",这下他才找到了一个贴切的形象,想起母亲在红透的夕阳中向他走来的样子,其实人人都是根据自己的所知猜测着无穷的未知,以自己的感情勾画出世界。每个人的世界就都不同。

也总有一些东西小瞎子无从想象,譬如"曲折的油狼"。

这天晚上,小瞎子跟着师父在野羊坳说书,又听见那小妮子站在离他不远处尖声细气地说笑。书正说到紧要处——"罗成回马再交战,大胆苏烈又兴兵。苏烈大刀如流水,罗成长枪似腾云,好似海中龙吊宝,犹如深山虎争林。又战七日并七夜,罗成清茶无点唇……"老瞎子把琴弹得如雨骤风疾,字字句句唱得铿锵。小瞎子却心猿意马,手底下早乱了套数……

野羊岭上有一座小庙,离野羊坳村二里地,师徒二人就在这里住下。石头砌的院墙已经残断不全,几间小殿堂也歪斜欲倾百孔千疮,惟正中一间尚可遮蔽风雨,大约是因为这一间中毕竟还供奉着神灵。三尊泥像早脱尽了尘世的彩饰,还一身黄土本色返璞归真了,认不出是佛是道。院里院外、房顶墙头都长满荒藤野草,蓊蓊郁郁倒有生气。老瞎子每回到野羊坳说书都住这儿,不出房钱又不惹是非。小瞎子是第二次住在这儿。

散了书已经不早,老瞎子在正殿里安顿行李,小瞎子在侧殿的檐下生火烧水。去年砌下的灶稍加修整就可以用。小瞎子撅着屁股吹火,柴草不干,呛得他满院里转着圈咳嗽。

老瞎子在正殿里数叨他:"我看你能干好什么。"

"柴湿嘛。"

"我没说这事。我说的是你的琴,今儿晚上的琴你弹成了什么?"

小瞎子不敢接这话茬儿,吸足了几口气又跪到灶火前去,鼓着腮帮子一通儿猛吹。"你要是不想干这行,就趁早给你爹捎信把你领回去。老这么闹猫闹狗的可不行,要闹回家闹去。"

小瞎子咳嗽着从灶火边跳开,几步蹿到院子另一头,呼哧呼哧大喘气,嘴里一边骂。

"说什么呢?"

"我骂这火。"

"有你那么吹火的?"

"那怎么吹?"

"怎么吹?哼,"老瞎子顿了顿,又说,"你就当这灶火是那妮子的脸!"

小瞎子又不敢搭腔了,跪到灶火前去再吹,心想:真的,不知道兰秀儿的脸什么样。那个尖声细气的小妮子叫兰秀儿。

"那要是妮子的脸,我看你不用教也会吹。"老瞎子说。

小瞎子笑起来,越笑越咳嗽。

"笑什么笑!"

"您吹过妮子脸?"

老瞎子一时语塞。小瞎子笑得坐在地上。"日他妈。"老瞎子骂道,笑笑,然后变了脸色,再不言语。

灶膛里腾的一声,火旺起来。小瞎子再去添柴,一心想着兰秀儿。才散了书的那会儿,兰秀儿挤到他跟前来小声说:"哎,上回你答应我什么来?"师父就在旁边,他没敢吭声。人群挤来挤去,一会儿又把兰秀儿挤到他身边。"噫,上回吃了人家的煮鸡蛋倒白吃了?"兰秀儿说,声音比上回大。这时候师父正忙着跟几个老汉拉话,他赶紧说:"嘘!——我记着呢。"兰秀儿又把声音压低:"你答应给我听电匣子你还没给我听。""嘘!——我记着呢。"幸亏那会儿人声嘈杂。

正殿里好半天没有动静。之后,琴声响了,老瞎子又上好了一根新弦。他本来应该高兴的,来野羊坳头一晚上就又弹断了一根琴弦。可是那琴声却低沉、零乱。

小瞎子渐渐听出琴声不对,在院里喊:"水开了,师父。"

没有回答。琴声一阵紧似一阵了。

小瞎子端了一盆热水进来,放在师父跟前,故意嘻嘻笑着说:"您今儿晚还想弹断一根是怎么着?"

老瞎子没听见,这会儿他自己的往事都在心中,琴声烦躁不安,像是年年旷野里的风雨,像是日夜山谷中的溪流,像是奔奔忙忙不知所归的脚步声。小瞎子有点儿害怕了:师父很久不这样了,师父一这样就要犯病,头疼、心口疼、浑身疼,会几个月爬不起炕来。

"师父,您先洗脚吧。"

琴声不停。

"师父,您该洗脚了。"小瞎子的声音发抖。

琴声不停。

"师父!"

琴声戛然而止,老瞎子叹了口气。小瞎子松了口气。

老瞎子洗脚,小瞎子乖乖地坐在他身边。

"睡去吧,"老瞎子说,"今儿个够累的了。"

"您呢?"

"你先睡,我得好好泡泡脚。人上了岁数毛病多。"老瞎子故意说得轻松。

"我等您一块儿睡。"

山深夜静。有了一点风,墙头的草叶子响。夜猫子在远处哀哀地叫。听得见野羊坳里偶尔有几声狗吠,又引得孩子哭。月亮升起来,白光透过残损的窗棂进了殿堂,照见两个瞎子和三尊神像。

"等我干吗?时候不早了。"

"你甭担心我,我怎么也不怎么。"老瞎子又说。

"听见没有,小子?"

小瞎子到底年轻,已经睡着。老瞎子推推他让他躺好,他嘴里嘟囔了几句倒头睡去。老瞎子给他盖被时,从那身日渐发育的筋肉上觉出,这孩子到了要想那些事的年龄,非得有一段苦日子过不可了。唉,这事谁也替不了谁。

老瞎子再把琴抱在怀里,摩挲着根根绷紧的琴弦,心里使劲念叨:又断了一根了,又断了一根了。再摇摇琴槽,有轻微的纸和蛇皮的摩擦声。惟独这事能为他排忧解烦。一辈子的愿望。

小瞎子做了一个好梦,醒来吓了一跳,鸡已经叫了。他一骨碌爬起来听听,师父正睡得香,心说还好。他摸到那个大挎包,悄悄地掏出电匣子,蹑手蹑脚出了门。

往野羊坳方向走了一会儿,他才觉出不对头,鸡叫声渐渐停歇,野羊坳里还是静静的没有人声。他愣了一会儿,鸡才叫头遍吗?灵机一动扭开电匣子。电匣子里也是静悄悄。现在是半夜。他半夜里听过匣子,什么都没有。这匣子对他来说还是个表,只要扭开一听,便知道是几点钟,什么时候有什么节目都是一定的。

小瞎子回到庙里,老瞎子正翻身。

"干吗哪?"

"撒尿去了。"小瞎子说。

一上午,师父逼着他练琴。直到晌午饭后,小瞎子才瞅机会溜出庙来,溜进野羊坳。鸡也在树荫下打盹儿,猪也在墙根下说着梦话,太阳又热得凶,村子里很安静。

小瞎子踩着磨盘,扒着兰秀儿家的墙头轻声喊:"兰秀儿——兰秀儿——"

屋里传出雷似的鼾声。

他犹豫了片刻,把声音稍稍抬高:"兰秀儿!兰秀儿!——"

狗叫起来。屋里的鼾声停了,一个闷声闷气的声音问:"谁呀?"

小瞎子不敢回答,把脑袋从墙头上缩下来。

屋里吧唧了一阵嘴,又响起鼾声。

他叹口气,从磨盘上下来,怏怏地往回走。忽听见身后嘎吱一声院门响,随即一阵细碎的脚步声向他跑来。

"猜是谁?"尖声细气。小瞎子的眼睛被一双柔软的小手捂上了——这才多余呢。兰秀儿不到十五岁,认真说还是个孩子。

"兰秀儿!"

"电匣子拿来没?"

小瞎子掀开衣襟,匣子挂在腰上。"嘘!——别在这儿,找个没人的地方听去。"

"咋啦?"

"回头招好些人。"

"咋啦?"

"那么多人听,费电。"

两个人东拐西弯,来到山背后那眼小泉边。小瞎子忽然想起件事,问兰秀儿:"你见过曲折的油狼吗?"

"啥?"

"曲折的油狼。"

"曲折的油狼?"

"知道吗?"

"你知道?"

"当然。还有绿色的长椅。就是一把椅子。"

"椅子谁不知道。"

"那曲折的油狼呢?"

兰秀儿摇摇头,有点儿崇拜小瞎子了。小瞎子这才郑重其事地扭开电匣子,一支欢快的乐曲在山沟里飘荡。

这地方又凉快又没有人来打扰。

"这是《步步高》。"小瞎子说,跟着哼。

一会儿又换了支曲子,叫《旱天雷》,小瞎子还能跟着哼。兰秀儿觉得很惭愧。

"这曲子也叫《和尚思妻》。"

兰秀儿笑起来:"瞎骗人!"

"你不信?"

"不信。"

"爱信不信。这匣子里说的古怪事多啦。"小瞎子玩着凉凉的泉水,想了一会儿,"你知道什么叫接吻吗?"

"你说什么叫?"

这回轮到小瞎子笑,光笑不答。兰秀儿明白准不是好话,红着脸不再问。

音乐播完了,一个女人说,"现在是讲卫生节目。"

"啥?"兰秀儿没听清。

"讲卫生。"

"是什么?"

"嗯——你头发上有虱子吗?"

"去——别动!"

小瞎子赶忙缩回手来,赶忙解释:"要有就是不讲卫生。"

"我才没有。"兰秀儿抓抓头,觉得有些刺痒。"噫——瞧你自个儿吧!"兰秀儿一把扳过小瞎子的头,"看我捉几个大的。"

这时候听见老瞎子在半山上喊:"小子,还不给我回来!该做饭了,吃罢饭还得去说书!"他已经站在那儿听了好一会儿了。

野羊坳里已经昏暗,羊叫、驴叫、狗叫、孩子们叫,处处起了炊烟。野羊岭上还有一线残阳,小庙正在那淡薄的光中,没有声响。

小瞎子又撅着屁股烧火。老瞎子坐在一旁淘米,凭着听觉他能把米中的沙子拣出来。

"今天的柴挺干。"小瞎子说。

"嗯。"

"还是焖饭?"

"嗯。"

小瞎子这会儿精神百倍,很想找些话说,但是知道师父的气还没消,心说还是少找骂。

两个人默默地干着自己的事,又默默地一块儿把饭做熟。岭上也没了阳光。

小瞎子盛了一碗小米饭,先给师父:"您吃吧。"声音怯怯的,无比驯顺。

老瞎子终于开了腔:"小子,你听我一句行不?"

"嗯。"小瞎子往嘴里扒拉饭,回答得含糊。

"你要是不愿意听,我就不说。"

"谁说不愿意听了?我说'嗯'!"

"我是过来人,总比你知道得多。"

小瞎子闷头扒拉饭。

"我经过那号事。"

"什么事?"

"又跟我贫嘴!"老瞎子把筷子往灶台上一摔。

"兰秀儿光是想听听电匣子。我们光是一块儿听电匣子来。"

"还有呢?"

"没有了。"

"没有了?"

"我还问她见没见过曲折的油狼。"

"我没问你这个!"

"后来,后来,"小瞎子不那么气壮了,"不知怎么一下就说起了虱子……"

"还有呢?"

"没了。真没了!"

两个人又默默地吃饭。老瞎子带了这徒弟好几年,知道这孩子不会撒谎,这孩子最让人放心的地方就是诚实,厚道。

"听我一句话,保准对你没坏处。以后离那妮子远点儿。"

"兰秀儿人不坏。"

"我知道她不坏,可你离她远点儿好。早年你师爷这么跟我说,我也不信……"

"师爷?说兰秀儿?"

"什么兰秀儿,那会儿还没她呢。那会儿还没有你们呢……"老瞎子阴郁的脸又转向暮色浓重的天际,骨头一样白色的眼珠不住地转动,不知道在那儿他能"看"见什么。

许久,小瞎子说:"今儿晚上您多半儿又能弹断一根琴弦。"想让师父高兴些。

这天晚上师徒俩又在野羊坳说书。"上回唱到罗成死,三魂七魄赴幽冥,听歌君子莫嘈嚷,列位听我道下文。罗成阴魂出地府,一阵旋风就起身,旋风一阵来得快,长安不远面前存……"老瞎子的琴声也乱,小瞎子的琴声也乱。小瞎子回忆着那双柔软的小手捂在自己脸上的感觉,还有自己的头被兰秀儿扳过去时的滋味儿。老瞎子想起的事情更多……

夜里老瞎子翻来覆去睡不安稳,多少往事在他耳边喧嚣,在他心头动荡,身体里仿佛有什么东西要爆炸。坏了,要犯病,他想。头昏,胸口憋闷,浑身紧巴巴的难受。他坐起来,对自己叨咕:"可别犯病,一犯病今年就甭想弹够那些琴弦了。"他又摸到琴。要能叮叮当当随心所欲地疯弹一阵儿,心头的忧伤或许就能平息,耳边的往事或许就会消散。可是小瞎子正睡得香甜。

他只好再全力去想那张药方和琴弦:还剩下几根,还只剩最后几根了。那时就可以去抓药了,然后就能看见这个世界——他无数次爬过的山,无数次走过的路,无数次感到过她的温暖和炽热的太阳,无数次梦想着的蓝天、月亮和星星……还有呢? 突然间心里一阵空,空得深重。就只为了这些? 还有什么? 他蒙眬中所盼望的东西似乎比这要多得多……

夜风在山里游荡。

猫头鹰又在凄哀地叫。

不过现在他老了,无论如何没几年活头了,失去的已经永远失去了,他像是刚刚意识到这一点。七十年中所受的全部辛苦就为了最后能看一眼世界,这值得吗?他问自己。

小瞎子在梦里笑,在梦里说:"那是一把椅子,兰秀儿……"

老瞎子静静地坐着。静静地坐着的还有那三尊分不清是佛是道的泥像。

鸡叫头遍的时候老瞎子决定,天一亮就带这孩子离开野羊坳。否则这孩子受不了,他自己也受不了。兰秀儿人不坏,可这事会怎么结局,老瞎子比谁都"看"得清楚。鸡叫二遍,老瞎子开始收拾行李。

可是一早起来小瞎子病了,肚子疼,随即又发烧。老瞎子只好把行期推迟。

一连好几天,老瞎子无论是烧火、淘米、捡柴,还是给小瞎子挖药、煎药,心里总在说:"值得,当然值得。"要是不这么反反复复对自己说,身上的力气似乎就全要垮掉。"我非要最后看一眼不可。""要不怎么着?就这么死了去?""再说就只剩下最后几根了。"后面三句都是理由。老瞎子又冷静下来,天天晚上还到野羊坳去说书。

这一下小瞎子倒来了福气。每天晚上师父到岭下去了,兰秀儿就猫似的轻轻跳进庙里来听匣子。兰秀儿还带来煮熟的鸡蛋,条件是得让她亲手去拧那匣子的开关。"往哪边拧?""往右。""拧不动。""往右,笨货,不知道哪边是右哇?""咔嗒"一下,无论是什么便响起来,无论是什么俩人都爱听。

又过了几天,老瞎子又弹断了三根琴弦。

这一晚,老瞎子在野羊坳里自弹自唱:"不表罗成投胎事,又唱秦王李世民。秦王一听双泪流,可怜爱卿丧残身,你死一身不打紧,缺少扶朝上将军……"

野羊岭上的小庙里这时更热闹。电匣子的音量开得挺大,又是孩子哭,又是大人喊,轰隆隆地又响炮,嘀嘀嗒嗒地又吹号。月光照进正殿,小瞎子躺着啃鸡蛋,兰秀儿坐在他旁边。两个人都听得兴奋,时而大笑,时而稀里糊涂莫名其妙。

"这匣子你师父哪儿买来的?"

"从一个山外头的人手里。"

"你们到山外头去过?"兰秀儿问。

"没。我早晚要去一回就是,坐坐火车。"

"火车?"

"火车你也不知道? 笨货。"

"噢,知道知道,冒烟哩是不是?"

过了一会儿兰秀儿又说:"保不准我就得到山外头去。"语调有些恓惶。

"是吗?"小瞎子一挺坐起来,"那你到底瞧瞧曲折的油狼是什么。"

"你说是不是山外头的人都有电匣子?"

"谁知道。我说你听清楚没有? 曲、折、的、油、狼,这东西就在山外头。"

"那我得跟他们要一个电匣子。"兰秀儿自言自语地想心事。

"要一个?"小瞎子笑了两声,然后屏住气,然后大笑,"你干吗不要俩? 你可真本事大。你知道这匣子几千块钱一个? 把你卖了吧,怕也换不来。"

兰秀儿心里正委屈,一把揪住小瞎子的耳朵使劲拧,骂道:"好你个死瞎子!"

两个人在殿堂里扭打起来。三尊泥像袖手旁观帮不上忙。两个年轻的正在发育的身体碰撞在一起,纠缠在一起,一个把一个压在身下,一会儿又颠倒过来,骂声变成笑声。匣子在一边唱。

打了好一阵子,两个人都累得住了手,心怦怦跳,面对面躺着喘气,不言声儿,谁却也不愿意再拉开距离。

兰秀儿呼出的气吹在小瞎子脸上,小瞎子感到了诱惑,并且想起那天吹火时师父说的话,就往兰秀儿脸上吹气。兰秀儿并不躲。

"嘿,"小瞎子小声说,"你知道接吻是什么了吗?"

"是什么?"兰秀儿的声音也小。

小瞎子对着兰秀儿的耳朵告诉她。兰秀儿不说话。老瞎子回来之前,他们试着亲了嘴儿,滋味儿真不坏……

就是这天晚上,老瞎子弹断了最后两根琴弦。两根弦一齐断了。他没料到。他几乎是连跑带爬地上了野羊岭,回到小庙里。

小瞎子吓了一跳:"怎么了,师父?"

老瞎子喘吁吁地坐在那儿,说不出话。

小瞎子有些犯嘀咕:莫非是他和兰秀儿干的事让师父知道了?

老瞎子这才相信:一切都是值得的。一辈子的辛苦都是值得的。能看一回,好好看一回,怎么都是值得的。

"小子,明天我就去抓药。"

"明天?"

"明天。"

"又断了一根了?"

"两根。两根都断了。"

老瞎子把那两根弦卸下来,放在手里揉搓了一会儿,然后把它们并到另外的九百九十八根中去,绑成一捆。

"明天就走?"

"天一亮就动身。"

小瞎子心里一阵发凉。老瞎子开始剥琴槽上的蛇皮。

"可我的病还没好利索。"小瞎子小声叨咕。

"噢,我想过了,你就先留在这儿,我用不了十天就回来。"

小瞎子喜出望外。

"你一个人行不?"

"行!"小瞎子紧忙说。

老瞎子早忘了兰秀儿的事:"吃的、喝的、烧的全有。你要是病好利索了,也该学着自个儿去说回书。行吗?"

"行。"小瞎子觉得有点儿对不住师父。

蛇皮剥开了,老瞎子从琴槽中取出一张叠得方方正正的纸条。他想起这药方放进琴槽时,自己才二十岁,便觉得浑身上下都好像冷。

小瞎子也把那药方放在手里摸了一会儿,也有了几分肃穆。

"你师爷一辈子才冤呢。"

"他弹断了多少根?"

"他本来能弹够一千根,可他记成了八百。要不然他能弹断一千根。"

天不亮老瞎子就上路了。他说最多十天就回来,谁也没想到他竟去了那么久。

老瞎子回到野羊坳时已经是冬天。

漫天大雪,灰暗的天空连接着白色的群山。没有声息,处处也没有生气,空旷而沉寂,所以老瞎子那顶发了黑的草帽就尤其攒动得显著。他蹒蹒跚跚地爬上野羊岭。庙院中衰草瑟瑟,蹿出一只狐狸,仓惶逃远。

村里人告诉他,小瞎子已经走了些日子。

"我告诉他我回来。"

"不知道他干吗就走了。"

"他没说去哪儿? 留下什么话没?"

"他说让您甭找他。"

"什么时候走的?"

人们想了好久,都说是在兰秀儿嫁到山外去的那天。

老瞎子心里便一切全都明白。

众人劝老瞎子留下来,这么冰天雪地的上哪儿去? 不如在野羊坳说一冬书。老瞎子指指他的琴,人们见琴柄上空荡荡已经没了琴弦。老瞎子面容也憔悴,呼吸也孱弱,嗓音也沙哑了,完全变了个人。他说得去找他的徒弟。

若不是还想着他的徒弟,老瞎子就回不到野羊坳。那张他保存了五十年的药方原来是一张无字的白纸。他不信,请了多少个识字而又诚实的人帮他看,人人都说那果真就是一张无字的白纸。老瞎子在药铺前的台阶上坐了一会儿,他以为是一会儿,其实已经几天几夜,骨头一样的眼珠在询问苍天,脸色也变成骨头一样的苍白。有人以为他是疯了,安慰他,劝他。老瞎子苦笑:七十岁了再疯还有什么意思?他只是再不想动弹,吸引着他活下去、走下去、唱下去的东西骤然间消失干净。就像一根不能拉紧的琴弦,再难弹出赏心悦耳的曲子。老瞎子的心弦断了。现在发现那目的原来是空的。老瞎子在一个小客店里住了很久,觉得身体里的一切都在熄灭。他整天躺在炕上,不弹也不唱,一天天迅速地衰老。直到花光了身上所有的钱,直到忽然想起了他的徒弟,他知道自己死期将至,可那孩子在等他回去。

茫茫雪野,皑皑群山,天地之间攒动着一个黑点。走近时,老瞎子的身影弯得如一座桥。他去找他的徒弟。他知道那孩子目前的心情、处境。

他想自己先得振作起来,但是不行,前面明明没有了目标。

他一路走,便怀恋起过去的日子,才知道以往那些奔奔忙忙兴致勃勃地翻山、赶路、弹琴,乃至心焦、忧虑都是多么欢乐!那时有个东西把心弦扯紧,虽然那东西原是虚设。老瞎子想起他师父临终时的情景。他师父把那张自己没用上的药方封进他的琴槽。"您别死,再活几年,您就能睁眼看一回了。"说这话时他还是个孩子。他师父久久不言语,最后说:"记住,人的命就像这琴弦,拉紧了才能弹好,弹好了就够了。"……不错,那意思就是说:目的本来没有。老瞎子知道怎么对自己的徒弟说了。可是他又想:能把一切都告诉小瞎子吗?老瞎子又试着振作起来,可还是不行,总摆脱不掉那张无字的白纸……

在深山里,老瞎子找到了小瞎子。

小瞎子正跌倒在雪地里,一动不动,想那么等死。老瞎子懂得那绝不是装出来的悲哀。老瞎子把他拖进一个山洞,他已无力反抗。

老瞎子捡了些柴,点起一堆火。

小瞎子渐渐有了哭声。老瞎子放了心,任他尽情尽意地哭。只要还能哭就还有救,只要还能哭就有哭够的时候。

小瞎子哭了几天几夜,老瞎子就那么一声不吭地守候着。火光和哭声惊动了野兔子、山鸡、野羊、狐狸和鹞鹰……

终于小瞎子说话了:"干吗咱们是瞎子!"

"就因为咱们是瞎子。"老瞎子回答。

终于小瞎子又说:"我想睁开眼看看,师父,我想睁开眼看看!哪怕就看一回。"

"你真那么想吗?"

"真想,真想!——"

老瞎子把篝火拨得更旺些。

雪停了。铅灰色的天空中,太阳像一面闪光的小镜子。鹞鹰在平稳地滑翔。

"那就弹你的琴弦,"老瞎子说,"一根一根尽力地弹吧。"

"师父,您的药抓来了?"小瞎子如梦方醒。

"记住,得真正是弹断的才成。"

"您已经看见了吗?师父,您现在看得见了?"

小瞎子挣扎着起来,伸手去摸师父的眼窝。老瞎子把他的手抓住。

"记住,得弹断一千二百根。"

"一千二?"

"把你的琴给我,我把这药方给你封在琴槽里。"老瞎子现在才弄懂了他师父当年对他说的话——咱的命就在这琴弦上。

目的虽是虚设的,可非得有不行,不然琴弦怎么拉紧?拉不紧就弹不响。

"怎么是一千二,师父?"

"是一千二,我没弹够,我记成了一千。"老瞎子想:这孩子再怎么弹吧,还能弹断一千二百根?永远扯紧欢跳的琴弦,不必去看那张无字的白纸……

这地方偏僻荒凉,群山不断。荒草丛中随时会飞起一对山鸡,跳出一只野兔、狐狸,或者其他小野兽。山谷中鹞鹰在盘旋。

现在让我们回到开始:

莽莽苍苍的群山之中走着两个瞎子,一老一少,一前一后,两顶发了黑的草帽起伏攒动,匆匆忙忙,像是随着一条不安静的河水在漂流。无所谓从哪儿来、到哪儿去,也无所谓谁是谁……

1985年4月20日

钟声

那微弱的仿佛是风吹响的钟声竟出人意料地温存而忧哀。

B还不到一岁的那年,父母就离开了这块大陆,连爷爷也不知道他们最终去了哪儿。当时爷爷说,你们得给我留条根。那时爷爷已经看出这绝不是通常的分别,所以坚持要他们给他留下一个孙子。爷爷知道除此之外都已成定局,所以从始至终只提了这一个要求。父母日夜犹豫,临走的那天早上才决定下来,把B留给爷爷。因为B的两个哥哥已经大到能够哭着喊着片刻不离他们的母亲了,而B还不到一岁,世界还没来得及给他什么具体的印象。又因为爷爷说死说活不愿离开这块土地。

这是多年之后B对我说的。

B跟着爷爷在北方农村的一个镇子上长到五岁。镇子很小,只有两条纵横交叉的街。有一条长不成鱼而只可供人们洗洗衣裳的细水,从远处悠悠流来,挨一挨镇子的边缘,便又流走到很远去了。两条街上,杂货店、小饭馆、肉铺、粉房、豆腐房、铁匠铺、车马大店等等各有一家。杂货店里有两架挂钟,弄不清是哪代开明或是糊涂的掌柜进的货,从无买主问津;一架已经坏了,另一架就为镇上的人提供了一个观赏和赞叹的机会,也给小店的生意带来了意想不到的好处。镇上没有电,没有学校,差不多没有新闻。终日不断的是粉房和豆腐房的石磨声,还有铁匠铺的打铁声。车马大店前永远站着几匹贪婪吃草的牲口。小饭馆门口则卧着一头肥硕无比的大狗,那狗自知全镇无敌,目光便不凶猛,而是流露了傲慢与昏聩,漠视并且蔑视那些四处流浪的同类。两条街的四端都伸入到不见边际的田地里去;冬天是褐色的不见边际的裸土,夏天是金黄闪耀不见边际的向日葵的花朵。小镇给B印象最深的就是那些向日葵,成百上千万素朴又肆无忌惮的花朵铺天盖地,天气晴朗时一派灿烂辉煌,把小镇映照得愉快、安谧。遇到坏天气,所有的花朵一齐骚动癫狂起来,漫山遍野涌荡喧嚣,令种植它们的人也头晕目眩魄动心惊,整个镇子都随之惶惶然无所适从一般。

这都是多年以后B给我讲的,像是在讲述一个年代久远的传说。他说:"你哪年出生?"我告诉他:"五一年。"他说:"让我想想。哦,这么说我第一次跟爷爷收获向日葵的时候,你可能刚刚出生,也可能你还没出生呢。"他说,当那些向日葵一棵一棵成片成片地被砍倒时,他忽然大哭不止。"为什么?""不知道。"他说,"生命中本来有很多神秘的事。"

五岁的那年夏天,爷爷对B说:我带你到城市去。到县城去?不,可比县城大多了,也比县城远多了。爷爷给B和自己都带了几件换洗的衣裳,用一把老铜锁锁了门,爷孙俩便出了镇子,走在森林一样的向日葵地里了。干吗要到那儿去?去念书,你该念书了,你到了得念书的年龄了。向日葵的叶子大如蒲扇,层层叠叠,圈拢起燠热而沉重的葵花香,蚂蚱醉醺醺地趴在葵秆上昏睡,蝈蝈则到处发着梦呓。在那条细水穿流的地方,偶尔生出几丝风来,蛇一样分头钻进葵林,闹鬼似的嬉戏游逛,郁郁寡欢的花香便被惊扰得四处流窜满天漂泊一阵,干枯的花蕊借机脱离花盘,细密如雨,灌进B的衣领。我父母是不是在那儿?不,不在,他们没在那儿。他们在哪儿?爷爷从来没打算骗你,爷爷也不知道他们这会儿在哪儿。你跟着爷爷不好吗?可咱们到那儿去找谁?咱们就住在你姑家,还有你姑父,还有你的表妹和表弟。他们认识我?你姑和你姑父见过你,那时你生下来才几天你还不记事呢。

爷孙俩走了一个上午,还是没走出向日葵林。然后他们搭上了汽车,汽车开了一个下午,仍然随处可见盛开的向日葵花。直到第二天他们上了火车,B的注意力让火车里面的事物吸引了整整一个白天,那些向日葵才梦幻一般地消失了。当他又想起向日葵时,车窗外已是茫茫黑夜。姑知道我父母上哪儿去了吗?不,你姑也不知道。问过她了?

问过了。他们是不是也坐火车走的？别再想这件事了,不再想这事了好吗？你说爷爷好不好？也许姑父会知道吧？咱们不说这事了,你该睡了,我担心这两天你要累病了呢,躺在爷爷腿上,对,睡吧。您没问问姑父？记住,以后不管谁问你,你就说,爷爷也不知道他们到哪儿去了。记住了吗？窗外夜黑如墨。在随后的梦里,B仍没能勾画出父母的模样儿,而是整宿都在绵延不断的凄艳的向日葵花中间徘徊。

B醒来火车已进入城市。就是我在其中出生、长大,并一直活到现在的这座城市。B的姑姑家离我家不算太远。从我家往东再往北,再往东再往北,走过大约四五条街,有一座教堂,B的姑姑家就住在那座教堂旁,在教堂东约三四十米的地方。B在那儿住了差不多七年,不过那时我们并不相识。

"但那时说不定我们迎面相遇过。"B说。很多年后B故地重游,在我家附近的一个冷饮店里,我们俩从午后一直坐到天黑。我说:"这很可能。"他说:"只不过我们不知道而已,结果我们就不把它算在内。"我说:"算在什么内?"他说:"你绝对数不清都是哪些事在对一个人的命运起作用。你不觉得生命中有很多神秘的事?"我点点头,不过说老实话我没太懂B的意思,我不知道他指的是什么。天气燥热,报纸上说已经连续九十几天没有降水了。我和B坐在冷饮店里一杯接一杯地喝着啤酒。太阳在外头隆隆作响,把路面烤变了形,树叶和纸屑被踩进黑亮刺目的沥青里去。B说:"你还记得那座教堂?"我说:"我光是听说过它。不过我记得它的钟声。"他说:"让我想。哦,你可能没见过它,你可能对那教堂还没什么印象那教堂就已经没了。"我说:"可我朦朦胧胧记得一种钟声,后来我长大了相信那肯定是一种钟声。那教堂是不是有钟声?""要是你相信你听到的是钟声,那肯定就是它的钟声。有,它有钟声,它一天当中要敲响好几遍钟声。""那声音缥缥缈缈,那声音至今给我一种安详的感觉。""你不觉得那声音很神秘吗?""你指什么?""同样的钟声,在清晨你会觉得那就是清晨的声音,在午后你会觉得那就是午后的声音,在黄昏你又觉得那就是黄昏本身所固有的声音了。别的任何声音都不可能这样。"我慢慢去回忆那钟声,一边喝着啤酒;而我觉得那是襁褓中一梦醒来时所固有的声音,是忽然展现的一片光亮和模糊景物(屋顶、窗口、窗外的树和我老祖母慈祥的面容)所随身携带的声音,是生命之初的声音。我没有见过那座教堂。在那教堂的遗址上后来盖起了一座红色的居民大楼。我问B:"你到那教堂里去过吗?""当然,"B说,"我姑父就是那儿的最后一任主讲牧师。"

姑父身材颀长,坐在一张很旧但是雕花的靠背椅上,坐在幽暗的排列如墙一般的书柜前面,白皙的脸和白皙的手臂又鲜明又沉寂,如同一幅悬挂于空室之中的古典派肖像。这印象的由来还在于,就在那一刻B平生第一次听见了那座教堂的钟声。那是晚祷的钟声。当然这些是B后来才知道的,包括知道什么是古典派肖像。还包括知道,在那个斯文而和蔼的姑父的身体里面并不乏火一样的热情。

姑站着刚好同姑父坐在椅子上一样高。姑蹲下来把B搂在怀里,一边说:唉唉,那时候你生下来才一个月,那回我们去看你正是你满月的那天,那天我们去得正巧,约摸你该满月了结果正巧就是那天。今年都三岁了吧? 五岁。五岁? 唉,可不是嘛。姑的怀里非常温柔,像早秋向日葵地里的风。姑身上有种B从没闻见过的味儿,跟爷爷身上的味儿完全不同,这味儿让B有点羡慕和惊慌。五岁啦,爷爷说,得上学啦。爷爷的目光在姑父脸上晃了一下,又定在B身上。镇子上没有学校,县城里的学校又远又不像个样子,想了又想,幸亏还有你这么个亲姑姑,和他的亲姑父,他得上学了。于是姑就流泪:上学,当然得上学,你就住在姑姑这儿上学。那爷爷呢? 爷爷也不回去了,都在这儿,咱们在一块儿,咱们是一家人。爷爷叹了口气。姑站起身,后退两步坐在爷爷身旁,像端详一幅画那样端详B:天哪可真像! 鼻子以上像他妈,鼻子以下像他爸。他们还是没有消息吗? 没有,一点儿音信也没有。唉唉,姑就又流泪。一时屋子里很静,那座教堂的钟声也已停歇。过了好一会儿,B忽然听见一个异常纯净圆柔的声音缓缓地说:他们本来不必走,他们根本不该走,他们真像那一对误入歧途失去了乐园的人。B没料到姑父

205

的嗓音那么好听,以至竟在屋子里寻找了一会儿,才相信那声音确是出自幽暗中那白皙的身影。随后姑父站起来走到屋子中间,说:看看这是多么可爱的家园!姑父就像在教堂里布道那样:上帝所应许的那个乐园正在实现,一个没有人奴役人、没有人挨饿、没有贫穷、没有战争、罪恶、暴行,甚至没有仇恨和自私的乐园就要实现了。姑父神采焕发白皙的脸上泛起红光,语调抑扬顿挫就像唱歌:他把这样的乐园最先赐予了我们,上帝把全世界梦寐以求的、把全人类自古以来梦寐以求的那个人间天堂最先给了我们的祖国。姑父停顿了一会儿,激动地在屋子里来来回回地走,然后猛地站住,痛心疾首地说:我真不懂得他们为什么一定要走。他们不该走实在是不该走呀!(后来,当B在学校里学到"痛心疾首"这个词的时候,立刻想起了姑父那时的样子,于是一点没费劲儿就理解了这个词的含义。)但当时B只是想:姑父可能知道父母到哪儿去了。

这都是很多年以后的那个下午B跟我说的,像是说着一个流传至今的故事。他说:"那天晚上姑父越说越兴奋越说越激动,直到爷爷靠在沙发上响起了鼾声,姑也不住地打哈欠。"他说:"都说了些什么我记不住了,那时我才五岁。但肯定说的是一个乐园就要实现了什么的,他一辈子都在说这件事。"B说,只有他却一直听着,他以为姑父最后一定会说到他的父母去了哪儿。

B和爷爷住一间屋,姑和表妹、表弟住一间屋,姑父一个人住一间屋。表妹和表弟都还太小,一个才两岁,另一个还不到一岁。夏日漫长的白昼寂寞无比。在B的印象里那些天表妹和表弟整天都在睡觉,他趴在他们身边久久地看着等着,希望他们能醒来跟他玩一会儿。教堂的钟声一遍遍响过,孤独又惆怅。姑偶尔走来,对B说:你像他们这么大的时候也是总在睡觉。姑父有时来和B说一会儿话。他很想问问姑父他的父母到底去了哪儿,但又不敢。姑父便又给他讲关于那个乐园的事:在那儿所有的孩子都是好孩子,都非常喜欢读书。B终于问:我就是像表弟这样睡着觉的时候,我的父母没叫醒我就走了吧?姑父半天没有回答,然后摸摸B的头说:表弟表妹和你一样,都是我们的孩子,你说是吗?B发现姑父一点都不可怕。

不久,姑带B到一所小学校去考试。那原是一座庙。院中有两棵参天的老柏树,浓荫洒满一地。很多孩子都由父母带着来考试。姑带B走进一间教室。教室是由荒残的殿堂改造而成,门窗上镶了玻璃并且涂了绿色的油漆。B走到一个中年女人面前,姑让B管她叫老师。老师就问他:你刚从农村来吧?B很奇怪为什么老师会知道。老师又问他几岁了、叫什么名字、住在哪儿、家里都有什么人、父母叫什么名字,然后老师又问:你父母在哪儿工作?这一问B没能马上回答,但他很快想起了爷爷教他的话:爷爷也不知道他们到哪儿去了。老师好像没注意到他的回答,跟姑走到教室外面去了。B独自在那儿站了一会儿,出神地看那黑板和一排排桌椅。姑还不回来,他就去找。姑和老师站在树荫里谈话。他听见姑说:是的是的,父母在他出生后不久就都去世了。老师叹了口气:这么说,他就只有你了?姑点点头又赶紧摇头:不不,他还有爷爷,他一直跟着爷爷。这时候他们看见了B,就都不再说话。后来老师摸摸B的头,说:来吧,开学就来吧,我看你准是个聪明的孩子。

那天夜里B又梦见了向日葵。向日葵被成片成片地砍倒,素朴而灿烂的花朵散落得漫山遍野到处都是,不知是因为害怕还是悲伤,他又哭起来。爷爷被惊醒了:怎么了?做什么噩梦了吧?我梦见了向日葵。啊,向日葵,向日葵有什么好怕的?睡吧,快睡吧。爷爷,您也会死吗?爷爷好半天没有回答,然后猛地翻身坐了起来:干吗问这个?你怎么想起来问这个?死了是不是就到谁也不知道的地方去了?死了是不是就再也回不来了?黑暗中,爷爷一声不吭一动不动。他们是什么时候死的,您干吗不告诉我?那个老师很有眼力,B是个过于聪明的孩子。姑走了进来。我父母是不是死了?爷爷您干吗不说话?爷爷开了灯,愣愣地看着姑。姑父也来了。姑,是不是我父母在我生下来不久就死了?姑看看爷爷,爷爷低着头谁也不看也不说话。姑又看姑父,姑父没好气地说:我早说过,简直是多此一举。姑瞪了姑父一眼,走过来坐在B身边:爷爷没告诉你是因为你还太小。姑只说了这一句就又流起泪来。他们是怎么死的?病,姑说。他们一下子都得了病?姑的眼泪甚至也惊呆了流不动了。全家人不知所措地看着这个五岁的孩子。有一年所有的向日葵就一下子都病了,都死了,是不是爷爷?姑推了一下爷爷,爷爷像得了救似的:是,是,可不是吗,是。姑把B搂在怀里,什么也不说,很久很久,光是流泪光是一个劲儿叹气。姑父气哼哼地在屋里来回踱步,说:我不懂有什么必要这样。姑说:你出去。姑说:你快出去。姑对姑父说:你快走吧,这件事不能听你的。姑父一甩手走了出去。好了睡吧,姑说。这时教堂的晨钟响了。姑说,再睡一会儿吧。

"他们还是把我低估了。"B说,"五岁已经能从别人的神态中感觉出些问题了,我看出姑父是说不了谎的人。"他说。我们喝着啤酒,那天下午真是热极了,没有风,大约短时期内仍然下不了雨。B说:"我注意到了姑父说的话。我想我的父母可能没死,我以为爷爷骗我只是为了不让我再说这件事。"他说,"我就不再说这件事。但我想什么时候我一定得问问姑父。"

有一天B瞒着爷爷和姑姑独自去找姑父。他循着钟声走,走进了一座很大很大的园子。推开沉重的铁栅栏门,是一片小树林,阳光星星点点在一条石子小路上跳跃。钟声停了,四处静悄悄,B听见自己孤单的脚步,随后又听见了轻缓如自己脚步一般的风琴声。矮的也许是丁香和连翘,早已谢了花。高的后来B知道那是枫树,叶子正红,默默地仿佛心甘情愿燃烧。他朝那琴声走,琴声中又加进了悠然清朗的歌唱。出了小树林,B看见了那座教堂。它很小,有一个很高的尖顶和几间爬满了斑斓叶子的矮房;周围环绕着大片大片开放着野花的草地。琴声和歌声就是从那矮房中散漫出来,荡漾在草地上又飘流进枫林中。教堂尖顶的影子从草地上向B伸来,像一座桥,像一条空灵的路。教堂的门开着,一个白发老人问他:你找什么,孩子?B不吭声。等到歌声停了,等到琴声也停了,B听见了姑父的声音。他没有看见姑父但他听见了那纯净圆柔的声音,那声音不是谁都能有的。姑父说要退出教会。

姑父说要放弃圣职。姑父说他的信仰已无可挽回地改变：我们为什么要向这虚幻的天空呼吁？我们为什么要相信并感恩于那并不存在的上帝？我们千百年来祈望于他的他都置若罔闻。B循声走进正堂，躲在一个老太太背后。姑父站在讲台上，比那天晚上还要激动：现在，并不靠上帝的垂怜和恩赐，一个实实在在的乐园就要建成了！一个没有贫富贵贱之分的社会已经到来，所有的人都将丰衣足食，大家都是兄弟姐妹，我们千百年来的梦想已经实现！姑父低头沉思片刻，和蔼的微笑又回到他脸上：让那个无用的上帝安息吧。然后他走下讲台，穿过走廊，走出鸦雀无声的教堂。B看见他迈着长腿大义凛然地走在落日映照的草地上，看见那鲜明而沉寂的身影最后消失在火红的枫林中。（后来在学校，老师让B用"大义凛然"这个词造句时B便写道：那天我看见姑父大义凛然地走出了教堂。）

这些都是B亲口对我说的，在那个下午。而我当时总感觉是在听一个过于古老的传说。

那天B没找到机会向姑父问问自己的事。以后很多天他都没找到这样的机会。姑父总是很忙，白天不在家，晚上又有很多人来找他翻来覆去地摆弄一堆图纸。那些图纸有些是姑父画的，姑说他上大学时就是学的建筑，姑说他本来就不该改行。

有一天夜里，B又梦见了向日葵，梦见那些金黄的花朵像灿烂的液体一般，顺着岩石的缝隙洇开，顺着土地的裂纹洇开，顺着山峦间的沟壑和平原上的河谷洇开，就像正午的太阳融化着一切阴影，很快到处都是一派耀眼的辉煌了；从始至终便有一支迷迷欲醉的歌曲在花间游荡。B醒了。他看见姑父的书房里仍亮着灯并且听见姑父在轻声地哼唱。他没有惊动爷爷，便下床走到姑父的书房去。姑父喝着茶，闭目坐在那张很旧但是雕花的靠背椅上，面带微笑哼着一支令人睡意全无的歌；书桌上仍堆满了图纸。姑父的嗓音仍是那么圆润清朗与众不同。您画的这是什么呀？哦嗬，你问这个？这是一座大楼。这是一座真正的乐园。就是您常说的那个？差不多就是。姑父抽出一张最大的图纸，桌上铺不开就铺在地上。姑父好像把时间记错了,好像这不是深夜,好像他正盼着有人来听他讲讲关于这些图纸的事。你看,要有上万的人住在这楼里。你看这是公共食堂,这是公共浴室,这是公共娱乐厅和阅览室,这是公共电话间……那夜姑父的谈兴很高。什么是"公共"? 噢,公共就是大家,公共的就是大家的。是我的吗? 不,不分你我;公共的财产不属于任何一个人但是属于所有的人。这座楼? 对,这座楼里的一切都不分你我,都是大家的。您知道我父母到哪儿去了吗? 姑父被这突如其来的问题弄愣了,看看 B 又看看那张图纸,好像那图纸中有一个灾难性的错误让这孩子给看出来了。B 一直望着姑父的眼睛等着回答。姑父走开,又走回来,B 还望着他的眼睛。姑父再走开再走回来,B 仍然望着他的眼睛。姑父在 B 跟前蹲下,不看他,光看着那张图纸。听我说,你听我跟你说,你要相信我你就别害怕也别难过,在那个我给你讲过的乐园里,连所有的孩子也都是大家的孩子,连所有的父母也都是大家的父母,所有的欢乐和困难都是大家的欢乐和困难。你听我说,所有的人都尽自己的能力工作,不计较报酬,钱已经没用了,谁需要什么自己去拿好了。你听我说,在那儿所有的孩子都是兄弟姐妹,所有的人都是兄弟姐妹,你要是信得过我你就别担心,那个乐园马上就要实现了,所有的人都是一家人,劳动之余大家就在一起尽情欢乐……多年以后 B 才想到,那天夜里姑父可能喝的不是茶而是酒。姑父可能就是从那时开始喝酒的。

"你姑父说的就是那座红色的居民大楼吧?""对。不过那时候还只是一张图纸。""就是后来在那教堂的遗址上盖起来的那座?""就是那座。""怎么,它是你姑父设计的?""不完全是。但有他一份。不过现在没人承认这个。"

我记得几十年前当听说要盖那座大楼的时候,我家那一带的人们是多么激动。差不多整整一个夏天,人们聚在院子里,聚在大门前,聚在街口的老树下,兴致勃勃地谈论的都是关于那座大楼的事。年轻人给老人们讲,男人们给女人们讲,女人们就给孩子们讲,都讲的是关于那座神奇而美妙的大楼里的事,所讲的和 B 的姑父讲的大致相同。人们兴奋得寝食难安,嗓子沙哑了眼睛里也都有血丝,一有空闲就到街口的老树下去站着,朝那座大楼将要耸起的方向眺望。从白天到晚上,从日落到天黑,到工地上空光芒万丈把月亮也逼得暗淡下去,那老树下一直人群不断,人声和远处塔吊的轰鸣声片刻不息。我的祖母很高兴,她相信谢天谢地从此不用再围着锅台转了。我也很高兴,因为在那样一座大楼里,孩子们的游戏队伍将无可怀疑地得到壮大。我不知道别人都是为什么而兴奋而激动。但后来又有消息说,那座大楼再大也容不下所有的人,我家所在的那一带的人们并不能住进这座大楼。失望的人们就跑到工地上去看去问,便看出那楼确实容不下所有的人,但又听说像这样的大楼将要永远不断地盖下去直到所有的人都住上,人们这才又充满着希望回来。我跟着祖母也到那工地上去过,但这是后来听我的祖母说的,我自己却没有一点儿印象,这事很怪。

"你也不记得那儿有很多向日葵吗?""不记得,但这事我听人家说过。""怎么说?""据说有天夜里,在一场大暴雨中那教堂倒塌了,之后在它周围就莫名其妙地长出了许多许多向日葵,长得满园子里都是,长得茂盛无比密不透风。"B 笑笑:"你说那教堂是因为下雨才倒塌的?""我不知道。所有的人都这么说。"B 再喝光一杯啤酒,然后漫不经意地说:"在下那场雨之前只有我一个人在那园子里。你信吗?是随着那教堂轰隆一声塌下来才开始下起大雨的。"

是 B 亲口跟我这么说的,这是迄今为止我所听到的,关于那座教堂倒塌之因的惟一的不同说法。我只想说明这一点,并不想判断谁是谁非。况且,那天下午 B 是不是也把酒喝得过分了,我没有把握。或许是我们俩都多喝了一点。我有时候不是很清楚他确凿是在讲着关于谁的故事。那只是一个传说罢了,我想。至于是在那传说之后有了我们有了那个下午我们的喝酒和谈话,还是在我们喝酒谈话之中才有了那个传说,我不敢贸然确定。总之,你一旦出生你就进入了一个传说。

姑父退出教会的第二年冬天,教堂就关闭了。园门紧锁,除了黎明和黄昏时分一群群乌鸦在那儿聒噪着起落,园内终日一无声息。B不仅聪明而且胆大,他能够轻而易举地翻过园墙,独自到园中游逛。雪地上除了乌鸦和麻雀的脚印就是B的脚印。有一天,他弄开一扇窗户钻进教堂,教堂里霉味儿扑鼻,成群的老鼠吱吱叽叽地四散而逃把厚而平坦的灰尘糟蹋得一片狼藉。他爬上钟楼,用木棍敲响锈蚀斑斑的大钟。可惜他的力气还太小。但那微弱的仿佛是风吹响的钟声竟出人意料地温存而忧哀,在空旷的雪地上回旋,在寒冷的阳光里弥漫,飘摇融解进深远巨大的天空。B已经确信他的父母并没死,他们不过是在很远的地方罢了,但他不懂他们为什么不能回来。B便常常在这种心境袭来之际偷偷到那教堂里去,让钟声按着他的愿望响起来。这件事在附近的居民中引起大大地疑惑,不久便有了很多令人毛骨悚然的谣言到处流传。冬天的末尾来了一群人,把那大钟卸下来装上汽车运走了,据说是为了炼钢铁。B像失去了一位朋友那样难过,很久不再到那园中去。然而令人心神不安的谣言却并不停止反而加剧,而且在春风呼啸的某个夜晚,所有的人都听见从那教堂里发出了像是喘息像是咳嗽像是刀砍斧劈的声音。那声音响得日甚一日,附近的居民便以此吓唬不听话的孩子,吓唬深夜不安心睡觉的孩子。B也很害怕,因为那奇怪的声音确凿无疑。爷爷,那是什么响?甭怕,那是风刮得门窗响。爷爷,那不像是门窗响了那是什么响?那是房檐下的木橡让风刮得响,是老树枝子让风刮得响。爷爷你听你再听,今天比哪天都响得厉害。睡吧这不关你的事,那是老鼠在打架在啃得房梁响。B终于忍不住了要自己去看看。春风和煦的傍晚他又翻墙跳进了园中。教堂尖顶的影子依然向他伸来,像一座桥,像一条荒凉的路。他看见教堂的所有门窗都不翼而飞。他看见它檐下的木橡和梁柱也残损不全。他看见它的桌椅和地板荡然无存,角落里只有几堆风干的粪便。教堂里空空如也,夕阳的黄光中惟有灰尘缓缓地飘浮。他试着喊了两声,回音震落了墙上一块灰皮。一只早来的蜘蛛仓皇而走,又停下来听一阵儿看一阵儿,终于再度落荒而逃。

"怎么回事?""喔,你知道那都是很好的木料。""那么那些向日葵又是怎么回事呢？你并没说那些向日葵。""那是个谜。不过我想那肯定是我爷爷种的。如果那是人种的就肯定是我爷爷种的。""他没告诉你？""没。就像他到底也没说我的父母去了哪儿。"

1989 年 9 月 5 日

一种谜语的几种简单的猜法

一俟猜破,必恍然知其未破。

X

有一部很老的谜语书,书中收录了很多古老的谜语。成书的具体年月不详,书中未注明,各类史书上也没有记载。

这是现存的最老的一部谜语书,但肯定不是人类的第一部谜语书,因为此书中谈到了一部更为古老的谜语书,并说那书中曾收有一条最为有趣而神奇的谜语。书中说,可惜那部更为古老的谜语书失传已久,到底它收了怎样一条有趣而神奇的谜语,已经无人知晓。

书中说,现仅知道这条谜语有三个特点:一、谜面一出,谜底即现;二、已猜不破,无人可为其破;三、一俟猜破,必恍然知其未破。

书中还说,这似乎有违谜语的规则,但相传那确是一条绝妙的、非常令人信服令人着迷的谜语。

书中在说到这似乎有违谜语的规则时还说,人总是看不见离他最近的东西,譬如睫毛。

那究竟是怎样一条谜语呢?——便成为这部现存最老的谜语书中收录的最后一条谜语。

A+X

要想回答譬如说"世界是从什么时候开始的?"这样的问题,我想最大的难点就在于:我只能是我。因为事实上我只能回答"世界对我来说开始于何时?"这样的问题。因为世界不可能不是**对我来说**的世界。当然可以把我扩大为"我",即世界还是对一切人来说的世界,但就连这样的扩大也无非是说,世界对我来说是可以或应该这样扩大的。您可以反驳我,您完全可以利用我的逻辑来向我证明:世界同时也是对您来说的世界。但我说过最大的难点在于我只能是我,结果您的这些意见一旦为我所同意,它又成了世界对我来说的一项内容了。您豁达并且宽厚地一笑说:那就没办法了,反正世界不是像你认为的那样。我也感到确实是没有办法了:世界**对我来说**很可能不是像我认为的那样。

如果世界注定逃脱不了**对我来说**,那么世界确凿是开始于何时呢?

奶奶的声音清清明明地飘在空中:"哟,小人儿,你醒啦?"

奶奶的声音轻轻缓缓地落到近旁:"看什么哪?噢,那是树。你瞧,刮风了吧?"

我说:"树。"

奶奶说:"嗯,不怕。该尿泡尿了。"

我觉到身上微微的一下冷,已有一条透明的弧线蹿了出去,一阵叮唧啷啷地响,随之通体舒服。我说:"树。"

奶奶说:"真好。树——刮风——"

我说:"刮风。"指指窗外,树动个不停。

奶奶说:"可不能出去了,就在床上玩儿。"

脚踩在床上，柔软又暖和。鼻尖碰在玻璃上，又硬又湿又凉。树在动。房子不动。远远近近的树要动全动，远远近近的房顶和街道都不动。树一动奶奶就说，听听这风大不大。奶奶坐在昏暗处不知在干什么。树一动得厉害窗户就响。

我说："树刮风。"

奶奶说："喝水不呀？"

我说："树刮风。"

奶奶说："树。刮风。行了，知道了。"

我说："树！刮风。"

奶奶说："行啦，贫不贫？"

我说："刮风，树！"

奶奶说："嗯。来，喝点儿水。"

我急起来，直想哭，把水打开。

奶奶看了我一会儿，又往窗外看看，笑了，说："不是树刮的风，是风把树刮得动换了。风一刮，树才动换了哪。"

我愣愣地望着窗外，一口一口从奶奶端着的杯子里喝水。奶奶也坐到亮处来，说："瞧风把天刮得多干净。"

天。多干净。在所有的房顶上头和树上头。只是在以后的某一时刻才知道那是蓝。蓝天。灰的房顶和红的房顶。树在冬天光是些黑的枝条，摇摆不定。

奶奶扶着窗台又往楼下看，说："瞧瞧，把街上也刮得多干净。"

街。也多干净。房顶和房顶之间，纵横着条条炭白的街。

奶奶说："你妈就从下头这条街上回来。"

额头和鼻尖又贴在凉凉的玻璃上。那是一条宁静的街。是一条被楼阴遮住的街。是在楼阴遮不住的地方有根电线杆的街。是有个人正从太阳地里走进楼阴去的街。那是奶奶说过妈妈要从那儿回来的街。玻璃都被我的额头和鼻尖焐温了。

奶奶说："太阳快没了，说话要下去了。"

因此后来知道哪儿是西,夕阳西下。远处一座高楼的顶上有一大片整整齐齐灿烂的光芒。那是妈妈就要回来的征兆,是所有年轻的妈妈都必定要回来的征兆。

奶奶指指那座楼说:"你妈就在那儿上班。"

我猛扭回头说:"不!"

奶奶说:"不上班哪儿行呀?"

我说:"不!"

奶奶说:"哟,不上班可不行。"

我说:"不!——"

奶奶说:"嗯,不。"

那楼和那样的楼,在以后的一生中只要看见,便给我带来暗暗的惆惶;或者除去楼顶上有一大片整齐灿烂的夕阳的时候,或者连这样的时候也在内。

奶奶说:"瞧瞧,老鸹都飞回来了。奶奶得做饭去了。"

天上全是鸟,天上全是叫声。

街上人多了,街上全是人。

我独自站在窗前。隔壁起伏着当当当奶奶切菜的声音,又飘起爆葱花儿的香味。换一个地方,玻璃又是凉凉的。

后来苍茫了。

再后来,天上有了稀疏的星星,地上有了稀疏的灯光。

世界就是从那个冬日的午睡之后开始的。或者说,我的世界就是从那个冬日的午后开始的。不过我找不到非我的世界,而且我知道我永远不可能找到。在还没有我的时候这个世界就已存在了——这不过是在有我之后我听到的一种传说。到没有了我的时候这个世界会依旧存在下去——这不过是在还有我的时候,我被要求同意的一种猜测。

就像在那个冬日的午后世界开始了一样,在一个夏天的夜晚,一个谜语又开始了。您不必管它有多么古老,一个谜语作为一个谜语必定开始于被人猜想的那一刻。银河贯过天空,在太阳曾经辉耀过的处处,倏尔变为无际的暗蓝。奶奶已经很老,我已懂得了猜谜。

奶奶说:"还有一个谜语,真是难猜了。"

我说:"什么?快说。"

奶奶深深地笑一下,说:"到底是怎么个谜语,人说早就没人知道了。"

我说:"那您怎么知道难猜?"

奶奶说:"这个谜语,你一说给人家猜,就等于是把谜底也说给人家了。"

我说:"是什么?"

奶奶说:"你要是自个儿猜不着,谁也没法儿告诉你。"

我说:"您告诉我吧,啊?告诉我。"

奶奶说:"你要是猜着了呢,你就准得说,哟,可不是嘛,我还没猜着呢。"

我说:"那怎么回事?"

奶奶说:"什么怎么回事?就是这样儿的一个谜。"

我说:"您哄我呢,哪有这样的谜语?"

奶奶说:"有。人说那是世上最有意思的一个谜语。"

我说:"到底是什么样儿的呢,这谜语?"

奶奶说:"这也是一个谜语。"

我和奶奶便一齐望着天空,听夏夜地上的虫鸣,听风吹动树叶沙沙响,听远处婴儿的啼哭,听银河亿万年来的流动……

好久好久,奶奶那飘散于天地之间的苍老目光又凝了一点,问我:"就在眼前可是看不见,是什么?"我说:"眼睫毛。"

B+X

多年来我的体重恒定在五十九点五公斤,吃了饭是六十公斤,拉过屎还是回到五十九点五公斤。我不挑食,吃油焖大虾和吃炸酱面都是吃那么多,因为我知道早晚还是要拉去那么多的。吃掉那么多然后拉掉那么多,我自己也常犯嘀咕:那么我是根据什么活着的?我有时候懒洋洋地在床上躺一整天,读书看报抽烟,或者不读书不看报什么事也不做光抽烟,其间吃两顿饭并且相应地拉两次屎,太阳落尽的时候去过秤,是五十九点五公斤。这比较好理解。但有时候我也东跑西颠为一些重要的事情忙得一整天都不得闲,其间草率地吃两顿饭拉两次屎,月亮上来了去过秤,还是五十九点五公斤。就算这也不难解释,可是有几回我是一整天都不吃不喝不拉不撒沿着一条环形公路从清晨走到半夜的,结果您可能不会相信,再过秤时依旧是五十九点五公斤。

还有一件奇怪的事就是,我每天早晨醒来的时间总是在 6 点 30,不早不晚准 6 点 30,从无例外。我从不上闹钟。我也没有闹钟。我完全不需要什么闹钟。如果这一夜我睡着了,谁也别指望闹钟可以让我在 6 点 30 以前醒。那年地震是在凌晨 3 点多钟,即便那样我也还是睡到了 6 点 30 才醒。醒来看见床上并没有我,独自庆幸了一会儿发现完全是扯淡,我不过是睡在地上,掸掸身上的土爬起来时看出房顶和门窗都有一点儿歪。如果我失眠了一直到 6 点 29 才睡着的话,我也保证可以在 6 点 30 准时醒,而且没有诸如疲劳之类不好的感觉。人们有时候以我睡还是醒来判断时光是在 6 点 30 以前还是以后。

因此我对这两组数字——595 和 630——抱有特殊的好感,说不定那是我命运的密码,其中很可能隐含着一句法力无边的咒语。

譬如我决定买一件东西,譬如说买拖鞋、餐具、沙发什么的,我不大在意它们的式样和质量,我先要看看它们的标价,若有五块九毛五的、五十九块五的、五百九十五块的,那么我就毫不犹豫地买下。再譬如看书,譬如说是一本很厚的书,我拿到它就先翻到第六百三十页,看看那一页上究竟写了些什么,有没有什么不同寻常的暗示。我一天抽三包香烟,但最后一支只抽一半,这样我一天实际上是抽五十九点五支。除此之外我还喜欢在晚饭之后到办公室去嗑瓜子,那时候整座办公大楼里只亮着我面前的一盏灯,我清晰地听到瓜子裂开的声音和瓜子皮掉落在桌面上的声音,从傍晚嗑到深夜,嗑五百九十五个一歇,嗑六小时三十分钟之后回家。总之我喜欢这两个数字，我相信在宇宙的某一个地方存在着关于我和这两个数字的说明。再譬如我听相声，如果我数到五百九十五或六百三十它仍然不能使我笑，我就不听了。

所以有一次我走到一座楼房的门前时我恰恰数到五百九十五，于是我对这楼房充满了幻想，便转身走了进去。我感到一种从未有过的激动，我相信我必须得做一件不同凡响的事情来记住这座楼房了。我在幽暗的楼道里走，闭上眼睛。我想再数三十五下也就是数到六百三十时我睁开眼睛，那时要是我正好停在一个屋门前的话，我一定不再犹豫一定不管三七二十一就敲门进去，也不管认不认得那屋里的主人我一定要跟他好好谈一谈了。六百三十。我睁开眼睛。这儿是楼道的尽头，有三个门，右边的门上写着"女厕"，左边的门上写着"男厕"，中间的门开着上面写着"隔音间"。右边的门我不能进。左边的门我当然可以进，但我感觉还不需要进。我想中间这门是什么意思呢，我渐渐看清门内昏黑的角落里有一部电话。我早就听说有这样的无人看管的公用电话。我站在第六百三十步上一动不动想了五百九十五下，我于是知道该做一件什么事情了。我走进电话间，把门轻轻关上，拿起电话，慎重地拨了一个号码：595630，慎重得就像母亲给孩子洗伤口一样。这样的事我做过不止一次了。有两次对方是男的，说我有病，"我看您是不是有病啊？"说罢就把电话挂了。有两次对方是女的，便骂我是流氓，"臭流氓！"这我记得清楚，她们通过电话线可以闻到你的味儿。

"喂，您找谁？"这一回是女的。

"我就找您。"我还是这么说。

她笑起来，这是我没料到的。她说："您太自信了，您的听力并不怎么好。我不是这儿的，我偶尔走过这儿发现电话在响没人管，这儿的人今天都休息。您找谁？"

"我就找您。"

她愣了一会儿又笑起来："那么您以为我是谁？"

"我不以为您是谁，您就是您。我不认识您，您也不认识我。"

电话里没有声音了。我准备听她骂完"臭流氓"就去找个地方称称体重,那时天色也就差不多了,我好到办公室嗑瓜子去。但事情再一次出乎我的意料,她没有骂。

"那为什么?"她说,声音轻得像是自语。

"干吗一定要为什么呢?我只是想跟您谈谈。"

"那为什么一定要跟我呢?"

"不不。我只是随便拨了一个号码,我不知道这个号码通到哪儿。您千万别误会,我根本不知道您是谁,我向您保证我以后也不想调查您是谁,也不想知道您在哪儿。"

她颤抖着出了一口长气,从电话里听就像是动荡起一股风暴,然后她说:"您说吧。"

"什么?"

"您不是想跟我谈谈吗?您谈吧。"

"您别以为我是个坏人。"

"当然不会。"

"为什么呢?为什么是当然?"

"坏人不会像您这么信任一个陌生人的。"

多年来我第一回差点儿哭出来。我半天说不出话,而她就那么一直等着。

"您也别以为我是个无聊透顶的人。"

她说她也对我有个要求,她说请我不要以为她是那种惯于把别人想得很坏的人。她说:"行吗?那您说吧。"

"可我确实也没什么有意思的话要说。我本来没指望您会听到现在的。"

"随便说吧,说什么都行,不一定要有意思。"

我想了很久,觉得一切有意思的话都是最没意思的话,一切最没意思的话才是最有意思的话,所以我想了很久还是犹豫不决难以启口。我几次问她是否等得不耐烦了,她说没有。最后我想起了那个谜语。

"有一个早已失传了的谜语,现在已经没有人知道那是怎么一个谜语了。现在只知道它有三个特点。您有兴趣吗?"

"哪三个特点?"

"一是谜面一出谜底即现;二是如果你自己猜不到别人谁也无法告诉你;三是如果你猜到了你就肯定会认为你还没猜到。"

"欧,您也知道这个谜语?"她说。

"怎么,您也知道?"我说。

"是,知道。"她说,"这真好。"

"您不是想安慰我吧?"我说。

"当然不是。我是说这谜语真绝透了。"

"据说是自古以来最根本的一个谜语。离你最近可你看不见的,是什么? 是睫毛。"

"我懂真的我懂。您也知道这个谜语真是绝透了。"电话里又传来一阵阵小小的风暴。我半天不说话,多年来我就渴望听到这样的风暴。然后她在电话里急切地喊起来:"喂,喂!下回我怎么找您?"

我说:"别说'您'好吗? 说'你'。"我说我们最好是只做电话中的朋友,这样我们可以说话更随便些,更自由更真实些。她说她懂而且何止是懂,这也正是她所希望的。

以后我就每星期给她打一次电话,都是在 595630 电话所在之地的人们休息的那一天。我从不问她姓什么叫什么、是干什么的、多大年龄了等等。她也是这样,也不问。我们连为什么不问都不问。我们只是在愿意随便谈谈的时候随便谈谈。第二次通电话的时候,她告诉我,男人到底是比女人敢干,她早就想干而一直不敢干的事让我先干了。我说:"你是怕人说你是臭流氓吧?"她听了笑声灿烂。第三次我们谈的是蔬菜和森林,蔬菜越来越贵,森林越来越少。第四次是谈床单和袜子,尤其谈了女人的长袜太容易跳丝,有一处跳丝就全完了。我说:"你挺臭美的。"她说:"废话你管着吗?"我说第一我根本不管,第二臭美在我嘴里不是贬义词。她便欣然承认她相当喜欢臭美:"但得是褒义词!"我说就如同我认为"臭流氓"是褒义词一样。第五次谈猫,二月正是闹猫的季节,于是谈到性。我没料到她会和我一样认为那是生活中最美的事情之一,同时她又和我一样是个性冷漠患者。"这很奇怪是吗?""很奇怪。"第六次谈狗,我说可惜城市里不让养狗,我真想搬到农村去住,那样可以养狗。她说:"是吗?那我真搬到农村住去。"我说:"算了吧,我们都是伪君子。"第七次说到钱,钱是一种极好的东西,连拉屎撒尿放屁都得受它摆布。她笑得喘不过气来:"你夸张了,怎么会管得了最后一种?"我说:"你想要是你能住到高级饭店去你还敢随便放屁吗?""干吗要随便?""所以我说钱是好东西。"第八次我们自由自在地骂了半天人,骂得畅快淋漓。第九次谈到上帝和烩猪肠子,她说:"吓,那东西多脏啊!"我问她是指上帝还是指猪肠子,她说你知道那是装什么的吗,我说你是说上帝还是说猪肠子,她说:"算了算了,和你这人缠不清。"第十次谈到宇宙、飞碟、特异功能、四维时空、测不准原理和蚂蚁。第十一次我们一块儿唱了好多真正的民歌,真正的民歌都是极坦率极纯情又极露骨的情歌。第十二次是说气候、季节、山野河流、鹿的目光与释迦牟尼何其相似,以及她的一只非常好看的扣子挤汽车时挤丢了,而我昨天差点儿让煤气罐给炸死。第十三次说到了爱情,她说这是说不清的事。我说什么是说得清的事呢,她说就连这也说不清,我们不过是在胡说八道。我说有谁不是在胡说八道呢,她便又笑声灿烂。我说我冒了被骂为臭流氓的危险就是为了能胡说八道和能听到纯正的胡说八道。她听了许久无声然后哭声辉煌经久不息,使我振奋不已。她说她骨子里非常软弱。我说你别怕,我也一样。她说她外强中干其实自卑极了。我说我也一样,你别在意。她的哭声便转而娇媚。我说我何止于此,我还是个枯燥乏味的人。她说她也是。我说我还很庸俗简直无聊透顶。她让我别急,她说这下就好了她也是个俗不可耐的人。我说我无才无能一无可取之处。她让我别急,她说她也一样没有一点儿吸引人的地方。她不哭了,问我:"你是个好人吗你觉得?"我说我觉不出来,你呢?她说她就是因为不知道怎样才能觉出自己是不是个好人,所以才问我的,可惜我也不知道。我说要是这样说,我大概是个灵魂肮脏的人。她说为什么呢,我便给她举一些实例,讲我当着人是怎样说,背着人是怎样想,讲我所做过的一切事情,讲我所有的一切念头,讲我白天的行为,也讲我黑夜的梦境,直讲到口干舌燥气喘吁吁,直讲到我自己也很难不承认自己是个臭流氓时,我才害怕了不讲了。类似这样的害怕是最可怕的事,好在我知道她不知道我是谁,不知道我在哪儿,即便在街上擦肩而过她也认不出我而我也认不出她,这样我才不害怕了。我说:"嘿,怎么样,我是个坏人吧?"她说她不知道。我说那你究竟知道什么呢,她说她只知道她多年来一直在找我这样的人。"找我干什么?""找你,然后嫁给你。"于是我们约定在晚6点30分见面,在一条环形公路的五百九十五公里处,她穿一身白,我穿一身黑。

我提前赶到了那里,这个提前很可能是个绝大的错误。我找到了五百九十五公里处的小石碑,并且坐在上头。我相信这个数字很吉利而这个姿势又很保险,但我没想到会在这儿碰上了我的妻子。我想不出有谁能告密。大概这是因为我提前来了,因为我没有恪守630这个数字。我们相距差不多有二十米至二十万光年远。我把帽子压得低些,我见她也把围巾围得高些。这说明我们都已发现了对方,并且都不想让对方发现自己。我想这也好,何必不这样呢?但她并不离开,当然我也没离开。她想监视我,那好吧,我正好可以抓住她监视我的证据,免得她过后又不承认。这样过了有十几分钟,到了6点30分。我坦荡地朝四周望望,我看见她也在朝四周望而且毫不加掩饰。这时我发现她穿了一身白,她正朝我走来。

她说:"我怎么没听出来是你?"

我说:"可不是嘛,我也没听出是你。"

我们相对无言,很久。公路上各种车辆从我们身边呼啸而过。

她看看我,看我的时候仍然面有疑色。她说:"你再把那个谜语说一遍行吗?"

我说:"我不知道那个谜语,既不知道它的谜面也不知道它的谜底,只知道它有三个特点,第一……"

"行了,别说了。"她说,"看来真的是你。你的声音跟多年以前不一样了。"

我说:"你也是。"

她说:"你要是在电话里打打呼噜就好了,像每天夜里那样。那样我就知道是你了。"

我说:"我听见你夜里总咬牙。我给你买了打虫药一直没机会给你。"

我们就在小石碑旁坐下,沉默着看太阳下去,听晚风起来。

"我们明天还能那样打打电话吗?"

"谁知道呢?"

"还那样随便谈谈,还能那样随便谈谈吗?"

"谁知道呢?"

"试试行吗?"

"试试吧,试试当然行。"

然后我们一同回家,一路上沉默着看月亮升高,看星星都出来。快到家的时候我顺便去量了量体重,不多不少 59.5 公斤,我便知道明天早晨我会在 6 点 30 醒来。

C+X

她向我俯下身来。她向我俯下身来的时候,在充斥着浓烈的来苏味儿的空气中我闻到了一阵缥缈的幽香,缥缈得近乎不真实,以至四周的肃静更加凝重更加漫无边际了。

她的手指在我赤裸的胸上轻轻滑动,认真得就像在寻找一段被遗忘的文字。我把脸扭向一旁,以免那幽香给我太多的诱惑,以免轻轻的滑动会划破我濒死的安宁。

我把脸扭在一旁。我宁愿还是闻那种医院里所特有的味道。这味道绝非是因为喷洒了过多的来苏,我相信完全是因为这屋顶太高又太宽阔造成的。因为墙壁太厚,墙外的青苔过于年长日久。因为百叶窗的缝隙太规整把阳光推开得太远。因为各种治疗仪器过于精致,而她的衣帽又过于洁白的缘故。

她的手指终于停在一个地方不动。我闭上眼睛。我感到她走开。我感到她又回来。我知道她拿了红色的笔,还拿了角尺,要在我的胸上画四道整齐的线。笔尖在我的骨头上颠簸,几次颠离了角尺。笔和尺是凉的硬的,恰与她纤指的温柔对比鲜明。轻轻的温柔合着幽香使我全身一阵痉挛。我睁开眼睛,看见四道红线在我苍白嶙峋的胸上连成一个鲜艳的矩形,灿烂夺目。

然后她轻声说:"去吧。"

然后她轻声问:"行吗?"

我就去躺到一架冰冷的仪器下面,想到室外正是5月飞花的时光。

我问1床:"也是她管你吗?"

1床眯起混浊的眼睛看我:"怎么样,滋味儿不坏吧,哎?"

我摸摸胸上的红方块。我说:"不疼。"

"我没说这个。"1床狡黠地笑起来,"她。刚才我们说谁来着?"他在自己身上猥亵地摩挲一阵,"哎?滋味儿不坏吧!"

3床那孩子问:"什么?什么滋味儿不坏?"

我对那孩子说:"别理他,别听他胡说。"

1床咻咻地笑着走到窗边,往窗外溜一眼,回身揪揪那孩子的头发:"真的2床说得不错,你别理我,我眼看着就不是人了。"

"你现在就不是!"我说。

那孩子问:"为什么?"

"眼看着我就是一把灰啦!"1床说。

那孩子问:"为什么?"

1床又独自笑了一会儿。

柳絮在窗外飘得缭乱,飘得匆忙。

1床从窗边走回来,眼里放着灰光,问我:"说老实话,那滋味儿确实不坏是不是?"

"我光是问问,是不是也是她管你。"

"你这人没意思。"他把手在脸前不屑地一挥,"你这年轻人一点儿不实在。"

3床那孩子问:"到底什么呀滋味儿不坏?"

1床又放肆地笑起来,对我说:"我情愿她每天都给我身上多画一个红方块,画满,你懂吗?画满!"

那孩子笑了,从床上跳起来。

"用她那暖乎乎的手,你懂吗?用她那双软乎乎的手,把我从上到下都画满……"

3床那孩子撩起了自己的衣裳,喊:"她今天又给我多画了一个!你们看呀,这个!"

1床和我整宿整宿地呻吟,只有3床那孩子依旧可以睡得香甜。只有3床那孩子不知道红方块下是什么。只有他不知道那下面是癌。那下面是癌,但他不知道。他不知道。但确实是癌。他说是他爸爸说的,那不是癌。他说他妈妈跟他说过那真的不是癌。他妈妈跟他这样说的时候,用乞求的目光看着我和1床。他的父母走后,他看看1床的红方块,说:"这不是癌。"他又看看我的红方块,说:"你也不是癌。"我说是的我们都不是癌。

"那这红方块儿下是什么呀?"

"是一朵花。"

"噢,是一朵花呀!"

是一朵花。一朵无比艳丽的花。

月亮把东楼的阴影缩小,再把西楼的阴影放大,夜夜如此。在我和1床的呻吟声中,3床那孩子睡得香甜。我们剩下的生命也许是为盼望那艳丽的花朵枯萎,也许仅仅是在等待它肆无忌惮地开放。

细细的风雨中,很多花都在开放。很多花瓣都伸展开,把无辜的色彩染进空中。黑土小路上游移着悄无声息的人。黑土小路曲折回绕分头隐入花丛,在另外的地方默然重逢。

掐一朵花,在指间使它转动,凝神于它的露水它的雌蕊与雄蕊,贴近鼻尖,无比的往事便散漫到细雨的微寒中去。

把花别在扣眼上,插在衣兜里,插在瓶中再放到床头去,以便夜深猛然惊醒时,闪着幽光的桌面上有一片片轻柔的落花。

3床的孩子问:"就像这样的花吗?"

"兴许比这漂亮。"我说。

"那像什么?"

"也许就是这样的花吧。"

孩子仔细看自己小小肚皮上的红方块,仔细看很久,仰起脸来笑一笑承认了它的神秘:"它是怎么长进去的呢?"

1床双目微合,端坐花间。

"他在干吗?喂!你在干吗?"

"他在做梦。"

"他在练功?"

"不,他在做梦。"

1床端坐花间,双手叠在丹田。

"今天会给他多画一个红方块儿吗?"

"你别信他胡说。"

"你呢?你想不想让她多给你画一个?"

"随她。"我说。

"你看那不是她来了?"

她正走上医院门前高高的白色的台阶,打了一把红色的雨伞,在铅灰色的天下。

1床端坐花间,双手摊开在膝盖上掌心朝天。天正赐细细的风雨给人间。

每天都有一段充满盼望的时间:在呻吟着的长夜过后,我从医院的东边走到西边,穿过湿漉漉的草地和阳光和鸟叫,走进另一条幽暗的楼道,走进那个仪器林立的房间,闻着冰冷的金属味儿和精细的烤漆味儿等她。闻着过于宽阔的屋顶味儿和过于厚重的墙壁味儿,等她。室内的仪器仿佛旷古形成的石钟乳。室外的青苔厚厚地漫上窗台。

所有仪器的电镀部分中都动起一道白色的影子,我渐渐又闻到了缥缈的幽香。

她温柔的手又放在我赤裸的胸上。她鬓边的垂发不时拂过我的肩膀。我听见她细细的呼吸就像细细的风雨,细细的风雨中布进了她的体温。我不把头扭开。我看见她白皙脖颈上的一颗黑痣。我看见光洁而浑实的她的脊背,隐没在衬衫深处。隐没了我从未见过的女人的躯体,和女人的花朵……她又走开。她又回来。在我的胸上,把褪了色的红方块重新描绘得鲜艳,那才是属于我的花朵。

然后她轻声说:"去吧。"

然后她轻声问:"行吗?"

然后她轻盈而茁壮地走开,把温馨全部带走到遥远的盼望中去。我相信1床那老浑蛋说得对,画满!把那红方块给我通身画满吧,无论出于什么样的原因。

1床问我:"你怎么没结婚?"

我说:"我才二十一岁。"

1床混浊的眼睛便越过我,望向窗外深远的黄昏。

3床那孩子在淡薄的夕阳中喊道:"我妈跟我爸结过婚!"

1床探身凑近我,踌躇良久,问道:"尝过女人的味儿了没有?"

我狠狠地瞪他,但狠狠的目光渐渐软弱并且逃避。"没有。"我说。

3床那孩子在空落的昏暗中喊道:"我妈跟我爸结婚的时候还没有我呢!"

1床不说话。

229

我也不说。

那孩子说:"真的我不骗你们,那时候我妈还没把我生出来呢。"

1床问我:"你想看那个女人吗?"

"你少胡说!"

1床紧盯着我,我闭上眼睛。

很久,我睁开眼睛,1床仍紧盯着我。

我说:"你别胡说。"却像是求他。

我们一齐看那孩子——月光中他已经睡熟。月光中流动着绵长的夜的花香。

我们便去看她。反正是睡不着。反正也是彻夜呻吟。我们便去看她,如月夜和花香中的两缕游魂。

1床说他知道她的住处。

走过一幢幢房屋的睡影,走过一片片空地的梦境,走过草坡和树林和静夜的蛙声。

1床说:"你看。"

巨大的无边的夜幕之中,便有了一方绿色的灯光。灯光里响着细密柔和的水声。绿蒙蒙的玻璃上动着她沐浴的身影。幸运的水,落在她身上,在那儿起伏汇聚辗转流遍;不幸的便溅作水花化作迷雾,在她的四周飘绕流连。

1床说:"要不要我给你讲些女人的事?"

"嘘!——"我说。

水声停了。那方绿色的灯光灭了。卧室的门开了。卧室中惟有月光朦胧,使得那白色的身影闪闪烁烁,闪闪烁烁。便响起轻轻的钢琴曲,轻轻的并不打扰别人。她悠闲地坐到窗边,点起一支烟。小小的火光把她照亮了一会儿,她的头发还在滴水,她的周身还浮升着水汽。她吹灭了火,同时吹出一缕薄烟,吹进月光去让它飘飘荡荡,她顺势慵懒地向后靠一靠,身体藏进暗中,惟留两条美丽的长腿叠在一起在暗影之外,悠悠摇摆,伴那琴声的节拍。

1床说:"你不会像我,你还能活。"

"嘘!——"我说。

她抽完了那支烟。她站起来。月亮此刻分外清明。清明之中她抱住双肩低头默立良久,清明之光把她周身的欲望勾画得流畅鲜明。钢琴声换成一段舞曲。令人难以觉察地,她的身体缓缓旋转,旋转进幽暗,又旋转进清明,旋转进幽暗再旋转进清明,幽暗与清明之间她的长发铺开荡散她的胸腹收展屈伸,两臂张扬起落,双腿慢步轻移,她浑身轻灵而紧实的肌肤飘然滚动,柔韧无声。

1床说:"你不会死,你才二十一岁。"

"嘘!——"我说。

她转进幽暗,很久没有出来。月光中只有平静的琴声。

她在哪儿?在做什么?她跳累了。她喘息着扑倒在地上,像一匹跑累了的马儿在那儿歇息,在那儿打滚儿,在那儿任意扭动漂亮的身躯,把脸紧贴在地面闭上眼睛畅快地长吁,让野性在全身纵情动荡,淋漓的汗水缀在每一个毛孔,心就可以快乐地嘶鸣……

她从暗影中走出来,已经穿戴齐整,端庄而且华贵而且步态雍容。她捧了一盆花,走到窗前,把花端放在窗台。她后退几步远远地端详,又走近来抚弄花的枝叶,便似有缥缈的幽香袭来。然后,窗帘在花的后面徐徐展开,将她隐没,只留花在玻璃和窗帘之间,只留满窗月色的空幻。

1床说:"我给你讲一个谜语。你不会死你还年轻,听我给你讲一个谜语。"

一个已经没人知道了的谜语。没人知道它的谜面,也没人知道它的谜底。它的谜面就是它的谜底。你要是自己猜不到,谁也没法儿告诉你。你要是猜到了,你就会明白你还没有猜到你还得猜下去。

我躺在冰冷的仪器下面等她,她没有来。我们去看她,她的窗户关着,窗帘拉得很严。那盆花在玻璃和窗帘之间,绿绿的叶子长得挺拔。

1床又给3床的孩子讲那个谜语。

"那到底是个什么样的谜语呀?"孩子问。

"欧,这一样是个谜语。"

我闻着医院里所特有的那种味道,等她,她还是没来。去看她,窗户关着窗帘还是拉得很严。那盆花在玻璃和窗帘之间,在太阳下,冒出了花蕾。

1床用另一个谜语提醒3床的孩子。

"就在眼前可是看不见的,你说是什么?"

"是什么?"

"眼睫毛。"

她一直没来。她的窗户一直关着。她的窗帘一直拉得很严。玻璃和窗帘之间已绽开鲜红的花朵,鲜红如血一样凄艳。

那孩子一直在猜那个谜语。

"你敢说那不是你瞎编的吗?"

"欧,当然。传说那是所有的谜语中最真实的一个谜语。"

有一天我们去看她,她的住处四周嗡嗡嘤嘤挤满了围观的人群。

据说她在死前洗了澡,洗了很久,洗得非常仔细。据说她在死前吸了一支烟,听了一会儿音乐,还独自跳了一会儿舞。然后她认真地梳妆打扮。然后她坐到窗边的藤椅中去,吃了一些致命的药物。据最先发现她已经死去的人说,她穿戴得高雅而且华贵,她的神态端庄而且安详,她坐在藤椅中的姿势慵懒而且茁壮。

她什么遗言也没留下。

她房间里的一切都与往日一样。

只是窗台上有一盆花,有一根质地松软的粗绳一头浸在装满清水的盆里,另一头埋进那盆花下的土中。水盆的位置比花盆的位置略高,水通过粗绳一点点洇散到花盆中去,花便在阳光下生长盛开,流溢着缥缈的幽香。

D+X

  我常有些古怪之念。譬如我现在坐在桌前要写这篇小说，先就抽着烟散散漫漫呆想了好久：触动我使我要写这篇小说的那一对少年，此时此刻在哪儿呢？还有那个上了些年纪的男人，那个年轻的母亲和她的小姑娘，他们正在干什么？年轻的母亲也许正在织一件毛衣（夏天就快要过去了），她的小姑娘正在和煦的阳光里乖乖地唱歌；上了年纪的那个男人也许在喝酒，和别人或者只是自己；那一对少年呢？可能正经历着初次的接吻，正满怀真诚以心相许，但也可能早已互相不感兴趣了。什么都是可能的。什么都不确定。惟一可以确定的是，就在我写下这一行字的同时，他们也在这天底下活着，在这宇宙中的这颗星球上做着他们自己的事情。就在我写下这一行字的时候，在太平洋底的某一处黑暗的珊瑚丛中，正有一条大鱼在转目鼓鳃悄然游憩；在非洲的原野上，正有一头饥肠辘辘的狮子在焦灼窥伺角马群的动静；在天上飞着一只鸟，在天上绝不止正飞着一只鸟；在某一片不毛之地的土层下，有一具奇异动物的化石已经默默地等待了多少万年，等待着向人类解释人类进化的疑案；而在某一个繁华喧嚣城市的深处，正有一件将要震撼世界的阴谋在悄悄进行；而在穷乡僻壤，有一个必将载入史册的人物正在他母亲的子宫中形成。就在我写下这一行字迹的时候，有一个人死了，有一个人恰恰出生。

  那天我坐在一座古园里的一棵老树下，也在做这类胡思乱想：在这棵老树刚刚破土而出的时候，我的爷爷的爷爷的爷爷的爷爷是不是刚好走过这里呢？或者他正在哪儿做什么呢？当时的一切都是注定几百年后我坐在这儿胡思乱想的缘由吧？我这样想着的时候，落日苍茫而沉寂的光辉从远处细密的树林间铺展过来，铺展过古殿辉煌落寞的殿顶，铺展过开阔的草地和草地上正在开花的树木，铺展到老树和我这里，把我们的影子放倒在一大片散落的断石残阶上面，再铺开去，直到古园荒草蓬生的东墙。这时我看见老树另一边的路面上有两条影子正一跃一跃地长大，顺那影子望去，光芒里走着一男一女两个少年。我听见他们的嗓音便知道他们既不再是孩子了也还不是大人。说他是小伙子似乎他还不十分够，只好称他是少年。另一个呢，却完全是个少女了。他们一路谈着。无论少女说什么，少年总是不以为然地笑笑，总是自命不凡地说"那可不一定"，然后把书包从一边肩上潇洒地甩到另一边肩上，信心百倍地朝四周望。少女却不急不慌专心说自己的话，在少年讥嘲地笑她并且说"那可不一定"的时候，她才停下不说，她才扭过脸来看他，但不争辩，仿佛她要说那么多的话只是为了给对方去否定，让他去把她驳倒，她心甘情愿。他们好像是在谈人活着到底是为什么，这让我对他们小小的年纪感到尊敬，使我恍惚觉得世界不过是在重复。

"嘿，那儿！"少年说。

他指的是离老树不远的一条石凳。他们快步走过去，活活泼泼地说笑着在石凳上坐下。准是在这时他们才发现了老树的阴影里还有一个人，因为他们一下子都不言语了，显得拘谨起来，并且暗暗拉开些距离。少女看一看天，又低头弄一弄自己的书包。少年强作坦然地东张西望，但碰到了我的目光却慌忙躲开。一时老树周围的太阳和太阳里的一对少年，都很遥远都很安静，使我感到我已是老人。我后悔不该去碰那样的目光，他们分明还在为自己的年幼而胆怯而羞愧。我只是欣喜于他们那活活泼泼的样子，想在那儿找寻永远不再属于我了的美妙岁月；无论是他的幼稚的骄狂，还是她的盲目的崇拜，都是出于彻底的纯情。这时少女说："我确实觉得物理太难了。"少年说："什么？噢，我倒不。"过了一会儿少女又说："我还是喜欢历史。"少年说："噢，历史。"不不，这不是他们刚才的话题，这绝不是他们跑到这儿来想要说的，这样的话在一定程度上是说给我听的。我懂。我也有过这样的年龄。他们准是刚刚放学，还没有回家，准是瞒过了老师和家长和别的同学，准是找了一个诸如谈学习谈班上工作之类的借口，以此来掩盖心里日趋动荡的愿望，无意中施展着他们小小的诡计。我想我是不是应该走开。

我想我是不是漫不经心地转过身去,表示我对他们的谈话丝毫不感兴趣最好。这时候少年说:"嗬,这儿可真晒。"少女说:"是你说的这儿。"少年说:"我没想到这儿这么晒。"少女说:"我去哪儿都行。"我想我还是得走开,这初春的太阳怎么会晒呢?我在心里笑笑,起身离去,我听见在这一刻他们那边一点儿声音都没有。我猜想他们一定也是装作没大在意我的离去,但一定也是庆幸地注意听我离去的脚步声。没问题,也是。世界在重复。

太阳更低垂了些,给你的感觉是它在很远的地方与海面相碰发出的声音一直传到这里,传到这里只剩下颤动的余音;或许那竟是在远古敲响的锣鼓,传到今天仍震震不息。

世界千万年来只是在重复,在人的面前和心里重演。譬如,人活着到底是为什么?人应该怎么活,人怎么活才好?这便是千万年来一直在重复的问题。有人说:你这么问可真蠢真令人厌倦,这问不清楚你也没必要这么问,你想怎么活就去怎么活好了。就算他说得对,就算是这样我也知道:他是这么问过了的,他如果没这么问过他就不会这么回答,他一刻不这么问他就一刻不能这么回答。

我走过沉静的古殿,我就想,在这古殿乒乒乓乓开始建造的时候,必也有夕阳淡淡地照耀着的一刻,只是那些健壮的工匠们全都不存在了,那时候这天下地上数不清的人,现在一个都没有了。自从我见到那一对少年,我就知道我已经老了。我在这古园里慢慢地走,再没有什么要着急的事了,稀奇古怪的念头便潮水似的一层层涌来,只不过是毫无用处的乐趣。也可以说是休息,是我给我自己这忙忙碌碌的一生的一点儿酬劳。一点儿酬劳而已。我走过草地,我想,这儿总不能永远是这样的草地吧,那么在总要到来的那一天,这儿究竟要发生什么事呢?我在开花的树木旁伫立片刻,我想,哪朵花结出的种子会成为我的孙子的孙子的孙子的孙子的面前的一棵大树呢?我走在断石残阶之间,这些石头曾经在哪一处山脚下沉睡过?它们在被搬运到这儿来的一路上都经历过什么?再譬如那一对少年,六十年后他们又在哪儿?或者各自在哪儿呢？万事万物，你若预测它的未来你就会说它有无数种可能，可你若回过头去看它的以往你就会知道其实只有一条命定之路。

这命定之路包括我现在坐在这儿，窗里窗外满是阳光，我要写这篇叫作小说的东西；包括在那座古园那个下午，那对少年与我相遇了一次，并且还要相遇一次；包括我在遇见他们之后觉得自己已是一个老人；包括就在那时，就在太平洋底的一条大鱼沉睡之时，非洲原野上一头狮子逍遥漫步之时，一些精子和一些卵子正在结合之时，某个天体正在坍塌或正在爆炸之时，我们未来的路已经安顿停当；还包括，在这样的命定之路上人究竟能得到什么？——这谁也无法告诉谁，谁都一样，命定得靠自己几十年的经历去识破这件事。

我在那古园的小路上走，又和少年少女相遇。我听见有人说："你不知道那是古树不许攀登吗？"又一个声音嗫嚅着嘴犟："不知道。"我回身去看，训斥者是个骑着自行车的上了些年纪的男人，被训斥的便是那个少年。少女走在少年身后。上了些年纪的男人板着面孔："什么你说？再说不知道！没看见树边立的牌子吗？"少年还要说，少女偷偷拽拽他的衣裳，两个人便跟在那男人的车边默默地走。少女见有人回头看他们，羞赧地低头又去弄一弄书包。少年还是强作镇定不肯显出屈服，但表情难免尴尬，目光不敢在任何一个路人脸上停留。

世界重演如旭日与夕阳一般。

就像一个老演员去剧团领他的退休金时，看见年轻人又在演他年轻时演过的戏剧。

我知道少女担心的是什么，就好像我记得她曾经跟我说过：她真怕事情一旦闹大，她所苦心设计的小小阴谋就要败露。我也知道少年的心情要更复杂一点，就好像我曾经是他而他现在是我：他怎么能当着他平生的第一个女友的面显得这么弱小，这么无能，这么丢人地被另一个男人训斥！他准是要在她面前显摆显摆攀那老树的本领，他准是吹过牛了，他准是在少女热切的怂恿的眼色下吹过天大的牛皮了，谁料，却结果弄成现在这副狼狈的模样。

我停一停把他们让到前面。我不远不近地跟在他们身后走。我有点儿兔死狐悲似的。我想必要的时候得为这一对小情人说句话,我现在老了我现在可以做这件事了,世界没有必要一模一样地重复,在需要我的时候我要过去提醒那个骑车的男人(我想他大概是古园的管理人):喂,想想你自己的少年时光吧,难道你没看出这两个孩子正处在什么样的年龄?他们需要羡慕也需要炫耀,他们没必要总去注意你立的那块臭牌子!

我没猜错。过了一会儿,少女紧走几步走到少年前边走到那个男人面前,说:"罚多少钱吧?"她低头不看那个男人,飞快地摸出自己寒碜的钱夹。

"走,跟我走一趟,"那个男人说,"看看你们到底知不知道自己是哪个学校的。"

我没有猜错。少年蹿上去把少女推开,样子很凶,把她推得远远的,然后自己朝那个男人更靠近些,并且瞪着那个男人并且忍耐着,那样子完全像一头视死如归的公鹿。年轻的公鹿面对危险要把母鹿藏在身后。我看见那个男人的眼神略略有些变化。他们僵持了一会儿,谁也没说话,然后继续往前走。

我还是跟在他们身后。如果那个男人仅仅是要罚一点儿钱我也就不说什么,否则我就要跟他谈谈,我想我可以提醒他想些事情,也许我愿意请他喝一顿酒,边喝酒边跟他谈谈:两颗初恋的稚嫩的心是不能这么随便去磕碰的,你懂吗?任何一个人在恋爱的时候都比你那棵老树重要一千倍你懂吗?你知不知道你和我是怎么老了的?

三个人在我前面一味地走下去。阳光已经淡得不易为人觉察。这古园着实很大,天色晚了游人便更稀少。三个人,加上我是四个,呈一行走,依次是:那个上了些年纪的骑车的男人、少年、少女和我。可能我命定是个乖僻的人,常气喘吁吁地做些傻事。气喘吁吁地做些傻事,还有胡思乱想。

渐渐地,我发现骑车的男人和少年之间的距离越拉越大了。我一下子没看出这是怎么回事。只见那距离在继续拉大着,那个男人只顾自己往前走,完全不去注意和那少年之间的距离。我心想这样他不怕他们乘机跑掉吗,但我立刻就醒悟了,这正是那个男人的用意。欧,好极了!我决定什么时候一定要请这家伙喝顿酒了。他是在对少年少女这样说呢:要跑你们就快跑吧,我不追,肯定不追,就当没这么回事算啦,不信你们看呀我离你们有多远了呀,你们要跑,就算我想追也追不上了呀!——我直想跑过去谢谢他,为了世界在这个节骨眼儿上没有重演。我心里轻松了一下,热了一下,有什么东西从头到脚流动了一下,其实与我何干呢?我的往事并不能有所改变。

但少年没跑。他比我当年干得漂亮。他还在紧紧跟随那男人。我老了我已经懂了:要在平时他没准儿可以跑,但现在不行,他不能让少女对他失望,不能让那个训斥过他的男人当着少女的面看不起他,自从你们两个一同来到这儿你就不再是一个人了你就不再是一个孩子,你可以胆怯你当然会胆怯,但你不该跑掉。现在的这个少年没有跑掉,他本来是有机会跑的但他没有跑,他比我幸运。他紧紧跟着那个男人。现在我老了我一眼就能看得明白:他并非那么情愿紧跟那个男人,他是想快快把少女甩得远远的甩在安全的地方,让她与这事无关。这样,他与少女之间的距离也在渐渐拉大。

少女慢慢地走着,仿佛路途茫茫。她心里害怕。她心里无比沮丧。她在后悔不该用了那样的眼色去怂恿少年。她在不抱希望地祈祷着平安。她在想事情败露之后,像她这样小小的年龄应该编一套什么样的谎话,她心乱如麻,她想不出来,便越想越怕。

当年的事情败露之后,我的爷爷问我:"你为什么要跑掉?"他使劲冲我喊:"你为什么要跑掉!"我没料到他不说我别的,只是说我:"你为什么跑掉!"他不说别的,以后也没说过别的。

我跟在少女身后,保持着使她不易察觉的距离。我忽然想到:当年,是否也有一个老人跟在我们身后呢?我竟回身去看了看。当然没有,有也已经没有了。我可能真是乖僻,但愿不是有什么毛病。

少女也没有跑掉。她一直默默地跟随。有两次少年停下来等她，跟她匆匆说几句话又跟她拉开距离。他一定是跟她说："你别跟着你快回家吧，我一个人去。"她呢？她一定是说："不。"她说："不。"她只是说："不。"然后默默地跟随。在那一刻，我感到他们正在变成真正的男人和女人。

那个上了些年纪的男人最后进了一间小屋。过了一会儿，少年走到小屋前，犹豫片刻也走进去。又过了一会儿少女也到了那里，她推了推门没有推开，她敲了敲门，门还是不开。她站在门外听了一会儿，然后就在门前的台阶上坐下。她坐下去的样子显得沉着。这一路上她大概已经想好了，已经豁出去了，因而反倒泰然了不再害什么怕，也不去费心编什么谎话了。她把书包抱在怀里，静静地坐着，累了便双手托腮。天色迅速暗下去了。少女要等少年出来。

我也坐下，在不惊动少女的地方。我走得腰酸腿疼。我一辈子都在做这样费力而无用的事情。我本来是不想看到重演，现在没有重演，我却又有点儿悲哀似的，有点儿孤独。

当年吓得跑散了的那一对少年这会儿在哪儿呢？有一个正在这儿写一种叫作小说的东西。另一个呢？音信皆无。自从当年跑散了就音信皆无。

我实在是走累了。我靠在身旁的路灯杆下想闭一会儿眼睛。世界没有重演，世界不会重演，至少那个骑车的男人没有重演，那一对少年也没有重演他们谁也没有抛下谁跑掉。这真好，这让我高兴，这就够了，这是我给我自己这气喘吁吁的一个下午的一点儿酬劳。那对少年不知道，他们永远不会知道，正像我也不知道当年是否也有一个乖僻的老人跟在我们身后。大概人只可以在心里为自己获得一点儿酬劳，大概就心可以获得的酬劳而言，一切都是重演，永远都是重演。我老了，在与死之间还有一段不知多长的路。大鱼还在游动，狮子还在散步，有一颗星星已经衰老，有一颗星星刚刚诞生，就在此时此刻，一切都已安顿停当。但在这剩下的命定之路上能获得什么，仍是个问题，你一刻不问便一刻得不到酬劳。

我睁开眼睛,路灯已经亮了,有个小姑娘站在我面前。她认真地看着我。看样子她有三岁,怀里抱着个大皮球。她不出声也不动,光是盯着我看,大概是要把我看个仔细,想个明白。

"你是谁呀?"我问。

她说:"你呢?"

这时候她的母亲喊她:"皮球找到了吗?快回来吧,该回家啦!"

小姑娘便向她母亲那边跑去。

Y+X

Y=50亿个人=50亿个位置

Y=50亿个人=50亿条命定之路

Y=50亿个人=50亿种观察系统或角度

"测不准原理"的意思是:实际上同时具有精确位置和精确速度的概念在自然界是没有意义的。人们说一辆汽车的位置和速度容易同时测出,是因为对于通常客体,这一原理所指的测不准性太小而观察不到。

"并协原理"的意思是:光和电子的性状有时类似波,有时类似粒子,这取决于观察手段。也就是说它们具有波粒二象性,但不能同时观察波和粒子两方面。可是从各种观察取得的证据不能纳入单一图景,只能认为是互相补充构成现象的总体。

"嵌入观点"得出这样的结论:我们是嵌入在我们所描述的自然之中的。说世界独立于我们之外而孤立地存在着这一观点,已不再真实了。在某种奇特的意义上,宇宙本是一个观察者参与着的宇宙。

现代西方宇宙学的"人择原理",和古代东方神秘主义的"万象惟识",好像是在说着同一件事:客体并不是由主体生成的,但客体也并不是脱离主体而孤立存在的。

那么人呢?那么人呢?他既有一个粒子样的位置,又有一条波样

的命定之路,他又是他自己的观察者。在这样的情况下要猜破那个谜语至少是很困难的。那个谜语有三个特点:

一、谜面一出,谜底即现。

二、已猜不破,无人可为其破。

三、一俟猜破,必恍然知其未破。

(此谜之难,难如写小说。我现在愈发不知写小说应该有什么规矩了。好不容易忍到读完了以上文字的读者,不必非把它当作小说不可,就像有些人建议的那样——把它当作一份读物算了。大家都轻松。)

1988 年

山顶上的传说

> 上帝给了你一条艰难的路,是因为觉得你行。

0

天还是灰蒙蒙的时候,那群鸟儿又飞起来了。数不清有多少只。像是天边尚未熄灭的星星,像是一群白色的精灵,在离小城不很远的那座兀傲的山顶上空盘桓。

有些地方飘起了早炊的薄烟。扫街的老头儿又拉出了他那辆四轮小木车,四个铁轱辘叽里嘎啦、吱吱扭扭地响起来。小城醒了。路灯灭了。

醒来的人们都望望远处的山顶,望望那群鸟儿。

谁也记不清是从哪天起,山顶上就有了那群鸟儿。开始,人们说那是一群过路的候鸟。可是春天过了,夏天过了,秋天和冬天都过了,那些鸟儿一直没有走。人们又说,那不过是些平常的野鸟。可是,连小城里最老的人也说,不记得山上有过那样的野鸟。当它们飞起来的时候,隐隐约约的,像有一支芦笛在低吹,像有一架风琴在轻弹,在安静的黎明时分注意听:轻柔、飘忽……

那个扫街的老头儿也注意到了这声音,注意到了那群鸟儿。他弯下腰来撮着路上的垃圾,不说什么。

直到有一天,小城里的人们终于认出了这声音,认出了那些鸟儿。

"唔,是鸽子又飞回来啦!"上了岁数的人说。

"真是的,都快认不出了。"成年人说。

孩子们很想知道鸽子的事。

很久以前,小城里有过很多鸽子。小城上空时常飘荡起鸽哨声,悠远、柔怨,也安详,也欢乐。老人们听了,就想起童年;粗暴的男人听了,会变得谦和;连囚徒听了也迷恋起人生。那么雪白的一群鸟儿,飞到东,飞到西,天底下的人们都觉得心里清净、舒坦……可是后来,小城里出了一条禁令,这吉祥的鸟儿就很快地消失了。

"它们到底是又回来啦!"上岁数的人说。

"回来啦,可都快认不出来了。"成年人说。

孩子们问:"它们是从哪儿飞来的呢?"

再说,它们是怎么飞回来的?又是谁给它们拴上了鸽哨儿的呢?

那个扫街的老头儿不说什么,把垃圾倒进车斗里,拉着,叽里嘎啦、吱吱扭扭地往前走。

直到有一天人们又喊起来:

"看哪!鸽子群里有一只'点子'①!"

"黑尾巴,黑脑瓜顶,看呀!真的是'点子'!"

唔!可不真是。是过去那只"点子"又飞回来了?不,不会,那只"点子"不会活到现在了。太久了呀,真也是太久了……很多人都记起了过去的那只"点子",于是也都记起了一个瘸腿的小伙子。

出了那条禁令以后,小城里就只有那个瘸腿的小伙子还养着一只鸽子。一只黑尾巴、黑脑瓜顶的鸽子。没人敢碰他的鸽子,他会为了他的鸽子和任何人拼命。再说,那些奉命去没收鸽子的人也知道:他独自一个人生活着,他只有那只鸽子。他还有两条萎缩得变了形的腿。白天他去扫街,挣八毛钱;夜里到街道工厂去看门,又能挣到四毛。好

---

① 点子:传统赛鸽,亦称"中国点子鸽",有黑、紫、蓝等之分。为养鸽者所喜爱,常以"点子"直呼为名。——编者注

多人都说,夜里那四毛简直算白捡。"锁了门睡觉呗,反正也是一个人。"可是他那间小屋的灯常常亮到后半夜去。没有人看见过他在干什么。只有那个扫街的老头儿知道。"可真是用了不少的纸。"扫街的老头儿对别人说。"他写什么呢?"别人问。"心里想写点儿什么,就写点儿什么呗,左不过是心里头想说的话。""就有那么多话,半夜半夜地写?""他不像我,我不会写字儿。"老头儿在说另一件事……

如今,扫街的老头儿不说什么。自从山顶上出现了那群鸽子,他什么话也不说。他把小木车拉到一座楼房的台阶前,坐下,身上的骨头节嘎巴巴响了一阵。他这才朝山顶那边望,嘴唇动了动,没有出声音。

太阳还没有出来,天色依然有些昏暗。人们不见得看得很清楚,但人们都说,那鸽群中确实有一只黑尾巴、黑脑瓜顶的鸽子。也许是因为,过去的那只"点子"给人们留下的印象太深了。曾经有过一段时候,小城的上空只剩了"点子"在孤零零地飞,悠长的哨音也显得孤单。人们看着它,心里也难受,但想到这漂亮的鸟儿并没有绝迹,心底就还存着安慰和希望。那个瘸腿的小伙子总是在天刚刚亮的时候就把"点子"放上天去。他呼唤他的鸽子,用舌头在嘴里打着嘟噜儿,声音很特别。他扫街,"点子"就在他头顶上飞。小城本来不太大,很多人都认得"点子"了;认得了"点子",才都知道了它的主人。可是,后来"点子"也不见了。据说是在早春的风中,"点子"飞走了。不知那依然强暴的寒风把它刮到哪儿去了。瘸腿的小伙子简直快疯了,白天也不去扫街,呆呆地坐在门前,望着天,盼着他的鸽子飞回来;天一擦黑儿,他就离开家,到处去喊,去找。他找了好几天,都没有找到……

"是九天。"那个扫街的老头儿说。他还坐在路边的台阶上,有几个孩子坐在他身旁。孩子们很关心那些鸽子的事。

是九天。找了九天,没找到! 小伙子瘦了,头发很长,空洞洞的眼睛蒙上了血丝。传说,那鸽子是他心上的姑娘留给他的。传说,第十天夜里,瘸腿的小伙子又去找。

"是从天刚擦黑儿的时候。"扫街的老头儿对几个孩子说。

传说,那夜,他走遍了小城的每一条街道……

1

风还是不小,天也阴着。一会儿,风把云撕开了,月亮在奇形怪状的云层里颠簸。一会儿,云又合拢。街道两边那些低矮的屋顶,一会儿变得灰白,一会儿又变得昏黑。光秃秃的枣树枝在风中互相碰撞,发出响声。亮着灯的窗户上都拉着窗帘,光线显得很暗。杨树吐花了。这是个早春的夜晚。

他步履蹒跚地走着,仰起头朝路边那些屋顶上张望,卷起舌头,"嘞儿嘞嘞儿嘞嘞儿嘞"地在嘴里打着嘟噜儿,呼唤。他仍然不相信,他的鸽子会飞走,会不再回来。每条胡同都是那么深长、冷清。风声间歇的时候,就光听见他"哧啦——哧啦——"的脚步声。他不愿意用拐杖,宁可不时站下来,用手撑一撑自己的腰,歇一会儿。

都是因为风,他心里说。这风太大了,要不"点子"不会飞走,不会不回来。他一直都信得过他的鸽子。它肯定是飞不动了,不定在哪儿盼着他来呢,再怎么也得去找它,他想,再怎么也得把它找回来。他可是懂得盼望是什么滋味儿,总是盼望不到是什么滋味儿。有一回,他出去了一整天,把"点子"锁在了屋里。就是他第一次去拜访那个青年作家的那天。下着雨,别人带他去的,他把自己写的东西给那个青年作家看了。晚上回来的时候,一开门,"点子"就扑棱棱地飞到了他怀里,一个劲儿"咕咕咕"地叫,他才想到"点子"盼了他一整天了。他急忙给它喂食、倒水。"点子"又顾着吃,又顾着他,不时抬起头看看他,好不容易盼回来了,怕他再走了。他心里的滋味儿说不清。他自己盼望的事要是也能盼到就好了,他自己想要办到的事要是也能办到就好了,哪怕是十年、八年呢,哪怕更长呢。

可是直到如今,他什么也没有盼来。他盼望的两件事,哪一件都没有办到。

路灯晃荡着,弯曲的树影在墙上移动。几片揉皱了的锡纸在墙角里打转儿,一闪一闪的,吱吱地响。半天才遇见一两个行人。够晚的了。他还没有吃什么,临出来时在兜里掖了一个馒头,但他不想吃。他这会儿只盼望一件事:鸽子。他的鸽子飞走十天了,说死说活也得找到它。他觉得这里面有一种命运的征兆,如果他能够找到他的鸽子,他就能办到他盼望的事了,就能转运。

他蹒跚地走着,不断地呼唤。

风还是那样,一阵不比一阵小。

从太阳落山的时候起,他一直在走,一直没歇。双腿残废后,他还从没有走过这么远。也不知道是到了什么地方,胡同口上的路牌正好在一片阴影里,看不清。他揉揉眼睛,还是看不清。其实也没有必要非弄清是哪儿不可,鸽子哪儿都飞,风还不是哪儿都刮吗?

他扶着路边的砖堆喘口气,捶捶变了形的双腿,点了支烟。

一缕细细的烟升起来了,飘飘摇摇,来了一阵风,把它刮碎了,刮得无影无踪;风过后,它又飘摇起来。小时候他爱画画儿,总也画不好烟,母亲端来一盆清水,用墨笔在水里点了一下,墨散开了。"真像烟!"他喊,高兴极了。"烟你可画不好,你弄不清它要怎么着,你得随它去。"母亲说着把一张白纸按进水里,白纸上印下了烟,丝丝缕缕……可不是吗?你弄不清它要怎么着,他望着那缕飘摇着的轻烟出神。得随它去。它太轻、太小、太弱了,可以改变它的命运的东西太多了。那些云强大得多,可还不也是一样弄不清下一步将要碰上什么样的气流,将要怎样地被撕扯开? 都说,人更是强大得多,那么人呢? 譬如说,有一个瘸腿的人,在一个风很大的夜晚,到处去找他的鸽子,在一颗小小的星球上的一座小小的城里。谁能担保他准能找到他的鸽子呢? 谁能保佑他的鸽子,不被这大风刮到一个他永远也找不到的地方去呢? 谁能说得清,他应该沿着哪条路去找呢? 风却是依然地刮,天照样阴沉着,并不把这样的小事放在心上。虽然这件事对他来说也许非常重要,是他的心血,他的感情,甚或他的生命……

在这种时候就抽抽烟吧。

月亮在云层中闪了一下,又立刻被遮住了。

他划着了火儿。

"不行!不许你抽!"从遥远的地方传来一个声音,"真讨厌,又抽!烟的位置比我还重要吗?!"

划着的火儿被风吹灭了。他不觉朝幽暗的胡同深处望了望,并没有那件白袖子的连衣裙或是那条淡蓝色的小围巾。往事像是一片温暖的幻景,和这火一样,被风吹灭了。罩拢着火的两手中间只剩了一缕青烟,也迅速被风刮散。他又划了一根火柴,点着了烟,看着那一点红光上慢慢长出一层灰白的粉末,轻轻一弹,灰白的粉末掉了,红光上立刻又长出一层。什么东西能长久呢?那声音曾经离他很近很近,他还记得为了抽烟的事她冲他喊,气得脸都发白。如今这声音多么远,多么虚幻。即使将来还能见到她,她也会为别的事忙得不可开交,顾不上他了。他的心突突地跳。不是因为累。他笑了笑,笑自己。也许只有这颗突突地跳着的心是真实的,能长久地总跟他在一起。跳着,在一起;不跳了,就一起离去。还有"点子"。

喔唷!他几乎喊出了声,急忙掐灭了烟。还不到10点钟,肯定还不到10点钟,他想,又往前走去。

"嘞儿——嘞儿——"他呼唤。不断地呼唤着,往前走。

头九天里所以没有找到"点子",就是因为不到10点钟就歇下来的缘故。他常常会有些连自己也觉得可笑的想法。他觉得"十"是个吉利的字眼儿,象征着竭尽了全力,又象征着圆满。他想,第十天,10点钟以前不歇着,就能找到"点子"。刚才那不算是歇,幸亏没有坐下来,他在心里庆幸。

风把他的呼喊声吹得很远。

小城里的很多人都听到过,很多人都还记得。大伙儿也都希望他能把"点子"找回来,他不能再失去他的鸽子了。

那个姑娘走了好些年了。传说,姑娘走的时候,给他留下了那只黑尾巴、黑脑瓜顶的鸽子……

那时候"点子"还没有长大，才几个月，还不会飞，身上还净是那种软软的绒毛。它在桌面上走来走去，神经质地探着头（她总说"点子"的脖子里好像有一根弹簧），一对圆眼睛询问般地看看他，又看看她，似乎也感到气氛不同往常。"点子"一出世就认得了这两个人，它住在她家，经常跟着她到他这儿来，到这桌面上来待老半天。他和她总是没完没了地说话，喊喊嚓嚓的，一会儿又大声笑。今天有点儿特别，他和她互相躲闪着对方的目光，也不怎么说话。

说也是说些无关紧要的话。

"真怪。"

"什么真怪？"他问。

"为什么这样的鸟儿就叫'鸽子'呢？"

他想了一会儿："可能是因为它的叫声。"

"那人呢？为什么就叫'人'了呢？"

他记得，她总是爱提这样的问题：为什么你就是你呢？为什么我就是我呢？她这样问的时候，目光中总是透出认真的迷茫。多少年之后他才懂得，那迷茫中包含了一种愿望……只是她自己也没有意识到，也说不清。

斑驳的墙壁上映着几方夕阳的黄光，正在慢慢地变红。嘀嘀嗒嗒的钟声。她偷偷地看表，他也偷偷地瞥了一眼闹钟，都怕提醒了对方：分别的时间快到了。

"人！"那时候他说，"不过是偶然。"

又是那种认真的迷茫。

"有很多事，本来就没'为什么'可言。"

"总应该有原因的。"她说。

"偶然。偶然也是原因。"

"一弄不清了就说是偶然。一说偶然就好像什么都解决了。"

他现在想：没准儿就是这么回事。

那时他们继续说些无关紧要的话，装得挺平静。

分别的时间已经到了。不过他知道,还有最后十分钟。在他们相处的那些年里,她总是把必须(!)分别的时间往前说十分钟,那样,当说到的那个钟点到了的时候,就似乎还可以"意外"地赚到十分钟。

街上的孩子们在踢足球,撞得山墙嘭嘭直响。"点子"不安地叫,跳到她胳膊上。

"别害怕,没关系。"她对鸽子说,捋捋它的羽毛。

"别忘了喂'点子',"她又对他说,"装玉米糁儿的口袋就在床底下。"

他看着屋顶,纸糊的顶棚上有一个窟窿,黑洞洞的,很深。

"把水放在窗台上,'点子'自己会喝。"

"放心吧,'点子'会照顾自个儿。"

她听出他是在说他自己,低下头,搂着鸽子。

他赶紧冲她笑笑,吹了几声口哨——胡乱凑起来的几个音。他们说过,要平静地告别,反正她还会回来。这样的分别是最好的了,不会更好了。有一个希望:她还回来。

墙上的阳光剩了窄窄的几小条,显出了玻璃上的竖纹。他永远记得那揪心的颜色。直到现在,他都不敢独自看墙上的夕阳,看了会觉得心里空寂、落寞,觉得一切都缥缈、虚幻。夕阳在最后一瞬间红得发抖。

到了。那个钟点到了,或者是立刻就要到了。说不清是什么东西在心里停顿了一下,他等着。

"还能再待十分钟,我今天少说了二十分钟。"她说。

她这个小小的计谋没有成功。两个人都没有像以往那样甚至于欢呼起来。再有十个十分钟又怎么样呢?以往的"还有十分钟"只是意味着暂停,而今天意味着结束。这些年来,她说过多少次"还有十分钟"呀!他或者欢呼,或者生气,现在算是听完了。用不着欢呼,也用不着生气了。她要走了,到遥远的南方去,去好几年。谁知道这好几年中会发生什么事呢?难说这不是结束……唔!得抓紧时间再说点什么,把气氛搞得欢快点,否则,分别之后两个人都要难受。可是他什么也说不出来。抓紧时间。这些年来他们的幸福总得抓紧时间！有期限的！"徒刑"是无期的，而"探监"总是有期限的！

当然，别的恋人们也不会总在一起，也有暂时分别的时候，但在一起的时候就坦然地在一起，用不着总去想"还有几分钟"，用不着提心吊胆地怕超过了期限。可是，在他们相爱的那些年里，当他们在一起的时候，恐惧总压在他们心头——她不能回家晚了，不能在应该回家的时候不回家，否则她的父母就又要怀疑她是和他在一起了，就又要提心吊胆或者大发雷霆。他就像是瘟疫，像魔鬼；他们在一起的时候像是在探监；他们的爱情像是偷来的……这些感觉就像是一把"达摩克利斯剑"，悬在他们心上，使幸福的时光也充满了苦难。现在她就要走了，到很远很远的南方去了。他觉得出她有一种轻松感，虽然她说她一定还要回到他身边来。她自己没有意识到，但是有，她有一种被解放了的感觉。这些天她总在说起南方，说的时候就变得欢快起来。"我们学校就在海边。""是吗？""说还有椰子树，相当高的椰子树。""可能。会有。""最多只穿毛衣就行了，相当暖和。""嗯。""没这么冷，也没这么多风沙。""也许连空气中的氧分子都比北方多吧？"他说。她笑笑，没有回答，依然想象着南方。一会儿，欢快的表情在她脸上渐渐消失。他知道，她的思绪又回到北方来了；北方，和他，和"达摩克利斯剑"。果然，她说："你放心，我肯定回来。"但那种轻松感没有了……

他隐约地感觉到，生活又到了一个转折点。他看着她唇边的那颗黑痣，觉得空间和时间真是不可思议的东西，一会儿把人们拉得这么近，一会儿又把人们分开得么远。时光正在四周流逝。墙上还有些发亮，是阳光消逝的地方。支撑在床上的胳膊有些发酸、发麻，但他不敢换个姿势，生怕一动便送走了现在。还有几分钟？两个人都不敢想这件事。

"嘭嘭嘭"的敲门声。他们惊惶地对视，希望那是街上的孩子们把足球踢在了门上。但是，有人叫他的名字！他猛地坐起来。她急忙走近他……"嘭嘭"的敲门声，像是心在胸腔里撞……

"好好写,好好写你的小说。"

"当然。"

"你能成功,真的,你行。"

"谁知道。"

"听我的,你能写好,我不骗你。"

....

临走时,她又喂了一把玉米糁儿给那只鸽子。她强笑着和他握了握手,也和那个不合时宜的客人握了握手,蓦然转身,走了。只剩下那个呆头呆脑的客人喋喋不休地说着。他一点儿也听不懂那个客人都说的是什么,只想着她此刻走到了哪儿,想着她走出门去那一瞬间的样子,想着不知什么时候她才又能推开那扇门走进来……他不知道应该恨这位客人,还是应该感谢这位客人。假如没有这位客人,他真不知道自己能不能平静地和她分别;假如现在只剩了他自己,他不知道怎么打发眼下的时间。但他又深切地感到了那种常常涌上心头的东西:被歧视,而且被歧视得如此正当,如此理所当然!这位客人绝不会相信,自己正妨碍了一对恋人的别离。假如这位客人有那么几秒钟显出有点儿尴尬,或者沉默那么一会儿,或者有点儿坐立不安,那么,他那种受歧视的感觉就不会又涌上来。然而这位客人连一秒钟的疑惑都没有,叮叮当当地说着,一条腿搭在另一条腿上,神态那么自然。可这位客人是知道她就要走了呀!也许是这位客人没有觉察到他和她的关系?不,要是想觉察,谁都会觉察到的。她总到他这儿来,认识他的人都知道。是根本没打算觉察——不可能发生的事,有什么必要去觉察呢?于是负责觉察的神经就会变得迟钝之极。他为什么不向别人介绍一下呢?"这是我的女朋友。"他很羡慕别人可以这样坦然而自豪地说。他很想自己也能这样说,哪怕只说一回!但他不能,"达摩克利斯剑"随时会掉下来。如果掉下来只是刺死他,倒也蛮值得。问题是她父母都有病,岁数也挺大了。她是个好女儿,"达摩克利斯剑"会刺在她善良又孝顺的心上。这不是法律所能保护的事。所以他不能。他连到车站去送送她都不能,因为她的父母、亲友都要去的。他和她只能在这间小屋子里告别。他只有默默地为她祈祷,心上响着隆隆的火车声,但愿每一个扳道工都认真……南方,海,椰林和白帆……祝她一路平安吧……

竟连别离也得偷偷摸摸,似乎是在犯罪。他理解了她的那种轻松感。谁的天性不是愿意过一种轻松的生活呢?他自己之所以没有设法逃开这残废的生活,仅仅是因为他没法儿逃开,这双残废的腿长在他自己身上。命运,并不是说谁注定要双腿残废,而是说当这一类玩意儿落到谁头上,谁就注定要与这残废的生活打交道打到底了。

"点子"站在桌上梳理着羽毛,不时歪起头来东张西望,也许是在寻找它的女主人,也许是在纳闷儿顶棚上的那个黑窟窿。有一次他一生气,把一本书扔上了顶棚,砸开了那么一个窟窿。发怒也没有用,如果有用,就又不算是命运了。

他把"点子"托在掌心里,看着鸽子的眼睛。和平。和平都包含什么呢?歧视也是战争。不平等是对心灵的屠杀!这么想也许过分了吧?他知道,她的父母、亲友都是好人。

在姑娘走后的那天晚上,他和"点子"在一起,心里一直唱着那支歌:

　　马车从天上下来,把我带回我的家乡;
　　马车从天上下来,把我带回我的家乡……

那是一首黑人的灵歌。

2

他已经走了大半个城了。

风,扬起一阵阵尘土,打在路边矮窗的玻璃上,发出细碎的"沙沙"声。屋檐上的荒草瑟瑟地发抖。小城的春天总是刮这样的干风。他呼唤着走,仍然不见他的鸽子。

腿有点儿疼了。

云层裂开了一道口子,露出了几颗星星和一片深不见底的天。也许别的星球上也有一个倒了霉的家伙,正一边没头没脑地走着,一边胡思乱想吧?

昏暗的街灯排向远处。

无边际的宇宙,数不清的星球,一个人在其中的一颗上走着。干什么去?找鸽子。干吗找鸽子?干吗?

临出来时,那个扫街的老头儿又对他说:"心里想去找找,就去找找吧。"老头儿不识字,可是懂得他。他们白天在一块儿扫街。他是腿有毛病。老头儿是一条胳膊有残疾,腰也直不起来,不过倒不碍着扫街。老头儿和他的交情不错。晚上,老头儿常到他的小屋里来坐坐。过去,要是那个姑娘在,老头儿不多待;姑娘没来,老头儿就沏一缸子茶,坐下。"没来?""没来。"一问一答,不用说是谁。老头儿再扯一阵子老年间的事,然后闭上眼睛,喝茶,不再言语。老头儿知道他要看书或者写字了。老头儿的嘴唇伸向茶缸边的时候颤巍巍的,喝一口,咂摸着,像是喝酒。他拿出书来看,或是拿出笔来写。半天,老头儿一点儿声音都没有,不喝了,捧着茶缸像是睡着了。他看看老头儿,老头儿却立刻觉出来,说:"干你的事,我不碍着你。"老头儿慢慢睁开眼,再续上一缸子水。"今儿不来了?"老头儿问。"这么晚不来就不来了。"还是用不着说是谁。"这姑娘,我看好。"老头儿又说。他明白老头儿这话的意思,可是没法回答。"人要是心里头乐意,怎么着都是好。"老头儿又说。现在老头儿不再提这件事了。姑娘离开小城到南方去以后,老头儿只提过一回,是在"点子"第一次飞起来的那天。那时候,"点子"已经长大了。老头儿掰开它的翅膀看看,十根硬羽毛已经长全了,说:"能飞了。"他不敢,怕"点子"飞丢了。"不碍事。"老头儿说,"鸽子,飞到哪儿也还会回来。"他还是担心。老头儿把"点子"抱过去,猛地一扬胳膊,"点子"飞上了天。他的心紧揪着。老头儿笑笑:"甭担心,这是鸽子,不是别的鸟儿。会回来,只要它活着。""点子"飞了一小圈,落在了小屋的顶上,探头探脑地朝下望。"瞅瞅,你还担的什么心?"老头儿说着又用竹竿把

"点子"轰起来。这一回它飞得高了些,远了些,落在远处的楼顶上,仍然朝家这边望。也许是街上的人群、车流挺可怕吧,它愣愣地站在那儿。老头儿卷起舌头在嘴里打着嘟噜呼唤它。"点子"镇静了,飞起来,飞回来,落在屋顶上,望望,"噗噜噜"飞下来,飞到他怀里。那一霎时,他的眼泪差点儿流出来。晚上,老头儿再到他这儿来的时候,"点子"在床上来来回回地走,他坐在床沿上看着它。"你还得让它往远地方飞。"老头儿说。他不言声,只是从口袋里掏出玉米糁儿,一粒一粒往床上撒。又把小水罐放在窗台上。老头儿知道他又在想什么了,于是沏上茶,坐下,望着窗外的天,也好久不说话,"人活着,真难。"他轻喟一声说。老头儿笑笑,意思是:那还用说? 他点上一支烟。老头儿不抽烟,光是爱喝茶。这时候老头儿提到了她:"那孩子心里不比你好受。"只提过这么一回。老头儿望着窗外的星星和月亮,混浊的眼珠显得神秘,说:"烦了,你看看天,心里头就静静儿的了……"

星星,还有月亮。想想,是挺没意思的:一堆火球、一堆石头、一堆冰疙瘩、一堆土坷垃,逛荡来,逛荡去。

他穿过一条又一条的小胡同。

一阵"噗噜噜"的响声。他猛转回头,以为是他的鸽子。其实是近处阳台上晾着的被单,让风刮出了声。

他简直不明白,自己为什么还要这么认真地去找那只鸽子,正像扫街的老头儿说的:"什么事,都值不得那么认真。"但是他知道,他得去找。惟独老头儿的这句话,他不赞成。可为什么呢? 也许仅仅是因为他活着。死了,当然就什么事都没了,可活着就得想活着的事。

他继续往前走。

还不到 10 点钟。

他继续不停地呼唤。

那喊声断断续续的,有的人说是在城东,有的人说是在城西。那夜刮的是东风,从东往西刮。

他仿佛看见了"点子"在风中瑟缩的样子,羽毛都被刮乱了,头一探一探地四下里张望,"咕噜噜——咕噜噜"地叫。风太大,它飞不动;想飞,飞不回来。他加快脚步,"哧啦——哧啦——"。幸运如果也在以这样的脚步向他走来就好了。看来没有,他总是背运。唉,"点子"也是背了运。他后悔那天忘记了风,风太大是不该把鸽子放出去的,可是他忘了。忘了,"点子"就背了运,倒了霉。当时他只想着让"点子"快点儿飞起来,让那鸽哨儿赶紧响起来,那悠扬、飘忽的哨音会使他心里好过一点,能忘掉那个装得厚厚的大牛皮纸信封……

那天的活儿不累,街道被风吹得很干净。他扫完了八条胡同,扛着扫帚回来。"点子"在台阶前晒太阳,见他回来,呼扇呼扇翅膀,跟在他腿底下前后左右地转,仰起头叫他。他正想跟"点子"亲热亲热,忽然看见了那个大牛皮纸信封立在窗台上,装得厚厚的。心一下子凉了,知道又是退稿。落款是两行铅印的红字——那家刊物的名字和地址。他怔怔地站着。"点子"在啄他的裤腿儿。他想起了顶棚上那个黑洞洞的窟窿。夏天最热的夜晚,他仰起脸来推敲词句之际,总看见一只褐色的小蜘蛛,细长的腿,在那个黑窟窿边的墙角里织网……

和以往一样,退稿信的开头都是称赞他那篇稿子的话,"有一定的功力"啦,"是比较深刻的"啦,"从某种意义上讲也是相当真实的"啦,"我个人还是非常喜欢的"啦……他一直猜不透,这些话是真的呢,还是仅仅为了鼓励他?或者是退稿信的开头都这么写?他跳过许多行,看最后怎么说,心里很紧张——

……需要删改的部分,都用红笔在原稿上做了标记。……不要过多地去咀嚼苦难。生活,时常需要忘却一些事,否则倒会悲观失望。不要太注意那些倒霉的事、不走运的事,而应该多看看生活中的另一种因素。譬如说你这篇小说的后半部分,如果让主人公在历经艰辛之后,终于追求到了他所追求的东西,就能给人以希望、以振奋,全篇的调子也就会随之高昂起来。你这篇小说也就完全可以发表了……

他急忙翻开自己的那篇稿子,翻到后半部。反复看。翻前翻后地看了好几遍。其实用不着,他自己写的东西自己背都背得出来。两万字的东西,花了半年时间写成的。

那只小蜘蛛早已不在了,屋顶上的黑窟窿旁边,如今只剩了一张精心织就的小网,落满了尘土,像一片废墟。

他合上稿子。那些用红笔做了标记的段落,正是他不愿意删改的。不能改。再说,怎么改?他正是要写这个不走运的人。改成走运?如果走运就是乐观和坚强,乐观和坚强岂不是太简单的事了吗?如果乐观和坚强靠的是走运,那么不走运可怎么办呢?再说他也忘却不了什么,艰难的路,每一步都刻骨铭心;他也不佩服靠忘却维持着的乐观、希望、高昂。改成"终于追求到了他所追求的东西"?什么意思?给人家做保险吗?——只要你追求就肯定能追求到?他知道不能那么改。

他坐在门槛上,低着头,双手搭在膝盖上。"点子"在屋前的空地上来来回回地走。他撒了一把玉米糁儿给它,看着它啄食,心里一片空白。

又是那个声音,遥远、虚幻:"别灰心,你行,只要你自己也相信你行。爱信不信,我不骗你……"

姑娘走了好几年了。他总是往她所在那个省的刊物上投稿,希望发表了她能看见。

姑娘还在南方。那篇稿子也是从南方退回来的。就是说,那篇稿子曾经离她很近。

别灰心。是应该这样。可这是第多少回退稿了?他觉得从精神到肉体都乏透了,像烧乏了的煤,松塌塌,发白,再燃不起火了。他简直不敢去想那些个闷热的夜晚:街上打扑克的孩子们吵翻了天;对门老太太一个劲儿喊她的孙子去洗澡;稿纸被手腕上的汗洇湿了;绿色的小飞虫在灯前撞来撞去;前心、后背上也像有很多小虫子在爬;用火柴捅捅鼻孔,打几个喷嚏,清爽一点;只有那只小蜘蛛在高高兴兴地织网……

也许,就那样改?按照退稿信上说的?也许真的只好来点儿"策略"!他曾经通过别人的介绍,拜访过一位青年作家。"做什么事都得讲究点策略。"那个作家说。作家还引了一句江湖艺人的套话:"'光说不练假把式,光练不说傻把式,又练又说才是真把式'。如果你的小说发表不了,写得再好又有什么用呢?傻把式。没有谁写小说只是为了自己看的。"

他觉得这话很有道理,但同时又想起过去看过的一本书上的话,大意是:是保留其价值而不发表呢,还是发表而去掉它真正的价值呢?

作家爽朗地笑了,转动着手里的茶杯,叹息良久:"得承认,有这样的两难局面。但是也得拿出办法来。真正聪明的办法是什么?"

他回答不出。作家的妻子也看着他,启发似的微笑,解释说:"你不能希望没有矛盾,一切那么顺遂。"作家的妻子很有风度,潇洒,端庄,看着他。他觉得很狼狈。

"当然,"作家说,"绝不能为了发表去说违心的话,去胡编乱造。但是也不能太固执;太固执了,只有失败。"

…………

"点子"跳上了他的膝头。"点子"真是一只好鸽子,通人性,知道了他今天的情绪有些不对头,啄他的扣子,"咕噜噜"地叫。他让"点子"卧在他手心里,轻轻捋它的羽毛,心里说:"没事儿,退就退吧,又不是第一回。虱子多了不痒。""点子"还像是不放心的样子,歪着头观察他的表情。

其实,那个作家真是个好人,和蔼,一点儿架子都没有,穿个旧制服棉袄。作家的妻子也是个好人。他们曾冒了风雪到他的小屋里来过,真心地希望他的努力能成功。他很久没有去看他们了,不,绝不是因为观点不一致。世界上的道理本来就很多,就像世界上的人很多一样。哪个道理是绝对正确的呢?谁也不能站到未来的角度去判断。他很久没去看他们了,是因为后来的一件事。

257

他太固执。看手相的人说,他的事业线本来很长,很好,但就是因为他太固执,事业最终难免要失败。

真是固执。真是固执的人明明知道自己固执,也还是改不了。他明白,不能照退稿信上说的那么改。那样改,比不发表还难受。只有"点子"的哨声能平息他的烦恼。他把"点子"抛起来。"点子"落在屋顶上,低下头望着他。它不想飞,大概感到了风很大,有危险。可是他忘了,只想着让那飘忽的鸽哨声赶快响起来,让天空旋转。他用竹竿搪它。"点子"大概想到了,自己飞起来,主人的心情会好一些。它犹犹豫豫地飞起来了……天,那样深,那样远……"点子"歪歪斜斜地飞走了,风太大了……

3

电台报时的笛声响了。

10点。终于到了10点钟。

腿一抽一抽地疼起来。浑身都出了汗。如果没有听见报时的笛声,也许他还能走。

传说,10点钟以后,有那么一阵子,人们没有听到他的呼喊声。

可我到底是走到了10点!他想。找了一个背风处坐下,坐在堆放在墙角的几截下水管道上。长长地出了几口气,摸烟。碰到了兜里的馒头,还是不想吃。饿,可是不想吃。还是抽抽烟好。揉揉腿。萎缩得很厉害的肌肉突突直跳,累了就这样,痉挛。他走了足足有四个钟头了。10,是个吉利的数字,如果真的是"心诚则灵",现在就应灵了。

可是没有。除了风声,什么也没有。除了像泥浆一样的云层,什么也没有。月亮肯定在乌云后面,但说不清是在哪儿,"点子"肯定在这个世界上,也是不知道在哪儿。

他一心一意地走到了10点钟,满心希望"心诚则灵"。

如果还是不灵,又有什么办法呢?他在兜里摸到了一枚硬币。看看运气怎么样吧。他把硬币掏出来,在手心里掂掂。

"咔咔"的脚步声很响。走过来一对青年男女。小伙子用自己的风衣裹着姑娘,姑娘紧靠在小伙子厚实的胸脯上,两个人唧唧咕咕地说着,姑娘的声音有些娇嗔。"暖和吗?"小伙子问。姑娘嘻嘻地笑……

他低下头,尽量去想些别的事,想他的鸽子,想鸽子的眼睛和叫声,想鸽子身上的每一根羽毛……唉,还是又想起了那羽毛一样的雪花……

……雪花安详地飘落在小路上,路灯的光发蓝。她要搀着他,他不让。"摔坏了我可不管!"她冲他喊。"再也坏不到哪去了。"他说。气得她直笑。他们去看电影。

下雪的晚上,很静。她的脚踩在雪地上,发出细碎的"咯吱咯吱"的声音。他再也踩不出那么好听的声音了,脚尖总是在路面上拖着。明天,要是有两个小孩儿看见他的脚印,一定会奇怪这是什么东西走出来的。唉,他也爬不上那个电影院的高台阶。他们在散场的出口处等着,出口处没有台阶。那天看的是《迟到的春天》。只要能到,迟一点儿怕什么的?

"回去晚了,你怎么跟家里说?"

"就说是单位里组织的,不看不行。"

原来是偷来的春天,他想。

她的目光在他脸上飘了一下,慌忙岔开话题:"什么时候能在银幕上看见你的名字?我是说,编剧,或是根据你的小说改编的。"

"没这个可能。"

"你总不相信自己!"

他不说话。他确实是不太相信自己。

她把那条挂着雪花的淡蓝色的小围巾缠在他脖子上。

"这像什么。"

"没事儿,没人看得见。"

雪花在路灯周围旋转,像一群飞蛾。毛茸茸的小围巾带着她的味儿……

脚步声远了。汗湿的衬衫贴在背上,冰凉。他打了个寒噤,看着那对青年男女远去的背影,自己也弄不清都想了些什么,就把那枚硬币抛向空中……好像是想起了许多台阶。高高的台阶,剧场的、书店的、小餐厅的……人们轻盈地迈上去,敏捷地走下来,"嗒嗒嗒嗒",那么随便,那么简单的事。他也有过那样的腿。腿不坏不知道。健康人很难懂得,那些随便而又简单的事有多好。台阶。还有楼梯。楼梯拐弯处的灯光。把鞋底上的泥蹭在台阶的边棱上,跺跺脚,敲门,门开了,开门的是她……不过,那只是梦想。他只去过她家一回,没有进门,也没上过那楼梯。只在那楼梯前见过几张严肃的脸——如临大敌般地从楼梯的缝隙间朝下晃了晃。他原本真以为伤残是不重要的呢!原来只是去找一个同性朋友的时候才不重要!或者是去找一个把伤残看得很重要的姑娘的时候,伤残才是不重要的!他不是第一次到别人家来做客,但却是第一次不被欢迎,因为这一次他要找的姑娘不具备"免疫力"!她慌慌张张地从楼梯上跑下来,站在楼梯前和他说话。他不怪她。他看得出来,她不能让他到家里去坐坐,心里有多难受。楼梯的缝隙间,那几张惊恐的脸仍不时朝下张望,一闪,不见了;又一闪,不见了。谁愿意自己的女儿得癌症呢?正像谁愿意自己的女儿爱上他这样一个瘸子呢?他还是走吧,快离开这儿吧。找一个借口,大声说:"没什么事。我路过这儿。我还有别的事。我得走了。"以便让楼上的人也听见。……不过,那次倒是一个证明,证明她也爱他,她家里人已经发觉了,否则她家里为什么不欢迎他呢?那是他第一次想到她也会爱他,通过一个痛苦的证明。

你倒了霉,又不知道该恨谁;你受着损害,又不知道去向谁报复;有时候你真恨一些人,但你又明白他们都不是坏人;你常常想狠狠地向谁报复一下,但你又懂得,谁也不该受到这样的报复。世间有这样的事。有。你似乎是被一种莫名其妙的力量抛进了深渊。你怒吼,却找不到敌人。也许敌人就是这伤残,但你杀不了它,打不了它,扎不了它一刀,也咬不了它一口!它落到了你头上,你还别叫唤,你要不怕费事也可以叫唤,可它照旧是落到了你头上。落到谁头上谁就懂得什么叫命运了。

他坐在黑夜里。在风中。乌云的下面。

早春的夜里,还是挺冷。

他坐在那儿,不动,在想。

很多事得费好大劲儿去想。譬如说:命运。

这两条残废的腿对他的命运起了多大作用啊!可是,只是一个很偶然的原因使他的两条腿成了这样的。病毒感染也好,风寒侵袭也好,偏偏让他碰上了。就因为那么一个偶然的念头,他非要到那间八面漏风的潮湿的小屋里去睡不可;母亲不让他去,他不听。真不知当时想起了什么!

一颗流星划过黑沉沉的天际,不知落在了哪里。

如果那颗流星正好落在了一个走夜路的人身上呢?正好把脊椎骨砸断了呢?行了,这个人今后的生活肯定要来个天翻地覆了,一连串倒霉的事在等着他。而这个人之所以恰恰在这个时候走到了那个地方,是因为他刚才在路上耽搁了几秒钟,为了躲开一只飞过来的足球。而那个孩子之所以这么晚还在街上踢足球,是因为父母还没有回来,没人管得了他。父母没有回来,是在医院里抢救一个急病号。急病号是煤气中毒。怎么煤气中毒了呢?因为……好了,这样追问下去,大约可以追问到原始人那儿去,不过就是追问到总鳍鱼那儿去也仍然是没有追到头。你还得追问那颗流星,为什么偏偏在这时候落在了那个地方。偶然——你说不清它,但是得接受……

"这就是人们常说的命运,宿命,懂吗?"那个下身瘫痪了多年的老大学生说。

腿刚坏的时候,他住在医院里,和那个四十多岁的老大学生同病室。有一天,年轻的女大夫对他说:"人得自己掌握自己的命运。"女大夫走后,老大学生望着天花板笑。

"你说,人能掌握自己的命运吗?"老大学生问他。

他不知道怎么回答。

"不能。"老大学生自己回答,很平静。

"为什么?"

"不符合辩证法。"

"辩证法上说不能?"他心里很焦虑。那时候他只懂得辩证法是好字眼儿。

"人要想完全掌握自己的命运,除非把宇宙中的一切事物的规律都认识完。可人的认识能力总是有限的,而宇宙中的事物却无限,有限怎么可能把无限认识完呢?"

"认识一点儿就会少一点儿。"他搜罗着自己的知识,想驳倒那个老大学生。他希望女大夫的话是对的。

"嚯!愚公移山。这当然好,"老大学生忍住笑,"你学过微积分吗?知道'无穷大'是怎么回事吗?"

他摇摇头。

"两个没边儿没沿儿的东西,你说哪个大呢?被认识了一点儿的无限和被认识了许多的无限,还都是无限,哪个小呢?譬如说……"老大学生想举个例子,但一时举不出。

"您就说辩证法吧,我就相信辩证法!"他说,觉得那家伙是在故意卖弄学识。

"其实相信辩证法就够了。辩证法认为没有终极真理,也就是说,人不可能把世界上的矛盾都认识完。可这些玩意儿并不因为你没认识它,它就不伤害你。这就是偶然,命运,一种超人的力量,有时候把你弄得毫无办法……"

现在他有点儿懂了。何必不承认命运呢?不承认有什么用呢?他看看自己的两条腿,想想他的鸽子,有点儿懂了。这些年他求过多少名医呀,腿还是治不好。他找了十天了,"点子"还是找不着。不承认那种超人的力量,可你还是受着它的影响。当然,那不是神,宇宙中没有一个全能的神;要是有倒好了,神总该怜恤他了,对他开开恩了。它不是人,你理它没用。它浑蛋透顶,你却只好由它去。你自己要是不浑蛋,你就只好自己去想点办法。

他坐在几截水泥管道上,望着天,有点儿懂了。扫街的老头儿就总爱默默地坐着,看天。老头儿不会说,但他肯定早就懂了。老头儿无论碰上什么倒霉的事,从来不说别的,只是说:"瞧瞧怎么办吧。"

怎么办?

光说不练假把式?

但是也不能太固执?

按照退稿信上说的那样改?

最终会因为固执而失败?

男左女右,他伸开左手,借着路灯的微光仔细看。确实,事业线又深又长,但上端消失在一片乱糟糟的细纹中……"你怎么知道这些细纹表示的是固执呢?"他问看手相的人。"天机不可泄露。对你来说,就是固执。"……他当时装得无所谓似的笑笑,但心里实在是别扭……

他又把那枚硬币抛起来,想:如果是"麦穗"那一面,我就不再固执,就改。硬币落下来,他攥在手心里,又想:如果是"国徽",就是说,命运告诉我不能改,我还是要写我真心想写的东西,而且下一次就能发表。他猛地张开手,妈的,是"麦穗"。

风,正穿过街道,带着尘土和纸屑,还有刨花。播音员在远处报告明晚的电视节目。

不,三局两胜才算!他又急忙把硬币抛起来。他总是这样,如果三局两胜不行,还有五局三胜,还有九局五胜。他有很多怪想法。"十"是个吉利的数目,但如果第十次不行,他就相信第十二次,"十二"有更完美的意思。"十二"还不行,还有"二十"——"十"的加倍。"二十"再不行,就"三十"——取"三十而立"的意思,也吉利。还有"六十",六六顺。"一百"当然更好……硬币落在他腿上,还没容得他再考虑一下,就已经看见了:"麦穗"。他又抛。又抛。又抛……

那天真是有了鬼了。

烟蒂在空中划了一道闪亮的弧线,落在了远处。他靠在墙角里,呆呆地看着那点火光慢慢地熄灭。

要是先说"国徽"那面儿就好了。

"后说'麦穗'就好了。"他说出了声。

他费劲儿地站起来,离开了那个角落。

4

都说,大约 10 点半左右,又听见他呼喊起来。也有人说,是在电视台的节目结束之后好一阵子,10 点半肯定过了。

"嘞儿——嘞儿——"

"嘞儿——嘞儿——嘞儿——"

还是有的说在城西,有的说在城东。

什么"国徽"呀,"麦穗"呀,就那么回事!他可真有辙,刚才抛硬币的时候还那么提心吊胆的,这会儿又说"就那么回事"。扫街的老头儿说得对:"你心里想往东,你就别往西。"他有什么事想问问老头儿该怎么办的时候,老头儿就这么说,不说别的。

他得去找他的鸽子。不找心里更难受,回去也睡不着。

要是找不到"点子",可不是好兆头。就等于是说,他盼望的事到底还是得落空。那不行。

母亲在世的时候说过,说他从小就是这么个牛脾气。有人说他死心眼儿、太老实,说话时的神态流露出另一种意思:笨。"太老实"常常是"笨"的尊称。也有人说,搞创作就是该这样严肃、认真,有自己的主见。他当然是爱听这后一种说法。其实呢?他自己知道,不那么简单。固执也好,认真也好,都太简单了。固执不是天生的性格,认真也不是。他想发表自己写的东西,比谁想得都厉害。如果不是感到过一次沉重的屈辱,他大概早已经不固执了,早已经忘却了认真……

姑娘走后的第二年。秋天。下着雨。

他把一篇稿子送给那个作家去看。一大早就去了。雨天是他的星期日,不用扫街。

"你还是没有照我说的那么去改。"作家看完了他的稿子说。

"我还是觉得这么写真实,"他说,"生活里有这样的事。"

"真实？就因为真实？"

"我觉着,"他吭吭哧哧地说,"这里面有值得深思的……"

"真实！那也要看什么样的真实,怎么个写法。"

"这我知道……这篇东西艺术水平很差……"

"对你来说,重要的是发表！"作家有点儿急了,"是尽快得到社会的承认,而不是……"

而不是什么呢？他没来得及细想。

作家,还有作家的妻子,那么认真地看他的小说,那么焦急地希望他快些成功,就像那是他们自己的事。他心里很感动。窗外的冷雨越下越密。作家的小屋里很暖和,从心里觉得温暖。墙上挂着普罗米修斯受难的油画。书架上摆满了书,有几个残破的陶罐,有一只陶瓷的小骆驼。作家弓着背坐在沙发上,再把他的稿子看一遍,把稿纸翻得很响,用红笔在上面圈点着。作家的妻子问他,腿疼不疼,累不累,把一个小枕头垫在他腰后,递给他一支烟。他慌乱中把烟拿倒了,过滤嘴儿烧焦了……

"总之,我不能说主人公的这些想法不真实,或者不对,"作家抬起头,"可是我还是坚持我的意见,把关于生和死的这几段尽量压缩,尤其是写到死的地方,干脆删掉。"

"可是,他不可能没想到过自杀。"

"你的小说,要靠贯穿乐观的精神去取胜。"

"可这并不矛盾……"

"听我的。别太较真儿,太较真儿什么事也干不成。其实凭你这种情况,只要写得差不多就行了。"

凭什么情况呢?为什么只要差不多就行了呢?他当时也没有细想。

"照咱们商量过的那样去改,我保证你能发!"作家说,"你放心,没问题!"作家说得很肯定。

作家送他到汽车站的时候又说:"我有一个朋友,报社的记者,听了你的情况很感兴趣,想给你写篇报道。所以你得快些,快些发表几篇。不必要求太高。"

他被成功的前景搞晕了。

回来,一宿都没有睡安稳。秋雨下个不停。闪亮的雨丝一直在窗外的路灯下跳动,像一根根弹动的琴弦。他想象着自己的名字印在刊物上会是什么样;想象着认识他的人看到那份刊物时会是什么样的表情;想象着那个记者来了,自己怎么说……报纸上有一篇关于他的报道——"哟!这不是扫街的那个瘸子吗?!"不错,正是!……人们看他时的眼神再不会只是怜悯了,更不会是歧视了,而是惊讶、佩服……她呢?第一件事当然是给她寄一本去。如果能在她所在的那个省发表就更好了,先不告诉她,让她自己买到时吃一惊……她的父母、亲友,还有什么理由说她对他只是出于怜悯呢?……

……"你别急,你能写出好东西来的。写出来让他们看看。"她仰着脸,后脑勺儿顶在树干上。

一群白色的鸽子在荒岗上空飞着。她坐在他身旁。春天的天空中还飘着几只风筝,很高。

"让谁们?"

"你知道。"

是。他知道。

"他们只是不了解你。"

是。这他也知道。她的两个姐夫,一个是副教授,一个是年轻有为的画家……

他不睡了,坐起来,拉开灯。从别人的眼神里感觉出自己存在的价值,感觉出自己对别人很有用,是一件来劲儿的事。他穿好衣服,坐在小桌前,铺开作家送给他的那沓稿纸,激动得手都发抖。他想抽那盒好烟,从抽屉深处找了出来。"点子"被吵醒了,在"小木屋"里叫。他把"点子"放出来,让它在床上走。他不断把稿纸展平,吹去落在上面的烟灰。按照商量好的写。总想着那个记者和"身残志不残"这句话。"点子"纳闷儿地在床上走了一会儿,又飞进了"小木屋",它认得黑夜。

他用了五个晚上,写了一篇万把字的小说。拿给那个作家看,作家捏着下巴,好一会儿没言语,最后说:"行,包在我身上。"后来,那篇东西发表了。他现在都不愿意管它叫小说。这么多年来他只发表过那一篇,但那却是最大的失败,或者说是最大的屈辱。

"是个人都想赚点儿稿费了!"有人说。

他没太在意,认为是一种正常的妒嫉。

"行啊哥们儿! 多少钱?"有人问。

他回答了,还请了客。

"听说你上报纸了?""听说要给你上电视?"

传走了样儿。他解释了,不过却总想着报纸、电视。那个记者还没来,他不好意思向那个作家去打听。

"真够能瞎编的!"有些人说。

他心里一颤,知道很多地方是瞎编的,不真实。

"就他妈这玩意儿还发表哪? 假里咕唧的,挂块儿骨头狗全会!"也有人这么说。

他心里发虚,不敢争辩,很别扭。

"嘘!——瞎嚷嚷什么你! 你知道作者是……""哟,我不知道,是吗?!"

他像是突然掉进了冰窟窿,有些清醒了。

"我最看不起为了发表胡编乱造的人了,艺术水平差点倒还可以原谅。""算啦,有能耐你跟那些名家嚷嚷去! 一个残废人,你还要他怎么着?"

他原来是在走向深渊,而他却还以为是在爬向山顶呢!

……………

他头一次清晰地感到,所有的人,所有的好人,在心底都对伤残人有一种根深蒂固的偏见或鄙视。不能像要求一个正常人一样地要求一个伤残人。如果是赛跑倒还有道理,可这是写作!似乎残废的肢体必然配备着残废的灵魂。你跟一个伤残人较什么真儿呢？他们已经够难的了。好像连发表伤残人的作品也不过是对他们的救济。就像街头卖唱的残艺人,唱得不好没关系,人们原本也不指望能得到艺术享受,只是为了救济不得不耐着性子好歹听一听。他猛地想起了那个作家对他说过的一句话:"你应该看到有利条件,我已经和编辑们谈了你的情况……"

天！难道我是要以我的伤残作为什么"有利条件"吗？这时他才明白,所谓"他的情况"是指什么了。好胳膊好腿的人胡编乱造要遭到谴责和轻蔑,而肢体伤残的人胡编乱造为什么就能得到宽容呢？遭到谴责和轻蔑的之所以遭到谴责和轻蔑,是因为人们用人的标准来要求他;得到宽容的之所以得到宽容,是因为……哈！妙透了！费了九牛二虎之力,他本来是想让那些歧视伤残人的心理遭到打击,让那些轻蔑伤残人的断言遭到失败,没想到结果却更为这些歧视和轻蔑提供了根据！唔,是了,我正在走向深渊。不知道她读了那篇东西怎么想。那篇东西一发表,他就寄给了她。这下她的父母和亲友更有理由看不起他了。深渊,更深的深渊！而且,是他自己费了好大劲儿走来的……

他也许是想对了,也许是误解了不少好人,但他却实在是感到了侮辱,而且侮辱他的不是别人,正是他自己。这是最难受的。这是最震动了他的。归根结蒂怨不得别人。你落了残疾,人们同情你,对你更宽厚些,这本来是多么好的事啊。可你却把这当成了"有利条件"！胡编乱造也能发表！别人看不起你,你还有什么可说的?！他用拳头打自己的脸,打得眼睛直冒金花。夜里,他抽着烟,哭了。没人看得见,他哭了很久。

"点子"在自己的"小木屋"里安静地睡着。它吃得饱睡得着,它灵魂干净,心里就安宁、平和。灵魂的残废是真正的残废。何必总去抱怨歧视呢?……

后来那个记者找了他,可他一听什么"身残志不残"一类的话就够够的了。人都不应该志残,和人都应该吃饭一样,与身残没有任何必然联系。干吗总要把"身残"和"志不残"相提并论呢?伤残人难哪,难就难在自己常常弄不清这个逻辑。有时候不愿意别人说到他们的残疾,掩饰,忌讳,似乎那样就可以让人们忘记他们的残疾了。走在街上,有人指指点点地说到他们的残疾,他们会难过,会冒火,会拼命。可有时候又愿意别人说到他们的残疾,"这是一个伤残人写的!"伤残人写的又怎么样呢?又不是跳高或跑步,又不是智力有缺陷,有什么新鲜的?!谁都会说,"我们不需要怜悯!"那么,最好是自己不要诉苦,不要总去提那些容易被人怜悯的事。我都干了些什么呀!他想。先把自己置于一个很低的位置上,爬上了平地,就以为是爬上了山顶,不知道那块平地也是在深渊中。最糟的是,人们对伤残人的偏见就这样铸成了,加深了。

真实的东西才有价值。做一个平等的人,才有意思。

5

唉,那篇倒霉的东西!瞎编的玩意儿!远方的那位姑娘看了,一定是又伤心又失望。他为这事后悔了好几年了。去找鸽子的这天夜里,他又后悔起来,虽然也知道后悔没用。假如她没看见就好了。假如她还没来得及看,就把那本刊物丢了就好了。当你需要"偶然"来帮帮忙的时候,你可指望不上它。已经发生了的事,你就别指望"假如"了。你后悔了,就别硬充好汉,说你"从来不后悔"。

他是真后悔。因为那姑娘真是在心里把他平等相看过。

……她噘起嘴,吻那只鸽子的眼睛,嘟嘟囔囔地对鸽子说话。她总爱和她的鸽子嘟嘟囔囔地说一阵子。

"你知道它叫什么吗?"刚把鸽子抱来的那天,她问他。

"我还没长到能够分辨什么是鸽子,什么是乌鸦的年龄。"

她被逗得"咯咯"地笑。

"凭这叫声判断,是鸡!"

她笑得更厉害了:"我是说、这只鸽子、叫什么名字。它叫'点子',逗不逗? 简直像个人,像个瘸子!"

他慢慢收敛了笑容,用手指的关节敲着桌子。

她愣住了。鸽子从她怀里跳上窗台。

街上传来小贩的吆喝声。秋阳静静地照着,门前的落叶黄得耀眼。

"你生气了?"她嗫嚅地问,声音很轻。

他想着别的事。有一次走在街上,迎面碰上一群打打闹闹的姑娘,姑娘们走近他的时候都没了声音,偷偷地瞟了几眼他的腿。走过去之后她们大概会吐舌头……

"你真生气了?"她惶然地看着他。

他想起了好多事。有一次,忘记是为了什么事了,要登记,要填写一张表格,人很多,他挤不上去。"我替你填吧,"负责管那些表格的中年妇女对他说,"多少岁?""二十六。""职业?""嗯……工人!""没结婚吧?"那女人没等他回答已经在表格上填上了"未婚"二字。他摸摸自己的胡楂儿,真想让那女人的自信心遭一回打击,可是不行……

"你怎么啦?!"她有些着急了。

"没怎么。没事儿。"

"我忘了,真的,我忘了,我……"

他看着她。

"……我总是忘。"

噢! ——他沉重的心一下子变轻了,剧烈地跳着,仿佛在水底憋了很久,忽然冒出了水面。他感激地望着她。但愿所有的人都像你一样,忘了。忘了吧,别总记着。只记得有那么个名称倒没关系……

他继续走。想着那只鸽子。忘记了腿疼,也许是腿已经麻木了。顶着风走,风太猛的时候,他就背过身去站一会儿。领口的扣子没了,早春的风很硬,夜里很冷。

那只鸽子叫"点子",他总觉得这绝非偶然。像个人,像个瘸子。就是说,"点子"像他,似乎是命运的一个启示。每回"点子"从天空中飞下来,飞到他身旁的时候,他都觉得是一个启示,心中于是升起一种莫名的柔情和希望。他抬头望着黑色的苍穹。如果"点子"这时飞来,就像一驾白色的马车,接他回去,回到过去,回到她身旁,回到那个平等、温暖的港湾,他绝不再写那种胡编的东西了,绝不再让她伤心、失望……

马车从天上下来,把我带回我的家乡……

这歌是她教的。那时候她还没走……

"太慢,太慢啦!"

他的两条残腿使劲蹬着前面的座位,靠腰和腹的力量往后挺,水花溅了她一身。

"我看你也够笨的,还说你的胳膊有劲儿呢。"

小船在湖面上"之"字形前进。他气喘吁吁。

马车从天上下来,把我带回我的家乡……

她低声唱着,坐在船尾,摆弄着一块木板,说那是舵,说她是掌舵的。

从约旦河那边我望见什么,把我带回我的家乡……

船向前划。前面有一个小岛。

腿刚刚残废的时候,他常常向往着一个荒岛。一个鲁宾逊式的荒岛,他一个人住在那儿。用不着一个小木屋,有一个山洞也就行了。开一片田地，可以爬着去开，反正岛上没有别人。最重要的是没有别人。没有轻蔑和歧视，也没有那么多怜悯的目光总盯着他。并不需要一个卖烧饼的，如果自己能够独立生活就活下去，如果不行，就死。也并不需要一个姑娘，有风声、海声做伴，在风声和海声中静静地了此一生。他那时候奇怪鲁宾逊为什么一心一意要回到大陆去。

　　有一群天使下来迎接我，把我带回我的家乡……

　　如今看来，真是要有一个姑娘。这可笑吗？谁愿意笑就笑吧。重要的是有另一颗心，做你的心的港湾。每一颗心都像是一只小船，在风浪中漂泊。要有一个港湾，小船可以在那儿停靠。幸福，是心与心之间的一条小路，只有在另一颗心那儿，你的心才能找到欢乐。否则，你失败了，到哪儿去抱怨呢？你成功了，又和谁一起来庆贺呢？荒岛不是港湾，也没有那样一条小路。……"你合计到那么一个没人的岛上去，好？"扫街的老头儿这么问过他。"没人，也就没那么多烦心事。"他说。老头儿沉吟了一会儿，说："可也就没什么高兴事了……什么事都没了还不跟死了一样？""死就死呗！""那敢情省事了，可你不是没死吗？"……可不是吗？还活着。活到了想和风声、海声说说话的份儿上，其实心里得多孤独！并不是什么事都没有了，是高兴的事没有了，痛苦还在。

　　你若能先一步回到那地方，把我带回我的家乡……

　　她还在轻缓地唱着：

　　请告诉朋友们我也就要来到，把我带回我的家乡……

　　何如去追求！

　　他使劲地摇桨。太阳在山顶上飘，在水面上跳，一切景物都退得非常遥远，空间那么广大、深邃。他觉得有些昏眩，也许是因为累，也许是因为别的。闭上眼睛，世界上就只有她的歌声和自己手中的桨。天地间荡着一只自由自在的小船。他奋力地划桨，觉得能够永远这样划下去。人生仿佛就是这样,有个魂牵梦萦的港湾,那么就划吧,有足够的力气!就愿意做很多事,有足够的力气!

　　那也就是我最幸福的日子,把我带回我的家乡……

　　他闭着眼睛,用力划。他想他会写出好作品来的,一年不行就两年,两年不行就五年、十年,反正永远不松劲儿还不行吗?他想他会是个好丈夫,除了扫街、写作,别的事他也会做,炒菜也挺有意思,设计服装也挺有意思,还得改一改自己的脾气,不发愁,不冒火。他当然也会是一个好父亲。用积木搭成的房子,白的;用积木搭成的港湾,蓝的;用红积木搭成的红轮船,轮船上飘着一串小手绢,对孩子说,那是小彩旗,轮船要开到大海里去……老了,就做个好老头儿,别对年轻人那么凶,要是再也写不出东西来,就光去扫街,像那个扫街的老头儿那样,把街扫干净……两个老人——他和她,并排坐着,看鸽子在天上飞,听那鸽哨声,让鸽子的影子落在他们身上……

　　"你怎么啦?!"

　　用力太猛了,划得太久了,他的腿欻欻地抽,直挺挺地弯不回来。小船都跟着颤抖。

　　"我忘了,我忘了,疼吗?"她又是揉,又是搓。

　　"没事儿,歇会儿再划。"

　　"得啦。都是你吹牛,说你胳膊有劲儿。我忘了你的腿了。"

　　"记着胳膊就行了。"

　　他躺在小船里,任她揉,任她搓……幸福绝不在一个荒岛上。人可真是怪,当你被蔑视的时候,你疯了似的要求尊严,甚至仇恨怜悯和同情;当你感到了真正的平等,你有时候又愿意承认自己的弱小,承认离不开别人。他觉得再也离不开她了,生怕失去这个温暖的港湾……

　　但那港湾到底是被冲塌了,终是幻影,终归消逝了。

　　月亮在云层中流浪。月亮真像是一只船,还在那乌云的浪涛间漂泊。

夜深了,很少有亮着灯的窗口了。

他"嘞儿——嘞儿——"地呼唤着。晚睡的人们都听见过。

弯弯扭扭的树枝从路边的院墙里探出来。

腿又疼了。腿真疼。细细的小街,真长。他真希望他的鸽子就在此刻飞来,在这灰黑的云层中忽然出现它洁白的身影,像一道电光,像一缕柔情,像一驾白色的马车。

> 我有时欢乐也有时悲伤,把我带回我的家乡;
> 但我的灵魂仍向往着天堂,把我带回我的家乡……

他仿佛又听见了那歌声。

可是"点子"还是没有飞来。歌声像一段清晰的梦。

他走上一条没有街灯的路。可能是什么地方的电线被风刮断了。在这漆黑的夜里,没有别人,不妨对自己诚实一点:双腿残废之后,他首先想到的是死;当那个港湾出现之前,他一直都盼望着死。哦,在这静寂的夜晚,自己对自己诚实一点,是一件多么轻松的事!那时他想死,绝不是如作家和记者们想象的那样——因为感到自己再不能为这个世界做什么贡献了。不是。也许有的人是,但他不是。他压根儿就不具备英雄的气质。他那时盼望着死,只是因为——恰恰相反——感到再也得不到什么了。得不到什么了呢?都是些什么呢?却模糊。至少是有这么一回事:二十岁。青春的大门刚刚向他敞开,却又要关闭;那神秘、美好的生活刚刚向他走近,展露了一下诱人的色彩,却立刻要离他远去,再也与他无缘了……假如不是人,假如人世间本没有那美好的生活,也就好办。不幸的是他是人,走到了青春的门前,又没有人的身份证。他的身份证上有一个"残"字,像犯人头上烙下的印疤。这就够用的了。那门里有五光十色的生活,你就只能站在门外望一望,然后走开,走到你那孤独的屋顶下面去……还不如走到人间以外的地方去!还不如走出这非人非鬼的躯壳!——就么回事,归根结蒂是这么回事。哦,没有别人,在这不吵不嚷的夜里,自己用不着对自己装蒜。贡献？谁也不会愿意为那种把自己排除于外的"美好生活"而努力地去做什么贡献的。至少他是这样。

……他像个虾米似的躺在手术台上，大夫们在他背后忙活。做腰穿检查，第八次了。也许是那种很容易剥离的脊髓瘤？大夫们总不愿意放弃这种怀疑，不如说是不愿意放弃这个希望。他看着那些药柜、药柜里的那些药瓶：针剂、片剂、水剂……看不清药名。不知有没有氰化物或者安眠药。假如不是那种容易剥离的脊髓瘤的话，能有一瓶安眠药就好了。大夫在他腰上涂碘酒，涂酒精，冰凉。他像个犯人那样等待着判决。他奇怪为什么很多人都更怕死刑。他可宁愿是死刑，也别是无期徒刑。最好是那种很容易剥离的肿瘤，要么干脆是癌！从药柜的玻璃门上，他看见了窗外的绿树和远山。淡蓝的、深绿的、灰的、黛色的远山。他在那些山上跑过。……雨后的山路很滑，母亲领着妹妹在后面小心地走，他在前面跑。"走这边，这边不滑！"他在前面开路。他不怕滑，他的腿有劲儿，浑身都是劲儿，敏捷地跳，毫不吃力地攀登，像个真正的男子汉。"这儿！这儿有个大蘑菇！"他喊。妹妹那时只有五岁，叫着："让我采！让我！"他把妹妹抱上山坡，去采那个大松蘑……他是母亲为之骄傲的儿子，是妹妹可以依赖的哥哥。以后呢？将来呢？他听见钢针刺透了软骨的声音，大夫的声音："好了，别动！"他一动不动，浑身都抽紧了，求求上帝，是个容易剥离的肿瘤吧！他望着远山，望着那座兀傲的山峰，在心里祷告，许愿：如果腿能治好，我第一件要做的事就是跑上那座山的山顶，搀着母亲，拉着妹妹，一同去……"如果是个肿瘤，又是长在脊髓表面，很容易剥离，那就什么残疾也落不下了。"他反复回忆着那个年轻女大夫的话和她说话时的表情。女大夫是想安慰他，或者也是想向他暗示：要有另一种准备。另一种准备？当然有：死！

"呼气……吸气……憋气……"压脖子，压肚子。"呼气……吸气……憋气……"压肚子，压脖子。"呼……吸……憋住……"

"髓腔是畅通的，没问题。"大夫说。

"可以肯定,不是肿瘤。"这可怕的声音终于响了。

"就是说,还是脊髓本身的病变。"宣判了。无期徒刑。上帝决心不保佑你……

……晚上很热,同屋的病友都到院子里去了。那个老大学生也坐着轮椅去找人下棋了。他一个人躺在病房里,听着街上乘凉的人们的吵闹声。有一支笛子,有一个孩子在唱:"蓝蓝的天上云和月,有只小白船儿,船上有棵桂花树,白兔在游玩……"他拉住床栏坐起来,朝窗外望。树影婆娑,月光皎皎,像是神话剧里的舞台布景。"……飘呀,飘呀,飘向天边……"像是幕后天使的歌声。他从来没有觉得人间是这样美过,这样平和、温柔、安逸……但又是这样遥远,可望不可即。他像一个鬼魂窥视着人间。不仅是羡慕,简直就是嫉妒。他使劲站起来,想走到院子里去。两腿不住地抖。扶着床栏,扶着墙,他拼命地难为那两条残腿,还想像过去那样走。摔倒在门旁。躺在地上喘气。他用目光在屋顶上发狠地写着"死",写着"癌",写着"氰化钾""滴滴畏"。只要虔诚,上帝会派死神来帮个忙!

墙上有一个电源插座,他记得,不高,他够得到。他早就在褥子下面藏了一根电线。他往床边爬……他家住的那条胡同里有一个扫街的老头儿(他后来就是和这个老头儿一块儿扫街,结下了很深的交情),一条胳膊是残废的,腰也伸不直。老头儿过去摆过烟摊,不会抽烟的人走过他的烟摊也要买一盒。可是人们吓唬孩子的时候怎么说?"拽子来啦!"或者:"不听话就把你送给那个拽老头儿去!拽老头儿正想要个孩子呢!"……他往床边爬,奇怪那个老头儿为什么还能活着。窗外的笛声又响起来,孩子又在唱,唱着一个童话……上中学的时候,体育课上测验立定跳远,他自己也没料到能跳那么远。"哟,真行!"女同学们喊喊喳喳地互相说,偷偷地望着他。男同学拍他的肩膀。一连几天,他都觉得似乎有什么好事在等着他。那种朦朦胧胧的感觉一直有,好多年,直到病之前还有……他往床边爬。水磨石地板上有一片迷蒙的月光,一堆圆圆的光斑交错跳动,树叶的影子,和他的模糊的影子。明天呢?明天这地上还会有一片月光,窗外也还会有歌声,只是没有了他的影子。他的尸体在另一个地方。影子总是会有的,烟也有影子。只是不知道有没有灵魂。眼前爬过一只小蟑螂,他没有捻死它。他想,自己大约就是被上帝无意间捻了一下,这漫不经心的一捻会给一个性命造成什么呀!他爬到了床边,抽出那根电线,咬去两端的塑料皮。又想起了那个年轻女大夫的话:"有时候,死比活要简单、容易得多。"让她说对了。说对了又怎么样呢!他扶着床栏站起来,扶着墙慢慢走过去,用小螺丝刀拧开了电源插座的胶木盖……

偶然,偶然真是个古怪的东西!他想。

他走着,对着自己摇晃的影子吹了一声口哨。像一声苦笑。这影子居然还在晃,晃的幅度也不小,频率也不慢。别人还以为是那个女大夫的"激将法"起的作用呢,他想,其实呢?风马牛不相及。当然要感谢那位女大夫。不过那一次他没有死成,纯粹是偶然。他不小心把螺丝刀同时碰上了地线和火线,病房里立刻一片漆黑。护士们惊慌地叫喊。他赶紧拧上电源的胶木盖,爬回到病床上……那根电线丢在了门旁,第二天被卫生员缠巴缠巴拿走扔了。腿坏了,也上不成吊,也爬不上窗台,跳不成楼。这影子现在就还在晃,去找鸽子。

他还去找过一次死神。那是在出院之后。不,他先是去找工作。……知青办简陋的办公室……劳动局那座陈旧、灰暗的小楼……区委,一座中国式的大宅院……知青办主任爱莫能助地叹息,总在捅那只奄奄一息的火炉子……劳动局的那个科长面前有一块大玻璃板,不知他总能在里面寻找到什么,其实只有一些阴冷的绿光……区委那个秃顶的常委没完没了地剪着指甲,可能他特喜欢那把指甲刀……

他不愿意回忆起这些事。即便是在很多年之后的这个黑夜里,一想起这些事,他也会立刻生出一种邪恶的念头:用拳头把每一张端正的脸打歪!

……母亲赔着笑脸,眼里却有泪光。他坐在区委办公室门前的台阶上。他爬不上那高高的台阶,只看得见母亲微驼的脊背和秃顶常委晃动着的皮鞋……秃顶常委走了出来,拍拍他的肩膀:"怎么,小伙子,这么不坚强?"他差点儿没冒出一句国骂来。母亲只说得出一句话:"他的腿坏了,可上肢还是好的,很多工作都还能做。"秃顶常委也只会说一句话:"再等等嘛。""等到我也秃了顶?"他说。母亲慌忙给人家赔不是……母亲那时还在世。

用刀! 或者用枪! 看看是不是会说话的东西都会流血!

唔,别去想这些,别这么想。这个世界不需要麻木,但需要镇静。"那些人本来也都是好人,人本来都愿意是个好人。"扫街的老头儿说。后来他常常跟老头儿提起这些事,老头儿就这么说。老头儿说得也许对,世界本来就是让刀和枪闹乱了的,就是让愚昧闹得疯狂,又让疯狂闹得愚昧了的。

他没有找到工作,有很长时间他没有工作。一个秋天的傍晚,他挂着拐杖溜出了家。好像是从地狱走进了人间,一副拐杖如同一面招牌,扭动着的双腿是一个注释。他觉得街上的人都在盯着他,都在窃窃耳语。他又觉得街上的人都不屑于瞧他,人们照常有说有笑,男人飞快地蹬着自行车,女人们认真地评价着苹果和萝卜,孩子拉着小木鸭"嘎嘎"地响……他希望能像一缕青烟,立刻无声地飘散,就像从来没有出生过,一切都不存在。快了,他想。他拐进一条僻静的小街。应该找一个僻静的地方,可别被轧得乱七八糟的给那么多人看。他望着一辆辆飞驰而过的汽车,沉重的车轮上有很精致的花纹。当路面上印下两条红色的图案时,他就不仅没有工作,什么烦心的事都没有了。可那红色的图案实在是难看。滚得浑身是土、是血,像个傻瓜。脸歪着,眼睛鼓出来,像个笨蛋。让人抬起来,扔到一边去,盖一块席子,让别人任意摆弄,像个窝囊废……不行,这么清醒是死不成的。死都要死了,却还怕失去尊严。他靠在路旁的邮筒上,尽力去想那些令人发狂的事。这么活着又有什么尊严呢？也许从文学角度看，那个扫街的拐子老头儿倒是个值得称赞的男人（这时候他还没有找到扫街的工作，跟老头儿还不熟），可有谁总从文学角度去看一个人呢？人们对生活的要求是：实际。他又去想一个三十多岁的瞎子，三十多岁还得靠父母供养的瞎子。他又去想那个秃顶的常委。还有那个四十多岁的老大学生。那个老大学生是因为医疗事故瘫痪的，在医院里住了二十年，他那位已经和别人结了婚的恋人有时来看他，那女的走后，他就整个晚上都不言声，自己跟自己下棋⋯⋯

人为什么一定要坚强地活着呢？是为了坚强还是为了活着？或是为了证明自己比任何人都耐受痛苦，都禁折磨？是因为善于忍受痛苦是一种美德呢，还是因为活着就算高明？或是因为这个世界非常需要有人来证明痛苦，否则人间就显得不够全面？喔！——就算忍受就是坚强吧，就算这坚强是美德，但人们赞扬着这美德的同时却循着"实际"在生活！人们理所当然地追求着人的生活，却认为伤残人忍受着非人的生活乃是一只纯种的"美德"。天一样大的滑稽！

⋯⋯他去寻找死神。小街很清静，夕阳照在破砖墙上，有几块砖红得刺眼。他在破墙边徘徊的时候，忽然听到了一声叫喊："哥哥！"循声望去，从一个矮窗里看见了一个和睦的家：一个三四岁的小姑娘正骑在一个十三四岁的男孩子肩上，喊着："哥哥，快放下我！我都晕了！"男孩子在屋里转着，小姑娘紧紧抱住哥哥的头，又害怕，又笑。父亲笑眯眯地抽着烟斗，看报纸。母亲嗔斥着男孩子⋯⋯他在那矮窗前站了很久，小姑娘的笑声撕着他的心。他觉得妹妹正用纤弱的小胳膊抱着他的头："哥哥！别放下我！"母亲正央求般地望着他，脸上没有一点儿血色，而过去她总愿意向别人夸耀她的儿子⋯⋯他那些发狂的想法又都变得瘫软。妹妹还小。母亲快老了。不能再给母亲的心上添一道可怕的阴影，不能让妹妹幼小的感情受太重的磕碰⋯⋯

那回他还是没有死成，不是因为"偶然"了。假如这世界上还有人需要你，你就会劝死神等待。说不清是因为理智，还是因为感情。大约死神最初的克星还是感情。世界上最牢固的东西是感情。当然不是指什么海誓山盟。

可是，那回他没有死，并不是不再想死，他只是劝自己等一等，等妹妹长大，母亲也再不会知道的时候……

直到那姑娘走进了他的生活。

直到她来了，他才慢慢冷落了死神。就这么回事。当你仅仅是为了别人的需要才活着的时候，你也许很高尚，你也许能因为高尚而得些安慰，你也许能做到表面的乐观、坚强，但你摆脱不了深埋于心中的痛苦、忧郁、怨愤——死神在蛀你的心。只有当你感到那美好的生活也是属于你的，你和别人是平等的，你心中才会真正升起希望。

"活比死更难，看你是懦夫还是好汉……"不不，这不是赌气的事。赌气造就不了坚强，就像忍受造就不了乐观一样。倘若心中只有沙漠和枯井，赌气和忍受只能造出几个麻木和自卑的灵魂。乐观的，是因为有乐观的基础；绝望的，是因为有绝望的处境。

他曾经很走运。他知道坚强和乐观是怎么一回事。死，不是被克服的，是被忘记的。爱神来了，顺便带来了乐观和坚强。就像那歌中唱的：

马车从天上下来，把我带回我的家乡；
马车从天上下来，把我带回我的家乡……

6

……门把转动了一下，病房的门被推开一道缝。他先是看见了一束盛开的海棠花，然后看见了她，被风吹得发红的脸和那条淡蓝色的小围巾。

那是他又住进医院的时候。也是一个春天的晚上。

她蹑手蹑脚地钻进来，走到他的床前。

"你找谁?"

"就找你。"她笑了笑,举起那束枝枝丫丫的海棠花,"嘘!——偷来的,外面的花全开了。"

"可我……我好像没见过你……"

"我看过你写的诗,"她说,"我都快会背了。"

"在哪儿?"

"别人那儿。"

"谁?"

"你认识,我也认识。你写得太忧伤了。有几首也不。"她不住地闻着那束花,"快,插在哪儿?"

同屋的病友都注意着他和她。打牌的还在打牌,看书的还在看书,但声音都变小,目光都往他和她这边瞟。他有些慌乱,不知所措,觉得这未免有点儿太那个……周围的人会怎么想?护士们会"喊喊嚓嚓"地撇着嘴笑。保尔都干过什么?那本书里有没有类似的事?好像没有。冬妮娅不怎么样。花花草草算什么?似乎跟某种东西——譬如坚强——大相径庭……一瞬间,他脑子里聚集起无数概念和标准,但都是别人的脑子早先想好的。

"有瓶子吗?茶杯也行。"她捧着那束花。

"不,我不要。"他吭吭哧哧地说。

"嗯?"她一愣,"就是给你摘的,外面的花都开啦!"她强调着另一回事。

"我……不喜欢花。再说,也没地方插……"

那还是把爱情和英雄对立起来的年代。那还是把英雄和坚强等同起来,同时又把坚强和禁欲等同起来的年代。把爱情惭愧地藏起来,只有英雄才能受到尊重。伤残人的模型就是保尔(虽然保尔很会谈恋爱),就是钢铁(又黑又冷就像个英雄了)。当人意识到自己的残疾,就更想做个英雄,一方面是为了弥补自尊,另一方面是为了寻到一面盾牌。这盾牌很有用,可以抵挡住很多东西,甚至抵挡你自己的心……

她把那束海棠花乱七八糟地塞进了书包。

那天她没有耽多久。

他呢？他的真心呢？他一直记得那束海棠花，枝枝丫丫的……他盼着她再来。但是你当时要问他，他会否认，而且他也确实没有骗你。他盼着她再来，一开始，连他自己都没有发觉。

海棠花又要开了吧？

他艰难地走着，望着远近一些黑黢黢的树枝。

也别总觉得自己命运不好，他想。"对上帝也应该公平些。"他对自己叨咕了一句。谁也有走运的时候，人们就是常常忘了自己走运的时候。他想：我曾经真是挺走运！

他本来是掉进了一眼枯井，忽然听到井口上传来了人声。他差点儿给错过了，差点儿当了一个井底的英雄，为了一些概念，差点儿扼杀了自己的心。真是轮到了他走运：她过了几天又来了，又来了，又来了……直到他发现他逐日怠慢了死神，他才承认了一个"英雄"按说是不该承认的事。后来有一次又说起了那束海棠花，她说她当时差点儿哭出来，"我好不容易偷来的，那个看园子的人老不走……"她说。他想，他那时真滑稽，明明一天到晚祈求死神援救，却又会演杂耍似的模仿"英雄"。唔，最好是谁也别模仿谁，大家都按着心愿去走。像她那样。

……她轻声地哼唱着那支歌，站在他那间小屋的窗前，背对着他。天上正飞过一群鸽子，鸽哨声像是一架电子琴。无论是"地"还是"的"，她都唱成重音，很好听。使人想起一些野花，一些矮树墩，青草地上的小牛犊，周围是夏天的桦树林，白色的树干上有眼睛一样的裂纹……

他躺在床上，望着她的背影，想象着她脸上是什么样的表情，希望她永远是欢快的。他写过一首诗，后两句是：轻拨小窗看春色，漏入人间一斜阳。还是住在医院时写的，后来被她看见了。她看了许久不说话,用钢笔在手背上乱画着,写着:人间、人间、人间……"你干吗这么想呀?"她问。"瞎写着玩儿的。"他说。现在他望着她的背影,希望她永远不要真弄懂那样的诗。

他吃力地挪动身子,弄得床"嘎吱吱"乱响。

她转过身来:"要我帮忙吗?"

"不。你唱你的。"

"唱得行吗?"她的脸有点儿红。

他忽然觉得应该做点什么,只是为了她的欢快,做点什么事情。鸽哨声时远时近。天像海,鸽子像白帆。小时候,他家附近有一所小学校,早晨,窗外的太阳晃他的眼睛的时候,总传来琴声和孩子们的歌声,他就一声不响地躺着,不吵也不闹,瞪着眼睛听……世界是那样晴朗、和平、美妙、神奇……他仿佛又在童年了。

他现在还记得当时的心境,记得当时的感觉。那是和死神不相容的心境和感觉。

他走上了一条灯火辉煌的大路。明晃晃的路面像一条河,映出路两边的景物。洒水车刚过去。路两旁的店铺早都关了门。只有一家照相馆的橱窗没有上板,橘黄色的灯光下有一个披着长纱的新娘。他觉得这地方有点儿眼熟,看不出是到了哪儿。橱窗里的新郎太严肃了,一身黑西服,倒像是在参加葬礼。

…………

"咱俩谁先死呢?"

"这要看怎么说了。"

"你净是歪门邪道。用你的心说!"

"那最好是我先死。"

"嗬!——光剩下我是不是?!"

"所以得看怎么说了。"

"还怎么说?"

"用脑子说。用脑子说,你先死。"

"你说什么?!好哇!"

"哎哟哎哟,慢掐,要掐就掐腿,别掐胳膊,留下一样好的!"

"你敢再说一遍!"

"我是说,剩下我,大概我比你更有能力对付剩下的日子。"

她愣了好一会儿:"那……那还是你先死得了……"

"行,那我就不客气了。"

"别别。还不如一块儿呢,同时……"

"嗖,那可得看运气。"

她忽然大笑起来:"说的都是什么呀!"

…………

他离开那橱窗,继续往前走。

安静的大道上响着他蹒跚的脚步声。

他又摸出那枚硬币,一抛,让它顺着平坦的路面向前滚去。"要……'麦穗'!"他心里说。走近一看,真是"麦穗"。可惜事先并没有算点什么。不过,说对了总是吉利的。他总爱抛硬币,遇上什么不好判断的事他就想起抛硬币。有一回"点子"病了,不吃东西,也不喝水。扫街的老头儿给它找了个大夫,给"点子"吃了药,老头儿和他坐在"点子"旁边。还能干点儿什么呢?该干的都干了,他就又一遍一遍地抛开了硬币。"您不信这玩意儿?"闲得没事,他问老头儿。"干吗不信?"老头儿说,"你才不信呢。你老一遍一遍扔,你才不信呢。我信,我就不扔了……"

这条路,还有这几座楼,怎么这么眼熟?还有那根大烟囱。噢!他想起来了,这附近有一个小公园,他和她一起来过。是个不收门票的小公园,一座荒废了的古苑。有一道长满了野草的土岗,有一片小树林,一条绿荫盖顶的弯曲的小路,还有一座大铜钟。大铜钟半截埋进了土里,好像是故意站在那儿,为了向人们提醒点儿什么事……

"昨天夜里我做了一个梦。"

"我做了十个。"

"你梦见什么了?"

"梦见我总在做梦。"

"说真的!"

"嗯,梦见我和你在一个小公园里走,路两边是——"他指指路两边的树,"这是什么树?"

她仰起脸来看了看:"不知道。"

"两边是'不知道',开着毛茸茸的花,遮在我们头顶上。后来,你说你昨天夜里做了个梦,我说我做了十个。"

"你就瞎编吧。"

他想:真不是瞎编。现在就像是做梦。

"梦没梦见你兜里还藏了一包烟,后来发现没有了?"

他急忙摸兜。

她把几乎一整包烟扔进了路边的果皮箱。

"刚抽了一根儿!"

"等你抽了二十根儿,再扔就晚了!"

小路的尽头有一座大铜钟,钟旁边有个老头儿,直眉瞪眼的,不知在看什么。

她低声笑起来:"你看,那老头儿在看什么?"

那老头儿望着的地方有一团红红绿绿的东西——一对挨得很近的恋人。

他慌忙找出一句话来说:"你梦见了什么?"

他本能地感到,他与她之间,有一道不可超越的界线,超越了,会是灾难。

"噢,我梦见你死了。"

"哟,不敢当。"

"可你又活了!"

"我就知道我没那么大福气。"

"你猜你是怎么活的?"

"我家的红灯无人传。"

她又笑起来,笑得很响。他最愿意引得她大笑,笑得像个孩子,像个小疯子。可这一次她马上止住了笑,似乎很委屈的样子。

他赶紧正经起来:"怎么活的?"

"不说了。"

"怎么?"

"你没正形儿。"

不知为什么,也不知从什么时候起,他总愿意在她面前"没正形儿"。需要"正形儿"的地方太多了。"正形儿"往往是假面具。

一人多高的古钟歪着身子站着,底部陷进了土里,身上爬满了铜绿。那个老头儿走了,李玉和在他手里晃晃悠悠地唱。

她在大钟的另一边问:"你看过《白雪公主》吗?"

"她把冰碴儿弄进了那个男孩子的眼睛,男孩子就变得冷若冰霜。是那个吗?"

"还有这么一个?"她从大钟后面转过来,奇怪地望着他,"我还不知道,你讲讲。"

"男孩子变得冷若冰霜,亲人都不认识了。后来,他童年时的朋友——一个小姑娘,到处找他,用自己的热泪化开了他眼睛里的冰碴儿……怎么样?小朋友,好听吗?"

"噢……"她许久不说话。她对童话总那么认真。她常常津津有味地讲《小红帽》、讲《鼻拉长》、讲《七色花》,好像每一次讲之前他都是从来没听过似的,她也像从来没讲过似的;讲起来,样子像个"小朋友",和她鼓励他写作时的样子完全对不上号。落日把她飘动的发丝染得金黄,眼睛的颜色很深。她身后是一片安静的草地。树林里有人在吹号,——圆号,时断时续,使人想起山谷、田野……她的目光像是在另一个世界里漫游。

许久,她似乎才又回到了这个世界,说:"我说的是另一个《白雪公主》,白雪公主和七个小矮人。知道吗? 白雪公主死了,王子赶来,吻了她,她就又活了。不过不完全一样……"

"当然知道,那个老妖婆配了一种毒药,想……"突然,他明白了,知道她做了一个什么梦了,知道自己是怎么活的了。心里忽地一下,说不清是沉下去了,还是升起来了。真心是逃避不了的,不管你用什么危险来警告。

他们默默地往前走。他觉得好像什么时候经历过眼前的情景,也是这样的夏天,这样的微风,这样的落日,远处古殿的檐头也站着几只鸽子……可他以前分明没有到这小公园来过。但愿这不是上辈子的事。但愿这是来世的征兆。如果有下辈子就好了,他一定要再找到她。这辈子不行。这辈子全是梦。全是不应该。不应该拖累别人,不应该耽误了她,不应该使她们家为他而不和睦……不应该,不应该! 活得不应该,死还是不应该!

他们坐在那道荒草丛生的土岗上,看着太阳慢慢地下沉。他们都不说话。姑娘没有猜到他在想什么。他在想:要是我能把小说写好,要是我能像保尔似的成了个英雄,也许她父母就能同意她跟我……

那真是一个绝妙的想法,他现在想起来,觉得哭笑不得。不过,他现在也不觉得当年那种冲动有什么可羞愧的,为了爱情而想成为英雄,这动机很原始,也很纯洁。

风更大了,云层被扯散了。星星真多。

可悲的是,到现在他也什么都没写好,写是写了不少,没有发表过。可笑的是,他那时不知道,即便他把小说写好,成了保尔式的英雄,她父母也不会同意。这是她后来告诉他的。那两位老人,怎么说呢? 绝不趋炎附势,但却有些专横……

……但他还是写了,似乎只是为了心有个着落……

可是他总梦见一道有机玻璃的高墙。他和她站在墙两边,互相看得见,却摸不着,互相看得见对方在焦急地呼唤,却听不见声音。墙很高,又很滑,爬不上去,也打不碎。她指指前边,他俩开始往前跑,想找到一个大门或者一个缺口。都没有。那墙也没有尽头。他猛地挥拳朝那墙打去……打在了桌子角上。醒了。树影在窗户纸上轻摇,月亮透过窗帘的缝隙射进来一道白光。他望着屋顶,祈祷来世。来世要有个好身体。

……写,写……让心沉进那些方格子里去,离现实远一点儿,沉到那想象出来的世界中去……

但他还是梦见一道又宽、又长、又深的沟。她在沟那边向他打着手势,但他过不去,她也过不来。他看见沟里是一座座城市,一座座村落冒着淡蓝色的炊烟,一大片漂亮的房子……他们又往前跑,跑到了那道沟比较窄的地方。她笑着往他这边跳,天哪!她跳进了一片泥潭,不见了……他大喊一声,醒了,望着天上的星星,默默地为她祈祷,望着那颗最亮的星星,数一百下,不许眨眼睛,再说三遍"上帝保佑"……

……写,写,写!(把你的心关起来,能写得好吗?)也许单是为了填满今世的时间,也许还为了所谓"积下来世的阴德"。人有时候需要一点儿迷信。相信未来,像是一句叹息……

……四周是高高的楼房,每个窗口里都伸出来一个脑袋,每一张脸上都带着嘲笑……他梦见自己去她家找她,怎么也找不到,谁也不告诉他,她家在哪儿。……每个楼门口都站着一些好奇的人,抻长着脖子看他,或是躲在阴影里盯着他。他忽然发现,自己是赤身裸体地走着,两条变了形的残腿非常显眼,丑陋,走路的样子也显得滑稽。他拼命地逃,可四周全是人,密密麻麻,唱着,笑着,摆动起裙裾,挥舞着彩绸和花束,像是在庆祝一个什么节日。欢乐的人群像是一道圆形高墙,像是一座古罗马的竞技场,把他围在了中间。他没处逃,也没处藏。忽然,人群中有一个声音在喊:"就是他!他要毁掉一个姑娘的青春!"人们立刻都低下头来盯着他。又一个声音在喊:"那个姑娘不过是同情他,可他就想利用人家的同情。"人群中发出一阵阵鄙夷的嘲笑声,议论着他那两条难看的腿。又一个严肃的声音:"一个人丢掉了青春,不能再搭上一个!"又一个老练的声音:"狡猾的家伙!想骗取一个好心的姑娘。大家本来都同情你,你要是这么狡猾,谁还愿意再同情你呢?!"又一个裁判员似的人,胸前挂了个哨子,一边把人群往后推,一边吹哨子,说:"没关系,没关系,大伙儿都放心吧,反正他和那个姑娘成不了,可以肯定他们最终成不了。"人群向后退去,喊喊喳喳地笑着,议论着,交头接耳,像是在互相传告着一则新闻,一个笑话,一个谜底,只是不告诉他。他觉得自己正在变成一只狗。醒了,又是梦。幸亏是梦。不过,也并不都是梦……

要想逃避那可怕的人言是太难了,跟逃避自己的真心一样难。你要是一扭身离开她,人们会说你是个好人。追求幸福是人的天性,而畏惧人言又是人生就的弱点。放弃追求就可以逃开那可怕的人言,然而心中就只剩了忍受。你要是能忍,人们又会说你是条好汉。然而,这好汉是因为害怕别人的舌头而得名的,并不是因为他不想得到爱情。

满天的星星。

他走在星空下面。

深不见底的天,就像广阔无边的海。

脚下的地球也像是一只漂泊的船。几十亿支桨在划,几十亿个声音哼着艄公的号子,在这黑色的海洋上划,在无限的空间中走,想要走向幸福,走了千万年……人,活着,并且想得到幸福。也许这正是宇宙间的悲剧,也许这才是痛苦的原因。追求的途中布满了痛苦。要么你别去追求,忍受、压抑、苟活,用许多面盾牌封锁住自己的心;要么就拼力去摇动这沉重的桨。两样之中你总得接受一样,没别的办法,因为你活着。尽管幸福的彼岸缥缈,还是不如摇动起双桨,只是因为否则就只有逆来顺受,只是因为不如此就更没有欢乐。摇吧,荡吧,走吧,反正也是活着,何不把自我压抑的力量都用在这沉重的桨上!缩到角落里去流泪,去咬破嘴唇,也并不少费力气。摇吧,荡吧,即便摇不到幸福的彼岸,至少荡出自由的欢畅……

自尊是桨,自卑是桨头上碰到的第一个恶浪。

紧接着你就会碰上第二个、第三个、第四个……当他奋力地摇起了桨,那些噩梦就几乎都变成了现实。

他们还是常常在一起。姑娘常常到他的小屋里来。

一般是在晚上。小台灯的光昏暗,但柔和。扫街的老头儿一见她来了,就不多待,弄得她挺难为情。"您再待会儿吧。"她说。老头儿摇摇头,笑笑,听得出来她这话说得并不情愿,老头儿不怪她。"他会生气吗?"老头儿走了,她惶然地问他。"不会。"他说。她还是不安心,愣愣地听着老头儿远去的脚步声,目光又变得遥远……老头儿的身世他们都听说过。许久,他们才又开始说别的事。她跟他讲很多事,单位里的事,外面的事,"叽里呱啦",又高兴起来。常常就忘记了时间。"鸡毛蒜皮,你真爱听我说?"她问他。当然真爱听,鸡毛蒜皮不绷着脸吓唬人。忽然想起时间已经太晚了,他们就一块儿编一个瞎话,以便她回家后可以平安无事。常常是编一个"单位里开会"的瞎话……

尽量不去想将来的事。他们爱,是真的;谁也不敢去想结局。想也想不清楚,命运不会像你想的那样去安排。

……最好的时光是在她下了夜班的时候,第二天是白班,她可以在他这儿待一整天。她又说又笑,又连连打哈欠。"真困,得回家睡觉去了。"她一遍又一遍地这样说,仍然待到了很晚。他送她到汽车站,一路上再编一个"加班"的瞎话……

他们有过那么一段好日子,最多隔一天就要见一次,见一次就待很久,有很多话说。

……太阳在白杨树的枝叶间穿行,已经很低了,小路上横着树干长长的影子。他们走走歇歇,歇歇走走。

她忽然在他耳边小声说:"哼,你还不知足?"

"什么?"

"你说什么,——我!"她不好意思地笑。

"噢,谁说不知足了?"真憨,也许是一时不知怎么回答好。

她哧哧地笑个不停:"那你还老跟我吵架?"

"那叫什么吵架呀?!"他急了。她笑得更得意了。

他们有时候吵架,真可谓是替古人担忧,为了小说中的人物应该怎么办而争得脸红耳赤。

"别着那么大急,知足就行了。"她仍然开他的玩笑。

他却认真。他担心自己的小说总写不成;觉得自己什么本事也没有,不配得到她的爱。如果她爱的不是他,而是另一个和他的情况一样的人,他也会在心里为她可惜。

"也许我什么都写不成……"他轻声叹息着说。

"别老想着写得成写不成。'写就是了,干着就行了',你自己说的话自己老忘!你……"她忽然不说了,觉出了他话中的另一种意思。

"够呛!"她说,看着他。

"什么够呛?"他发现她不大高兴,心里有些慌。

"别装傻,用我揭穿你话里的另一种意思吗?"

他没争辩。他知道,她爱他绝不是因为认定他将来能成功、能写出东西来。不过他冤枉,他那句话里没有别的意思,他只是担心自己无所作为,对不起她。但他不敢再说什么,他拿不准自己是否真有什么不应该的想法。他在她面前像个虔诚的教徒、诚实的孩子。

她看着他的窘态,笑了。他这才也笑了……

这样的日子有好几年。

有一次他也那么问她:"你呢?"

"我怎么?"

"知足吗?"

"什么知足?噢,——"她想起来了,"不知足!"

"……"

"你要也是个女的就好了。"

"怎么?"

"你就住到我们家去,咱们俩住在一块儿……"

鸽子在落日里飞。落日像一块透明的红胶片,像是小时候做灯笼时剪下来的,贴在玻璃上。

他们从来没说起过这些。他们知道那会遭到什么样的反对。她又是个孝顺的女儿……

他们真怕到了必须结婚的年龄。

她什么都好,就是软弱。他知道她不敢反抗她的父母,她自己也知道自己不敢。她父母都上了岁数了,又都有病,高血压、心脏病。他知道那是两位挺好的老人。在她刚认识他的时候,她父母曾很为自己的女儿能真诚地关心一个伤残人而高兴过,要不是后来出乎两位老人意料的发展,两位老人自己也会愿意帮助他的。他们没料到。他们一定是非常后悔了,后悔自己早没有制止女儿去接触那个伤残人。他在他们心中当然会是个恩将仇报的狡猾的家伙。他总告诫自己:不要恨他们,他们在这一点上也并不比别人更……总之,他们是两个挺好的老人,教育出来她的人当然是好人。唉,好人!

> 马车从天上下来,把我带回我的家乡;
> 马车从天上下来,把我带回我的家乡……

他继续在黑夜中走着,去找他的鸽子,哼着这支歌。

那是一支被歧视的人的灵歌。

有人说,半夜醒来,听见过他唱这支歌。

歧视。偏见。最可怕的不是有人追在你屁股后头喊你瘸子,而是别的一些事。譬如:他和她在一起走,常常会遇到一些惊异的目光,那些目光在他和她的脸上来回移动,直到寻找出一些自以为相似的地方,认为他们是兄妹或者是别的亲戚,那目光才似乎是放了心,否则就总大惑不解地往他们这边瞟。再譬如：大家在一起互相开玩笑，开爱情方面的玩笑，这时候他可以放心，玩笑绝开不到他头上来，人们会不约而同地把他忘掉。这些事才可怕。还有，知道他们俩好的人对他们俩的事都保持沉默，这沉默像是否决，像是疑虑，像是哀悼，顶多是叹一口气，像是遗憾，更像在叹息夜里不会出太阳。人们什么都不说，对他们的事不表态。可他甚至希望有人能开他们俩一句玩笑，那也等于是对他们爱情的承认。可是，有些人却在背后把他们俩的事说来说去，似乎是说着一件奇闻。背后的奇闻，意味着不正常，可正是这种背地里的交头接耳、说来说去使他们的爱情变得不正常，像是偷来的，像是滑稽的、畸形的。没有正常的舆论，久了，会使你自己对自己产生怀疑。却有人在不辞辛苦地向她申明利害，替她设想未来，为她画着恐怖的图画。没有谁是坏人。没有谁强迫谁。但舆论最厉害。任何话，说的人多了，就都像真理。唉，偏见！会使本来挺好的爱情变成痛苦的漩涡，它不会直接站出来打翻你的小船，摧毁你的港湾，它没有勇气对抗法律，却有力量在小船四周制造漩涡，使小船在痛苦中自行沉没。爱情应该是幸福的，所以人们才追求，但当爱情被蛮横的偏见压迫得变了形，一排排痛苦的浪头打来，软弱些的船的转舵本不该过分谴责。谁愿意忍受那永无休止的折磨呢？然而，此刻偏见又跳出来说："我说过，你们在一块儿不会幸福！"夸耀它的先见之明，"他们本来就不可能成。看，不出所料吧！"

唉，你还真没有办法反驳它……

……又是那道长满荒草的土岗。细雨濛濛。草叶上有一串串水珠。

"世界上的好人很多。"她说。

"当然。"

"我是说，世界上的好姑娘很多。"

"是不少，可这跟我有什么关系呢？"

她为了这句话，吻他，表情却更苦："可是……"

293

"可是什么?"

"没什么。没事儿。我也不知道……"

……白花花的太阳。高高低低的房子的黑影映在发黏的柏油路面上。不时有几顶耀眼的阳伞从眼前飘过去。卖冰棍儿的老太太在树荫下吆喝。他们吃了很多冰棍儿,吃不出味道。

"你能碰到一个好姑娘的。"她说。

"我已经碰到了。"

"你没有。"

"我说了算。这得由我说了算。"

"我其实特别坏。"

"这也得由我说了算!"

"你说了也没用……"

是没用。连法律都没用。不知道有什么东西能对抗这偏见,能杀死这偏见……

……那山真高,山顶上有一片云,白的,发亮。

"我真想咱们俩一块儿爬上去。在山顶上有一座房子……"

"你将来可以和别人去爬。南方也有山,和那些能爬得上去的人去爬。"

山顶上的云越积越多,慢慢变灰,变黑。那儿大概在下雨。那山真高。

"你将来一定能碰上个好姑娘的,你……"

"是吗?碰上了又怎么样呢?"

"你别这样。我不好。我不值得你爱。"

"不值?昨天有个人跟我说,一块六买了个西瓜,不值。"

她哭了,又说起她父母的病……

他真想说:希特勒也有病,你们要不让他占领全世界,他就得病死。

他没说,那样太过分了,他真想说:有个人对你说,把你的脑袋给我吧,否则我就得犯心脏病。你怎么办?你是把脑袋给他呢,还是请他随便到哪儿去歇着?他没说。他什么都没说。说什么都没用。他望着山顶上的云,云在变幻着形状。

"我还要回来的。"

但愿如此,他想。

"答应我一件事:如果你碰上一个好姑娘,就把我忘了,行吗?"

"那我可忘不过来。"

她皱着眉头笑了出来,眼睛里还有泪光,去拉他的手:"行吗?"

"行!"

"你糊弄我。"

"要不然,你糊弄我?"

"真的,我跟你说真的。行吗?"

"真的!你真的没有义务给我成个家!我也没有义务让别人给我包办个婚姻!我不是一把需要配套的茶壶,我是人!人!!配四个茶碗也不成套。我想得到的,别人不允许;别人允许的,对不起,我不识好歹!!"

他把她吓坏了。她那张惊慌的脸,也把他吓坏了……

如今,她已经走了好多年了,没有回来。

让偏见去自吹自擂吧!

半夜醒来过的人,都听见他在唱那支歌,一支关于从天上下来一驾马车的歌,想要回到家乡去的歌。

那姑娘到底是走了,没有回来。姑娘留给他的那只鸽子又飞丢了。他当然是得去找。那是只好鸽子,小城里的人们都知道。

让偏见先去得意吧!他想,这并不算完!绝不算完!看着吧!没完!他又想:可怎么个没完法儿呢?……

295

7

后半夜了。他走到了城边。

古老的城墙上空,悬着一个月亮和很多星星。月亮周围有一个很大的风圈,月亮显得很小。远处就是那座山,就是山顶上现在常常有鸽子飞起来的那座山。

风渐渐小了些。

传来了婴儿的哭声,夜真静。一个小窗口亮了灯,晃动起一个母亲的身影。

每一颗星星都是一个亮着灯光的小岛。

惟有他,是一只永远也靠不了岸的船。

他猛地意识到了一件事:妹妹已经大了,母亲已经不在人世了,如果他现在死去,妹妹能够受得住了,母亲也不会伤心了。夜深人静,他好像刚刚才发现,他曾经等待的那个时候到了。

他走着,去找他的鸽子,为什么?因为活着。活着就都有个心愿,就得去找,不去找心里就难受。可为什么一定要活着呢?这么难,这么苦,这么费劲儿,这么累,干吗还一定要活着?

还有"点子",干吗还要飞?"点子"和他,都像是一首歌里唱的:

> 小鸽子错了……它要到北方却往南飞,它把麦田当作海洋……它把大海当作天空,它把夜晚当作早晨……小鸽子错了,它弄错了……

真是错了,弄错了!他把所有的语言都当成了真的。说"伤残了并不重要,重要的是看你怎么对待",他信了。说"只要尽力去为人们做些事情,扫街也一样,人们就一样会尊重你",他当了真。说"伤残人和健康人是平等的,有爱的权利",他感动……可实际是怎么回事呢?"实际呢?!"有一回他冲扫街的老头儿嚷。他心里憋得慌。老头儿陪着他。他心里难受的时候,老头儿看得出来,就来陪他待半天。……"你不能那么想,谁那么说也不是想骗你。"老头儿说。老头儿又说:"谁那么说也都是想着能那样儿,都是好心,可是……"老头儿又望着天,不住地喝茶,年老的目光中藏着许多往事,一定不是让人愉快的往事。老头儿不那么会说话,再说不出什么来。老头儿的意思是:希望都是那么希望,但现实总落在希望后头,这不新鲜。

当然,在这个世界上,关心他的人很多。他知道自己应该感谢他们。譬如那个作家和他的妻子。他很久没见到他们了,他们一定会认为他太狂妄。其实他只是渴望平等。善意的宽容比恶毒的辱骂更难忍受。他有时在心里喊:"来吧,来吧!"希望那恶意的歧视冲他来。那样你还能反抗。如果一上来你就被宽容了,便连反抗的权利也被取消了。再说,宽容什么呢?他犯了什么罪了吗?他是在什么还没干的时候就已经被宽容了。譬如,他还没有动笔写什么,就已经被允许可以胡编滥造了,因为他是"残废"。可又有些事,一开始,或者还没开始,他就不能被允许……也因为他是个"残废"。……有一次,一个姑娘(为了一件什么事,那时常来找他)对他说:"我们单位的人无聊透了,闲得难受,问我,'你总往那儿跑,谈得差不多了吧?'我说,'算了吧你们!我是去看一个残废人。'"是呀,这是个多么有说服力的反驳,那些"闲得难受"的人一定是立刻理屈词穷了。……还有一次,一个平时非常关心他的老太太在他的小屋里碰上了她。晚上老太太又来了,对他说:"那姑娘真好,能对你这么好可真是……她有对象了吗?正好有个小伙子托我给介绍个对象。那小伙子也挺好,正在念研究生……"他的心一阵抽痛。倒不完全是因为吃醋,而是因为感到了另一种东西,一种"绝妙"的逻辑:他只应该得到照顾而不可能得到爱情这件事,被看得那么理所当然;姑娘对他好足以证明姑娘的好,而他如果也好,就不会想到爱这个姑娘,否则你就证明了自己不好。不过,也有人给他张罗过对象的事。更"妙":给你介绍对象,你却没有说"不同意"的权利,因为,"怎么?**你还会不同意?!**"当然,你也不用说"同意",因为,"**你还有什么不同意的?就看人家同意不同意你了。**"他像是一个处理西瓜,摆在柜台边,卖得出去就算够本儿。而他偏偏说了"不同意"！除了她，他谁也不同意，他心里只有一个人。没等介绍人说完，他就说："不行。"介绍人那惊骇的目光，真像是见了鬼。爱不能说爱，不爱也不能说不爱吗？当然，谁也没说他不能说，可他说了，得到的是什么呢？嘲笑。唉，唉，就连最懂得爱情的人也只是劝他："现实点儿吧，想办法找个女的，将来能照顾你的生活就行啦。"爱情呢？那些一直被人们歌颂着、赞美着的爱情哪儿去了？找一个女的？怎么个找法儿？谈谈价钱，自己出得起，对方也认可，于是拍板成交？或者是有一个女的愿意，而他无论爱不爱也就得感激涕零？又有人劝他："嘻！四肢健全的人也未必都能得到真正的爱情。"可是，结果和权利不一样。没有被选上总统的人，有些是有被选举权而没有被选上，有些则是没有被选举权而根本不可能被选上。这不一样。一点儿都不一样！残废了，但这并不意味着精神也就成了次品，感情也就成了处理品，人格也就成了等外品！

不知是什么时候，他已经在城边的空地上坐下了。两条腿不住地抽动，又酸又疼。身上全是汗。

这大概是在后半夜两点多钟。传说两三点钟的时候，他也没有喊他的"点子"，也没有唱那支马车的歌。

黑黢黢的城墙上只有枯草在晃动，月亮把他的影子映在那片坑洼不平的空地上，他心不在焉地玩着那枚硬币，想：就是为了这个！为什么还要这么费劲儿地活着？就是要给那些歧视和偏见做出相反的证明。抗争！否则，就这么死了真不服气，不甘心……

……他后来又做过那个噩梦，梦见那个古罗马式的大竞技场，他站在圆形的竞技场中央，不过不是一条狗了，而是一头骄蛮的斗牛。四周是人群，是彩绸，是刀光，他凭着一双角，一腔血，一条命，叫喊着，横冲直撞……

他把这个梦讲给扫街的老头儿听。老头儿听了显出很惊慌的样子，盯着他，好像是在心里喊了一声，然后慢慢垂下头，几乎垂到了膝盖上,他从来没见老头儿这么惊慌、恐惧过。

"告诉我,"许久,老头儿镇静了,说,"是不是,所有的人你都恨?"

他觉得心里"咯噔"一下子,什么东西被点破了。但是他否认:"没有。"心里含糊,又改口,"不是恨所有的人。"

老头儿不听他的,说:"可你能把什么事恨好了呢?"

他还想争辩,老头儿不容他争辩,说:"没用。你就信我说的吧,什么好东西都不是恨好了的,什么坏事都是越恨越坏了的。"

"有时候,你看着别人过得好,你心里也恨。"老头儿说。

他不说话,沉着脸。

"有时候,你恨不能所有的人都跟你一样,也残废。"

他不言语,使劲捋头发。

"你谁都恨,你没准儿也恨我。"

"没有!凭良心说话,这我可没有!"他急得喊。

"因为我跟你一样,也是个残废,"老头儿说,笑了笑。

他松了一口气,又低下头。

"可要是别人也都残废了,你就又该同情他们了,你又该盼着他们能治好了。像你愿意我这胳膊能治好,我盼着你的腿能治好似的。那你何必这会儿盼着他们坏呢?"

"我不是真那么盼。"他声音很低,看着老头儿。

"可是你心里老憋得慌,老那么想,觉着那么想想就痛快。你要老是这样,你准得变得古怪,让人家怕你,让人看见你就觉着不善净,不像个好人。"

"我用不着他们把我当好人!我就是这副模样儿!"他嚷。

"那你就更让人瞧不起!"老头儿也抬高了声音。

"我用不着他们瞧得起!"

"那你还嚷嚷什么?!你不就是怕人家瞧不起你吗?"

惶惶的夕阳,又在墙上颤抖。

"点子"吓呆了,看着这一老一少,不知跳到谁一边好。

"你要是真不在乎别人怎么说倒好了。"老头儿放低声音。

"甭在乎,有些恶言恶语的你倒真不用在乎。"老头儿的声音柔和多了,带着歉意,"有些你一下儿弄不好的事,你也甭在乎。可你自个儿心里得想得明白,你刚才那样不叫能耐。"

他搂着"点子",不说话。

"我没儿子。我把你当儿子看。你妈在世时托付过我。"

他不敢看老头儿。他怕哭出来。

"我问你一件事,你得说真话。"老头儿又说,"她有好些日子没来信了吧?"

他点点头。

"这些日子,你又想死?"

他不回答。

"你是想,死给她看!"

他心里又忽悠一下子。他本来没有很清楚地意识到这一层。老头儿这么一说,他才发现,是,又让老头儿说着了。

两个人都不说话了。长久的沉默。直到天黑了,星星出来了。老头儿一动不动地望着天,眼睛偶尔在黑暗中闪一下。月亮也升起来了,照着两个人。

"我都懂。"老头儿说。

"可你不懂,其实她心里比你还难受,"老头儿对他说。

"她比你难。她的心两下里扯着,你呢?你不用。她怎么办也还是心里不好受……"

"可你还说她软弱!"

"她也是有点儿。可她也真够不容易的了。你们俩这些年,你心里有多少苦,她心里也有多少。她比你还多。你是因为这病闹的。她因为什么?她是因为对你好!照这么说,她得恨什么?"

"可你还想用寻死去折磨她。你可真想得出来!"

他搂着他的鸽子,一声不吭,脑袋"嗡嗡"的。

"你这不算能耐,"老头儿还在说,"光会折磨别人。有能耐自个儿跟自个儿横着点儿！干出事来甭让人家瞧不起。那才算回事……"

就是说,那才算个男子汉,算反抗、抗争。

他在城边的空地上坐了很久。月亮贴近了城墙。

反抗歧视和偏见的办法,没别的,保持你人的尊严。

人的尊严不是西红柿,又大又红的就涨价,有点儿伤残的就降价。伤残人的创作不需要宽容。伤残人的爱情也没有价格。虽然这两条腿的样子很丑陋。

他想念她,直到现在也还是没有一天不想念她的。别人爱怎么样是别人的事。他心里只有她。爱情不要求等量交换,他不知道她现在过得好不好。但他相信她不会忘了他,他总认为她早晚还要回到他身边来。

正像那灵歌中唱的:"但我的心仍向往着天堂……"

他一次又一次抛着那枚硬币,有"国徽"也有"麦穗"。他不再把这当回事。是"国徽"又怎么样呢？"麦穗"又怎么样呢？他想：我反正还得往前走,得去找我的鸽子。老头儿的话：你心里想往东,你就别往西。

他掏出那个馒头来,吃着。他知道,还要走很远的路。

"小鸽子错了……"其实,何所谓错,何所谓不错呢？一个伤残人来到世界上也许就错了,但已经来了,就不用再说错不错。来了就得迈开这伤残的双腿,去走。按着心的指引去走,就不错。"它把星星当作露珠……它弄错了……"也许小鸽子找的就是星星,而是你们总想让它找露珠。总有人对他说："你何苦这样？何苦这样嘛?!"有时是说他在写作上太固执,有时是指他对爱情太较真儿。何苦？要是苦他就不这样了。他只有这样"固执"、"较真儿",才觉得有些欢乐。"把你的裙子当上衣,把你的心儿当作它的家,小鸽子错了,它弄错了……"其实它没错。你把什么当成家,什么就是你的家,只要你的心是真的……

他拍拍身上的馒头渣,站起来。城墙的黑影变宽了,向他靠过来。

他走出那古老的拱形城门。

城边一带的居民又听见他在呼唤他的鸽子了。

正像那灵歌中唱的:"我的心仍向往着天堂……"

8

月光把路面照得发白,弯弯曲曲,起起伏伏,伸向远方。

小城被甩在了身后,前面的路仍然没有尽头。没有终点,也没有目标。只有路,只有走。

靠了两条伤残的腿,蹒跚而艰难地走。为了一只鸽子。那鸽子他可以找不到,但却不能不去找。找不到他也没办法,但是不找他心里就不安宁。

他"嘞儿——嘞儿——"地呼喊。人们忘不了那声音。

近处是一大片树林,远处是那座山,脚下是一条小路,头顶上是无边无际的天。风一点儿都没有了,到处都静极了。只有星星、月亮和小路有些光亮。小路像是通到宇宙中去的。再往身后看看,也是一样,小路像是从宇宙中伸出来的。你就是在这茫茫无边际的空间中走着。

人到这个世界上来是干吗呢?

千万年来,人类就这么走着,要走向哪儿呢?走弯了腰,走驼了背,走得青筋布满了双手,走得灯油熬瞎了两眼……还是走,走死了一辈,又出生了一辈,走老了一辈,又有一辈年轻的继续走。到底为了什么呢?发明了这个,创造了那个,又为了什么呢?一切还不都是为了摆脱痛苦,走向幸福吗?可是,指南针发明了,眼前的路并没有缩短;人上了月亮了,人类面临的未知世界也没有缩小。总还是有那么多你预料不到的灾难来伤害你,总还是有你消灭不了的病痛、歧视、偏见……来折磨你、压迫你。永远不会没有痛苦,永远不会有无忧无虑的日子。痛苦会轻一点吗?欢乐会大一点吗?其实,欢乐和痛苦都不过是一种感觉。现代人得到一座别墅的幸福,不见得比原始人得到一块兽皮的幸福大;现代人失去一次晋升机会的痛苦,也不见得比原始人失去一根兽骨的痛苦小。唉,人类奋力地向前走,却几乎是原地未动。痛苦还是那么多,欢乐还是那么少,你何苦还费那么大劲儿往前走呢?欢乐不过总是在前面引诱你,而痛苦却在左右扎扎实实地陪伴着你,你为什么还非要走不可呢?

他的腿一阵阵发软。实在是太累了。你不知道你到底要做什么,你不知道你做了好些事都是为什么,你不知道你什么时候能够歇一会儿,你就会立刻觉得累极了。

他又在路旁坐下来,看着天。

那儿是天堂。在这静寂的夜里死去,多好!

心上的姑娘走了,走了好几年了。小说总是发表不了,他写了多少年了啊!写满了字的稿纸够糊个结实的棺材。再说,发表了又怎么样呢?痛苦就会少一些了吗?哦,母亲不会知道了。妹妹也长大了。连"点子"也飞走了。真可谓一无所有、无牵无挂了。在这静悄悄的深夜,死去,是一件多么轻松、多么惬意的事!他不是保尔,从来就不是。那篇惟一发表的小说引来过几封读者来信,信中都三番五次地提到保尔,都是凭想当然,或者都是为了鼓励。他不是。他自己清楚。保尔只和死神聊过一回天儿,只狠狠地骂过自己一次"懦夫",便与死神结了仇。所以是保尔。所以保尔是英雄。他可不是,他常和死神聊天儿。他害怕得罪了死神,害怕一旦需要死神的时候,死神会给他小鞋穿。过去他只是无数次地对死神说:"别着急,老兄,我再试试……"现在呢?似乎一切都试过了。看不出还有什么必要这么费劲儿地走下去。

他仰面朝天地躺在路旁,双手垫在脑后。他又想到了死。不是为了给谁看。不打扰任何人。他累了,太累了。当太阳出来的时候,好心的人们把他的躯壳拿去烧掉。他变成一缕青烟,到处去飘……

他翻了个身,趴在土地上,轻轻地呻吟着:"啊,——真累呀!——"浑身都疼。伸了几个懒腰,浑身都松快。有些草已经发绿了。他把脸贴在上面,似乎觉出地球在转,满天的星斗都在转。大约那就是西绪福斯①滚动着的石头,他想,那是个伟大的神话,无尽无休地去滚动。死了呢?死了会是什么样?小时候妈妈总是对他说:"死了?就什么都没有了。""什么什么什么都没有啦?"孩子的有些想法说不清楚。长大了他才知道,没有绝对的静止。假如真有一个天堂,那儿的事也少不了,一样累。从这儿跑到那儿去干吗呢?不过别这么残酷吧,至少留一个可以安息的地方吧,留一个静静的天堂,太累了!唔——假设有那样一个天堂,一个用不着想,用不着盼,用不着走,也用不着喊的地方,永远安安静静,灵魂可以在那儿安歇……他设想着那样一个地方,竟忽然觉得轻松了,似乎得到了一个保障:静静的天堂!早晚是可以去的,而且是非去不可的。死神是个讲信用的家伙,放心,它谁也忘不了,在你实在没了力气的时候,它就会来帮你一把。"命运不会把你忍受不了的痛苦给你",就是这个意思。所以,还怕什么呢?急什么呢?死神老兄还没来,就说明你老弟还有力气。何不用用你的力气呢?闲着也是闲着,闲着等于忍受,闲着就更痛苦。你因为痛苦而想死,何必因为想死而闲着,又因为闲着而更痛苦呢?你因为倒霉而想死,可闲着能让你走运吗?死了的都是因为力气用完了。活着的宁肯把力气白白废掉,也不肯去试试让人间变得走运一点吗?人间所以有背运,也许就是因为人们不肯出力气。徒劳?但你至少可以在沉重的桨端上感到抗争的欢乐,比随意受人摆布舒服,比闲着、忍着多一些骄傲。骄傲就够好的了!还有自由。自由,不是说你想得到什么就能得到什么。你想找到"点子",可你没找到。但是你可以去找,可以再去找,这就是自由!

他猛地翻身,坐起来,像是忽然有了什么新发现,心里一阵亮,一阵跳:所有的"徒劳"也许都是功劳!

其实,他这发现一点儿都不新。譬如说:你走了一条绝路,你的功劳就是证明了这是一条绝路。当人们不知道宇宙是无限的时候,人们

---

① 西绪福斯:希腊神话人物,受到神的惩罚,不停地往山顶推一块巨石,周而复始。

指望走到天涯去找来幸福。人上了月亮,发现嫦娥也是徒劳,这才相信了幸福不在天涯,而在自己的心中。当人们以为有一个没有痛苦的地方,人们打算走到海角去找到那个地方,逃开痛苦。当人们知道了未知世界永远会给人带来意想不到的痛苦,人们反而不再惊慌失措。知道痛苦是逃不掉的,倒镇静了。知道与挫折和苦难抗争本是人生之常,倒得到了解脱。不发愁,也不忍受,倒少了些痛苦。从抗争中去得些欢乐,欢乐不是挺多吗?真的,除去与困苦抗争,除去从抗争中得些欢乐,活着还有什么别的事吗?人最终能得到什么呢?只能得到一个过程!在这个过程中,谁专门会唉声叹气,谁的痛苦就更多些;谁最卖力气,谁就最自由、最骄傲、最多欢乐。

他慢悠悠地抽着烟,摆弄着那枚硬币。他不再抛它。抛也没用。谁都是只相信自己的心。

他就那么坐着。

传说,他听到了一种声音。不是风,而是在寂静之中有一种非常均匀的声音,流动着。

传说,冥冥之中,那声音在对他说。他听着。

还传说,他在城外那条小路边的土地上写了几句话,用石头写在黄土上。风沙把那些话掩埋得残缺不全:

> 着什么急
> 在通往天堂的路上
> 没有早晚
> 别浪费诅咒和惊慌
> 牵牛花初开的时节
> 葬礼的号角就已吹响
> ············

> 走吧,怀着骄傲

第三辑 命若琴弦

用蹒跚的脚印
写下欢笑

每一回心跳
都是一座路标
和一丛结籽的野草

每一次呼吸
都是一片海洋
和一根折断的桅樯

每一阵痉颤
都是一重山峦
和失落在山谷里的呼喊
…………

走吧
因为活着
走吧

走吧
说着自己的悄悄话
再开几个玩笑

走吧
唱着心中的歌
闭上两眼
…………

他上了路。

那条路是通到山上去的。

那已经是接近黎明的时候了。住在山脚下的几户人家都说,听到过他的笑声,都说还以为他找到了"点子"呢。

他独自"哧哧"地笑,觉得急着去死真是有点儿滑稽。又不是买豆腐,去晚了就买不上了。又不是不要购货本的鲜黄花鱼,去早了可以多买点儿。死,是按人供应的,不多不少每人一个,一模一样的一个。小时候,幼儿园的阿姨分苹果,他总是留到最后吃,馋他们。想到这儿,他就想笑,忍不住。把死神和鲜黄花鱼并排放在一起。他不停地笑。

笑声很响,不知道是为了什么,住在山脚下的人说。

不过也别对死神太刻薄了,他想,它已经起了誓,在你的力气用光了的时候来解救你,死神也是个有用的家伙。

相反,活着可是得着急,他想。生命是有限的,不能耽误,他想。否则,什么欢乐也没得到,什么事也没做好,多不开心!关系是没有,不过窝囊,心里别扭,真跟一条死黄花鱼似的。他又笑起来。

山脚下有个火车站。火车站旁边有个通宵营业的小饭馆。值夜班的是个老太太。老太太说,那天夜里,大约3点半了,反正不到4点,那个瘸腿的小伙子到过她的店里,买了一个5分钱的小烧饼,小伙子说他出来得匆忙,只带了一个钢镚儿。

估计就是那枚硬币。命运反正是算不出来的,算出来你也不信,不如用那枚硬币买个烧饼吃吃,还能添些力气。

老太太说,那个瘸腿的小伙子还和她说了一会儿话,总是问起那只鸽子。

"鸽子?"老太太摇摇头,"什么样儿的?"

"黑尾巴,黑脑瓜顶。"他比画着。

"'点子'? 就是那只'点子'?!"

"嗯。"

"那只鸽子就是你的?"

"丢了。飞走十天了。"

"没回来?"

他摇摇头,抱着一点儿希望问:"您没看见?"

"没有。"老太太说。

老太太给他倒了一碗热水。他就着热水把烧饼吃了。

没有到站的火车。小饭馆里很清静。

一只大花猫跳到了椅子上,冲老太太叫。

"我养了只猫。"老太太说。

她抱孩子似的把猫抱起来,摩挲着它的脑门儿:"它总跟着我,走到哪儿它跟到你哪儿。它自个儿跑来的,来的时候还小呢,瘦得皮包骨;下着雨,它躲在我那房檐下避雨。小可怜儿,这么大了……"

"您说,会飞到山上去吗?"

"什么?"老太太一愣。

"也许您看见'点子'飞上山了吧?"

"没有。不知道。也没准儿吧……"

"谢谢您啦,"瘸腿的小伙子对老太太说,把喝水的碗放在柜台上,"我还得去找'点子'。"

"上山?"

"上山。"

"行吗?"

"兴许行。"

他离开了那个小饭馆。

老太太从窗户里看见他一摇一晃地上了山。

9

他开始还是走,摇摇晃晃,跌跌撞撞。后来干脆就是爬。身旁是黑色的山谷,头上是兀傲的山峰。山谷里,仍然有风在那儿呼啸。山峰很高,越是走近它,越是觉得它高得可怕。

不要往山谷里看,否则你总会想到要掉下去。也不要总看那山顶,要不你会胆怯,觉得太高了,爬不上去。就只看着你脚下的路吧。

他慢慢地走,爬,不着急。

神不告诉你鸽子在哪儿,也不担保你努力就会找到。

神不给你指路。

神知道,不给人指路,人也还是会去找。

不停地去找,就是神指给你的路。

什么是神?其实,就是人自己的精神!

都说,当他往那山顶上爬的时候,半山腰上又传来了他的歌声。

　　你若能先一步回到那地方,把我带回我的家乡;
　　请告诉朋友们我也就要来到,把我带回我的家乡……

山路坎坷,有的地方很陡峭,又很滑,又很长。他想着鸽子,羽毛那么轻柔,洁白。他爬得上气不接下气,心里却是平和的。他记着扫街老头儿的话,他不恨什么,什么好东西都不是恨出来的,路得靠走。

他当然又想起了他的姑娘。她的路比他还要难。他想,等找到"点子",回去要给她写封信了,告诉她不要担心。"我不能使她幸福,倒要她为我心神不安吗?"他想。"放心吧,我什么都能对付!"他想。"我至少不让你担心!"他想。前两天听别人说过一个专治她父母那种病的大夫,他想,等回去打听打听那个大夫的地址,给两位老人寄去。善有善报吗?这么多年了,还求什么报呢?心里好受些,就是善报。

　　……我的罪恶洗净,把我带回我的家乡;
　　那也就是我最幸福的日子,把我带回我的家乡……

他想,以后除了扫街,还是要写些东西,按照自己的心去写。为伤残的人们去写。为自己制造深渊才是伤残,是罪恶。要走出深渊,不能光咒骂歧视和偏见。要让人们懂得伤残人的尊严是怎么一回事,伤残人自己更得懂。

他的心在走出深渊。

他艰难地爬着,爬向山顶。

他的腿在抽着疼,簌簌发抖。他"嘞儿——嘞儿——"地喊着。那声音在山谷里飘荡,又随着山风传得很远很远……

传说,那声音好响啊,惊醒了小城里不少的人。人们互相询问着,朝那座山上望着。扫街的老头儿告诉大伙儿:"是那孩子上了山,准是那孩子上了山。"

传说,他在山上也望见了老头儿。老头儿的话只有一句他不信,就是:什么事儿都别往心里去,别那么认真。这句话他不信。活着,就认认真真地活着。

  ……我的灵魂仍向往着天堂……

有时候,他坐在树林边歇一会儿。

再过些天,树就都绿了,那些树枝上有不少叫得挺好听的鸟,不再像现在这么寂寞了。夏天呢?山上的生命都活跃起来,树丛里有星星似的蘑菇。他想,这世界被弄得挺不错,说不上什么荒唐。秋天有五彩斑斓的叶子和果实。冬天有白皑皑的雪和冒着炊烟的屋顶。他自然也想起了母亲,他相信她在天堂,他想让她知道,他已经走出了深渊。生活是活着的人的事,一步一步去走吧,爱你的亲人才会安心。

他又往前走,往前爬。这不荒唐。只有自寻烦恼是荒唐。走着而又觉得走着是荒唐的,那才真叫荒唐。

传说,他爬到一个很高很高的地方,坐在一块凸出的岩石上,仍然朝地上张望,朝小城里张望,朝遥远的南方的海边张望。姑娘在以前的信中总是说到海,海的声音,水和天的颜色,沙滩上傻乎乎的小螃蟹和漂亮的海星……他没有见过海,想象不出。在海边野餐时她把饭烧焦了。在海上划船,海鸟在船前船后"嘎嘎"地叫。在海里游泳,她说她有一次差点儿见了龙王,"准是因为你在为我祈祷,一个浪头又把我捧上了沙滩"。……火红的木棉花,高高的椰子树,清新的海风吹得人透体松爽,"真想拥抱全世界!"……她应该是那个世界的。她应该幸福。"放心吧,我还在为你祈祷。"他在心里说。他在那块凸出的岩石上坐了好一阵子。

每个人都只能在自己的世界上走。他的世界在这儿!抬起头来,世界是天、月亮和星星;低下头,世界是地、树丛和小草。闭上眼睛,世界是嗵嗵的心跳声;睁开眼睛,世界是崎岖的山路。他站起来,又走,又往前爬。

……告诉朋友们,我也就要到来,把我带回我的家乡……

他一点一点地走呀,爬呀,心里平静极了。

他身后拖着两行歪歪扭扭的脚印,或是一条弯弯曲曲的身体的印记。这起码是一个证明,证明他有胆量,敢往这山顶上爬。

每个人有每个人的命运、路,上帝本来不公平。上帝给了你一条艰难的路,是因为觉得你行。他自己也这么觉得。他一边爬一边在心里对自己说:如果注定要有人倒运,那么还是让我来吧,没有谁能比我应付得更好了。

他感到了骄傲,甚至是狂妄。

他放开嗓子大喊了一阵。

将近黎明的时候,人们听见那喊声已经接近了山顶。

还有笑声,喘气声,和歌声。

马车从天上下来,把我带回我的家乡;

马车从天上下来,把我带回我的家乡……

传说,他爬上了山顶。他站在山顶上,接近了天上数不清的星星,望着地上数不清的灯火。

就在这时候,他看见了他的鸽子。鸽子看他看见了它,就又飞起来,向更远更高的山峰上飞去了……

10

天还是灰蒙蒙的时候,那鸽群又在山顶上空飞舞起来了,几十只,上百只,也许更多,像是无数白色的纸花,像是一群欢乐的天使。鸽哨声轻柔、活泼、悠扬,在黎明时分的山顶上、山谷里、小城的每一条街道上空飘,飘,飘……

扫街的老头儿和几个孩子坐在楼房前的台阶上。

"知道了吗?"老头儿说,声音不高。他太老了。

孩子们不说话,望着山顶。

凡属传说,都是由数不清的人,你说一句,他说一句,凑成的。说法不一。

关于山顶上这群鸽子的来历,至少有两种说法。一种说法是,山顶上住着一个瘸腿的老人,养了一大群鸽子。他时常下山来,寄出的稿件和他养的鸽子一般多。他总是把稿件寄到遥远的南方去,希望那些稿子发表了,他青年时代的朋友能够看到。

另一种说法是,山顶上住着的并不是一个瘸腿的老人,而是一个姑娘。她从南方回来。她还是那么年轻。为了让和平布满人间,她养了很多鸽子,一到天快亮的时候,就让鸽子都飞起来。鸽群中有一只"点子"——一只黑尾巴、黑脑瓜顶的鸽子……

刊于 1984 年《十月》第 4 期